México sediento

Francisco Martín Moreno

México sediento

ALFAGUARA

El papel utilizado para la impresión de este libro ha sido fabricado a partir de madera
procedente de bosques y plantaciones gestionadas con los más altos estándares ambientales,
garantizando una explotación de los recursos sostenible con el medio ambiente y beneficiosa para las personas.

México sediento

Primera edición: julio, 2022

D. R. © 2003, Francisco Martín Moreno

D. R. © 2022, derechos de edición mundiales en lengua castellana:
Penguin Random House Grupo Editorial, S. A. de C. V.
Blvd. Miguel de Cervantes Saavedra núm. 301, 1er piso,
colonia Granada, alcaldía Miguel Hidalgo, C. P. 11520,
Ciudad de México

penguinlibros.com

ISBN: 978-607-381-627-4

Impreso en México – *Printed in Mexico*

*A Alberto Navarro, porque la vida me concedió
el privilegio de poder escoger a mi propio hermano.*

*A Librado Múgica, dos de los grandes amigos que
todos los hombres quisiéramos encontrar en los
peores momentos de la sequía*

Prólogo

México sediento, una novela ecológica con una intensa trama ambientalista, contiene un llamado, un ultimátum hidráulico dirigido a una de las ciudades más pobladas del planeta. La decisión final, la sentencia inapelable, la dictará el lector al concluir la lectura de las líneas que tiene en sus manos. Por supuesto, no todo es ecología y apocalipsis, también hay un amor arrebatado, celos, engaños, traiciones, disputas raciales, religiosas y económicas, realmente un fabuloso entuerto en torno a todo tipo de sequías… Insisto: es una novela en la que no podían estar ausentes sus ingredientes fundamentales.

La sequía presentada en este libro no solo se da en el orden ecológico, sino también en las relaciones humanas entre los principales protagonistas. Sed de amor, sed de verdad, sed de valentía, sed de libertad, sed de humedad, sed de placer, sed de alegría, sed de vivir, sed de soñar, sed de volar, sed de creer, sed, sed, sed…

La Ciudad de México es una megalópolis con problemas gigantescos, pero de acuerdo con los expertos ninguno es tan grave como el del abasto de agua. ¿Qué pasaría si ocurriera una sequía como muchas de las que se han presentado a lo largo de la historia de esta ciudad y de pronto sus habitantes se quedaran sin agua? Esta posibilidad catastrófica puede parecer remota y, sin embargo, podría darse en cualquier momento, sobre todo si no se pierden de vista los efectos devastadores de fenómenos naturales provocados por el calentamiento global. Si bien es cierto que hay ciclones y huracanes de la máxima capacidad destructiva, así como inundaciones y descongelamiento de los casquetes polares hasta ahora desconocidos en la historia de la humanidad, no hay por qué negar que en cualquier coyuntura una cadena de sequías podría ocasionar una debacle sin precedentes en los tiempos modernos…

¿Por qué se dieron los sacrificios humanos en la época precolombina? ¿Por qué se adoraba a Tláloc con tanta pasión y devoción? ¿Por qué la extinción de civilizaciones como la tolteca y la maya? ¿Por qué la aparición de tantas deidades, dioses, vírgenes, ceremonias, oraciones y rituales macabros para provocar la lluvia? ¿Por qué se deshidratan, hasta morir, los animales del campo, como las reses, los conejos y las aves, entre otros más? ¿Por qué las milpas se resecan, cambian de color, desparece la flora, la fauna y la vida humana es amenazada por el hambre? ¿Por qué se vacían los potreros, se pierden las cosechas, se llenan las cárceles y los ricos se hacen más ricos y los pobres más pobres? ¿Por qué las epidemias y los pueblos fantasmas? Por la sequía, sí, por la sequía. ¿Por qué el escalamiento de precios, la escasez y la importación de granos, el recalcitrante atraso en el campo? ¿Por qué, entre otras razones, los pequeños propietarios se convirtieron en empleados, después en mendigos, más tarde en delincuentes y, posteriormente, en presos? ¿Por qué el bracerismo? Por la sequía, sí, por la sequía. ¿Por qué la insolvencia campesina, el agua escasa, cenagosa y pestilente de los pozos? ¿Por qué las rebeliones, los asaltos a haciendas y pueblos en busca de comida? ¿Por qué la baja de niveles de ríos y lagunas? ¿Por qué las presas vacías? ¿Por qué la falta de energía eléctrica? Por la sequía, sí, por la sequía.

La demostrada capacidad para improvisar de los mexicanos podría ser insuficiente para prevenir, enfrentar y extinguir los efectos de una nueva y prolongada sequía —de hecho, ya ha azotado y azota el norte del país y en varias ocasiones a la capital de la República—, otra tragedia hidráulica que se traduciría en una prolongada catástrofe de dimensiones económicas, sociales y políticas ciertamente incalculables. El hombre y la naturaleza son los principales protagonistas.

Si los mexicanos entubamos nuestros ríos o los usamos como drenajes o los condenamos a la muerte lenta, y la industria los inficiona aún más sin controles oficiales, descargando aguas residuales con metales pesados, ácidos, bases, grasas y aceites a elevadas temperaturas, materiales tóxicos, orgánicos e inorgánicos sin tratamiento alguno; si además en la actividad agrícola se utilizan herbicidas, plaguicidas y fertilizantes que van a dar a los ríos y a los mares cuando la lluvia lava los campos, una lluvia que además ya se precipita envenenada por los óxidos, monóxidos e hidrocarburos que han contaminado ya la atmósfera; si además hemos destruido bosques y selvas, nos hemos negado a la rotación de cultivos y hemos secado nuestros suelos alterando sensiblemente las temporadas de lluvia y los volúmenes de precipitación; y, finalmente, si los mantos acuíferos no se recargan por insuficiencia de lluvias o por el crecimiento alarmante de las manchas urbanas que demandan cada vez más agua e impiden la filtración y regeneración de los mantos freáticos, no nos sorprendamos entonces de que tanto el sector urbano como el sector rural se vayan quedando sin este líquido elemental, dado que no solo estamos matando nuestros ríos, sino también las fuentes donde nace la riqueza hidráulica de México. ¿Qué futuro nos espera?

Si los mexicanos deforestamos en lugar de reforestar; si desertificamos el territorio ya casi en un 80% como si contáramos con reservas territoriales de cinco pisos en lugar de recuperar el que se nos deshace entre las manos; si las maderas preciosas de las selvas las convertimos en carbón para calentar los humildes comales o bien sembramos maíz y solo maíz para erosionar todavía más nuestro suelo; si destruimos la capa vegetal como si de ella no dependiera nuestra existencia en lugar de preservarla; si no podemos controlar los incendios forestales; si carecemos de las superficies de riego necesarias y dependemos de las lluvias en la cantidad precisa, en el momento idóneo y en el lugar adecuado; si dependemos de la veleidad de la naturaleza, de la agricultura de temporal para sobrevivir; si hemos sido incapaces de controlar la explosión demográfica dado que sextuplicamos en exceso la población en medio siglo, al pasar de 20 millones en 1940 a 130 millones de habitantes a principios del siglo XXI, ¿no es evidente que a cada paso encontramos pruebas de manifiesta irresponsabilidad dado que el abastecimiento de agua no se ha dado —sería imposible lograrlo— en la misma proporción?

El agua será más cara que el petróleo en el siglo XXI. Las guerras serán sin duda por agua en el mismo siglo XXI. La geografía política del mundo cambiará en el siglo XXI debido a la carencia de agua. La violencia armada se dará en el siglo XXI por la contaminación de lechos marinos o por la muerte de los ríos que crucen dos o más países. La falta de agua en el siglo XXI impedirá el riego en los campos y con ello advendrá el hambre y su gigantesca estela de consecuencias.

El problema de la disponibilidad de agua en la cuenca del Valle de México es una verdadera bomba de tiempo para una de las ciudades más pobladas del planeta. Más nos vale darnos cuenta para tomar de las solapas a la autoridad, exigir la verdad y tomar las medidas conducentes. Todavía tenemos la oportunidad de hacerlo, sobre todo porque ante la caída de la precipitación pluvial los territorios víctimas de la sequía han aumentado de 13% a 30% en el corto plazo, hecho fácil de comprobar con el nivel de almacenamiento de agua en ciertas presas del país, en particular las ubicadas en nuestra frontera norte, en donde los daños por concepto de la sequía alcanzan niveles de gran preocupación. Los expertos hablan de la presencia de La Niña, un fenómeno que producirá pocas nubes y una gran evaporación en la mayor parte del territorio nacional con la consecuente amenaza para los ciclos agrícolas, cuya insuficiencia podría traducirse en la importación de alimentos y en la utilización de divisas requeridas para otros menesteres.

Si bien es cierto que la ONU reconoció como derecho humano el acceso al agua, la escasez del preciado líquido afecta a cuatro de cada diez personas a nivel internacional, proporción que aumentará por el brutal incremento de las temperaturas atmosféricas. México, uno de los 25 países del mundo que enfrenta un mayor estrés hídrico: padeció en 2021 una de las sequías más severas de las últimas décadas, escasez que experimentaron entre 12.5 y 15 millones de habitantes, o sea el 10% de la población, que careció de acceso al agua potable, sin perder de vista la sobreexplotación de los mantos acuíferos ni el hecho de que el 70% de los ríos, lagos y presas sufren algún grado de contaminación. ¿Qué nos espera en la Ciudad de México con autoridades capaces de negar la realidad como el cambio climático, en la inteligencia que también se resisten a diseñar una serie de campañas publicitarias inaplazables para disminuir sensiblemente el consumo de agua en la capital de la República?

El agua es un recurso que se agota por el crecimiento de la población, por la fractura de las redes subterráneas de distribución en las grandes ciudades, por la muerte de los ríos debido a la contaminación o sobreexplotación agrícola, por lo que se deben construir plantas de tratamiento de agua, así como plantas desalinizadoras, diseñar estrategias publicitarias para inducir al ahorro, reforestar la mayor parte del país, así como instrumentar reformas fiscales para aumentar las tasas impositivas de consumo. Como parte de una política preventiva es inaplazable aplicar reformas al código penal para sancionar a quien contamine o explote, sin la debida autorización, los mantos freáticos. No podemos permitir que las futuras generaciones mueran de sed…

Si en el año 1900, éramos mil millones de personas en el planeta tierra y en 122 años octuplicamos la población hasta llegar casi a los ocho mil millones, y advertimos que el 98% del agua de mares y océanos es salada, por lo que solo el 2% es potable y este recurso se ha venido agotando, según lo antes expuesto, entonces el futuro hidráulico del mundo se encuentra en entredicho, por lo que debemos dedicar nuestro mejor esfuerzo a administrar responsablemente el líquido elemento del que todos dependemos en términos absolutos.

México sediento es una voz de alarma para prevenir a propios y extraños de un apocalipsis hidráulico que nunca nadie desearía padecer.

Ciudad de México,
24 de marzo de 2022.

*Alguien me habló todos los días de mi vida al oído,
despacio, lentamente. Me dijo: ¡Vive, vive, vive!
Era la muerte.*

JAIME SABINES

Capítulo I

Cuando el paisaje adquirió un color ocre

En México todo se resuelve solito o termina por complicarse irreversiblemente...

MARTINILLO

Cuando Melitón Ramos Romero nació en la cabecera del ejido Los Contreras, la tierra se encontraba tan seca que ya ni las víboras, *verdá* de Dios, podían sobrevivir con tanta calor, resequedad y falta de agua *pa'* sembrar siquiera una triste milpa que alcanzara *pa'* tortillas.

Los domingos, cuando nos sentábamos adentro del jacal en cuclillas alrededor de las tres piedras del tlecuil,* mi padre, que Dios nunca le permita descansar en paz, siempre decía, blandiendo el índice y negando con la cabeza gacha cubierta por el viejo sombrero raído por el sol, que bien pronto las mazorcas de maíz serían más chicas que cualquiera de sus dedos. ¿Cómo va a ajustar *pa'* los marranos si la única cosecha que sacamos después de las lluvias ya no alcanza ni *pa'* que *mesmamente* comamos nosotros?

—Tumbamos monte y más monte *pa' jallar* más milpa y sembrar más *mais*, solo *mais* —continuaba con la mirada clavada en el mismo punto sin siquiera pestañear a pesar del polvo, el compañero invariablemente presente como una sombra en la región—, hasta que la tierra se nos secó, lueguito se partió y se *cuartió todititita*... Hoy de todo aquello solo nos queda el chingado dolor —comentaba resignadamente sin ocultar su frustración ni olvidar las palabras del cura de San Antonio de Pochotes cuando le advertía que solo la tragedia cotidiana le haría acreedor a una eternidad plena en recompensas, incomparable con el infierno de perros que has vivido aquí en la tierra, hijo mío... No lo olvides: todos somos culpables del viacrucis del Señor y la única manera de obtener su perdón infinito es obsequiándole a diario nuestro más intenso dolor. Mientras más sufras y más pobre seas, con más facilidad obtendrás la misericordia de Dios, la exoneración total, y con ello la eterna felicidad en el Paraíso.

—Tal y como vamos —sentenciaba don Sebastián después de tomar un breve trago de atole en su jarro de barro despostillado en tanto mi madre, doña Cristina, invariablemente callada, removía las cenizas y avivaba las

---

* Tlecuil: conjunto de piedras acomodadas para hacer fuego con leña y colocar encima el recipiente con los alimentos.

brasas con el soplador—, no pasará mucho tiempo antes de que nos quedemos sin agua de pozo ni de lluvia ni de río y *mesmamente* sin milpas ni animales ni bosque y tengamos que jalar también *pa' la* capital o *pa'l* norte con todo y chamacos y huacales. *Acuérdensen* cuando *endenantes* no acabábamos de echar la cubeta en el pozo cuando ya la jalábamos llena de agua limpia y ahora, además de tener que amarrarle cada vez más mecate, tarda harto en llegar al fondo *pa'* sacar ya casi puro lodo.

Melitón de Todos los Santos del Niño Jesús había nacido en el Bajío, en el otrora conocido Granero de la Nación, a unos kilómetros de San Antonio de Pochotes en el municipio de Romitas, estado de Guanajuato. Su infancia, una infancia transcurrida en medio de penurias inenarrables, había marcado para siempre al joven Ramos Romero, el séptimo hijo de 12 que habían procreado don Sebastián Ramos y doña Cristina Romero, allá en 1960 del año del Señor, en el mismo jacal de adobe, con las mismas paredes ahumadas cubiertas con periódicos viejos, las mismas veladoras, las mismas estampas religiosas y calendarios, los mismos clavos para colgar sombreros desgastados, ropa raída, sucia y maloliente, con el mismo piso de tierra, con la misma letrina, la misma oscuridad, la misma atmósfera asfixiante, los mismos olores, los mismos petates, la misma falta de agua, de electricidad, de caminos, de comunicaciones, de servicios médicos y, desde luego, con la misma ignorancia transmitida, como la tierra y la miseria, de generación en generación.

Melitón había asistido a la muerte prematura de cinco de sus hermanos: uno, por piquete de alacrán; otro, por un dolor de estómago o por sarampión o por fiebres y temblores o por el «mal del viento» o por toses y asfixia que les había mandado el Señor, en su Santísima Gracia, para dar por concluida su misión aquí en la Tierra. La muerte. La muerte siempre había rondado el jacal metiendo en cajas blancas diminutas a niños inocentes debidamente bautizados o llevando en hombros a jóvenes difuntos quienes, alojados en cuatro tablas claveteadas sin barnizar, eran conducidos hasta el cementerio después de la bendición impartida por el cura para que no se *jueran* a ir al *mesmito* infierno sin las debidas protecciones y sacramentos. Los acordes destemplados y desentonados de una humilde banda de música que invariablemente precedía el paso de los féretros bajo los rayos de un sol implacable anunciaban el arribo de una nueva peregrinación encaminada al panteón en medio de una nube de polvo. El joven campesino jamás olvidaría estas escenas ni dejaría de escuchar las notas desacompasadas y extraviadas del grupo de músicos que rendía los debidos honores a un nuevo muerto.

Nada parecía cambiar en la vida de generaciones y más generaciones de familias Ramos o Romero. Ninguna obra creada por el hombre parecía facilitar en ningún caso la existencia ni la convivencia. Algo, sin embargo, sí se modificaba día con día en la región: el paisaje, el medio ambiente, la pérdida de árboles, la temperatura, la presencia de más tolvaneras en febrero y marzo de cada año, las lluvias irregulares, de volúmenes impredecibles, los vientos repentinos, inusuales, las heladas prolongadas en otoño e invierno, así como el descenso en el nivel de las aguas de los ríos, lagunas, bordos y jagüeyes* donde nadaban y se bañaban cuando niños, al igual que donde abrevaban los animales después de devorar las pasturas. Los jagüeyes también habían desaparecido. Uno a uno se habían venido secando los pirules, los sauces llorones y los sabinos. Las zonas boscosas eran ya prácticamente inexistentes, al igual que sus habitantes naturales, como los tejones, tlacuaches, comadrejas, tuzas, topos, ratones y todo género de roedores; las víboras de cascabel, las masacuatas, entre otras criaturas reptantes, además de tórtolas, gorriones, coconitas, gavilanes, águilas y agachonas. Con la muerte del bosque los animales también emigraban. Tal vez el hombre sería el último en irse, no sin antes haber dañado y agotado irreparablemente el lugar mismo del que dependía su subsistencia. Los animales no defecan donde comen ni destruyen donde viven.

Desde muy pequeño Melitón pudo constatar las dimensiones de la devastación que se avecinaba cuando escuchaba una y otra vez las palabras de su abuelo y las de su propio padre que le hablaban de parajes y animales que él ya no había llegado a conocer. Los pumas, temazates, jabalíes, martas y tejones ya solo existían en las mentes de quienes los cazaban en su juventud; hasta los conejos, las ardillas, los armadillos, las garzas blancas y las chachalacas iban desapareciendo con el tiempo… El pequeño niño campesino ya estaba, a sus tiernos años, en condiciones de comparar el deterioro que sufría no solo aquella parte del ejido donde vivían, sino el municipio, el estado y la región en general, sobre todo cuando oía hablar de extrañas aves, de curiosos roedores, de árboles frondosos, de climas y vientos, pastos, bosques y ríos que él, Melitón, había llegado a descubrir solo a través de los libros de texto que le proporcionaban en la escuela rural de su localidad.

¿Qué habrá pasado? ¿Qué estará pasando?, se preguntaba aquel joven con el rostro totalmente lampiño, si acaso con una sombra incipiente de bigote asomando a los lados de su boca. ¿Por qué ahora se tiene que perforar mucho más *pa'* encontrar agua y luego sabe a sapo, *verdá* de Dios, que ya no se la toman ni los ajolotes ni los renacuajos? ¿Por qué ya no llueve como *endenantes*? ¿Por qué se secan los árboles y los ríos? ¿Por qué huyen las personas

---

* Jagüey: estanque grande hecho en la tierra para llenar con agua de lluvia.

y los animales? Todo eso se empezó a cuestionar desde chamaco. Su curiosidad natural, una de las fuerzas que mueven al mundo, iba en aumento según intuía y más tarde confirmaba el deterioro ambiental que lo rodeaba. ¿Sería todo por el agua? Sí, sí, ¿por el agua...? El cielo invariablemente sin nubes y el polvo permanentemente en los ojos constituían su mejor prueba.

Cuando su padre le ordenó que abandonara la escuela rural para ayudarlo a soportar las faenas del campo junto con sus hermanos varones —*pa'* eso le pedí tantos hijos al *Siñor, pa'* que me ayudaran a desyerbar o a *arriar* la yunta o a sembrar o a pizcar o a guardar el *mais* en las trojes o a pastorear a los animales *pa'* que comieran el rastrojo—, Melitón se las arregló para asistir a los cursos vespertinos. Por nada del mundo dejaría sus estudios, quedándose para siempre sin las explicaciones y las respuestas que necesitaba para entender lo que había sucedido, lo que sucedía y, sin duda, lo que sucedería con una visión mucho más amplia que aquella con la que se contemplaba la vida en Los Contreras.

¿No podía asistir a la escuela en el horario matutino por tener que ayudar a su padre a ordeñar las vacas, a recoger los huevos, a pastorear los borregos y a cuidar a los animales? ¡Iría entonces al turno vespertino! ¿Tampoco era posible porque tenía que sostener el arado, labrar con el azadón o con la coa en el tlacolol* y pelar las mazorcas para colocar el grano en el interior de los huacales estibándolos a la intemperie? Pues se las arreglaría para ir a una escuela nocturna o estudiaría por su lado aun cuando su padre lo llamara chulito por pasarse la vida leyendo libros...

—Pinche Pelos Necios —se dirigía a él don Sebastián, burlándose de su abundante cabellera rebelde—: véngase a trabajar acá con los meros machos y regréseles el tejido ese a sus hermanas —le reclamaba a Melitón cada vez que lo encontraba leyendo a la sombra de un árbol o a la luz de un quinqué.

¿Por qué el campo se secaba como un cadáver? ¿Por qué razón el jagüey sobre el que se dejaban caer entre carcajadas desde un columpio que colgaba de la rama de un ahuehuete se había secado para siempre? Él encontraría las respuestas. Él detendría la devastación. Él encontraría los porqués. Él rescataría la región devolviéndole la frescura, los perfumes, los aromas que había tenido años atrás. Él haría que la fauna habitara nuevamente las áreas erosionadas. Él recuperaría la flora perdida. Él impediría que los ríos siguieran muriéndose. Él provocaría la alimentación hidráulica de las lagunas y cuencas para que las aguas volvieran a sus niveles originales. Él vería que el

---

* Tlacolol: claro de montaña o de cerro ciertamente inclinado en el que se siembra con notable dificultad.

ejido volviera a contar con las condiciones necesarias de humedad. ¿Cómo lograr lo anterior si no era con conocimientos y técnicas que desde luego no adquiriría ni con su mejor «buena voluntad» ni sentado alrededor del fogón ni aplastando los granos de maíz en el metate ni hurgando bajo la cama de paja para encontrar los huevos puestos por las gallinas ni pastoreando a las ovejas? Bien intuía él que el camino estaba en la escuela: no, nunca la dejaría...

El tiempo fue descubriendo la verdadera personalidad del joven Romero. Melitón hablaba por igual con el cura de San Antonio de Pochotes, el mismo que lo había bautizado en 1960 cuando contaba escasos meses de edad —su madre nunca le había sabido decir cuándo había nacido exactamente—, que con el presidente municipal, los maestros del pueblo, caporales, peones y capataces. Era imposible que por aquellos días entendiera el encabezado del *Diario de Guanajuato* que sentenciaba en sus ocho columnas: «La contaminación de acuíferos y suelos: nuestro principal problema ecológico». Otro semanario, *El Sol,* de reciente aparición, anunciaba en su portada a todo color: «La escasez de agua en la frontera norte provocará la desaparición de poblaciones completas dentro de 20 años. Será un asunto de seguridad nacional más importante aún que los energéticos».

Melitón buscaba explicaciones. Nadie parecía tener las respuestas que él necesitaba. ¿Cómo dar con ellas? En Guanajuato, en la capital del estado, en las bibliotecas públicas, ahí se metería después de vender las cuerdas tejidas con ixtle de maguey, la leche o los chabacanos; vendería lo que tuviera a la mano, pero eso sí, en ningún caso derribaría árboles ni mucho menos los quemaría para hacer carbón de consumo familiar con tal de hacerse de unos centavos en el pueblo como la mayoría de sus amigos. Busca en los libros, le había aconsejado su maestro de primaria. Yo ya te enseñé todo lo que sé. Aquí ya no hay nadie que pueda ayudarte. Vete, vete... No vayas a acabar como yo...

Mientras sus hermanas preparaban y molían el nixtamal antes del amanecer y empezaban a tortear en silencio alrededor del comal para que quienes trabajaban las parcelas pudieran llevarse las tortillas del almuerzo recién hechecitas, los guajes llenos de té, la sal y los chiles en los morrales de ixtle, y otra iba al pozo con el balancín al hombro y unos botes con agua para hervir la canela, Melitón cumplía con sus obligaciones familiares para evitar los golpes de su padre en cualquier parte del cuerpo donde lo alcanzaban cuando a su juicio estaba holgazaneando. Si aquel tenía un leño a la mano, con él trataba de azotarlo o de aventárselo al primer intento de fuga o, ya en la desesperación, le lanzaba uno de sus huaraches hechos con llantas viejas e invariablemente cubiertos por costras de lodo:

21

—Ya te agarraré, pinche Pelos Necios —lo amenazaba, poniendo los brazos en jarras y respirando desacompasadamente.

Particular terror le provocaba el autor de sus días sobre todo cuando a altas horas de la noche, ahogado en mezcal y todavía con la botella en una mano y el sombrero en la otra, abría tambaleante, de una patada, la vieja puerta del jacal hasta dejarse caer en el primer petate polvoriento que hallaba, maldiciendo su inútil existencia. ¿Cuántas veces había salvado a sus hermanas de ser violadas por su padre —sobre todo en los días siguientes a aquel en que se había visto obligado a rematar en 200 pesos a Pati, una de las dos mulas, la consentida de todos— y cuántas otras tantas había llegado tarde solo para constatar, a través del llanto colectivo, que había consumado una vez más la vejación en cualquiera de las mujeres de la familia, incluida desde luego su madre? Bien sabía él que al haberse quedado con un solo animal aumentarían las penurias familiares porque ya solo podrían bajar del cerro la mitad de la leña y la mitad de los chabacanos, y por ende la miseria los azotaría aún con mayor severidad.

Por esa y otras razones, Melitón trataba de ser el último en ingresar en la noche en la violenta promiscuidad del jacal. No quería ya entrar en la defensa de nadie ni estaba dispuesto a recibir más golpes ni castigos por acaso intentarlo. De ahí que siempre se asomara por entre las paredes de carrizos para advertir la situación prevaleciente y constatar si alguien se había acostado cubriéndose con su manta raída sobre su lecho improvisado con los huacales vacíos donde transportaba los chabacanos. Ya no podía tolerar que su padre, en presencia de todos, emitiendo salvajes sonidos guturales, montara a su madre o a cualquiera de sus hermanas entre gritos de desesperación y repugnancia, solo liberándolas de la insoportable tortura cuando lograba saciarse, solo para caer desmayado a un lado de aquellas impotentes y doloridas víctimas.

A los 16 años de edad, Melitón ya conocía el porqué de las presas, la importancia del cultivo por riego, los peligros de la agricultura de temporal. Movido por la curiosidad y aprovechando cualquier oportunidad para estudiar, como cuando sacaba a los animales a pastar, aprendía técnicas para captar agua de lluvia o bien para provocarla, recostado en el tlacolol de siempre, sobre un áspero jorongo de lana virgen que hacía las veces de almohada. Él buscaba el menor pretexto para salir antes de que cayera la tarde a leer y escapar de la violencia paterna. No se percataba de que, al continuar sus lecturas en las noches, a la luz de un quinqué, se le iba agotando gradualmente la vista. Sin embargo, lo que fuera con tal de aprender, ser el último en llegar al jacal y el primero en salir del hacinamiento en la madrugada.

Melitón sabía que en Los Contreras jamás encontraría las explicaciones que él buscaba ávidamente. Tarde o temprano tendría que irse, dejar lo que le era tan suyo sin volverse hacia atrás con tal de informarse y estar en condiciones de aportar posteriormente soluciones para superar el atraso. Imposible discutir con su padre los términos de su salida de la milpa ni del ejido ni mucho menos del núcleo familiar. ¿Qué le importaban sus preocupaciones o sus ambiciones? Jamás las entendería.

«Ándele, cabrón. Váyase a pastorear los borregos: Dios sabe lo que hace. *Asté* no es *naiden pa'* juzgarlo, ¿entendió?», le hubiera contestado don Sebastián, tal y como le respondió el cura del pueblo. ¿Quién eres tú para criticarlo? ¿A quién le debes la vida y todo lo que eres…? ¿Eh…? Al huir de la tierra donde había visto por primera vez la luz, bien lo sabía él, sería tachado de traidor por abandonar la parcela, la yunta y los trabajos comunitarios que solo los habían sepultado aún más en la miseria.

Un acontecimiento vino, sin embargo, a precipitar su decisión: la devastadora sequía que se produjo en 1977.* No solo Los Contreras resintió los nefastos efectos de las condiciones ambientales, sino la región en su conjunto, el altiplano y casi todo el país en general sufrieron dramáticamente la falta de lluvias. El campo cambió de color, adquiriendo una tonalidad amarillenta y difusa. Las escenas parecían producirse en cámara lenta. Un sopor disminuía el ritmo de todos los movimientos. El bochorno era insoportable. La sed, angustiosa. Los animales empezaron a amanecer primero echados, cubiertos de polvo y más tarde muertos en los pastizales de zacate. La muerte engolosinada rondaba los caseríos y las granjas y los establos en busca de nuevas presas detectadas por las aves de rapiña, que esperaban su momento divisando pausadamente desde las alturas los últimos instantes en que la fatiga y la sed hacían que las reses, mulas y vacas se echaran al piso rendidas, resignándose a su suerte. Los hombres, por su parte, se aprestaban a emigrar hacia nuevos horizontes. Unos se dirigían al norte, otros a ranchos vecinos dotados de pozos profundos o ríos cercanos.

El hambre flagelaba a diestra y siniestra. Las enfermedades comenzaban por atacar a los sectores más desnutridos y empobrecidos, mucho más allá de Los Contreras. La gente comenzó a tomar caminos, calles, veredas, montes y planicies, formando largas filas en busca de comida, albergues, refugio y, sobre todo, pidiéndole a la Virgen agua potable, agua, agua bebible para tratar de escapar al cólera y a la tifoidea. Salían con rumbo a las ciudades sin

---

* Precisamente en el año de 1977, México y buena parte del continente americano sufrieron una de las más severas sequías conocidas a lo largo de su historia. Comenzó en abril y duró hasta el mes de octubre; afectó enormes territorios y perjudicó sensiblemente la economía de sus habitantes.

saber que estas no eran sino espejismos, donde solo encontrarían más miseria, insalubridad y desesperación. ¿Qué debe esperarse de un pueblo que no tiene qué comer, sino tal vez hierbas silvestres porque la sequía acabó con las milpas, con las yuntas, con los animales de la granja y con los que antes podían cazar, con el agua del pozo y con las ilusiones y esperanzas? ¿Qué debe esperarse de un pueblo que ingiere agua podrida? ¿Acaso debe alguien extrañarse ante la presencia de una epidemia? Estas también se inician entre los miserables como si no fuera ya suficiente su castigo. Los Contreras y sus pobladores no podían escapar a este drama ambiental recurrente en el campo mexicano.

La familia Ramos Romero y millones de familias más del resto del país ignoraban que precisamente en 1977 México estaba siendo afectado por una de las sequías más severas, prolongadas e intensas de su historia. El devastador fenómeno había empezado en el mes de abril de dicho año, disminuyendo sus efectos ya entrado noviembre, días antes de que Melitón decidiera abandonar como otros tantos más la tierra que lo había visto nacer. La sequía azotó ferozmente el norte de Veracruz y desde luego todo el estado de Guanajuato, así como Nuevo León, Tamaulipas, Coahuila, Oaxaca, Chiapas y Puebla, para ya ni hablar de Sonora, Chihuahua y las Californias. El desastre era total. Los animales morían de sed por cientos. Los ganaderos remataban sus reses al mejor postor en México o en Estados Unidos antes de que perdieran más peso. No, no llovía. Las cosechas se perdían, enfrentando a los agricultores a una catástrofe financiera. Se dejaron de sembrar inmensos territorios a lo largo y ancho de México, lo que generaría carencias iguales o más severas el año siguiente. El desempleo cundía por doquier. Las ciudades recibían una marea humana proveniente de un campo más seco que un erial. Los cinturones de miseria engrosaban por instantes mientras los limosneros invadían las calles. Las pérdidas en los cultivos de maíz y frijol, imprescindibles para la dieta nacional, fueron totales. Los precios de dichos productos se dispararon al infinito, lastimando aún más a quien nada tenía. Las importaciones cuantiosas de alimentos disminuían agresivamente los niveles de las reservas monetarias. Los niños morían de deshidratación. Se incrementaban drásticamente las enfermedades originadas por la ingestión de agua contaminada. El país en general se empobrecía escandalosa y vertiginosamente.

Imposible que en Los Contreras conocieran dicha información, como tampoco sabían que la sequía afectaba a buena parte del mundo en esos momentos. Solo se salvaban los previsores, los que habían almacenado agua, cuidado sus ríos y sus bosques y que no dependían tan acentuadamente de la precipitación pluvial, sino del riego para sobrevivir y seguir produciendo alimentos. Los previsores, los que se adelantaban a los acontecimientos, eran los únicos que habían logrado resistir medianamente la flagelación meteorológica. Los confiados, los ignorantes y los irresponsables, como siempre, le habían hecho frente con el pecho abierto, con todas sus consecuencias, mismas que no se hicieron esperar. La desgracia los aguardó en las milpas, en los pastizales y en el comal vacío sin piedad ni consideración alguna.

Don Sebastián trató a toda costa de retener a sus hijos. Intentó obtener un subsidio que le entregaría el gobierno federal a los productores de la zona siempre y cuando no lo utilizaran para sembrar el agua del río Lerma ni la de sus afluentes, dado que el líquido, en todo caso, tendría que destinarse en su totalidad al abastecimiento de las necesidades de la Ciudad de México. ¿Qué tal que nos pagan por no trabajar? ¿Sí, *apá*? Y cuando se acabe el agua del Lerma, ¿le seguirán pagando a usted por no trabajar? Es igual, pero de aquí no se va *naiden*…

¿Cómo explicar? ¿Cómo atreverse a razonar con alguien su decisión, sobre todo cuando la respuesta bien podría ser una tremenda golpiza o un chantaje por parte de su madre y de sus hermanos? Su padre jamás comprendería que cualquiera de sus hijos se empleara como peón en una hacienda vecina porque ello significaba opresión y dependencia de la que ya su familia había querido escapar desde que el presidente Cárdenas les había entregado el ejido y con ello, supuestamente, la prosperidad tan anhelada como esperada. ¿En qué se había convertido el ejido?

Melitón se iría una mañana sin decir ni una palabra, de la misma manera en que iba a la capital a comprar provisiones o a vender huevo o chabacanos. Desaparecería sin dejar huella para evitar represalias de cualquier tipo. ¿Acaso podía perder de vista que su hermano mayor tenía 26 años y todavía tenía que pedir permiso para salir? El autoritarismo, ¿no era claro?, se seguía dando en todos los niveles de la nación, paralizándola como siempre. El muchacho campesino no tardaría en descubrir que, si bien había sido cierto que la intransigencia había llegado a América con los españoles, su pólvora y sus deseos de dominio, no era menos cierto que ya los propios aborígenes, sobre todo los aztecas, eran implacables entre ellos mismos. ¿Qué tal don Sebastián…?

Sin empleo ni un lugar donde llegar a dormir, ni siquiera una manta ni su petate para salir con él al hombro, así dejó para siempre, tal vez sin él saberlo, a su familia, al jacal, a los animales, al paisaje cada vez más acre, para ir en busca de una mejor fortuna. Un entusiasmo desbordado lo hacía saltar por encima de todos los prejuicios, obstáculos, amenazas y miedos que podrían detenerlo como a cualquier hombre. ¿A los hombres los paraliza el miedo y los impulsan sus fantasías? ¡Qué lejos estaba de saber que a él, al igual que a todos los seres humanos, los inmoviliza el temor a lo desconocido! Solo los privilegiados no se dejan impresionar ni se convierten en sus peores enemigos ni se les congela el ánimo. Los privilegiados enfrentan la adversidad con audacia, experimentando un gratificante sentimiento de poder, una sugerente convicción de autoridad con la que nacen y mueren. Los privilegiados ven los obstáculos con otra dimensión mientras contemplan el futuro con un arrogante optimismo, el necesario para conquistar el éxito.

Ya entenderán, se decía cuando caminaba en aquel suave azul del amanecer por el suelo polvoso de Los Contreras con rumbo y suerte desconocidos. Ya me lo agradecerán, parecía decir cuando los primeros rayos del sol empezaban a coronar en el horizonte las interminables praderas del Bajío, tiñendo su entorno con los tibios colores de un campo pertinazmente seco.

Melitón, sin embargo, salía cargado de esperanza y ensoñación.

El primer día en que Melitón llegó a Silao, la suerte lo estaba esperando con los brazos abiertos. La oportunidad se le presentaba franca, abierta, espontánea. Después de comer una torta guacamaya hecha con bolillo y rellena con chicharrón y salsa roja, sentado en una de las bancas de la plaza La Victoria, a un lado del kiosco, y una vez decidido su siguiente destino, tal vez una de las haciendas circunvecinas donde se emplearía de peón, cruzó la calle para entrar a los portales y comprar cautelosamente un kilo de tortillas, chile y sal para el viaje, que sin duda habría de ser largo. El pulque, de acuerdo con la experiencia paterna, no estaba en sus planes. Cuando esperaba formando la línea que conducía al expendio, en cuya entrada se percibía un inmenso comal sobre el cual se calentaban unas tortillas infladas y otras tantas con la masa aplanada recién humedecida, vio en el interior de la vitrina de una pequeña panadería anexa un letrero improvisado redactado con una crayola azul sobre una bolsa extendida de papel de estraza:

«Se *solisita* ayudante de panadero con o sin *esperensia*.»

El local contiguo tenía dos puertas de lámina negra a cuyos pies se encontraban sendos tapetes de acceso con la leyenda impresa «Panadería La Central. Bienvenido». Un letrero tallado en madera anunciaba orgullosamente la fecha de iniciación de operaciones: «Casa fundada en 1937». En tanto esperaba ser atendido bajo el techo de la panadería —armado con vigas de madera rematadas en forma de pecho de paloma, con unas tejas quebradas y otras, la mayor parte, enteras, cubiertas de un fino polvo gris—, las inquietudes empezaron a cobrar vida en su interior. ¿Por qué no buscar un empleo ahí mismo? Es igual uno que otro. ¿Y si lo rechazaban? ¿Y si la plaza ya estaba cubierta y habían olvidado quitar el letrero?

Después de guardar las tortillas envueltas en un pedazo de tela azul con cuadros rojos, movido por un impulso que no le permitió ni sopesar su decisión, así, de improviso, ingresó sin más en la panadería en busca de su futuro. Cruzó por donde estaban elevados anaqueles que contenían separado el pan dulce del pan blanco. Al lado derecho se encontraba una vitrina de piso a techo que exhibía muestras de pasteles de cuatro o cinco pisos forrados de merengue de diferentes colores para bodas, también de plata y oro, primeras comuniones, 15 años, cumpleaños y cualquier otra celebración importante.

Una humildad natural le hizo descubrirse la cabeza antes de dirigirse con marcada timidez al despachador en turno.

—¿Aquí es donde buscan un ayudante de panadero? —inquirió con la mirada esquiva al llegar al mostrador. El olor a pan caliente parecía animarlo. Un radio colocado a un lado de una figura de san Francisco de Asís de yeso coloreado, ambos cubiertos de harina, emitía canciones rancheras a todo volumen, mismas que se confundían con las que estaban escuchando los panaderos en la trastienda, allí sí a su máxima sonoridad. No tardaría en aprender el truco del patrón: si escuchan música así de fuerte no platican, y si no platican, trabajan. ¡Prendan el radio!

No recibió respuesta del encargado ocupado en unas cuentas. La música le impidió por lo visto ser escuchado. Al hacer un nuevo intento le extrañó ver en pleno día unas lámparas de neón blanco prendidas que colgaban de las gualderas. Melitón leyó entonces unos anuncios colocados en el mostrador que ofrecían artículos domésticos de segunda mano, así como los servicios de una casa de huéspedes. ¿Dormiría esa noche en una banca de la plaza La Victoria? Ya vería…

—¿Tiene *usté esperiensia*? —repuso finalmente aquel hombre de unos 26 años de edad, de tez y pelo oscuros y baja estatura, quien de golpe se perdió tras un muro para volver con un canastón lleno de pan horneado.

Para su sorpresa, Melitón sí había sido escuchado. Este no dejaba de contemplar esquivamente los movimientos de aquel individuo de rostro amable que vaciaba a sus espaldas una inmensa charola de teleras calientes en los depósitos de pan blanco.

—¿Le gusta el pan? —inquirió el supuesto encargado, vestido con una camiseta blanca, un delantal y zapatos *tenis* del mismo color, pantalones caqui y una cachucha de los Yankees de Nueva York puesta al revés, toda una presea para él.

—Ssssíííí —aclaró sin tardanza en tanto leía los precios de cada pieza de pan escritos a mano sobre un papel adherido a un espejo que colgaba sobre la pared a un lado de la caja. Otras hojitas pegadas contenían los pedidos de pasteles y fechas de entrega, así como la lista de asistencia del día de los cinco empleados del local. Un anuncio redactado con letras rojas, «Hoy no se fía, mañana sí», hablaba del sentido del humor del dueño del expendio.

La atmósfera de aquel lugar lo atrapó.

—¿Es *usté* madrugador? —insistió el encargado, viéndolo de reojo sin dejar de moverse ni un instante mientras preparaba uno de los cajones de bolillos para volver a llenarlos con pan fresco.

—Sí, allá en su pobre casa todos nos paramos antes del amanecer.

—Pago poco —agregó. Tenía los brazos, las manos, las mejillas, el delantal, la cachucha y hasta las cejas y pestañas llenos de harina.

—No me importa —adujo Melitón, deseando cruzar al otro lado del mostrador para ayudar a pasar un carrito repleto de charolas con lo que más tarde conocería como moños, novias y garibaldis para ser colocados en los exhibidores de donde se serviría la clientela.

—A las tres de la mañana hay que prender el horno, preparar la harina *pa'l* pan del desayuno —señaló a modo de advertencia—. Luego, a media mañana, hacemos el de mediodía y en la tarde, el de la merienda. Aquí nadie se acuesta hasta que el último cliente no se lleva el último bizcocho. Si son 12 o 14 horas, las que sean, a chingarle macizo. Aquí nadie se raja.

—Desde muy chamaco me enseñé a trabajar, señor.

—¿Le entra *usté* a la chamba por ocho pesos diarios?

—Lo que sea su *voluntá*.

—¿Cuándo puede comenzar?

—*Ahoritita mesmo* si *asté* quiere…

La primera vez que se fijó en el rostro de Melitón fue cuando le dijo:

—*Pos* jálele *pa'* dentro, *chingao*… Remójeme la harina que está sobre aquella mesa de madera —ordenó el joven panadero dueño de un lenguaje ciertamente pintoresco que, a pesar de ser rudo, no ofendía, mientras alguien le hacía saber que las campechanas ya estaban listas—. Cuando se le acabe saque más harina de aquel costal y vuélvala a mojar, pero *meniando* rapidito el culito, ¿me oyó? Así: *chas, chas, chas* —ordenó, tronando los dedos.

Melitón entró apresuradamente en la trastienda. Hubiera querido beberse el mundo de un solo sorbo. La timidez no se reflejó en sus pasos en esos momentos.

—Caminando, carajito —apresuró aún más el patrón a su nuevo empleado—, y no sea marrano: antes de tocar nada se me lava las manitas, solo Dios sabe dónde se las metió usted durante el día. Se me pone la camiseta, la cachucha y el delantal blanco que cuelgan del clavo donde está el calendario, ahí, en la bodega, al fondo, donde está la mamasota encuerada, y le entra por aquí, hecho la chingada, donde está el horno *pa'* meterle leña. ¿Entendió, *chingao*, o se lo vuelvo a explicar?

La ciudad de Silao había ganado un nuevo aprendiz de panadero. Más tarde buscaría dónde vivir. El primer paso estaba dado. Al obtener empleo consolidaba su decisión.

El tiempo pasó unas veces lento, otras de prisa en la panadería La Central. Para la sorpresa y tranquilidad de Melitón, antes de lo que este hubiera podido imaginar, pudo gozar de un ingreso fijo que le permitió, por un lado, mantenerse por sí mismo y, por el otro, poder pagar sus estudios en la escuela nocturna y concluir su instrucción secundaria e iniciar la preparatoria. Mientras pudiera continuar en la escuela todo seguiría bien.

Melitón pasó los primeros seis meses en el segundo amasijo, en el local original en el que Librado Múgica, su jefe, el hombre generoso que lo había contratado cubierto de harina, había aprendido el oficio gracias a su padre, Librado Múgica, y este último de su abuelo, Librado Múgica, el fundador del negocio en el año de 1937. Tres generaciones de Librado Múgica esperaban a Melitón para convertirlo en panadero.

En el segundo amasijo, conocido como el de los franceseros, Melitón dio sus primeros pasos en el oficio aprendiendo a hacer exclusivamente pan blanco. Llevado de la mano del Sordo, el maestro de cuantos aprendices ingresaban a trabajar en la panadería, supo que una de las grandes herencias de la intervención francesa había sido nada menos que el pan *baguette,* un simpático antecesor del bolillo mexicano. Él, como un «francesero» más, invariablemente de pie, a un lado del Sordo, ya con delantal, zapatos, camiseta y cachucha totalmente blancos como su cara, manos y brazos llenos de harina, bien pronto supo cómo confeccionar teleras: comenzaba por ir a buscar la harina a la bodega, un cuarto sin ventanas, iluminado escasamente por un foco que pendía de un cable del techo. De ahí salía cargando un bulto de polvo blanco de 50 kilos cuya mitad vaciaba sobre una mesa de madera mucho más vieja que el primer Librado Múgica nacido en todo el estado de Guanajuato a lo largo de su vasta historia. A continuación agregaba sal, agua, levaduras y un poco de azúcar hasta obtener, después de revolver todos los ingredientes, una buena calidad de masa.

Al concluir dicho proceso tomaba una larga charola de lámina sobre la que colocaba ordenadamente 40 pedazos de aquella masa. Sobre la superficie blanca de dichas piezas del tamaño de una de sus manos, realizaba rítmicos cortes a lo largo de cada una —dos heridas, como le indicó desde un principio el Sordo—. Así, repetía una y otra vez la operación hasta llenar 15 charolas que metía en el horno calabacero, ya caliente, accionado con leña. Algún día compraremos uno de gas, le había hecho saber Librado. Una vez transcurrida la media hora aproximada de cocción y después de haber revisado continuamente el color del pan por una pequeña ventana que le permitía verificar cómo se iban inflando las piezas, dorando y hasta tostando según subían y bajaban las charolas como si se tratara de una rueda de la fortuna en el interior de aquel horno primitivo y pueblerino que él recordaría por el resto de su vida con sonriente gratitud, al estar al punto las teleras, detenía entonces charola por charola y, metiendo en el horno unas palas de madera del doble de un brazo, acercaba a la orilla todas las piezas hasta hacerlas caer sobre unos canastillos de tela de lona blanca, con ruedas, que se utilizaban para llevar finalmente el pan fresco y todavía caliente a los exhibidores del expendio.

¡Qué feliz fue Melitón en aquellos años en que por primera vez se ganó la vida valiéndose de sí mismo! Era absolutamente libre e independiente. No tenía que rendirle cuentas a nadie. ¿Las circunstancias lo llevarían finalmente por el mundo del comercio hasta fundar él mismo su propia panadería? ¿Y el agua y la sequía y la deforestación y la flora y la fauna y la muerte de los ríos y el envenenamiento de los mares…? Mientras tanto, Melitón aprendería a hacer bolillos, pambazos y barras, solo pan blanco por el momento. Si no dominas esta masa tan fácil y noble, menos podrás con la del dulce. El tiempo y la experiencia lo harían pasar de un amasijo al otro.

Las manecillas del reloj de la torre de la parroquia de Santiago Apóstol recorrían incansables la monotonía del cuadrante, dejando caer el polvo que acumulaban de la media a las 12 horas. El tiempo pasaba inexorablemente. Melitón dejaba de ser un chamaco. Se convertía en hombre con otra voz, otro porte, otra personalidad, otra indumentaria, otro lenguaje, otros modos, otras costumbres aprendidas. Escapaba de los hábitos de Los Contreras como quien se quita una camisa sucia. Mientras más pensaba en la miseria del jacal, en la promiscuidad interior, en el eterno nudo familiar, los mismos problemas insufribles de siempre, en los abusos que él y sus hermanos, particularmente sus hermanas, habían resentido desde pequeños, víctimas del alcoholismo, de la brutalidad, de la ignorancia histórica de todos los suyos, más esfuerzos hacía en La Central por ser un empleado modelo, el mejor de todos, el más puntual, exacto y disciplinado para no tener que regresar con toda su frustración a cuestas a sumarse al hambre y a la agresión interminable de los suyos. No, jamás volvería a vivir sepultado en el atraso ni volvería a sufrir la impotencia. El jacal era lo más cercano al infierno: que si lo sabía él.

Un buen día Librado lo hizo pasar al amasijo de los bizcocheros, anexo al de los franceseros, donde cada vez se fue consolidando más en el oficio. Bien pronto sería todo un panadero. El Sordo solo le dijo con la mirada: ya volverás a las teleras…

¿Conchas de chocolate, cocoles, ay, cómo le gustaban los cocoles (a una hija suya desde luego le diría Cocolita), moñitos, garibaldis, mamoncitos, trenzas, arillos, memelas, panqués, donas y polvorones? Todos esos panes los aprendió a hacer al año siguiente, cuando dejó la posición de aprendiz segundo para ser ascendido a aprendiz primero con un orgullo que no podía caber en él.

—A más chamba, más pachocha —le dijo Librado al entregarle su sobre con la raya y presentarle a su ayudante. ¿Él, Melitón Ramos Romero, sin saber cuándo había nacido exactamente, tendría un ayudante? Si doña Cristina lo viera preparando láminas de hojaldre para hacer banderillas con azúcar quemada, bien tostada en la parte superior. Al menos dominando un oficio ya no moriría de hambre.

Los compañeros de la secundaria fueron los mismos que los de la preparatoria. Durante las noches, al salir de la escuela, unos iban a tomar cerveza o llevaban serenata a sus novias, formando parte de una estudiantina, o se iban a sus casas con sus familias o se dirigían al kiosco simplemente para charlar o se quedaban en la biblioteca hasta altas horas de la noche. Melitón era de estos últimos: no ignoraba que un traspié en La Central o uno en la escuela y Los Contreras podía engullirlo sin dejar rastro de él como al resto de los suyos. ¿La panadería? Sí, la escuela, también. Se mudó a otra casa de huéspedes más cercana y más cómoda. Al menos ahora podía tener un baño en su propia habitación sin tener que hacer largas filas en la mañana para poder bañarse, arreglarse y vaciar la bacinica. Los objetivos le iban quedando claros: garantizarse un empleo, un techo y un pupitre. ¿Cómo fallar así?

Y sentado en un pupitre, exactamente en un pupitre, escuchó por primera vez, en la voz de uno de sus maestros, un enfoque novedoso de unos pasajes de la historia de México que modificaron en buena parte lo aprendido anteriormente. Las breves notas repartidas por el profesor a lo largo de aquella sesión que tanta influencia habrían de tener en él fueron más o menos las siguientes:

La declaración de independencia de México iniciada por el padre Hidalgo tuvo un éxito notable gracias a la sequía tan prolongada que azotó ferozmente al Bajío tres años antes de la histórica madrugada del 16 de septiembre de 1810.

¿Por qué razón Hidalgo pudo reunir un ejército de 80 mil indios armados con palos y machetes? Pocos han vinculado el hambre con la feroz sequía que azotaba a México ya desde 1807. ¿Quién puede imaginarse lo que significan tres años sin lluvias y sin agua? Tres años en

que llovió fuego ininterrumpidamente, tres años de insufribles padecimientos, tres años de muertes infantiles y de animales fallecidos por la
sed, tres años de enfermedades, angustia e impotencia, tres años de pozos secos sin comida ni para hombres ni para el ganado, tres años de
desempleo y migración desesperada. ¿Cómo no poder reunir en dichas
condiciones a 8 mil u 80 mil o 180 mil campesinos muertos de hambre
deseosos de un cambio, de donde viniera y como se diera? La sequía, la
falta de lluvias y el suelo que ardía facilitaron la reunión de los hombres
enardecidos alrededor del cura Hidalgo.

La sequía de 1810 fue tan intensa que ni los propios magueyes
resistieron la resequedad. No fue posible ya hacer pulque para aliviar,
aun cuando fuera transitoriamente, el peso de las penas en el interior
de los jacales. La delincuencia antecedió a la revolución. Las cárceles se
llenaron de campesinos famélicos y desesperados. La escasez de maíz
disparó los precios agrícolas al infinito. El conflicto estaba planteado y
no, desde luego, porque Napoleón hubiera invadido a la Madre Patria
en mayo de 1808. El cura Hidalgo tardó dos años en reaccionar, levantándose en armas hasta septiembre de 1810 porque la sequía apenas
estaba comenzando en 1808. Los ánimos de la población se desborda-
ron cuando las carencias se hicieron insufribles.

La sequía fue el gran detonador de la guerra de Independencia
como también lo fue de la Revolución de 1910, después de 10 años de
estar arraigada en el campo mexicano. Si se entendiera que la sequía
determinó nuestro pasado, tomaríamos las medidas para evitar daños
posteriores y nos adelantaríamos al futuro para impedir que la catástrofe se apoderara de nuevo del destino de la nación.

1810, 1910, ¿2010?

Fue ahí, precisamente en la panadería La Central, donde, años después,
el destino habría de esperarlo arteramente con una guadaña escondida en
la mano. Todo comenzó cuando Isabel, Chabela, la famosa Chabe, se presentó un día extrañamente fresco y húmedo a las seis de la tarde a comprar
el pan para la merienda. Desde la primera ocasión en que esa joven mujer de
escasos 20 años entró por el umbral de la panadería con la cabeza cubierta
por un rebozo oscuro como si en realidad hubiera entrado a rezar en la parroquia del Carmen, Melitón experimentó un vacío en el estómago. Isabel,
de piel apiñonada, ocultaba su rostro esculpido con un perfil fino y sobrio
que no requería de la menor ayuda de maquillajes ni de afeites, mal vistos,
por otro lado, por la sociedad local si se trataba de muchachas de familia.

La joven tomó mecánicamente una charola con algunas migajas de panes, dulce y blanco, y restos de azúcar. Ayudada por unas pinzas de metal empezó a servirse lentamente, sin percatarse ni por lo visto importarle si alguien la veía o no. Sintiéndose observada, se resistió a atisbar alguna mirada curiosa. Sola entró. Sola tomó el pan salado, los bolillos y las teleras. Sola, sin voltear, se sirvió unas memelas, dos garibaldis, un mamoncito, dos conchas de chocolate y dos de azúcar, unos moñitos y unas banderillas de hojaldre bien barnizadas con azúcar quemada. Sola se acercó al mostrador para que Melitón, quien también en algunas tardes y noches hacía las veces de despachador, le envolviera algunos bizcochos con papel y el resto los colocara en desorden en la bolsa de estraza.

El joven panadero había tenido la oportunidad de verla —¿cómo verla?, ¡admirarla!, sí señor, admirarla, contemplarla, en detalle, tal vez sin que ella lo notara—. Cuando se acercó al mostrador, la atendió como a un cliente más sin mirarla a los ojos ni tratar de adivinar algo más de ella. No estaba dispuesto, inexplicablemente, a dirigirle una sola palabra, para ya ni hablar de confesarle el hechizo que había operado en él. En ningún caso dejaría entrever el sentimiento que ella le había despertado. No lo confesaría. Intuitivamente impediría la menor insinuación, la más imperceptible manifestación de su emoción. Ella tampoco volteó a verlo. Con una impenetrable expresión en el rostro, con la mirada opaca clavada en el suelo, esperó en absoluto silencio a que le cobraran. Pagó y se fue sin dar las gracias ni levantar en momento alguno la mirada. Lo peor de todo para el orgullo de Melitón, según él, fue que ni siquiera podría aclarar ella, al llegar a su casa, si había sido atendida por un hombre o por una mujer. Metió el pan en la bolsa del mandado y salió de la panadería igual como había entrado hasta que sus pasos se perdieron en una de las calles empedradas del centro en las primeras horas del anochecer.

¡Ay! Si el pobre de Melitón hubiera podido escuchar los comentarios que hizo Isabel tan pronto vio a su madre sentada, como siempre, a un lado del zaguán de la casa, en su vieja silla roja de madera con asiento y respaldo de bejuco. ¡Qué equivocado estaba al sentir que no había sido visto!

—Acabo de conocer al nuevo ayudante del panadero: me encantó su seriedad, sus manos y sobre todo cómo me miró desde que entré a la panadería. Yo creo que también le gusté…

—¿Es joven?

—Sí, sí, jovencísimo…

—Pues ándale entonces —dijo la madre, dejando descansar por un momento el tejido sobre sus rodillas—, a ver si ya le llega su hora al tal ese Manuel que no ha dejado de rondar esta casa desde que te conoció.

—¡Ay, mamá! —se quejó Isabel sin mostrar el menor disgusto—. Siempre has de salir con lo mismo. ¿No lo puedes olvidar?

—¿Y cómo esperas que se me olvide si casi te duplica la edad y todos por aquí en Silao dicen que es casado y que con sus centavos quiere enamorar a tanta muchacha guapa se encuentra… como tú? —concluyó doña Marta, regresando varios puntos del estambre que se estaban saliendo de una de las agujas.

Isabel entró sonriente en la casa para colocar el pan en una charola de barro negro de Zacatecas y preparar el chocolate con el molinillo. ¿Cómo se llamaría el nuevo panadero ese que miraba tan bonito?

—¿Crees que alcance el pan para todos o querrás ir a comprar más? —alcanzó a decir doña Marta, disfrutando los primeros pasos en el terreno del amor de la única hija que Dios le había concedido.

A partir de entonces, Melitón también la estuvo esperando todos los días. Ella, al fin mujer, dejó de asistir intuitivamente a La Central para crear más ilusión y fantasías en el que desde luego sería su nuevo pretendiente. El tiempo, el tiempo diría la última palabra. Hoy por lo pronto deseaba hacer crecer la tensión entre ella y el panadero, y por lo mismo se abstendría de acercarse al lugar al menos durante dos semanas. Se haría extrañar. Jalaría la liga como le había enseñado su tía Olga. Ya verás cuando finalmente la sueltes… Melitón no podría dejar pasar otras dos semanas. De seguro la abordaría de inmediato tan pronto la viera.

Un día, después de una escasa lluvia, cuando el aire olía a tierra mojada, Isabel decidió presentarse a las seis de la tarde vestida como la primera ocasión en que había conocido a Melitón. El mismo rebozo heredado de su abuela colocado de la misma manera que ella le había enseñado: enmarcándole el rostro para luego dejar descansar ambos extremos sobre los hombros. Así es como debe ir por la calle una muchacha casta para evitar la maledicencia de los hombres malos, *mijita*… Isabel buscaría la manera de verlo antes de que él siquiera se percatara de su presencia. Después, sabiéndose vista, escogería el pan con la mirada invariablemente fija en el suelo, como si no existiera ya no solo el propio Melitón, sino nadie más, ni panadería ni calle ni farolas ni otros clientes. Nada. Entraría como le había oído decir a un cura de Silao, como alma en pena, como una mujer que está purgando un pecado cometido, el original, y no puede levantar la vista ni para ver la luz ni por donde camina ni a donde se dirige. Si hubiera sido medianamente consciente de su belleza, desde luego habría tomado otra actitud. ¿Por qué siendo tan hermosa tenía que venir a fijarse en un humilde panadero? ¿Por qué no volar más alto y conquistar otros espacios con esa presencia y esa gracia, la de una privilegiada? Tal vez porque ella inexplicablemente lo contemplaba a la justa altura de sus ojos y de sus aspiraciones.

Pero cuál no sería su sorpresa al ver que Melitón no se encontraba en la panadería, sino terminando ya la preparatoria vespertina. Ella sufriría como primera víctima las consecuencias de sus propios planes. El efecto que deseaba provocar con su visita se le revertiría a ella misma. Ahora tendría ella que regresar sola a su casa sin haber inyectado el veneno del amor en las carnes del panadero, teniendo ella que retenerlo en su cuerpo. ¡Qué hermoso hubiera sido volver a entrar a la panadería, constatar que Melitón la veía, clavarle el veneno y salir airosa del trance, dejando al panadero tocado de muerte! Él pasaría buen rato mascando sus fantasías amorosas, idealizándola y añorando un nuevo encuentro, un mayor acercamiento hasta hacer algún día un contacto más íntimo con sus manos, sus labios, sus aromas, su aliento y tal vez con toda la excelencia de su piel.

No tardó Isabel en volver a la panadería a diferentes horarios con tal de encontrar a Melitón de Todos los Santos, quien, por su lado, volteaba la cabeza instintivamente hacia el umbral de la puerta cada vez que ingresaba un cliente. Muchas veces lo vio, la vio, se vieron, pero él nunca inició una conversación ni mucho menos la propició ella. Así se repitió la escena una y otra vez sin que ninguno de los dos diera el primer paso ni delatara la menor tensión. La única insinuación que Melitón se atrevió a hacer, y para él ya fue todo un exceso, consistió en poner de vez en cuando en la bolsa de Isabel, y desde luego sin cobrárselas ni advertirle, unas piezas seleccionadas de garibaldis o de conchas con chocolate preparadas por lo visto por él mismo, la máxima prueba de amor a la que él podía llegar. Ella nunca se dio por aludida ni agradeció el gesto, menos aun cuando en su misma presencia el panadero envolvía los panqués cubiertos por chochos blancos que ella en ningún caso había escogido. Para Isabel la compra del pan parecía una rutina más, sin mayores consecuencias ni atractivos. Ambos se comportaban como si las emociones no existieran y, de llegar estas a existir, entonces como si pudieran controlarlas, evitando cualquier desbordamiento. Melitón fracasó en el último intento por guardar las apariencias. En una ocasión, cuando ella pagaba el importe de su compra, el joven panadero, preso de un impulso, con las manos heladas y los latidos del corazón en la garganta, por fin se decidió a hablarle como si una fuerza indomable se hubiera soltado en su interior.

—¿Te puedo acompañar de regreso a tu casa? —preguntó con un hilo de voz.

Isabel tomó el pan, lo colocó dentro de la bolsa con el resto del mandado y por toda respuesta, sin contestar una sola palabra, salió de la panadería echándose una de las puntas del rebozo sobre el hombro izquierdo.

Melitón, atónito, corrió a ver al patrón suplicándole que atendiera por un momento a la clientela porque tenía algo repentino que hacer, luego le explicaría. Así arrojó el delantal blanco sobre la vieja mesa de madera, se desprendió de la gorra que dejó sobre el barril de la miel, se cambió en un instante los zapatos blancos, se frotó con agua la cara quitándose hasta la menor huella de harina, se pasó la mano por el pelo y, poniéndose a toda velocidad una camisa y una chamarra, saltó prácticamente por encima del mostrador evitando caer sobre un cliente hasta salir apresuradamente de la panadería cuando Isabel ya daba la vuelta a un lado del sagrario de la catedral, tal vez rumbo al mercado Josefa Ortiz de Domínguez.

La alcanzó sin que ella demostrara la menor sorpresa. Melitón caminó a su lado unos pasos, otros tantos más sin saber qué decir, sin poder articular una sola palabra. ¿Cómo comenzar la conversación? Cualquier intento le parecía ridículo, fallido, torpe. Siguió andando junto a ella mudo, cabizbajo, culpable, mirándola de reojo cuando Isabel saludaba a algún transeúnte o a la dueña de la mercería o al ayudante de la botica. ¿Qué pasaría cuando ella llegara finalmente a su destino? ¿Cerraría la puerta dejándolo en la calle con la frente pegada a la aldaba? No tenía tiempo. En cualquier momento concluiría su oportunidad de hablar con ella, de acercarse, de oírla, de respirarla, de sentirla. Si Melitón no la aprovechaba, ella podría decepcionarse y evitarlo en el futuro comprando el pan en otro expendio o mandando a alguien en su lugar con tal de rehuirlo. Este es un imbécil, diría irrevocable y fatalmente.

—¿Me dejas acompañarte a tu casa? —insistió el panadero pensando en lo elemental. Por primera vez se sometía humildemente al poder del atractivo femenino.

Silencio. Isabel continuó caminando mecánicamente abrazándose a la bolsa del pan sin retirar la mirada del suelo. Él, siempre serio, la seguía vestido con un pantalón negro, una camisa floreada con botones de hueso, botines color café y calcetines blancos.

Melitón pensaba en algo inteligente, deslumbrante. Buscaba la coyuntura ideal para llamar su atención. Nada, nada acudía a su mente para sorprenderla. ¿La impresionaría revelándole cuántos kilómetros medía el acueducto de Querétaro, así como cuántos litros podía transportar por segundo y desde cuándo había sido construido y quién había sido el ingeniero diseñador? ¿Así la abordaría el todavía panadero, quien estaba a punto de ingresar en la Delegación de Aguas de Silao, estado de Guanajuato?

—¿Cómo te llamas? —insistió, paralizado por la timidez.

Silencio nuevamente.

Por alguna razón, Melitón pensó en su pelo, una abundante mata negro azabache echada para atrás. ¿Por qué su padre tuvo siempre que dirigirse a él como el pinche Pelos Necios? Su mente voraz buscaba hacerse de elementos adicionales para destruirse aún más, disminuirse hasta lo imposible en una coyuntura por demás desfavorable en la que debería exhibir certeza, simpatía y arrojo.

Cruzaron la plaza La Victoria sin percatarse de la existencia de los laureles de la India ni de los cipreses invariablemente altivos ni de los arbustos confeccionados con trueno ni vieron los rosales ni pensaron en detenerse en las bancas rodeadas por bugambilias ni contemplaron en su prisa y nerviosismo los cedros limón ni las galas ni los ficus ni los lirios ni las aves del paraíso con los que el gobierno municipal había decorado el jardín más popular de Silao. Continuaron su camino mecánicamente atravesando el kiosco, el jardín de los Encantos, el rincón del Beso y la glorieta de los Sauces; el panadero aún no encontraba la palabra adecuada, la entrada precisa. Sin disminuir el paso cruzaron por el Callejón de la Cita, frente a la parroquia de Santiago Apóstol y de pronto, ante el silencio de Melitón, quien la seguía pensativo y angustiado como una sombra, aquella joven mujer que resumía, según él, todos los encantos de todas las mujeres muertas, vivas y por nacer, tomó la iniciativa haciendo algo que llenó a Melitón de esperanza y gratitud, produciéndole una sensación de calor y emoción que hubiera podido durarle —así lo deseó al menos— hasta el último día de su vida. Jamás olvidaría ese detalle, por más que mucho tiempo después lamentaría haberlo vivido: Isabel sacó simplemente la bolsa del pan de entre sus brazos cubiertos por el rebozo y la puso en las manos de su enamorado sin voltear a verlo.

Melitón caminó dos cuadras más a lo largo de la calle La Victoria. Más tarde tomaron por Maclovio Herrera, Francisco Mina y Ayutla hasta llegar al cine Montes, en la esquina de Madero y Carrillo Puerto. Ocultaba su sonrisa y su fascinación. Sin duda se sentía el custodio del máximo tesoro de la creación. Avanzó dos cuadras más sin articular palabra, especulando con la importancia de semejante respuesta muda, hasta que ambos llegaron al portón de una casa donde el panadero se vio obligado a devolver a su dueña la bolsa del mandado sin que ella le preguntara su nombre, le agradeciera, le cuestionara, le insinuara, le prometiera o le asegurara nada. Cerró delicadamente la puerta del zaguán sin antes obsequiarle una mirada tangencial y fugaz como quien se envuelve en el viento y desaparece dejando perfumada la atmósfera.

Melitón había hecho avances espectaculares en un par de minutos de caminata hacia la eternidad. Por un lado, supo sin duda que Isabel, su amada, tenía interés en él, ¿no bastaba que ella hubiera puesto el pan en sus manos? Por otro lado, ya conocía su domicilio. Ya no necesitaba saber nada más de ella ni de ambos: ahora lo sabía todo. En aquel momento las gotas de una ligera llovizna aislada sobre su rostro lo llenaron de un repentino optimismo.

Isabel, sin embargo, seguía recibiendo el acoso de Manuel. El hombrón ese. Como le decía doña Marta: te prohíbo, Chabelita, que andes con un hombre tan mayor y además, casado. El audaz donjuán, simpático y dueño de una labia adormecedora, de vez en cuando aparecía en Silao solo para perseguir sin cuartel a aquella niña tierna con formas deslumbrantes de mujer. ¿Cuándo iba a pensar Melitón en el cuerpo de Isabel si no acababa de sorprenderse del rostro virginal que surgía como un aura de luz blanca entre los pliegues del rebozo?

Manuel la esperaba mes tras mes en sus recorridos diarios a las tortillas, al pollo, al mercado, a misa, al Miércoles de Ceniza y a los festejos de Día de Muertos, siempre y cuando no fuera acompañada por su madre. Tan pronto hacía pie en Silao, empezaba a espiarla y a concebir cualquier manera ingeniosa de hacerse presente. Así, en ocasiones, viéndola a la cara, caminaba de espaldas a la gente para hacerla reír, ya fuera con muecas o imitaciones de personas o ruidos de animales. Bien sabía que ella disimulaba. Bien conocía el forastero el jueguito de las mujeres pueblerinas. No dudaba en caminar a su lado parado de manos por más de 20 o 30 metros, ya que contaba de sobra con la fortaleza física y con la audacia para lograrlo. ¿Imitar los sonidos animales, sobre todo el de la gallina clueca, o silbar para adentro como canario hasta desmayarse y hacerse el muerto en plena calle o hacer como burro? ¿Andar como guajolote o como pata embarazada o como gavilán calvo? ¿Hablar como el presidente municipal? ¿Simpatía y arrojo, gracia y naturalidad, encanto y aventura? Cualquier recurso emplearía Manuel con tal de apartarla del papel apergaminado y artificial que ella tenía que representar en sociedad con tan solo traspasar la puerta del zaguán.

Todo le sobraba al insistente galán, tanto o más como la pícara alegría con que se presentaba ante ella. De que era bien parecido y buen mozo, ni hablar, sí que lo era, solo que al mismo tiempo era imposible dejar de hacerse eco de las habladurías de la gente: Manuel, se decía, era casado y con hijos, y en Silao los chismes son *puritita* ley. No hay mayor verdad que un chisme en la provincia: cuando el río suena es que agua lleva.

—Todavía no nace el que me gane a bailar danzón, Chabelita —le hizo saber un día a la salida de misa, una vez averiguado su nombre y después de persignarse una y mil veces con la señal de la Santa Cruz al abandonar la parroquia de la Santa Concepción de María, casi de rodillas y a un lado de ella, con un misal y un rosario enredado entre las manos —siendo que

Manuel no sabía ni un palmo de la liturgia católica ni era practicante ni lo sería ni le importaba la religión más allá de un pito y dos flautas—. Nadie, nadie más católico que él, de la misma manera que nadie podía llevar mejor que él a su pareja en una pista de baile y, si llegara a materializar sus más caras ilusiones compartiendo alguna vez en su vida el lecho con Isabel, nunca, ninguna mujer en la historia de la humanidad lanzaría al cielo más gritos desesperados de placer que ella misma cuando le recorriera sin piedad el cuerpo entero con la lengua húmeda y desesperada lujuria. Déjame conducirte a la hora de bailar, así tendrás una muestra, una pequeña muestra de lo que seré cuando te tenga finalmente en la cama, pensaba cuando guardaba su escapulario entre sus ropas para que no se lo fueran a descubrir sus amigos de la Ciudad de los Espejos, la mejor cantina de Silao, donde se apostaban las ganancias del día, de la semana y del mes entero a un golpe de cubilete.

Melitón, a su ritmo y con su historia a cuestas, utilizaría los conocimientos que adquiría semana tras semana, semestre tras semestre, para impresionar a Isabel, según él le revelaba sus avances y conclusiones profesionales ya no solo de regreso del pan (como siempre), sino también los domingos en el kiosco, ese de techo de vidrio, escalinata semicircular tallada en cantera rosa y columnas del mismo material y color que lo habían hecho famoso en el Bajío, mientras escuchaban los acordes de la banda municipal o a la salida del cine comiendo churros con chocolate o una nieve de limón sentados en una banca en el zócalo, cuando no los acompañaba doña Marta, la madre de Isabel, en calidad de chaperona siempre temerosa de las andanzas de Manuel, ese gallito al que algún día alguien quitaría los espolones. Ella, por lo pronto y por lo tanto, cuidaría a su gallinita.

A ambos se les veía conversar animadamente. Ella, que había abandonado en sus inicios la carrera de psicología por flojera o por rutina, por apatía o por inutilidad, prefería escuchar las palabras ya no del panadero, sino del futuro estudiante de ingeniería hidráulica, cuya cultura, nobleza y verticalidad desdibujaban sus rasgos físicos y su origen humilde. Lo hacían tan diferente. Solo que Melitón podría ser sabio, pero jamás sería un hombre seguro de sí mismo. Decenas y más decenas de generaciones de ancestros mutilados, paralizados y castrados de por vida como él parecían aplastar la personalidad histórica de todos los Ramos Romero nacidos y por nacer. Todos caminaban igual, vestían igual, comían igual, pensaban igual, hablaban igual y contemplaban con la misma mirada escéptica y desconfiada su existencia de ayer, hoy y siempre. Todos subsistían sepultados en una patética resignación. Ninguno de ellos tenía ilusiones ni esperanzas ni sueños, es más, ya ni siquiera contaban con la posibilidad de algún milagro. ¿Desde cuándo ya no se daban los milagros? ¿A quién conocían ellos que hubiera sido tocado por una luz blanca celestial que hubiera hecho añicos a la razón y modificado radicalmente su realidad? ¿Qué santo o virgen se había apiadado de su miseria en lugar de acentuarla, hundiéndolos aún más en la angustia? Sí, solo que la bondad de Melitón, su hombría de bien, sus ambiciones por llegar a ser y el sentimiento de revancha que albergaba en su interior suplían el resto de sus debilidades. Además, ¿quién era perfecto?

¿Cómo olvidar el día aquel en que, sentados ahora sí en una banca rodeada por bugambilias de la plaza La Victoria, él le contó los detalles de la primera sequía que había sufrido la Ciudad de México durante el gobierno del presidente Obregón?*

Melitón le hizo saber a Isabel cómo se habían descompuesto unas bombas dejando a una buena parte de la ciudad sin abasto de agua a lo largo de interminables 22 días, lapso durante el cual se habían producido hedores insoportables en las casas ante la imposibilidad de desahogar los escusados, que, además de producir una espantosa pestilencia en varias colonias, habían atraído a millones de moscas como cubriendo el cielo de negras nubes vomitivas. Nadie se había podido bañar ni las amas de casa habían podido lavar la ropa ni tenían ya nada para saciar la sed de la familia, ni agua para cocinar ni para limpiar el zaguán de los excrementos de los perros, salvo que hubieran estado dispuestos a pagar elevadas sumas para contratar los servicios de una pipa que, por otro lado, raramente llegaba sin ser asaltada y vaciada antes dada la precariedad del transporte y la excesiva demanda de los usuarios. La desesperación había crecido día con día, a tal extremo que la gente tomaba agua de las fuentes públicas —donde también lavaba sus cacerolas, lozas y cubiertos hasta dejarla turbia, inmunda, imbebible—, mientras que otros tantos, en su angustia, se habían atrevido a romper la red de alcantarillado para sacar agua a como diera lugar sin detenerse a considerar la contaminación que producían en los albañales. Las mujeres protestaban rabiosamente por su impotencia, sobre todo cuando las enfermedades intestinales y la diarrea hicieron acto de presencia en el interior de los hogares. Cientos de afectados habían decidido tomar por la fuerza las instalaciones donde deliberaba la autoridad. El gobierno, después de múltiples advertencias, había

---

* Efectivamente, durante el gobierno del presidente Obregón hubo una sequía en la Ciudad de México que ocasionó la muerte de 11 personas victimadas por armas de fuego, ya que la autoridad recurrió a ellas para defender los pozos, las fuentes y el alcantarillado público.

tenido que recurrir a las balas, abriendo fuego contra las masas iracundas y causando por lo menos 11 muertes en una semana. Nunca, nadie en la capital de la República había siquiera imaginado lo que podría ser la ciudad sin agua durante 22 días.

Cuando Melitón alegaba invariablemente, con el mismo tono de voz, que México, Isabel, México se está secando, se está convirtiendo en un desierto, en un páramo, donde desaparecen hectáreas y más hectáreas de bosque y de selva por corrupción, apatía e ignorancia sin que nadie se oponga, haz de cuenta, Chabe, que todos los mexicanos hubiéramos hecho un pacto suicida para acabar con nuestro país; cuando argumentaba con tanta información de su especialidad, en realidad le estaba enviando un mensaje profesional, cuyo significado no podía ser otro que mis conocimientos y mi carrera se traducirán tarde o temprano en estabilidad económica, en la paz y certeza necesarias para formar sólidamente una familia, mi amor, al menos así hubiera querido decirle, al tiempo que le tocaba, nada de acariciarle, si acaso una mano o se atrevía a acomodarle un cabello extraviado a un lado de la frente:

—Seré —le dejaba entrever— un hombre que te protegerá, un hombre para toda la vida, un roble, un apoyo macizo e incondicional.

Sí, sí, con Melitón aprendía todos los días algo nuevo. Aceptaba su obsesión por el agua, sentía que era cierto lo que le decía, pero prefería no pensar en ello. ¡Qué estudioso era!, solo que con Manuel reía y se divertía. Ella aparentaba no hacerle caso, trataba de ignorarlo, solo que aquel travieso no dejaba de espiarla y de conocer sus movimientos para hacerse presente cuando las circunstancias así lo aconsejaran. Las estrategias, los modos y las costumbres entre uno y otro eran radicalmente diferentes. Mientras Melitón juntaba centavos para llevarle a su amada una serenata en compañía de sus mejores amigos y condiscípulos, y nunca había pensado siquiera en la idea de abrazarla casi hasta que fueran marido y mujer, Manuel, Manuel el garañón, el hombre intrépido, irreverente y decidido, el hombre experimentado, irrespetuoso, le hablaba a Isabel, le sugería al oído con el aliento tibio, la aventura que podría llegar a ser si un día se iban a nadar a El Peñón sin que nadie lo supiera. ¿Has nadado algún día desnuda? ¿Sabes qué se siente cuando el agua te acaricia delicadamente todas tus carnes, todas, sin respetar ni un centímetro cuadrado de tu piel? Isabel lo callaba sin detener jamás el paso, volteaba a diestra y siniestra como si quisiera pedir auxilio, que alguien viniera a rescatarla de las manos libidinosas de Lucifer. Pero ya era demasiado tarde: Manuel le inyectaba cuando podía dosis letales de veneno en la sangre. De ahí en adelante Isabel sería presa de fantasías que se apoderarían de toda ella, de día y de noche, comiendo o durmiendo, en confesión o bajo la ducha, fantasías de una intensidad que nunca antes hubiera podido siquiera imaginar. Manuel era la lujuria del agua en abundancia, la que corría fresca, riendo, jugando traviesa y escurriéndose por el cuerpo de Isabel. Melitón era la resequedad, el recuerdo persistente de la sequía.

—¿Qué crees que pasa en mi cuerpo cuando te hago estas preguntas? —parecía que la interrogaba el diablo, llenando a la muchacha de curiosidad y de dudas.

»Algo —continuaba insistiendo Manuel al no sentir un rechazo definitivo—, algo crece en mí que puede ser solo para ti, preciosísima. ¿Adivinas?

»Cuando a los hombres nos gusta una mujer, como tú me gustas a mí, sentimos el pulso del corazón entre nuestras piernas, Chabelita, ¿ves?, ven, voltea, te enseño —alcanzaba a decir mientras la joven corría como poseída por Lucifer hasta encerrarse en su casa con los tres candados de doña Marta y sus miedos, pasadores, llaves y trancas en puertas, portones y ventanas sin percatarse de que el mal ya estaba hecho.

Le gustaba Melitón porque podría hacer una vida a su lado. Tener hijos y ser cuidada y atendida hasta cualquier extremo. Hermoso sueño, ¿no? Pero lo que me dice Manuel, su voz, sus manos, su ropa entallada, su risa, su picardía, su mirada, su manera de andar, de verme, ¡cómo me mira!, me provoca, me humilla, me fascina, me escandaliza como nunca antes ningún hombre me había escandalizado ni atraído. ¿Qué me pasa?

El tiempo transcurría inexorablemente. Nada lo detenía. Los encuentros, unos tolerados, otros rechazados y otros provocados, aumentaban la intensidad de las fantasías. Melitón, ven, Melitón, socórreme, no me sueltes, pensaba cuando Manuel la acosaba con murmullos en el oído. ¡Dios! ¿Por qué el pecado? Y por contra: Manuel, ven a mí, tú sí sabes hacerme sentir mujer. Los latidos del corazón se oponían a los dictados de la razón. ¿Vivir el momento? Sí, sí. ¿Sin comprometer el futuro? ¿Soltar la vida al libre juego de los instintos sin tener que pagar tarde o temprano un costo físico, moral, económico o social? ¡Cuántas decisiones de esas que comprometen la existencia se toman cuando se es muy joven para hacerlo! Es hoy y aquí. ¿Y el mañana? ¡Bah, el mañana…! De verdad, ¿bah, el mañana? ¿De verdad?

¿Por qué en un hombre no pueden concurrir los dos atractivos: las fantasías eróticas y la estabilidad económica y familiar? Uno la trastornaba, la incitaba, le despertaba una sed desconocida, una curiosidad prohibida que le alteraba la respiración y le permitía por primera vez soñar sin detenerse ante el pecado, humedeciéndose, empapándose con los sudores nocturnos que le arrebataban la paz a su mente. Manuel acicateaba a una fiera ignorada por ella misma, sentía cómo se desvanecía su voluntad gradualmente. Llegó a temerle, a evadirlo por no sentirse dueña de sí; lo rehuía por no contar con el control necesario para estar ni un momento más a solas con él: se doblegaría, cedería, se entregaría como víctima de un desmayo, un desvanecimiento... Bien lo sabía ella, de ahí que fuera mejor, mucho mejor evitarlo.

Según fue arrancando las hojas del calendario, Isabel llegó a saber que en cualquier momento Manuel podía hacer de ella lo que se le diera la gana. Una seductora indolencia, una tibia inercia se apoderaba de aquella mujer que terminaba con su niñez. ¿Y la razón?

¿Quién era Isabel finalmente? ¿Quién más vivía en su interior? ¿De dónde salía esa fuerza capaz de derribar, en un principio solo con la imaginación, todos los valores aprendidos? ¿Qué fuerza, qué ímpetu la hacía brincar por encima de todos los obstáculos llevándola enloquecida de la mano por un camino que ella ignoraba pero que suponía encantador? ¿Nadar desnuda? Por supuesto él, Manuel, no perdería la oportunidad de desvestirse para alcanzarla en el agua y poder sentir el cuerpo desnudo de un macho atlético e irrespetuoso junto al de ella. ¿Por qué se sentía tan indefensa ante ese hombre, ante sus palabras y sus insinuaciones? ¡Cómo le facilitaba las cosas el hecho de no tener que darle permiso, él se daba todas las autorizaciones necesarias para evitar un doble remordimiento! Se persignaba, sí, se persignaba, pero no así lograba apartar al demonio mismo de sus carnes ni de su cabeza. Ya sentía sus manos expertas y velludas acariciar sus senos húmedos cubiertos por el agua tibia de El Peñón. Ya sentía la figura recia, acerada del hombre, su pecho poderoso jalándola a su lado, agónica, hasta fundirse en un beso interminable con él. Ya sentía vibrar entre sus piernas la historia del género humano. Ya sentía que se dejaba llevar a un destino estremecedor, oponiendo la misma resistencia que la hoja de un árbol inmersa en la corriente caudalosa de un río.

¿Y Melitón? ¡Ah!, él era un individuo correcto, sería un buen padre de familia, ejemplar, próspero y bueno, invariablemente sereno, respetuoso, escrupuloso, metódico, tímido, reservado y sobre todo seguro y confiable. ¿Quién le diría más cosas cuando cada uno pusiera su mano desnuda encima de su sexo desnudo? ¿Acaso se podía vivir como si la pasión sexual no existiera? Es más, ¿como si el demonio no estuviera presente en todos los actos de nuestra vida? ¿Como si los estremecimientos, los sudores y las pasiones no pudieran estallar en el interior de una persona hasta convertirla en miles de luces artificiales de todos los colores?

¿A quién escoger? ¿El conflicto consistía en decidir entre el bien y el mal o entre vivir o morir? ¿Entre vegetar y soñar o entre tocar y palpar y poseer y devorar y agotar y sentir, apurando a diario hasta la última gota de placer del cáliz de la existencia? ¿Cómo se puede conocer una persona a sí misma si ni siquiera se permite sentir y niega en todo momento sus impulsos, que tarde o temprano se convertirán en veneno puro? ¿Qué me da el uno y qué me da el otro? Uno me da la sensación de vivir intensamente, corriendo todos los riesgos, entre ellos el de equivocarme y, si me equivoco, me puedo frustrar y si me frustro, me puedo envenenar… El otro me da seguridad, estabilidad y certeza aun cuando tenga que ocultar para siempre a la auténtica persona que palpita insistentemente en mi interior y deba asfixiar a mi verdadero yo con mis propias manos. Oye, oye, ven, escúchame y, al esconder tu verdadera personalidad, al negarte, ¿no te traicionas igualmente y, si te traicionas, no te envenenas también? ¡Cuidado con los venenos! Si corres riesgos puedes envenenarte y si no los corres, también… Isabel decidió entonces probar suerte con los dos pretendientes y que su mente o su cuerpo pronunciara la última palabra. ¡Que hable la piel o que lo haga la razón! Es igual. Ya no es mi problema. Que lo más fuerte de mí responda.

Los hechos se fueron sucediendo uno al otro de la misma manera como con un pequeño golpe asestado en una de las fichas del dominó hace que las restantes se vayan desplomando inevitablemente una a una.

Con la autorización de Librado Múgica, y siempre sobre la base de no descuidar a la clientela, Melitón terminó exitosamente la escuela preparatoria después de haber concluido la secundaria técnica donde había aprendido, además, varios oficios. Fue paradójicamente el mismo día del inicio de la última rebelión palestina en el Hebrón por la falta de agua. El ahora estudiante de ingeniería hidráulica estaba cumpliendo su promesa de no abandonar en ningún caso la escuela, ya que él desde muy niño había entendido o intuido que no habría otro camino que el conocimiento, que solo adquiriría en las aulas y más tarde en la práctica profesional, para romper el círculo infernal en el que había vivido toda su familia.

—El esfuerzo que hace Melitón por llegar a ser alguien en la vida me estremece —apuntó doña Marta, conocedora cercana de los avances profesionales del futuro ingeniero.

—¿Y no te parece más guapo Manuel?

—Mira, niña, apréndetelo bien: lo primero que pierde un hombre con los años es la figura. Todos acaban calvos y panzones, ojerosos y flojos, cuscos y tramposos, borrachos e intolerantes. La única mujer a la que jamás engaña su marido es la que no sabe que la engaña su marido. No seas tonta: este será medio feíto, pero la mezcla es excelente y cuenta con valores personales que no se extinguen nunca: buen padre, buen marido, buen empleado, buena figura, buena moral, buenos principios, buena cabellera. Estos ni se ponen calvos ni panzones ni ojerosos ni son cuscos ni tramposos ni borrachos ni intolerantes. Lo prefiero medio prietito que blanquito y guapito, pero eso sí, con todos los demás defectos, Chabelita. Te juro que este no se jugará la leche de tus hijos en una cantina los sábados en la tarde. Te juro que ya aprendió de don Sebastián, su padre, ese ya te lo dejó deslomadito y deshuesadito.

—¿Y no te parece más simpático Manuel?

—Huye de los simpáticos porque siempre desearán ser simpáticos con cuanta vieja se encuentren en la calle. Todos los que se saben simpáticos y guapos, como tú dices, no dejan de corretear a todas las gallinas del pueblo. Mejor, Chabe, uno feíto y al rato riquillo, que uno bonito y sin un triste clavo en la bolsa. Además a este, con todos sus complejitos, lo podrás manejar siempre mejor.

—Mamá...

—Por si fuera poco, el tal Manuel es ca-sa-do, *mijita*, óyeme bien, casa-do, y el que engaña a una engaña a otra, de la misma manera que la que engaña a uno engaña al otro, ¿o no? ¿Adónde vas con un bribón? La vida no es un fin de semana. Yo sé leer como nadie, créeme, las intenciones ocultas de los hombres. Además, todos dicen por aquí que es gallero profesional.

Y lo era, Manuel era gallero profesional. ¿Dinero? A veces en abundancia, otras tantas no tenía ni para bolearse las botas en la plaza La Victoria. Vivía en los extremos. Unas veces pobre, otras rico; unas feliz y otras aplastado como araña pantanera; unas veces sobrio, otras borracho; unas parrandero, otras católico devoto, hincado, con el rostro clavado en la cruz; unas veces desafiante, acariciando a su gallo, y otras llorando desconsolado la muerte de su «giro» favorito en el palenque; unas bailarín, risueño y alburero, otras hipócrita, altivo y resignado. Solo tenía una constante: Isabel. Cuando ella aparecía ante sus ojos era él mismo. Con o sin dinero, con o sin alcohol, con o sin gallo giro vivo o muerto, con ella cuidaba hasta los mínimos detalles.

En alguna ocasión se hizo de un gallo amarillo y giro que su otrora orgulloso dueño daba por muerto, lográndolo curar con la ayuda de un veterinario. El Renacido. Se trataba de un hermoso animal de cabeza larga, terminada en punta, pico fuerte, grueso, ojos intrépidos, cresta triple, cara sólida y cutis fino, orejillas pequeñas, cuello poderoso, dorso recto y anchos hombros, alas fuertes y planas, cola corta, angostándose como una cimitarra, patas gruesas y musculosas, dedos macizos y rectos, plumaje corto, apartado y tieso, canto altanero y brusco. Manuel rezaba invariablemente dando vueltas al arillo del palenque, sujetando al animal con el antebrazo derecho, en tanto lo acariciaba con la mano izquierda antes de soplarle un buche de tequila en pleno rostro cuando el combate era inminente. ¡Cuánto dinero ganó Manuel con ese gallo que más tarde cuidaría como un carísimo semental! ¿Y doña Marta? ¿Qué pensaba doña Marta de que su hija preciosa y santísima se fuera a casar o a escapar con un gallero? ¡Ni muerta! Tantos, tantísimos años de educación y esfuerzos, la paciencia que requiere el tallado de una piedra preciosa, ¿se irían por la coladera cuando ella había invertido —¿invertido?— mucho tiempo para colocar espléndidamente bien a su hija con tal de que ambas elevaran su nivel social? ¿Iba a desperdiciar, así porque sí, la única oportunidad que la vida le había brindado para cambiar de clase aun cuando fuera lentamente? ¡Ja!, ¡ja!, ¡ja…!

Entre palabras y palabras, juegos y juegos, insinuaciones y definiciones e indefiniciones, un día Melitón le pidió permiso a Isabel para darle un beso cuando regresaban los dos tomados de la mano después de la misa de siete de la noche. Ella no contestó. Si bien agachó la cabeza y la volteó para el lado opuesto de donde se encontraba el ingeniero en ciernes. ¿Invocaba a alguien? Al dar la vuelta, tras la esquina y a un lado del zaguán de su casa, pasando un farol, cuidándose de escapar de la mirada escrutadora y curiosa de doña Marta, Melitón, decidido, se llevó las manos a la espalda, se anudó los brazos y, con los labios tiesos, firmes y herméticamente cerrados, la besó, finalmente la besó, bueno, tocó su boca con la suya durante unos instantes en que él ya creía derrumbarse con solo darse cuenta de lo que le estaba haciendo a esa mujer nacida sin duda alguna de un rayo de luz. ¿Besar él a Isabel? Sí, la estaba besando. ¿Besando? Bueno, la estaba abrazando. ¿Abrazando? Bueno, bueno, le estaba comunicando su amor, ¡demonios! Contar cómo entró Isabel aquella noche a su casa después de semejante atrevimiento resultaría inútil, no lo es relatar lo que pasó tres días después, cuando Melitón calculó exitosamente en un examen el grosor que debería tener la cortina de una presa para contener 10 millones de litros de agua. Y pensar que un beso podía hacer reventar el corazón de emoción, humedecer las manos, despertar hasta el último poro de la piel y acelerar el pulso, ¿todo eso tenía que pasar? ¿Dónde estaba la atracción que Melitón le había despertado a Isabel cuando lo conoció aquel día en la panadería? ¿Sería que él era demasiado lento, prudente, tímido o demasiado respetuoso o poco exaltado y expresivo y con todo ello era capaz de extinguir toda pasión en ella?

¿Así eran los besos o había otras versiones? ¿Cómo engancharse a un hombre por el resto de la vida, ser jalada como un vagón sin motor, como ordenan la tradición y la fuerza de la costumbre, sin haber conocido nada de lo que dicen las amigas, cuentan las telenovelas y relata la historia, la poesía y la literatura por más que acaso hubiera oído algo de estas? Si ella no estaba para juegos, como desde luego no lo estaba, antes de entregarse a un hombre para siempre, vería la forma de experimentar, de sentirse mujer, de acercar sus carnes a la cercanía del fuego al menos una vez, un solo momento para conocer otra realidad, otra emoción, y poder así, al menos, guiñarle un ojo al Señor cuando le rindiera sus cuentas el día del Juicio Final. Luego vendría el matrimonio, el ginecólogo, los niños, los pediatras, las chambritas, los pañales, las tareas escolares, las obligaciones hogareñas, la infancia de sus hijos, sus novios más tarde, las bodas, los nietos y toda una pesada rutina que viviría cada vez con menos energía y pasión, hacer diariamente desayunos, comidas y cenas, es decir, envejecer en la cocina y en la cama, sobre todo cuando su marido la buscara bajo las sábanas y ella tuviera que escapar al suplicio nocturno, al servicio que toda mujer debe dar a su hombre por disposición de la ley y de Dios, memorizando los detalles de la lámpara del techo o recordando todo aquello que faltara en la alacena para comprarlo al día siguiente. Abandónate, déjalo hacer, cuando se sacie como un animal se dará la vuelta y se dormirá: el fruto de esa relación será tu primer hijo. Antes de todo ello probaría, sí, probaría… Luego se entregaría y representaría mejor que nadie el papel que le había asignado la sociedad y la vida.

La oportunidad no tardó en presentarse con la discreción del caso, ya que por ningún concepto debería perderse de vista que en la vida en provincia solo no se sabe lo que no se hace. ¿Quién sería el elegido, el hombre afortunado que podría verla, verla durante mucho tiempo, disfrutar de su belleza, un obsequio a sus ojos, una diferencia abismal entre el arte y la mujer, ya que en el primero el placer se reduce a la mera contemplación y en el segundo, además de la contemplación, Dios premia a los hombres con el sentido del tacto para conducirlos al delirio, con tan solo tocar a la mujer, esa obra maestra de la naturaleza, inalcanzable al ingenio y a la habilidad de cualquier mortal, una mujer que, como Isabel, se da para estremecerla, besarla, sí, sí, besarla como Dios manda, sujetarla, humedecerla, levantarla, recostarla, inclinarla, recorrerla con el aliento entrecortado, la mirada y las manos expertas, el cuerpo recio.

Manuel, Manuel el gallero, el hombre perseverante cazaba como siempre a Isabel faltando un par de cuadras para llegar a su casa. No dejaba de espiarla cuando estaba en Silao. ¿Haría un intento más? Anochecía y la urraca, doña Marta, había salido. Tejía en casa de la tía Paca, la comadre. La vio pensativa. La abordó. Puso fraternalmente su mano en el hombro de ella. ¿Qué pasa? Ella volteó a verlo sin apartarse de él. ¿Se comportaba como hermano? Lo toleró. Caminaron unos pasos más hablando de la mar y de sus peces. Él trataba de consolarla en todo momento, de decirle lo importante que era ser feliz, de aprovechar los mejores años de la juventud, años sin obligaciones salvo las de divertirse y divertirse intensamente, años que ya nunca volverían. Curioso discurso, ¿no?

—Dime, Manuel, ¿eres casado? —preguntó incómoda e impaciente, soltándose de su brazo—. ¿Lo eres? —insistió, sin prestarse a mayores juegos ni evasivas ni dar mayor tiempo a la respuesta.

El gallero contestó con una carcajada que confundió a Isabel.

—Debe ser muy graciosa mi pregunta, ¿no?

—¡Ay!, Chabelita, si vieras que por ser un soltero codiciado me han colgado tantos santitos.

—¿Lo eres? ¡Contesta!

—A veces… —repuso con un dejo de cinismo tratando de acercarse nuevamente a ella.

—¿Cómo que a veces?

—Sí, a veces dicen que soy maricón, otras que soy casado, otras que soy ladrón…

—Sigues sin contestarme, Manuel, deja de ser mañoso.

Caminaron unos momentos en silencio. Ella ya pensaba apresurar el paso y dar por terminada la conversación. Tantas evasivas solo la conducían a una conclusión: su madre tenía toda la razón.

—Claro que no, Chabelita —la tomó risueño por la cintura, apretándola contra sí como nunca lo había hecho, en tanto seguían andando—. ¿Cómo vas a creer? —agregó sujetándola más fuerte aún para dominarla, someterla aprovechando una broma, un acercamiento festivo y confiado.

—Me tenías preocupada —agregó con temerosa picardía sin soltar los brazos cruzados sobre el pecho tibio y acelerado ni apartarse de Manuel. ¡Qué embriagante delirio sentía al lado de aquel hombre!

Caminaron unos pasos más. El momento anhelado llegaba por instantes después de tanto tiempo de espera. Manuel la supo final e inexplicablemente suya. Urdió muy bien su estrategia. No podía fallar. No podía asustarla. Tenía, bien lo sabía él, un tiro, un único tiro en la recámara. No habría otra oportunidad. No, al menos por un buen rato. Nunca antes ninguna otra mujer había exigido tantos cuidados y atenciones. La sabía virgen de cuerpo y alma. Disminuyó entonces el paso hasta detenerse totalmente. Un calosfrío le recorría el cuerpo a Isabel. Manuel sentía que todas las estrellas del universo caían sobre él. La vio fijamente a la cara. Esta vez no le robaría nada, ni siquiera un beso. Metió sus manos entre su abundante cabellera y su rebozo de siempre. Le descubrió el rostro. La sujetó dulcemente por la cabeza. La contempló detenidamente. Le dio tiempo para percatarse de lo que iba a hacer sin sorpresas ni hurtos ni escapadas. Aprovechando la oscuridad de la noche, Manuel mojó imperceptiblemente sus labios y los acercó abiertos, sedientos, sueltos y húmedos a los de ella, secos, cerrados, temblorosos, hasta hacerlos ceder, ablandándolos, soltándolos, penetrándolos. Ella,

Isabel, dispuesta, lo recibió desvanecida en tanto él bajaba la mano derecha para rodearla apretándola firmemente contra su cuerpo hasta hacerla sentir todo el poderío, el rígido vigor de su virilidad.

Fue un beso y otro más. Ella se mantenía con los brazos cruzados cubiertos por el rebozo. No los abría. No lo abrazaba. No la sentía pegada a él, adherida como la piel al hueso. Faltaba la última parte del compromiso amoroso. Se daba todavía un bastión de resistencia. Tendría que derribarlo para gozarla ahora sí con todo su cuerpo fundido con el de ella. Manuel hizo entonces una breve pausa. En cualquier momento el corazón se le saldría por la boca. Le estallaría el pecho. Se apartó de ella por unos instantes sin que Isabel pudiera esconder su sorpresa. Tomó unas de las puntas del rebozo que reposaba tras de su espalda, la desanudó hasta liberarle los brazos. Ya sueltos, Manuel se los colocó sobre sus hombros sin retirarle la vista ni un instante. Isabel le rodeó con ellos el cuello, colgándose de él. Manuel la acercó entonces con pequeños pasos hasta colocarla contra la pared, donde, sintiendo el caudaloso fluir de su sangre, su respiración ansiosa, el sudor frío que poblaba sus labios y su frente, la atrajo con suave violencia hacia sí con aquellos formidables brazos, hundiendo ahora sí su boca ávida de consuelo en toda Isabel, quien no solo no oponía resistencia, sino que devolvía caricias con las manos crispadas, alientos agónicos, miradas desafiantes y suplicantes, compartiendo los sueños y las fantasías, los delirios, el agua en abundancia, las humedades y las tensiones que ambos habían acumulado durante tantos años de dedicada, compleja e hipócrita espera.

Se besaban, se besaban arrebatadoramente. Ella le acariciaba la cara, el pelo, los ojos. Lo tomaba por la nuca como si quisiera meterlo en el fondo de su corazón, mientras Manuel bajaba las manos y las subía sin reposo, tocando una y otra vez aquellas formas de mujer que habían cambiado, alterado, modificado y confundido el curso de la historia desde que la humanidad era humanidad. ¿De qué me sirve ser rey si de cualquier manera seguiré siendo tu esclavo? Los imperios habían cambiado de manos por la conquista de unos senos deslumbrantes que le arrebataban la luz al mismísimo sol. Ejércitos y divisiones enteras habían ido a la guerra y encontrado la muerte en ella por unas piernas que sostenían altivas el templo del amor y guardaban celosamente los secretos de la vida. ¿Por una mirada, un cairel o un pañuelo perfumado? Por menos de eso se habían dado duelos al amanecer en bosques remotos ante la presencia de padrinos elegantemente vestidos; se habían conocido multimillonarias quiebras económicas y suicidios repentinos ciertamente inexplicables.

De golpe, entre besos asfixiantes y abrazos compulsivos, la última despedida de la existencia, la última visión del mundo antes de la muerte, el último suspiro agónico y finito, así de golpe, después de un chasquido divino, ¡*zap*!, ambos al unísono, como si hubieran estado en espera de la señal final, así, lazados y entrelazados, trenzados, atrapados, atorados, pronunciaron agobiados ante el santo suplicio, una súplica patética, una invocación al más allá y a continuación las piernas se debilitaron, las manos se paralizaron, se petrificaron, se endurecieron; las bocas se fundieron, las cabezas se desmayaron, las pieles se estremecieron, las gargantas gritaron, los alientos se suspendieron, los ojos se cerraron, los cuerpos flotaron, los cielos se abrieron, los sueños se realizaron, mientras esta pareja de elegidos tocada por el hechizo del amor volvía a escribir la historia.

Permanecieron inmóviles durante unos momentos, mientras ella recuperó la lucidez. Se percató de su situación. La noche la amparaba. Nadie los había visto. La suerte los había acompañado. ¿Una última caricia? ¿Un beso de despedida? ¿Te veré mañana, mi vida, mi amor, mi ilusión, mi motivo de vivir? Sí. ¿A qué horas? Tendría que ser en la mañana. ¿Te parece bien en El Peñón? Sí. ¿Conoces el borbollón? Sí. ¿Podemos ir juntos en el mismo autobús? ¡No, ni hablar! ¿Está bien a las 11? Sí, adiós, Manuel. No llegues tarde… Noooo… Te estaré esperando…

Mientras que Melitón explicaba que el área urbanizada de la capital de la República se había duplicado irresponsable y amenazadoramente en un 100% nada menos que en casi 30 años* gracias a un conjunto de políticas y decisiones irracionales, entre ellas, haberle retirado el voto a los capitalinos, quienes no podían elegir a sus propias autoridades desde los años veinte; mientras, él alegaba que la mitad del agua consumida o desperdiciada en el Distrito Federal tenía que ser importada de otras cuencas como la del Lerma o del Cutzamala y que bien pronto se tendría que traer el líquido elemento de otras fuentes, como Amacuzac o Tecolutla, y que, aun así, dentro de siete años, es decir, cuando las campanadas del reloj dieran las 12 de la noche del día primero de enero del año 2000, el abastecimiento de agua no sería ya ni medianamente suficiente** y advendría la catástrofe que nadie alcanzaba, por lo visto, a prever; mientras, él dictaba cátedra y se le iba considerando,

---

* Hace 28 años el Distrito Federal estaba urbanizado en 21% de los mil 500 km² que comprende su superficie total; en la actualidad la mancha urbana ocupa el 42%; creció 100% en 30 años.

** La oferta de agua de los ríos Cutzamala, Amacuzac y Tecolutla será cuando mucho de 50m³; las necesidades programadas para el año 2000 serán cuando menos de 72m³. El problema en materia de insuficiencia de abasto está claramente planteado.

entre los suyos, ya como un experto en la materia; mientras, él crecía como profesional, estudiaba y evolucionaba; mientras, soñaba con sacudirse para siempre el estigma de Los Contreras, Isabel, Isabel, ¡ay!, Isabel, viajaba en camión tallándose una y otra vez las manos contra la falda para secarse el sudor, persignándose ocasionalmente cuando no se sentía observada. Todavía tenía tiempo para desistir y entregarse ya sin más a Melitón y casarse con él, olvidándose de las emociones devastadoras que le despertaban tanta curiosidad, pero que al mismo tiempo bien podrían comprometer la existencia. ¿Valía la pena vivirlas? ¿Renunciar a esa fuerza, a esa pasión que puede hacer estallar el pecho? ¿Ignorarla? ¿Ignorarla cuando ya ha tomado posesión de la mente, del espíritu, del corazón, del cuerpo y de la vida misma? Si me encuentro con Manuel me la juego, y si lo rehúyo, la duda, la cobardía, más tarde convertidas en amargura, bien pueden acabar conmigo. ¿Me moriré sin saber lo que es un hombre? ¿Por qué, cuando uno se la juega, forzosamente tiene que perder? ¿No se puede ganar alguna vez? ¿El riesgo no se premia? ¿Y la audacia? ¿Me arrepentiré? ¿Y si no?

Descendió del camión para andar todavía sobre una vereda polvosa por espacio de media hora. ¿Quién lo sabría? ¿Y si doña Marta, su madre, se enterara? ¿Y el cura y sus amigas y su familia? ¿Su padre? ¡Ni hablar! Cuando ella nació él ya no estaba en casa. ¿Los hombres eran tan malos? ¿Manuel sería casado? Buscaba pretextos para desistir. Llenarse de miedos para paralizarse, darse la vuelta y retirarse sin voltear a ver, para no volver a sentir la tentación, la maldita tentación. La víbora del paraíso. Manuel no es casado ni tiene hijos. La experiencia de mi madre no es la mía. Mi vida es distinta. Los tiempos son otros. Los hombres también han cambiado. Ahora sucede que quien quiere divertirse es un depravado.

Cuando finalmente Manuel la vio bajando lentamente por una pequeña colina corrió hacia ella. Llegaba tarde. ¿Qué importaba? Venía muy seria. Estaba decidido, sin embargo, a no dejarla pensar ni un momento más. Imaginaba los esfuerzos que había hecho la muchacha, los obstáculos que había tenido que vencer, las mentiras que habría tenido que decir para poder llegar finalmente a esa cita con el amor. No le concedería tiempo para reflexionar ni para meditar, ni le daría una nueva oportunidad para abrir una discusión en la que podrían salir a flote la opinión de los curas, la de doña Marta, la maldita urraca, los principios, las reglas y los códigos, no, no hay tiempo para analizar ni ponderar. ¿Estás aquí? ¿Ya viniste? Pues al amor, amor de mis amores. De esta suerte, cuando la alcanzó, la abrazó. Ella por pudor se resistió tímidamente, como si alguien pudiera estar espiándola.

—Déjame acabar de llegar.

—Nada, nada de acabar de llegar —le dijo haciéndole cosquillas, en tanto ella emprendía una carrera en dirección al lugar del que provenía Manuel.

No tardó en alcanzarla. Bastó un empujón para derribarla, y con ella todas sus resistencias. Reía, reía como una chiquilla traviesa. Él cayó sobre ella, le puso las manos en el cuello, en las costillas, en el vientre, en la espalda, hasta recibir una mordida que le permitió a Isabel escapar de nuevo. Huía, huía perdiendo fuerzas por las carcajadas en tanto el otro se dolía en broma y emprendía de nuevo el ataque, amenazando a gritos, eufórico, adivinando el rumbo de su amada en dirección al ojo de agua, el borbollón donde tantas veces había ella jugado cuando niña. No se detendría. Buscaría un palo, algo con qué golpearlo para seguir retozando. Su escasa resistencia física como mujer, aunada a la pérdida de energía por la risa y el contento, la hicieron sucumbir.

Cuando Isabel corría alrededor del borbollón sin encontrar algo con qué defenderse, si acaso llegó a arrojarle en pleno rostro un poco de tierra y polvo que recogió del piso en un descuido, Manuel empezó a desabotonarse la camisa sin disminuir el paso. La tiró sin detenerse a ver dónde caía. Cojeando se quitó una bota, luego la otra, sin que la muchacha volteara a verlo. Solo deseaba llegar a un lugar seguro para imponer sus condiciones y negociar, controlando antes al galán indomable. Descalzo, corriendo al lado izquierdo de ella, le fue cerrando el paso, acercándola a la orilla del manantial. Otro empujón, así, de improviso, e Isabel fue a dar sin más al agua, sin poder sostenerse de algo ni sujetarse de alguien. ¿Quién la ayudaría?

—Bruto, animal, idiota —decía Isabel, mirando su condición mientras flotaba, se enjugaba los ojos y se arreglaba el pelo delicadamente.

—¿Cómo llegaré a mi casa así, empapada? Eres un bárbaro, un abusivo —alcanzó a decir cuando Manuel, ante su azoro, se desabotonaba lentamente la bragueta de los pantalones vaqueros sin dejar de verla un solo instante.

—¿Qué haces? ¿Estás loco? —preguntó desesperada, queriendo saltar fuera del agua como si fuera un delfín. Solo que semejante agilidad era imposible.

El gallero tomó su tiempo. Se quitó lentamente los calzoncillos dejándose ver unos instantes por la novicia antes de tirarse al agua en busca de esa inolvidable compañía. Tenía figura de torero. Era un hombre atlético, fuerte, musculoso. Delgado. Era muy delgado. Esbelto. Muy esbelto. ¡Hermosos veintisiete años! ¿Quién tuviera veintisiete años y un cuerpo de acero?

—¡Noooooo! —gritaba ella—, ¡noooooo! —suplicaba, llevándose las manos a la cara y tratando tan pesada como inútilmente de salir del agua a como diera lugar. Ahí se encontraba cautiva.

Solo que Manuel, Manuel, el gran travieso, ya estaba en el aire, ya caía a su lado en medio de un gran chapuzón. La muchacha no sabía si sumirse, ahogarse, deshacerse. ¡Cuánto no hubiera dado a cambio de poder volar antes de que Manuel cayera en el borbollón…! Se sentía tan torpe en el agua, fuera de su elemento. Eran tan lentos sus movimientos que el cazador bien pronto dio con ella. ¡Qué trofeo! ¡Qué mujer le esperaba en el agua! ¡Qué aventura! ¡Qué inolvidable placer! Ahí la tenía: presa, indefensa, empapada, sin ninguna posibilidad de salvación. ¿A quién podía pedirle auxilio? ¿Cómo había llegado hasta ahí? Isabel ya no tenía tiempo de pensar en prejuicios. Se defendería. Sí, se defendería a como diera lugar de semejante hombrón. ¿Por qué no mejor los besos insípidos de Melitón?

Cuál no sería la sorpresa de la muchacha que, cuando esperaba que él surgiera del agua, Manuel no aparecía por ningún lado. ¿Se golpearía con alguna piedra? ¿Le habría sucedido algo?

—¡Manuel! —gritó asustada— ¡Manuel! —insistió, pensando en una nueva travesura ya fuera de lugar.

—Man… —Iba a gritar flotando como podía en las aguas tan profundas del manantial, cuando algo la sujetó firmemente de una pierna y la hundió hasta el fondo, como si Manuel fuera el soberano de los mares. Salieron a la superficie abrazados. Ella había olvidado por un momento su desnudez. Sin dejarla protestar la volteó y de espaldas a él, abrazándola, se sumieron de nueva cuenta. Isabel pretendió defenderse tomándolo por el pelo sin ningún resultado. Por más que tiraba de él, Manuel no se quejaba, se comportaba como si no fuera su cabellera. ¿Y cómo se iba a dar cuenta de los jalones tan intensos que le daba la muchacha si él ya le acariciaba los senos, los muslos, el vientre, el cuello, la entrepierna y el sexo en todo su esplendor sin pronunciar la menor queja? En su defensa ella bajó las manos para pellizcarlo si fuera necesario, pero las retiró de inmediato ante aquel encuentro misterioso, enigmático con los poderes mágicos del hombre desde los años sagrados de la creación. Desistió dentro de una prohibida fascinación. Isabel trataba de salvarse y nadar y respirar, consintiendo cuanto capricho o deseo tuviera el gallero.

Sujetándola por atrás, Manuel le volvió a morder delicadamente el cuello mientras se precipitaban al fondo del manantial. Tomaba aire para volver a recorrerla fugazmente con aquellas manos expertas, ávidas y no menos traviesas. La tomaba, la sentía, la palpaba, la soñaba, se embriagaba con la dureza de aquellas carnes recias e intocadas, reservadas especialmente para él, el afortunado varón que finalmente las descubría en su asombro, en su ansiedad, en su sed. A veces se hundía tomándola de los senos, otras de las piernas, otras rodeándola por la cintura con sus brazos invencibles. Así una

53

y otra vez hasta que ella dejó de reclamar y de amenazar y se fue sumando dócil y gozosa al juego encantado.

Manuel decidió concluir la broma acercándose a la orilla para que ambos pudieran descansar e Isabel no fuera a disgustarse ni a sentir miedo. Sus planes bien urdidos podrían rodar por tierra. A salvo ambos, sentados con el agua a medio cuerpo, él le ordenó la cabellera, le cubrió la frente con besos, le acarició las manos y le secó, entre sonrisa y sonrisa, el agua del rostro. ¿Te asustaste?

El sol colgaba de un cielo azul impoluto. El viento inmóvil atendía cada señal, cada gesto, cada paso de la pareja. Las ramas de los árboles dejaron de mecerse rítmicamente. Los pájaros volvían a sus nidos como si se tratara del atardecer. Un par de zopilotes contemplaban la escena desde las alturas en un vuelo lento y escrutador. Estaban rodeados solo por la naturaleza. Ni un ruido ni un movimiento ni un olor. Nada ni nadie: ellos dos solos con su amor.

Manuel colocó su brazo sobre sus hombros. Sin levantarse, la atrajo hacia sí. El sol quemaba como si estuvieran bajo una lupa. La besó esquivamente tratando de alegrarla. La besó en la mejilla, solo en la mejilla, para darle confianza. Ella clavaba, en ocasiones, la mirada en el horizonte. Otras tantas deseaba salir de inmediato del agua, pero con solo pensar que Manuel la perseguiría en las condiciones en que encontraba desistió de inmediato.

—Tu ropa está mojada, Chabe.

—¿Y cómo suponías que iba a estar si me tiraste al agua?

—Sequémosla —agregó él, apartándose de las palabras. Mientras más hablara, más rápidamente perdería el control de la situación. Ella no sabía si reír o llorar, si voltear a verlo o elevar sus plegarias al cielo para ser iluminada—. ¿Te traigo una toalla? ¡Traje una manta! —apuntó gozoso, proponiendo soluciones—. La extenderé para protegerte de cualquier mirón mientras te quitas la ropa. Luego te envolveré con la frazada. Está completamente seca y calientita. Yo mismo la dejé al sol. Te juro que miraré para otro lado.

—¿Lo juras?

—Lo juro —repuso aquel, dirigiéndose rápidamente a un sabino cercano. No convenía dejarla pensar ni reflexionar. El tiempo que él le obsequiara para madurar la situación correría en su contra. Si dejas que se enfríe estarás muerto, Manuel, irremediablemente muerto.

Con la toalla echada al hombro y la manta completamente extendida regresó Manuel al ojo de agua, en tanto Isabel, empapada, ya se dirigía hacia él. La cubrió. La abrazó firmemente por atrás, besándola en el cuello, y, sin soltarla, la encaminó hacia la sombra generosa del sabino. Ahí, de pie, el uno viendo al borbollón y la otra al árbol, ella cubierta por la manta, esperó Manuel el momento idóneo para ejecutar el segundo episodio de aquella estrategia que había alucinado durante meses.

¿Se estará abriendo la blusa? ¡Dios, no puedo creerlo! ¿Toda Isabel, toda ella para mí? ¡Dios! ¡Dios! ¡Dios! ¿Sus senos al aire? El joven gallero seguía imaginándose escenas, pasos y momentos. ¿Ahora los zapatos y de inmediato la falda? ¿Ya no tendrá falda? ¡Amor! ¡Amor! ¡Amor! Uno, dos, tres, ¿estará ya solo con ropa interior? Manuel escuchaba para su delirio cómo la ropa rasgaba el ambiente. Uno a uno escuchaba cómo los bultos empapados caían a un lado y al otro de su amada. ¿Estaría ahora sí completamente desnuda? La señal esperada llegó en el momento mismo en que Isabel pidió la toalla. Fue el último detalle de consideración que tuvo con ella. Volteaba a un lado y a otro mordiéndose un labio antes de asestar el golpe final. No, no habían podido nadar desnudos, pero la vida le concedía ahora esta segunda oportunidad, igual o mejor que la primera. Escuchó entonces la fricción de la tela contra la piel de aquella joven mujer mientras se secaba. Se enervaba. No resistió más.

Manuel giró entonces envolviendo a Isabel en la manta.

—¿Qué haces?, tú, salvaje, suéltame…

Vinieron las cosquillas, las risas, las evasivas, las defensas inútiles, las ganas de volver a correr, de huir. ¡Hermosa travesura que la vida le concedía a esa feliz pareja! Manuel se detuvo de golpe. Buscó la boca de Isabel. Ella se resistía, se volteaba con una coquetería que incendiaba aún más a la fiera. Espera, espera… La besó, la besó otra vez. La tomaba por el cuello con la mano izquierda mientras acariciaba su frente y su mejilla con los dedos y la palma de la mano derecha. Un abrazo inmenso, interminable, recorrió los dos mundos. Los cuerpos se soltaron. Él tiró de la manta que cayó a un lado. La estrechó vigorosamente. Isabel ya no sonreía, no era tiempo de sonreír ni de bromear ni de soñar ni de pensar ni de reflexionar en nada ni en nadie, ni en doña Marta, la maldita urraca, ni en sus amigas ni en sus familiares ni en el señor cura. Era el tiempo de ella. Tiempo de vivir, de realizar, de madurar y de crecer. Tiempo de dar y recibir, de acariciar y de ser acariciada, de estremecer y estremecerse. Tiempo de abrir y de cerrar, de humedecer y de ser humedecida, de acercar y de retirar, de atrapar y de soltar, de volar y de caer, de subir y de bajar, de invocar y de palpitar. Tiempo, tiempo de ceder y conceder, de pedir y suplicar, de sufrir y de llorar, de sangrar y de consagrar.

Cayeron al suelo sobre la manta. ¿Cayeron? ¡Qué va! Se desvanecieron como si la fuerza los hubiera abandonado. El cuerpo era muy sabio. ¿Cómo desperdiciar energía, una carísima energía estando simplemente de pie cuando pronto, muy pronto tendrían que emplearla toda y a fondo? Se enredaron, se entrepiernaron, se cruzaron, se fundieron, se revolvieron, se arañaron, gimieron. Una pausa, una pausa por Dios del cielo. Manuel se arrodilló frente a aquella mujer que lo esperaba boca arriba. La vio. Se vio como quien está a punto de iniciar un ritual, un sacrificio. Un acto litúrgico. Isabel era una sólida figura de ébano. Dura, maciza, desafiante. Una piel que se antojaba tocar. Una carne que trastornaba los sentidos. Una abundancia que sofocaba con el solo hecho de la simple contemplación. Manuel la retrató para siempre en sus recuerdos. La vio ahí como siempre soñó, escasamente cubierta solo por sus pequeñas manos. ¡Imposible resistir la mirada de ese garañón campeón de mil batallas! Nada, nada era suficiente para Manuel. Quería darse perfecta cuenta hasta el último instante de lo que ambos estaban haciendo. Se puso de pie para que ella lo contemplara y conociera en su máxima expresión al hombre que bien pronto la convertiría en mujer. Nunca, nadie, hasta el último día de su existencia, podría arrebatarle esa imagen de sus ojos. Le quedaría impregnada hasta mucho más allá de la eternidad.

La colocó boca abajo. Le recorrió primero la nuca, la espalda, las nalgas y las piernas escasamente con las yemas de los dedos, luego con el aliento palpitante, más tarde con la lengua retozona y juguetona. Se recostó delicadamente sobre ella una y otra vez mientras el sol no salía de su asombro. ¡Cuántos millones de hombres no envidiarían ese momento!

Ella gemía, suplicaba, golpeaba con sus manos el piso cubierto por la manta; otras, lo hacía sobre el suelo de polvo. Con cada beso se estremecía con contracciones febriles que animaban aún más al formidable guerrero que había vencido siempre a la muerte desde que la eternidad era eternidad.

Manuel la giró nuevamente poniéndola cara al sol. Él mismo se maravillaba al verla desnuda. Mi amor, ¿es cierto que fuiste, eres y serás mía, mía y solo mía? ¡Júralo!, ¡júralo!: quiero oírte. Repítelo hasta que me canse…

Se arrodilló nuevamente frente a ella. Besó los dedos de los pies de Isabel mientras ella se cubría el rostro con sus manos. Tomó entonces delicadamente cada uno de sus tobillos entre las palmas de sus manos. Los separó lentamente. Empezó a escalar primero con el rostro empapado aquellas piernas de madera preciosa, las columnas que sostenían el templo del amor. Recorrió muchas veces el mismo camino sin poder admitirlo ni creerlo. Intentaba memorizar para siempre todos y cada uno de sus contornos. Más tarde se dispuso a ascender con su propio cuerpo como quien se arrastra y hace su máximo esfuerzo por llegar a la cima del mundo. Así, devoto, llegó a las puertas del templo empuñando el bastón de mando de los conquistadores de valles y llanuras, comarcas y abismos, hondonadas, montañas y volcanes. Se aprestó a ingresar lentamente en él, paso a paso, instante por instante, dulcemente, con los ojos cerrados, sintiendo aquella dulzura que se respiraba en cada una de sus paredes, nichos, confesionarios y adoratorios que recogían de golpe todas las noches de la historia. Se inmolaba. Se consagraba. Nunca nadie había penetrado aquella cámara sagrada. Nunca nadie se había acercado siquiera a sus umbrales. Un aroma lo enervaba según se iba acercando al altar mayor, al altar central en donde caería de rodillas y sucumbiría, entregando su alma sin condiciones ni reservas, como corresponde a todo humilde mortal. Era el aroma de mujer. El perfume que dilata las pupilas eriza el cabello, despierta los poros, seca el paladar, alerta los sentidos, alarga la existencia, infunde ánimos, estimula el espíritu, carga de esperanza y optimismo y llena el alma de ilusiones y calor. ¿No es acaso la más exquisita de las esencias existentes?

Afuera el sol le carcomía la espalda, atacaba sin piedad aquel dorso acerado. El invicto vencedor no se dolía ni se quejaba del castigo que le infligían los elementos, como tampoco se resentía de los rasguños de Isabel ni escuchaba sus gritos, unos de dolor, otros de placer. Nada lo detendría. Nada lo haría desistir de sus empeños. Él continuaba imperturbable su camino a la expiación total, al más allá, a las regiones etéreas que el hombre jamás hubiera podido crear ni con lo mejor de su ingenio. De ahí que fuera imposible ignorar la vigencia de una inteligencia superior a la humana. La mejor prueba de ella era la mujer. Un ser que por sí solo demostraba la existencia de Dios.

Faltaban solo unos pasos para llegar al altar mayor, un poco de esfuerzo, un poco más y habría alcanzado la meta que le había arrebatado el sueño más de una noche de su vida. Ven Manuel, ven; lucha; ven, arrástrate más, mucho más, estírate, estira todo tu cuerpo hasta alcanzar a plenitud este sagrado recinto jamás habitado por hombre alguno. Cuando el gallero tocó con su frente el retrato de las mil vírgenes colocado en el centro mismo del majestuoso altar, operó un hechizo divino anunciado para todos aquellos que tocan con sus manos pecadoras las puertas del paraíso. Un rayo de luz le anunció el arribo del séptimo día. Se sintió entonces crucificado, caído, convertido, elevado como un dios hasta las alturas, invencible, omnipotente, omnipresente, él, Manuel, resumía todos los dioses consagrados en todas las santas escrituras. Escuchaba cada vez con más sonoridad un coro de ángeles acompañado por otro de arcángeles que anunciaban con fanfarrias celestiales su ingreso en la eternidad. Pues sí. Como un dios, ungido como un dios, gritó, blasfemó, entró una y mil veces al templo como si quisiera gritar su alegría a propios y extraños. Insistía en profanarlo. Suplicó en silencio el perdón divino sin proferir el menor lamento por los repetidos golpes de mil látigos sobre la espalda dados por aquella diosa vencida, hasta que las fuerzas lo abandonaron al unísono, hasta postrarse, desplomarse y resignarse agónico mientras los restos de aquel cuerpo de Dios se retiraban gradualmente del templo violado para volver a sus mismísimos umbrales y caer después estrepitosamente por los pilares donde lo encontrarían delirante, ya sin vida. Era ya entonces un dios muerto. Reviviría con tan solo volver a ver a Isabel.

Melitón ingresó efectivamente en la Dirección de Aguas del Estado de Guanajuato a los 23 años de edad. Los recuerdos de todos aquellos años transcurridos en la panadería bien pronto empezaron a diluirse en el tiempo. No se arrepentía de haber dedicado buena parte de su juventud al aprendizaje de un oficio, el más simpático, sin duda, de todos los oficios. ¿A quién podía hacer daño un panadero? ¿Qué, acaso el pan no era el elemento más noble creado por el hombre? Melitón ya no solo había superado su etapa como «francesero» y después como «bizcochero» y «pastelero», sino también ya era un consagrado repostero en La Central. ¿Cómo olvidar tantos años de oficio blanco que le habían permitido vivir con ciertas comodidades y sobre todo tener acceso a la universidad, el sueño de sueños de su vida?

Jamás olvidaría el día que Librado le encargó hacer un pastel para unas bodas de oro nada menos que de siete pisos. Hizo toda una estructura de madera colocando pasteles envinados rellenos de mermelada de higo en cada uno de sus niveles, cubriéndolos con merengue color rosa y blanco al igual que a todas y cada una de las columnas que sostenían su obra maestra, su graduación definitiva como pastelero. En el piso más alto colocó la figura de una pequeña muñeca vestida como una novia perfectamente blanca, manufacturada con azúcar, y la de un novio hecho con chocolate oscuro, tomando de la mano a su mujer. La pareja estaba entrelazada con hilos de oro que cruzaban el velo de ella y abarcaban la espalda de él. La sociedad de Silao quedó desde luego maravillada.

Había aprendido mucho, ni hablar, tanto que ya podía producir en serie pequeños panecillos rellenos con cremas, chocolate o frutas de la estación, lo mejor de la repostería francesa, una delicia, que se arrebataban en La Central, solo que, bien lo sabía él, no había nacido para panadero, ni sus preocupaciones existenciales estaban por el lado de la harina ni de su preparación ni de sus tiempos de cocimiento. No dedicaría su vida a la elaboración de bolillos ni de teleras ni a cumplir con el oficio público más digno de todos los oficios de la tierra. Sus aspiraciones eran muy distintas.

Él veía venir una catástrofe nacional de consecuencias imprevisibles si antes alguien no subía al puente de mando para dar la voz de alarma en todos los confines del país. Él haría que doblaran todas las campanas de todas las catedrales, iglesias y parroquias de toda la nación para anunciar los alcances de la tragedia que se avecinaba si no se tomaban ahora mismo ciertas medidas impostergables. Él sabía que en l0 o 15 años más, según se acercara el final del siglo XX, y de no cambiarse los hábitos y las rutinas suicidas adoptadas por el sistema político y la sociedad, de no crear conciencia de la magnitud del problema, luchando a brazo partido desde las aulas, los púlpitos, las pantallas chicas y grandes con todos los micrófonos disponibles al servicio de la nación todos los días del año, México podría enfrentar una sequía de proporciones apocalípticas en un lapso alarmantemente corto. De los 87 millones de habitantes que poblaban el país, no había uno solo, ni un catedrático ni ecologista ni político ni artista ni novelista que pudiera imaginar las proporciones del desastre si este llegaba a darse dentro de la depredadora inercia a la que se encontraba sometida la mayor parte del territorio nacional. Él iba contando gradualmente con más conocimientos para ayudar en las tareas de rescate, de reparación y de rehabilitación que se requerían instrumentar con la mayor celeridad del caso.

Ya como pasante de ingeniería hidráulica constató, después de leer la revista *Ecocidio,* que el abastecimiento de agua en la Ciudad de México, el asiento de 16 millones de personas, una de las concentraciones humanas más escandalosas y temerarias conocidas en la historia de la humanidad, había rebasado cualquier planeación racional:

EL PROBLEMA DE LA DISPONIBILIDAD DE AGUA EN LA CUENCA
DEL VALLE DE MÉXICO ES UNA VERDADERA BOMBA DE TIEMPO PARA
UNA DE LAS CIUDADES MÁS POBLADAS DEL PLANETA

Con mayor profundidad y agudeza que la contaminación del aire, que actualmente es considerado el problema ecológico fundamental en la Ciudad de México, la disponibilidad de agua en cantidad y calidad suficientes para los que en el año 2000 serán 26 millones de habitantes, se nos presenta como una cuestión de prioridad nacional. Las estrategias hidráulicas y energéticas que emprendamos los mexicanos en estos momentos para enfrentar madura y realistamente esta situación serán determinantes para evitar una catástrofe ecológica de proporciones históricas.

Lo anterior no es exagerado ni irresponsable en su intención: la solución integral y duradera al problema de la disponibilidad de agua en la cuenca del Valle de México es condición necesaria y suficiente para permitir que la capital de nuestro país pueda subsistir el próximo siglo.

Por si fuera poco, en la segunda mitad del siglo en curso se han requerido cantidades crecientes de energía —un auténtico desperdicio de carísimos recursos petroleros— al tener que conducir y bombear importantes volúmenes de agua de cuencas adyacentes a la de la Ciudad de México, elevando estos volúmenes hasta 2 mil 200 metros sobre el nivel del mar.

Un esfuerzo faraónico de semejante naturaleza se ve disminuido desde el momento en que la gravedad del problema hídrico no ha penetrado en la conciencia del ciudadano común, ya que mientras en países de Europa occidental, Rusia y Japón se consumen 150 litros por persona al día, los capitalinos llegan a 300 litros, o sea, el doble de dicha media, lo anterior si no se considera que millones de consumidores carecen de tomas domiciliarias o reciben su dotación de agua en carros tanque, teniendo acceso una familia a un tambo de 200 litros cada tercer día.

Si bien Melitón no dejaba de leer sobre temas de su especialidad, asistía como maestro suplente a una de las cátedras de la facultad de ingeniería y cada vez con mayor insistencia era llamado a consultas respecto de asuntos exclusivamente profesionales; por el contrario, no era convocado por sus superiores ni por sus colegas, salvo en casos muy especiales, a reuniones sociales en las cuales, todo indicaba, no tenía cabida. Fue precisamente en el gobierno donde empezó a tener contacto por primera vez en su vida con la discriminación racial por parte de sus propios compañeros de trabajo. Su ropa, sus silencios, su timidez, su manera de ver, su recelo, su aparente resentimiento, sus pómulos, sus labios, su color… Ni hablar, no parecía de ellos y, sin embargo, ¿era o no más mexicano que todos ellos juntos? ¿Cuestionarlo, pedirle opinión y consejo técnico, explotarlo, si fuera el caso? Sí, ¿pero invitarlo y compartir en un círculo íntimo social? No. Melitón Ramos Romero tuvo que continuar forjándose solo, tal vez sin percatarse de que mientras más se sentía rechazado o, si no rechazado, al menos sí excluido, más coraje y tiempo invertía en la temática hidráulica de México. De alguna manera inconsciente llenaba sus vacíos y los tiempos libres estudiando cuando no estaba con Isabel ni en la universidad ni en la Dirección de Aguas. Ya comerán en mi mano quienes hoy parecen taparse la nariz cuando están a mi lado.

En la Ciudad de México apenas 2% de 50 m^3 que se consumen por segundo en un día son tratados para volverse a utilizar, siendo destinados a parques y jardines. El resto, 98%, se desaloja de la cuenca con un grado de infección, tanto químico como microbiológico, considerable, para el riego de legumbres y hortalizas que son cultivadas, cosechadas, empacadas y reintroducidas para consumo humano a la misma fuente de infición, o sea, al área metropolitana.

Los sectores urbanos y comerciales son los que principalmente contribuyen a degradar la calidad de las aguas debido a que las descargas residuales que provienen de residencias, edificios, escuelas, hoteles, baños públicos, lavanderías, talleres de servicio, restaurantes, mercados, fundamentalmente están compuestas por heces fecales, papel, restos de comida, detergentes, grasas, aceites, sólidos, ácidos y bases, los cuales repercuten severamente sobre las condiciones naturales del recurso.

Melitón vivió durante sus años mozos intensas preocupaciones en torno al deterioro ambiental. En aquellos días de Los Contreras solo intuyó los motivos de su inquietud. El tiempo se encargaría de llevarlo de la mano en busca de las explicaciones que tanto necesitaba. Se inquietaba cuando leía en la prensa «ELEVADA MORTANDAD DE PECES EN LAS COSTAS DE VERACRUZ», «ESCASEZ DE AGUA Y ALIMENTOS, LOS RETOS ECOLÓGICOS EN EL SIGLO XXI», «LOS NARCOS COLOMBIANOS TALAN 600 MIL HECTÁREAS DE BOSQUE AL AÑO».

Ya en el gobierno empezó a recibir información práctica que integraba a la adquirida diariamente en la universidad y por medio de sus lecturas personales. Había ocasiones en que Isabel ya soñaba con el agua, con la escasez tan anunciada por su novio, ¿su novio?, con la contaminación de los mantos freáticos, con la tala inmoderada e irracional de bosques y selvas y la resequedad del suelo que alteraba dramáticamente los ciclos y volúmenes de precipitación pluvial, con la muerte de los ríos desde que se utilizaban como drenajes urbanos o industriales y por ende con la desaparición de las lagunas. En particular, y de buen tiempo atrás, Melitón no dejaba de hablar con ella de la importancia de los vientos alisios que provenían del Caribe y que finalmente eran los que producían toneladas y más toneladas de lluvia al llegar al altiplano mexicano. ¿Cuándo dijiste que dejó de soplar el último contramonzón que por lo mismo provocó una espantosa sequía? Sí; ya alucinaba los fanatismos de Melitón, pero, al fin y al cabo, él ya tenía un sueldo, un trabajo serio, fijo y seguro, muy pronto sería maestro titular y se ganaría todavía más respeto de la comunidad y el de su madre, doña Marta, quien no dejaba de halagar su rectitud, su sobriedad y su sentido familiar. Melitón, sin duda, iba en franco ascenso.

Ahora veía a la distancia a su padre, a su familia, a sus amigos y compañeros, su medio en general. En el ejido, le quedaba muy claro, parecían haberse detenido para siempre las manecillas del tiempo. Nada había cambiado ni por lo visto cambiaría desde que, ocasionalmente, había vuelto a ver a los suyos solo para constatar que todo permanecía exactamente igual como el mismo día en que lo había abandonado sin decir una sola palabra. La ignorancia seguía sepultando bajo toneladas de olvido, amargura y resignación a generaciones y más generaciones de familias Ramos y Romero y Flores y Chávez y Pérez y González y todos los apellidos de amigos de la región, en particular de Romitas, la cabecera municipal. Ahí estaban los mismos metates cuando ya había pequeños molinos domésticos, los comales cuando ya había estufas, los molcajetes cuando ya había licuadoras, las cubetas y los balancines cargados al hombro durante horas y más horas cuando ya había agua potable con tan solo abrir las llaves, camas en lugar de petates, tractores en lugar de yuntas, camionetas en lugar de mulas para transportar los chabacanos, veterinarios en lugar de don *Jelipe* para curar a los animales, riego en lugar de esperar con rezos la temporada de lluvias, aspirinas para evitar que los niños murieran del «mal del viento», doctores en lugar de brujos y hechiceros, ginecólogos en lugar de parteras improvisadas, lavadoras automáticas para que las mujeres del ejido no tuvieran que seguir humillándose lavando la ropa de rodillas, tallándola contra una piedra de río sin imaginarse que con el jabón, en particular la sosa cáustica, destruían la flora y la fauna acuáticas, amenazaban la vida del río y por ende la de ellas mismas y la de la comunidad. ¡Cuán lejos estaban dichas mujeres de entender una noticia que por aquellos días daba la televisión revelando la muerte de miles de patos y de peces en el lago de Yuriria!

Mucho, mucho había venido entendiendo Melitón respecto de la destrucción ambiental de su estado natal. Ahora sabía él que talar el monte con el propósito de sembrar más maíz o de quemar los árboles y vender carbón en el pueblo no solo extinguía las zonas boscosas que habían costado siglos de evolución y crecimiento; la destrucción gradual del bosque no solo alteraba las condiciones de humedad y afectaba dramáticamente la frecuencia e intensidad de la temporada de lluvias, sino que lo más grave de todo, además de aumentar la temperatura de la región, provocaba la vertiginosa erosión del suelo que, como decía su papá abuelo, ya solo daba mazorcas del tamaño de cualquier dedo de la mano. Si los bosques desaparecían, si las lluvias eran cada vez más imprevisibles y escasas y si los ríos los utilizaba el hombre como drenajes urbanos hasta hacerlos desaparecer, si se secaban las lagunas, si se sembraba solo maíz sin rotar los cultivos y se agotaba aún más cualquier terreno, ¿cómo no íbamos a convertir a México en un inmenso desierto? Iba entendiendo gradualmente la resequedad del ejido Los Contreras, así como la del resto del país.

Por aquellos días llegó a sus manos un texto revelador firmado por un tal Martinillo. En esas palabras encontraría otra lectura de la realidad:

¿Por qué se dieron los sacrificios humanos? ¿Por qué la caída del imperio tolteca y la del imperio maya? ¿Por qué la extinción de tantas civilizaciones? ¿Por qué la aparición de tantas deidades, dioses, vírgenes, ceremonias, oraciones y rituales macabros para provocar la lluvia? Por la sequía. ¿Por qué se deshidratan hasta la muerte las reses, las gallinas, los conejos y los burros? ¿Por qué las milpas raquíticas? ¿Por qué se vaciaron los potreros, se perdieron las cosechas, se llenaron las cárceles y los ricos se hicieron más ricos y los pobres más pobres? ¿Por qué las epidemias y los pueblos fantasmas? Por la sequía, sí, por la sequía. ¿Por qué el escalamiento de precios, la escasez y la importación de granos, el atraso en el campo y la tierra recalcitrante? ¿Por qué los pequeños propietarios se convirtieron en empleados, después en mendigos, más tarde en delincuentes y posteriormente en presos? ¿Por qué el bracerismo? Por la sequía, sí, por la sequía. ¿Por qué la insolvencia campesina, el agua escasa, cenagosa y pestilente de los pozos? ¿Por qué las rebeliones, los asaltos a haciendas y pueblos en busca de comida? ¿Por qué la baja de niveles de ríos y lagunas? ¿Por qué las presas vacías? Por la sequía, sí, por la sequía.

¿Y a quién culpar de la falta de infraestructura hidráulica, de canales de riego, de suficientes presas, de la deforestación, de la tala de nuestras selvas, de la destrucción de la capa vegetal, de la nula porosidad del suelo para que se filtre la lluvia y facilite la recarga de los mantos freáticos, de la siembra de maíz sin rotación de cultivos, de la desertificación nacional, de las decenas de miles de hectáreas solo temporaleras, de los incendios forestales incontrolados, de la venta de árboles convertidos en carbón, del envenenamiento de lagunas, de la muerte de los ríos, de la explosión demográfica, del fracaso de los ejidos, de la ignorancia de los peones y campesinos, de la miseria en la que subsisten? ¿Los caciques inmorales y autoritarios también son un subproducto de la sequía? ¿El estrepitoso fracaso de la escuela rural también se debe a la falta de lluvias?

Sí, las sequías, pero ¿solo las sequías?

Alguien, sin embargo, le estaba robando el tiempo a Melitón, alguien se lo estaba sacando de la bolsa. Una de las primeras señales de hurto la sufrió cuando su madre se presentó en la panadería para hacerle saber que su padre, hacía ya cuatro mañanas, había amanecido todo tieso y frío. Doña Cristina, permanentemente vestida de negro de buen tiempo atrás y habiendo perdido la sonrisa para siempre, no derramó una sola lágrima durante el relato, no tanto porque ya no hubiera querido a su marido después de los malos tratos y modos que había recibido de él —ahí está mi comadre, ella sí sabe ser mujer, tiene dinero y se ríe y mira nada más, yo me vine a casar con una pobre vieja pendeja, le había dicho don Sebastián antes de morir—, no, no lloraba porque se había resignado a aceptar la voluntad del Señor tal y como le había indicado el cura, pensando que ya se habían acabado todos los sufrimientos para su marido y que ahora descansaría justificadamente en el reino de los cielos. ¿No le había indicado don Melchor, el día que le administró los santos sacramentos mientras lo bendecía con una cruz pectoral de plata e incrustaciones de piedras preciosas, aquello de bienaventurados sean los que tienen hambre y sed de justicia porque ellos serán saciados, y lo repetía mecánicamente en tanto persignaba al difunto tirado sobre un humilde petate con la boca abierta y el rostro barbado contrahecho con una mueca macabra? Ella, doña Cristina, había aceptado sin condiciones el destino celestial de su marido. ¿Por qué entonces llorar? ¿Cuál sería la razón para hacerlo? Don Sebastián, a esas alturas, ya estaría saciándose en la eternidad tan prometida como gratificante después de tantas calamidades y miserias sufridas en la vida terrenal.

Ya Melitón había observado con curiosidad cambios notables en el rostro de su padre. Su cara, sus pómulos y sus labios en particular parecían hincharse por instantes. El color de su piel, antes bronceada por los efectos del sol, se había venido enrojeciendo y su aspecto era cada vez más patético en la medida en que de tiempo atrás había decidido dejar de afeitarse. Su nariz, cuyo tamaño había aumentado significativamente, presentaba unas venas diminutas intensamente irrigadas que amenazaban con estallar en cualquier momento. Los ojos se le habían hundido perdiendo el brillo aquel de los años mozos. La ausencia de ilusiones opacaba día a día su mirada. El cuadro completo se descomponía aún más cuando se constataba la falta de dientes frontales, cuya ausencia no se notaba cuando aquel sonreía —ya nunca lo hacía—, sino cuando dormía con la boca abierta tal y como se mostraba ahora, ya irremediablemente muerto y sepultado para siempre en el eterno sueño de los justos. Bien hubiera querido desaparecer de la tierra con una botella de ron o de tequila blanco en la mano.

Todo había incidido, incontables fuerzas del mal se habían sumado a la destrucción y a la descomposición de la familia. Cinco de sus 12 hijos habían fallecido por diferentes enfermedades antes de cumplir siquiera los cinco años. De los seis restantes, excluido desde luego Melitón, sobresalían Marcos y Juan, ambos portadores de nombres de apóstoles de acuerdo con la sugerencia de don Melchor —para que ya desde ahorita, querida doña Cristi, se vayan ganando la Gracia Divina—, que habían emigrado como braceros a Estados Unidos en busca de un mejor porvenir. Juan se había ido con su tío a recolectar champiñones a California al cumplir 14 años. La familia había vuelto a saber de él solo porque ocasionalmente mandaba algo de dinero a través de un giro de la Western Union. Doña Cristina tenía al lado de una de las veladoras una fotografía sin enmarcar de Juan, ya casado con una mexicana de Los Altos de Jalisco, ambos recargados, con tres de sus hijos, contra una camioneta de redilas el día mismo que habían estrenado su primer vehículo sin rodar. «*Pa'* que vea *usté*, jefecita, cómo al hombre honrado y trabajador, como *usté* nos enseñó, le va bien aquí en el norte…»

—¿Ustedes saben por qué del lado norte de la frontera todo está verde y del lado sur todo es café y amarillento? —preguntaba Melitón a sus hermanos sin obtener respuesta.

Marcos, el buen Marcos, también había entrado ilegalmente en Estados Unidos por medio de un «pollero» que le había robado todos sus ahorros, haciéndole casi perder la vida junto con otros amigos al dejarlos encerrados en un camión de doble pared mientras pasaban la frontera de Laredo en medio de aquellos calores insoportables del mes de agosto en las inmensas llanuras texanas. Cuando finalmente abrieron la puerta en los alrededores de San Antonio ya solo bajaron vivos a seis de los 14 pasajeros que habían abordado el vehículo en las afueras de Monterrey. La mayor parte había muerto descerebrada y asfixiada por el agónico calor de la frontera. Los niños habían sido los primeros en perecer ante la angustia y la impotencia de sus padres. De nada sirvió desnudarlos, orinarse encima de ellos con tal de refrescarlos. El hedor era intolerable al igual que el aire viciado en aquella cabina de la muerte donde no había espacio ni siquiera para sentarse ni oportunidad para descansar o dormir, pero eso sí, se tenía que guardar absoluto silencio, impedir que alguien se quejara o tosiera, ni siquiera respirara, para que «la migra» no fuera a descubrirlos al hacer la inspección de rutina. Cuando uno de los niños, un lactante, lloró desesperado al tiempo que voces desconocidas hablando tal vez en idioma inglés se acercaron al camión y empezaron a revisarlo, la madre lo estrechó contra su pecho para acallarlo sin percatarse de que lo estaba asfixiando. Cuando las voces se alejaron, ella retiró a su hijo para secarle las lágrimas y consolarlo por el susto hasta constatar que, en su desesperación, ella misma lo había ahogado involuntariamente. El grito macabro proferido por aquella mujer no lo olvidaría el joven Ramos Romero en toda su existencia.

Marcos, sin embargo, había salvado milagrosamente la vida y en la actualidad, también ya casado con mexicana y habiendo engendrado solo dos hijos, continuaba trabajando como despachador, su primer empleo, en una gasolinera que se encontraba en la carretera entre Dallas y San Antonio.

Marcos sí había vuelto ocasionalmente a Los Contreras, solo que ya no era el niño que igual traía en el morral una iguana pequeña que una resortera, obsidianas, algún chabacano, lagartijas, canicas, un sapo o un tacón de zapato para jugar. Marcos había crecido. Ya no era el muchacho que nadaba divertido en el jagüey; no, ya no hacía guerra de huevos con su hermano Antonio, el menor, el único que quedaba en Los Contreras hasta la fecha, tratando de ayudar en las faenas del campo, ni organizaba carreras con las dos mulas, antes de que su padre tuviera que vender una de ellas, ni perseguía a las niñas del ejido para levantarles el vestido por atrás aun cuando después tuviera que enfrentar la furia de los hermanos de las ofendidas.

No. Marcos no solo había madurado durante su estancia en Estados Unidos, qué va, la vida aquí en el norte tarde o temprano te enfrenta a la ley, mamá, ¿cuáles travesuras? Al que se le ocurra hacerlas tiene que indemnizar a alguien con el sueldo de un año o te toman preso y te encierran en la cárcel del condado para que ni se te ocurra andarle haciendo otra vez al payaso. No hay bromas. Ganarás lana, ni hablar, pero el carácter se te agria tarde o temprano con tanta rigidez, tanta pinche norma y regla para todo lo que vayas a hacer. Nadie se sale de la fila con los carapálidas, porque así —tronaba los dedos— te llegan las consecuencias, mamacita. Aquí solo se trata de trabajar y de endeudarte. Al final de cuentas, en el país del crédito, tu cheque del mes se te va en pagar las compras a plazos.

Del muchacho travieso y risueño, el eterno bromista incapaz de tomar nada en serio ni de responsabilizarse de cualquier encargo porque cuando le tocaba sembrar en la milpa tiraba, por flojera o apatía, la semilla del maíz en el primer lugar que se le ocurría o se le perdían los borregos cuando los sacaba a pastorear o llegaba invariablemente tarde al rescate de una gallina cuando este ya se encontraba en el hocico de un coyote que huía gozoso rumbo al monte, de ese muchacho indolente que había abandonado el ejido por contagio para ir en busca de una mejor fortuna, hoy solo quedaba el recuerdo. Sí, sí era cierto que vivía mejor en Estados Unidos, como lo era que no sufría las carencias ni las privaciones conocidas en Los Contreras. Nadie podía negarlo. Ahí sí, aun cuando tenía que trabajar duro para obtenerlo, tenía agua corriente, dormía en cama, tenía una casa hipotecada, pero al fin y al cabo una casa de su propiedad con banqueta, drenaje, alumbrado y servicio de policía, sus hijos asistían a una buena escuela, gozaba hasta de automóvil y de tarjeta de crédito y de un seguro social para atender su salud y la de los suyos: ninguno de sus hijos había muerto prematuramente. Ambos eran bilingües y ninguno se había absorbido a la cultura norteamericana puesto que en el hogar se seguía hablando en español y se seguían comiendo frijoles, chiles y tortillas, puchero de gallina, mole y tamales como en los días de fiesta, sin renunciar a sus tradiciones mexicanas por vivir en el extranjero.

Todo lo anterior era válido, solo que Marcos, en lo personal, no era feliz. Bien supo él desde el primer día que, si bromeaba en la gasolinera, si faltaba los lunes, si se comportaba tal y cual él era, así natural y espontáneo, bien pronto lo liquidarían con dos dólares y con ellos perdería el empleo del que dependía su supervivencia y la de su familia. De modo que vivía con una personalidad que no era la suya, sometiéndose contra su voluntad a un sistema de vida que no era el suyo, cuidándose en todo caso de violar la ley para evitar costosas y dolorosas consecuencias, en un país donde no existía ni la comprensión ni el sentido del humor y todas las sonrisas eran aparentes, puesto que en cada americano en apariencia cálido y humano se encontraba un individuo duro, capaz de quitarte todos y cada uno de tus dientes de oro a la primera oportunidad.

Marcos ya no jugaba desde que vivía allá en el norte ni se le ocurría hacer chapuzas ni llegar tarde ni faltar a su trabajo, salvo por una causa muy justificada, ni incumplía las normas ni las instrucciones con las que se encontraba a cada paso en el interior de la gasolinera, en un estacionamiento, en un cine, en la calle, en un parque donde ni siquiera podía pasear a su perro sin llevar una bolsa para guardar sus excrementos, porque si la policía se la llegaba a requerir, aun cuando el animal no hubiera defecado en la vía pública, y él la había olvidado, se le impondrían multas insalvables que seguramente desquiciarían su economía. ¿Cuándo en Los Contreras o en Silao o hasta en Guanajuato alguien iba a salir con una bolsa de plástico tras su perro, si además había millones de perros callejeros? Todo está prohibido, mamacita: es el país de las normas, por todo te castigan sin que usted pueda escaparse al castigo. En la actualidad Marcos era un hombre serio, adusto, hermético, escasamente expresivo, totalmente previsible, inmóvil y temeroso de incumplir con cualquiera de las disposiciones públicas. Ya no reía —ni había por qué hacerlo— ni quedaba rastro alguno de la alegría de su infancia a pesar de contar con bienes y satisfactores con los que nunca soñó. ¿Cuáles cuetes como los que tronábamos el día de la virgen de Guadalupe? ¿Cuál borrachera como la del cumpleaños o la del Día de las Madres con pulque o con mezcal? ¿Quién se atreve ya no a manejar sino a caminar ebrio en este país? ¿Quién? ¿De qué les sirve tanto orden, mamacita, si ni son felices y más bien parece que tienen mecanizados hasta los sentimientos?

Por lo que hacía a sus tres hermanas, Adela, María y Magdalena, la suerte de ellas nunca fue diferente a la del resto de las mujeres que habitaban el ejido Los Contreras. Igual que buena parte de los hombres habían emigrado a Estados Unidos en busca de mejores posibilidades de vida, ellas habían hecho lo propio empleándose como parte del servicio doméstico de alguna casa de Guanajuato o de la Ciudad de México. Pueblos y ejidos se iban vaciando gradualmente porque los jóvenes ya no estaban dispuestos a resignarse de la misma manera que lo habían hecho sus ancestros. Si había una moda en ropa, en peinados, en la manera de hablar, en comida, en música o bailes o en centros de reunión, ellos, los jóvenes, querían participar a su nivel y con sus escasos recursos en todo aquello que pudiera ser el mundo moderno, gozar las maravillas del progreso sin excluirse de él.

No deseaban seguir usando ponchos ni trajes de manta ni huaraches rotos cubiertos por 100 años de lodo, ni consentían ya el uso de la trenza con listones de colores intercalados ni se presentaban en público con la mata de pelo simplemente echada para atrás a fuerza de cepillazos, ni podían tolerar seguir hablando como el indito ni *ansina* ni *endenantes* ni *pos* ni era propio comer tortillas con sal y chile en cuclillas alrededor del comal sin utilizar platos sentados a la mesa, ni beber ya más en jarro de barro habiendo vasos y tazas, tenedores y cucharas como en las grandes ciudades. No, no, los tiempos estaban cambiando: ya se usaban zapatos, y hasta botas de piel de víbora los más afortunados, camisas estampadas y chamarras para quienes les alcanzaba el presupuesto. Cada vez bailaban menos danzón en sus fiestas, ahora preferían la música moderna, la única que era de buen gusto, la de moda. Las mujeres ya no se sentaban en sillas a un costado de la pista improvisada en espera de que algún atrevido galán las sacara a bailar, ahora, con el ánimo de no sentirse exhibidas, llegaban acompañadas a las reuniones o bien hasta bailaban entre ellas mismas. Prevalecía otro concepto de la dignidad, otro equilibrio social. ¡Cuántos años habían pasado desde que sus padres se habían conocido caminando en sentido contrario en las plazas públicas alrededor del kiosco, donde tocaba los fines de semana la banda municipal! No, ni quien quisiera acordarse de aquellas tradiciones que tanto habían gozado los abuelos… Eran otros los tiempos.

Adela, la hermana mayor, recomendada por una amiga, se había empleado como sirvienta en una casa en la colonia Héroes de Padierna de la Ciudad de México. Cerca, muy cerca de donde trabajaba había una construcción de donde invariablemente salía un albañil que la acompañaba todos los días a la misma hora cuando ella se dirigía a comprar las tortillas. El cuchareo, ese era su rango dentro de su oficio, no se separaba de ella durante todo el trayecto de ida y vuelta. Adela, por su parte, parecía caminar sola, negándose a responder a las preguntas y a los comentarios que le hacía el chalán, un hombre joven de unos 24 años de edad. Día tras día el albañil buscaba una sonrisa, una mueca, sabedor, como sin duda lo era, de que la actitud asumida por la muchacha se debía a una educación pueblerina, similar a la suya, en la que ella no podía permitirse, así la habían educado, hablar por ningún concepto con un desconocido y menos, mucho menos en la misma calle. Sin embargo, Daniel logró hacerle un hijo tres meses después de haberla conocido, con todo y que ella había sabido guardar muy bien las apariencias exhibiendo en todo momento, hasta el final, pruebas de su castidad.

Por supuesto, cuando Daniel se enteró del embarazo ya no se presentó en la obra, donde nadie dijo conocerlo ni responder a sus señas ni la acompañó más a las tortillas ni la acarició hasta el delirio en las noches en una esquina oscura de la colonia dentro de un terreno baldío. Cuando la triste mujer salió disimulando el llanto y la decepción entre tabiques, mezclas aisladas de cemento, arena y agua, pedazos de cimbra, clavos oxidados, tierra y humedad, soportando, además, todo tipo de miradas atrevidas y comentarios obscenos, escuchó que el capataz, un individuo gordo, de estatura media, con el pelo totalmente envaselinado, tarareaba una canción que la precipitó aún más en la desesperación: «Prometer, prometer hasta meter, y después de metido olvidar lo prometido…» Fue lo último que alcanzó a oír antes de que reventara en una carcajada saturada de picardía que contagió al resto de los presentes.

Años después, sin sentir miedo a la sanción divina y menos a la terrenal por la comisión de nuevos pecados y sin detenerse ante el castigo y las represiones de sus padres ni importarle su imagen ni la que su propio hijo pudiera tener de ella ni la opinión del cura ni la de sus hermanos y amigos y, por si fuera poco, sin someterse al rigor de un código ético supuestamente aprendido en la iglesia, en el jacal o en la escuela —¿dónde quedaban los valores y principios familiares? ¿Qué concepción tenía ella del futuro que le esperaba?—, como si el presente y el futuro no existieran, Adela volvió a tener otro hijo con otro hombre, esta vez con el chofer de uno de los vecinos. Esto fue suficiente para que perdiera el empleo y la despidieran sin compensación ni indemnización alguna. Desamparada económica, moral y legalmente, se presentó en Los Contreras con sus dos hijos naturales. ¿Cuál opción le quedaba en la ciudad si solo sabía ganarse la vida como sirvienta y, si cabía otra posibilidad, como la de emplearse en una lonchería, o bien la timidez la vencía a la hora de contratarse o carecía de recursos para pagar a una persona para que le cuidara a sus hijos, uno de ellos recién nacido, además de los gastos de renta, educación y alimentos y doctores? Nadie la quería con hijos, de ahí que no encontrara otro remedio más que dirigirse a Los Contreras solo para aumentar las penurias de quienes ya escasamente sobrevivían ahí.

La sorpresa de Adela fue mayúscula cuando encontró en el interior del jacal a su hermana María en condiciones similares a las suyas. Ella había vivido en la colonia Nezahualcóyotl como concubina de un empleado de una ruta camionera que recorría el Vaso de Texcoco. Habían procreado cuatro hijos antes de que Raúl abandonara la casa sin aviso ni justificación aparente. Ella nunca fue a la policía para levantar un acta preocupada por la suerte de su pareja. De sobra sabía que, como la mayor parte de los hombres de la colonia, se habría ido con otra mujer a tener más hijos, sin mediar explicación alguna. Un buen día Raúl no llegó, desapareció, no se presentó ni contribuyó con dinero al sostenimiento de su familia sabiendo, como sin duda sabía, que no tendrían mayores posibilidades de supervivencia. Nadie se muere de amor ni de hambre, pensó en su retirada, además naciste solo para darme problemas, fue lo último que murmuró antes de desaparecer, haciendo el mismo ruido que una sombra en su desplazamiento. Cuando, transcurridos algunos años, él se presentó de repente como si no hubiera pasado nada, María les reveló a los niños la identidad del visitante sin salir de su asombro ni haber intercambiado una sola palabra ni dejar a un lado el huevo de ónix sobre el que remendaba calcetines. Parecía haber estado esperando la escena que finalmente llegó a materializarse ese día:

—Niños —se hizo un pesado silencio—, ese es su padre, conózcanlo, abrácenlo —les dijo al mismo tiempo que los empujaba por la espalda. Los chamacos corrieron a rodear aquella figura mítica y a abrazarse llorando alrededor de las piernas de aquel individuo llamado «papá», de quien no recordaban ni sabían nada.

Raúl, lleno de rabia, clavó la mirada en su anterior concubina en tanto se zafaba como podía de aquellos chiquillos desprovistos de la menor malicia en razón de su tierna edad. Cuando se liberó del último de ellos, lanzándolo al suelo entre gritos, empujones, llantos y lamentos, maldijo el día en que la había conocido, llamándola malagradecida y desapareciendo a continuación en un automóvil sin que nadie volviera a saber jamás de él.

A las manos agrietadas de María de tanto lavar ropa ajena, a sus ojos cansados de zurcir en las noches con muy mala luz, a sus dedos ampollados y calientes de cocinar en la madrugada y en las noches para vender comida y ganarse la vida como Dios le diera a entender, a su cansancio después de cuidar niños de los vecinos durante el día mientras sus padres se iban a trabajar, todo a cambio de algo de dinero a su fatiga, a su pérdida de paciencia, a la desilusión por la vida que no era sino una estafa, un enredo, una angustia ilimitada, una permanente y escarpada cuesta arriba sin descanso alguno, a todo lo anterior se sumaba ahora el desconsuelo de sus hijos, quienes habían logrado conocer a su padre al menos por unos momentos.

Las crecientes necesidades de sus hijos hicieron imposible el sostenimiento de la familia. María se dio por rendida una mañana al saberse embarazada nuevamente, esta vez por un plomero de la región que le había jurado amor eterno y ayuda económica para los suyos y como una es caliente y pendeja y ya llevaba buen rato sin hombre entre las piernas, pues ahí voy, comadre, a sentir este otro bulto en el estómago que ya no sé qué hacer con él. ¿Abortar? ¡Jamás! Se condenaría en la peor galera del infierno por asesina, hija mía, le hizo saber el cura de la Neza. No puedes rechazar la suprema voluntad de Dios: Él te lo manda y tú debes someterte a sus indiscutibles designios. Además, concluyó el ensotanado, Dios siempre manda a un hijo con una torta debajo del brazo.

—Los míos han venido encuerados y con hambre —repuso María con un tono irreverente y ya levantándose después de la confesión.

—Si comienzas a burlarte de Dios te condenarás no ya en vida sino toda la eternidad —agregó el sacerdote, observando a aquella oveja descarriada—. Ten miedo de la furia de Dios: nunca la despiertes.

María se derrumbaba por instantes hasta que, carente de toda energía, desanimada, envuelta y víctima en una nueva crisis económica propiciada por la incapacidad recurrente del gobierno, que según ella siempre daba explicaciones pero nunca soluciones, el dinero ya no ajusta ni para los frijoles, indefensa ante una nueva inflación que la golpeaba por todos los costados, desesperada por no haber podido ahorrar ni un centavo en tantos años, sin posibilidades de empleo fijo y con ingresos más raquíticos que esporádicos, sintiéndose inútil, débil e impotente sobre todo cuando las cosas suben cada día de valor sin que te lleguen los centavos para comprarlas, decidió, rebasada y desconsolada, volver a Los Contreras con todo y sus cinco hijos, para los cuales ya escasamente pudo comprar los boletos del camión.

Magdalena, la menor de las tres hermanas, ya tenía dos hijos y también había vuelto al lado de sus padres cuando Adela y María llegaron de regreso al ejido para incorporarse a ese nuevo momento de la familia que no hizo sino desquiciar aún más la menguada economía de don Sebastián y de doña Cristina, hundiéndolo a él en el alcohol y a ella en un estado de postración del cual ya no pudo salir nunca, ni recurriendo a la misa ni a los interminables rezos ni a las penitencias impuestas por ella misma. ¿Cómo reírse? ¿Cómo consolar? ¿De dónde sacar la fuerza para hacerlo? La desilusión se apoderaba cada vez más de ella, apagándola al extremo de hacer parpadear su existencia, rindiéndola a una suerte y a un destino siniestro tan severo que perdió todo interés y esperanza en cualquier tipo de recompensa celestial. Es la misma sensación de quien deja de flotar y se hunde con un giro lento e irreflexivo de la cabeza en las profundidades del mar.

Si antes, en los días de la primavera, sus padres mostraron poca paciencia y las carencias económicas, las desgracias, las tragedias cotidianas, la insatisfacción en todos los órdenes de la vida parecían aplastarlos, con el regreso gradual de sus hijas y ahora de sus nietos al jacal, además en una edad avanzada, la tolerancia y la escasa comprensión desaparecieron para siempre dando cabida únicamente a la resignación. Solo que don Sebastián ya no reaccionaba con violencia ni golpeaba ni gritaba ni amenazaba ni maldecía ni violaba: simplemente se embriagaba desde la primera hora de la mañana, como si se dejara llevar por un rumbo incierto de una mano invisible. Cualquier dinero que ingresaba al hogar él veía la manera de amarchantárselo para adquirir pulque, ron, tequila o mezcal, lo que fuera con tal de escapar de la realidad. No hablaba. No se quejaba. No se lamentaba. No suplicaba ni agredía ni rezaba. La única expresión que salía de su rostro era el llanto en todas sus formas, desde el compulsivo y repentino, hasta el más tierno cuando se encontraba solo y sobrio. Lloraba, lloraba cuando quería y cuando no quería, solo y acompañado, como niño o como anciano, caminando con una carga de leña a la espalda o tirado sobre el petate después de tomar unos tragos de té de canela y tratar de enhebrar un sueño.

—¿Por qué —repetía incesantemente— no vienes por mí? La vida es un castigo injusto, ¿qué hice yo, a quién ofendí para que te vengaras de estos pinches pobres huesos toda mi vida?

La ansiedad y la angustia no eran generales ni universales ni eternas. También existían los triunfadores que con tiempo, esfuerzo y talento conquistaban cada día el éxito. Ese era el caso de Librado Múgica, un hombre empeñoso y próspero en su oficio. Demostrarlo era muy simple: bastaba comprobar la constante expansión de su negocio. El joven panadero, ya con más de 31 años de edad, había comprado con el tiempo nuevos espigueros donde colocar las charolas para sacarlas de los almacijos a las salas de venta. Había cambiado el horno de leña, una auténtica reliquia, el calabacero, el de bóveda, el heredado de su abuelo, por uno de gas, y columpios ya de corte industrial. Contaba con una batidora nueva dotada con una araña capaz de mover hasta 25 kilos de harina con agua o leche. Había hecho construir toda una bodega nueva anexa al amasijo de los «franceseros» donde ya podía almacenar materias primas sin tener que hacer una compra diaria de ingredientes que elevaba los costos y disminuía la utilidad. Mejor, siempre mejor comprar al mayoreo. De ahí que siempre tuviera en existencia costales de harina de trigo integral de la marca La Primorosa, otros tantos de azúcar, canela en rama y canela molida, anís, harina de malta, sal, esencia de vainilla, levadura, polvo para hornear, colorantes, mantequilla, panquelina y refacciones de los equipos, botellas de miel, barras de chocolate, mermeladas para rellenos. Una panadería completa bien administrada.

Otro día compró un refrigerador para vender pasteles con crema chantilly y ya no solo los de merengue. Se hizo de una trituradora de pan duro para venderlo una vez molido y obtener fuentes de ingreso aun del desperdicio. A Librado le iba bien. Era evidente. ¿Por qué a unos sí y a otros no?

Cuando Isabel regresó de El Peñón, con la cabeza recargada en el hombro de Manuel, soñaba, idealizaba, fantaseaba con el inicio de su primer amor, un amor que prometía ser intenso, puro, inolvidable. Comparó aquel día la emoción, la intensidad de la caricia, su audacia, su irreverencia, la pasión del beso, la habilidad de la mano, los sentimientos que le despertaban el uno o el otro, las sensaciones, los estremecimientos y recordaba las invocaciones de piedad, los dedos, los aromas, los vellos, las lenguas, las pieles, los perfumes, los silencios y las hazañas recién vividas con Manuel, el gallero. ¿Y Melitón? Pero si cuando el futuro experto hidráulico la tocó la primera vez no sintió nada, o si sintió fueron unos deseos inmensos de apartarse de él, de impedir que la siguiera manchando.

Recordaba una a una las caricias que había recibido, su primer gran homenaje como mujer, las que había devuelto tímidamente a su vez, las que intercambiarían en el futuro inmediato, hoy, aquí mismo, más, mi amor, lléname de besos, apriétame, jálame, levántame, frótame, vuélveme a tocar, así, así mi vida, lléname de ti una y otra vez, se decía sonriente mientras el autobús recorría los interminables caminos saturados de polvo y hoyos por donde casi podía precipitarse el vehículo completo con todo y pasajeros. No dejaba de imaginar lo que podría ser su vida al lado de aquel hombre que aprovechaba la menor oportunidad para hacer travesuras, provocar su sonrisa e impedir a cualquier costo que ella se tomara en serio ni representara ningún papel. El gallero siempre se metía por la puerta de atrás, sorprendiéndola en su dignidad provinciana, llegando por donde ella no suponía, bromeando con lo que ella jamás se hubiera atrevido, haciendo lo que nadie jamás hacía, hablando de lo que nadie hablaba, burlándose de lo que francamente no era posible burlarse, riéndose de la solemnidad, del acartonamiento de la gente, de su hipocresía:

—Todos podrían criticar lo que tú y yo hicimos el día de hoy, sí, pero todos hubieran querido hacerlo al mismo tiempo. Quien nos condene nos envidia: no lo olvides ni lo pierdas de vista. ¿O no nos quisieran quemar vivos los curas que se masturban o las solteronas a las que nunca nadie les desabotonó la blusa para acariciarles esas flores hoy marchitas como sus ilusiones o no desearía sacarnos los ojos la mujer que lleva años y más años sin ser tocada por hombre alguno y contempla desesperada cómo le empiezan a colgar irremediablemente las carnes?

—No, no te confundas —repetía, tal vez pensando en la maldita urraca—, toda persona que esté contra nuestro amor es porque le da rabia que vivas algo que ella ya no se atrevió a vivir ni vivirá jamás.

El bamboleo del camión arrulló a Isabel, quien tomada de la mano de Manuel cerraba los ojos como si festejara el encuentro con el hombre, aquel que toda mujer debe tener alguna vez en su vida y que le perdurará en la mente hasta el último día de su existencia. Podrá olvidar muchos pasajes, momentos, deslices y atrevimientos, pero siempre, invariablemente, recordará la primera ocasión en que abandonó para siempre la edad de la inocencia, con sus sorpresas, sus curiosidades, sus misterios, sus miedos, sus lágrimas y dolores, sus angustias y placeres.

La torre de la parroquia de San Antonio apareció finalmente a sus ojos. Silao estaba nuevamente a la vista. Pronto, bien pronto, estuvo frente a su madre, doña Marta, la maldita urraca según Manuel, ante la cual hizo esfuerzos inenarrables por ocultar su secreto, el gran secreto que no podría compartir con nadie y que se llevaría hasta la mismísima tumba. ¡Ay!, paradojas de la existencia. ¿Por qué tener que ocultarle precisamente a su madre, sin duda la persona más querida, el ser más amado y más cercano, su feliz realidad? ¿A quién le contaría lo acontecido antes de estallar de júbilo? No iría muy lejos por la respuesta: ¡a nadie! A nadie: no podría compartirlo con nadie. De lo contrario, al otro día medio Silao, pueblo chico, infierno grande, se la comería viva, pero de envidia o morbo: tenía razón Manuel, es un pueblo de hipócritas. ¿Por qué no poder echar a vuelo las campanas de todas las parroquias de Guanajuato para celebrar mi alegría? ¿Por qué callarme, por qué tragarme tanta felicidad? Hipócritas, hipócritas, se decía, sin imaginarse que el día de las sorpresas en el borbollón no había terminado y que solo había vivido la mitad de ellas, ¿la mitad?, ¿cuál mitad?

Como si después del premio viniera el castigo; después del valle viniera la cresta; después de las alturas, el vacío; después de la luz, la oscuridad; después del dulce, el veneno. Así, la vida la esperaba con una torturante lluvia de cuchillos, lluvia proveniente de todos lados, originada en todos los confines. Lluvia de cuchillos afilados provenientes de diestra y siniestra, de atrás y adelante, navajas caídas del cielo, de las estrellas y del infinito, seguidos de sangre, sangre, más sangre y el derrumbe hasta la extinción total de todas las ilusiones, todas las promesas y todas las esperanzas. ¿Pruebas? Sí, sí, pruebas, dame pruebas. ¿Ah, sí?, mira, ven, acércate: ten una puñalada por lo pronto en plena garganta y otra más en el cuello y este por la espalda y la de más allá en el vientre con el que has soñado crear y dar la vida. Una y otra. Ten, ten, ten… perra roñosa, los hijos del resentimiento, del rencor y del odio te detestamos, detestamos tu alegría. Muera, sí, muera mil veces la alegría.

Muérete, muere hasta que pierdas la última gota de sangre, continuaban entrando y saliendo los cuchillos, las navajas y los puñales de todos los puntos cardinales con la fuerza y la rabia de quien mata al asesino de un hijo.

En efecto, doña Urraca la esperaba con un cuchillo en cada mano. El mismo día en que Isabel descubría el mundo y la vida en El Peñón, la maldita urraca había estado en Salamanca buscando las más minuciosas referencias del gallero. En los pueblos solo no se sabía lo que no se hacía. Averiguó en los palenques que regularmente visitaba Manuel, ese joven apuesto tan simpático, el de las botas de víbora, el de la hebilla de plata. ¿Quién es? ¿Qué hace? ¿Está casado? ¿Cómo se gana la vida? ¿Qué reputación tiene? El dueño del gallo ese, el Renacido, el que dicen que gana todos los combates, según le había dicho Isabel: nadie puede con él, mamá. Doña Marta investigó su verdadera identidad antes que nada en las parroquias, con los curas de su relación, en las iglesias y capillas, en palenques, ¡por supuesto en los palenques!, en charreadas que al final eran coronadas con peleas de gallos entre tequilas, jarabes tapatíos, sones de la negra y marchas de Zacatecas, para rematar con boleros dedicados a los amantes despechados. Nada era suficiente para aquella madre decidida a todo, a cuidar, entre otros objetivos, también el patrimonio de su vida, la última carta que tanto había cuidado durante tantos años para poder resurgir en sociedad con otra posición económica duradera y respetable. ¿Dejar ir a Isabel con cualquier mequetrefe, con cualquier patán, un vivales cualquiera, y ella, la urraca, pasar sus últimos días sentada en su silla de paja frente al zaguán con el estambre, el tejido y las agujas sobre su regazo sin destacar ya nunca más socialmente en Silao y, sobre todo, sin dinero, pero eso sí, con un chongo de gran alcurnia? ¡Antes muerta que morir en la mediocridad pueblerina! Yo me encargaré de encajarle al tal Manuel un espolón de su tamaño en plena yugular. Nadie me quitará mi tesoro. ¿Verdad, Chabelita, que eres mi tesoro?

Preguntó en cantinas, en bares, en salones de fiesta, en prostíbulos, en todo centro de vicio, en cualquier lugar donde se apostara desde un trago de mezcal, hasta conocer su identidad, su lugar de origen, su estado civil, el número de sus hijos, el nombre de su esposa, su fama, su posición, su prestigio. ¡Nadie se burla de mí!

Doña Marta había decidido renunciar a las palabras y recurrir a los hechos de una buena vez por todas y para siempre. Bien sabía ella que el corazón podía más que la razón, de ahí que hubiera decidido reventarle a su hija la realidad en pleno rostro. Su visión de madre, su intuición femenina, la lectura de la conducta de Isabel, le anunciaban día con día que Manuel ganaba a pasos agigantados una ventaja ya casi insuperable sobre los huesos tiesos de Melitón. La labia, la simpatía, la experiencia y, ¿por qué no?, el cinismo, la liviandad se imponían. ¿Sabes que la Ciudad de México, Chabelita, consume el equivalente de 24 Estadios Aztecas al día de agua? Piensa que el estadio es un gran tinaco. Ahora llénalo de agua. Pues ahora imagínate que el agua que consume el Distrito Federal equivale a llenarlo 24 veces al día. ¿Te imaginas lo que consume al año? Pronto no va alcanzar ni el Océano Pacífico para satisfacer las necesidades de agua de la capital. No, Melitón, así no se trata a una mujer como mi hija. A esta hay que gobernarla, que te sienta: contrólala, dirígela, condúcela, enséñala. ¿No ves que es una diosa de ébano? Esas pendejadas del agua, *m'ijito*, dilas por favor en la clase. Duerme a tus alumnos con tus inquietudes profesionales, como tú dices. Pero a Isabel, ¿a Isabel?, has de montarla como una yegua salvaje, acicatearla, es una hembra codiciosa y sedienta, o la perderás para siempre. ¿Sabes montar una yegua salvaje? Manda tu agua al carajo por lo que más quieras, pero mándala ¡ya!, ¡hoy! Ya, por favor, olvida que fuiste panadero. Ya no hables de panqués con chochos ni de moñitos ni de conchas, ¿puedes?

No tardó doña Marta en saber que Manuel vivía en Salamanca, en la colonia Ingenieros Petroleros Mexicanos, en la calle Juárez número 8, interior 7, altos; que era una vecindad con rentas congeladas, que vivía prácticamente al día, que era por supuesto casado, que tenía tres hijos, dos varones y una mujercita, de ocho, cinco y tres años, respectivamente; que se llamaban Ángel, Fernando y Juanita; que iban a la escuela Héroes de la Independencia; una en el jardín de niños, el otro en la preprimaria y el mayor en cuarto año de primaria. Su esposa se llama Teresa, de 23 años, una santa porque le aguanta todo, ¿no la conoce? Él había comenzado a ganarse la vida como maestro rural, sin embargo, cuando se dio cuenta de que con la cara y la simpatía podía llegar mucho más lejos y mucho más rápido, cambió las aulas por los palenques y a los alumnos por mujeres. Nada tonto, ¿verdad?

Hasta ahí la verdad o, mejor dicho, casi la verdad. El resto formaba parte del morbo popular, el placer de destruir desde el anonimato a una persona, a la que sea, si yo no fui feliz, una sed insaciable de venganza me mueve a dañar a alguien, a quien yo pueda sin perder oportunidad alguna. ¿Yo no pude?, entonces, tú, el que sea y como sea, tampoco podrás en la medida en que yo pueda detenerte colocando obstáculos, tramando emboscadas, saboteando la felicidad ajena, chantajeando, enredando, intrigando. Ven, mira, ten… Un sentimiento de venganza anónima estaba invariablemente presente.

Pues fíjese nada más, señora, que el hombre ese golpea a diario a la pobre Teresita, a quien ya le dicen por aquí en Salamanca la Llorona, dados los gritos desesperados que lanza esa desgraciada mujer cada noche cuando su santo marido arremete contra todo lo que se encuentra a su paso. Imagínese usted: si pierde en los gallos, se emborracha y la golpea; si por contra, gana, se emborracha y la golpea. ¿Cómo vivir así? ¿Quién entiende a los hombres? Él apuesta todo a un volado, a una carta, a un tiro de cubilete, a una ficha clave del dominó, la misma que estrella contra la mesa de metal de la cantina cuando cierra el juego ante la sorpresa de todos. Desde luego que por su gallo ese, el Renacido, se juega la vida, como se la juega igualmente al beisbol, al futbol, te doy dos goles de ventaja y le voy a los Tiburones Rojos del Veracruz como, de la misma manera, ¿cuánto le vamos metiendo a que el futuro gobernador de Guanajuato es Chávez y no Pérez y que el siguiente presidente de la República es Suárez y no Sánchez? Ama el peligro, *seño*, se lo juro que lo ama, por eso tiene una vieja en cada esquina y las muy burras todavía suspiran por él pensando que lo van a poder domar: ninguna pudo, yo sí podré, parecen decir. Punta de tarugas…

Aquel día en que Isabel regresó sonriente y angustiada, feliz de haberse convertido en mujer y al mismo tiempo mortificada por haber traicionado la confianza y los planes de su madre, así de confusa en sus sentimientos y tal vez incapaz de ocultarlos en un primer encuentro ciertamente delator, abrió los tres candados de la puerta persignándose con el Jesús en la boca. La culpa parecía asfixiarla. Doña Marta lo sabría todo en el instante con tan solo verla a los ojos. Así de sencillo. Se haría la desentendida. Entraría como si nada hubiera pasado. Tal vez hasta cantaría. Diría que había estado comiendo con Aurora, su mejor amiga, y a esas alturas ya cómplice de ella, solo en lo que hacía a cubrirla en caso necesario de las preguntas y de las dudas de la urraca, pero eso sí, ocultando lo sucedido en El Peñón. Nunca podría imaginar que su madre la esperaba sentada en la sala, al pie de la escalera, para revelarle, con repetidas estocadas saturadas de inquina, uno a uno los descubrimientos que ella había hecho mientras Isabel se bañaba desnuda después de hacer el amor en aquel mágico manantial.

—Siéntate aquí, hija mía —inició doña Marta la conversación sin mostrar la menor inquietud ni en su voz ni en su conducta.

Isabel sintió cómo un mandoble la partía en dos. Lo sabía, su madre lo sabía todo, ¿pero cómo? ¿La había acaso seguido? Ya cuando ni siquiera la saludaba ni la besaba ni comenzaba con un cómo te fue, cómo estás, un simple hola, sin preámbulos, cuando ya la recibía con un siéntate, mi reina, debo hablar contigo de algo de suma importancia, es que las cosas no andaban bien, ni mucho menos. ¿Mi reina en boca de la urraca en esas circunstancias? ¡Horror! Ya presentía Isabel cómo su madre se aprestaba a brincar sobre ella para morderle la yugular. Se agazapaba como una fiera, discreta, lentamente, para saltar sobre su presa en el momento indicado. Ni antes ni después: esperaría la oportunidad para no fallar en el ataque.

Isabel se acomodó en el viejo asiento roído que había heredado de la abuela. Sobre las piernas perfectamente cerradas colocó sus manos sudadas sobre el vestido que otrora había levantado el gallero, perdiéndose entre carcajadas bajo su vuelo perfumado. Próxima al temblor de labios, indefensa y con la voz quebrada, se dispuso a escuchar las palabras de su madre. ¡Buen Dios!

—Hija mía —continuó doña Marta—, tú sabes que eres lo que yo más quiero en esta vida y por lo tanto quiero lo mejor para ti. De mí no esperes egoísmos ni actos interesados. Solo busco tu bien por sobre todas las cosas, Chabelita.

El preámbulo descansó a la muchacha. Si su madre hubiera visto una sola de las escenas que ella había vivido para su fortuna en El Peñón: si la hubiera visto nadar después del amor en el manantial, completamente desnuda mientras Manuel —¡ay!, Manuel, eres bárbaro— le recorría con las manos incansables los senos empapados al surgir a la luz del sol de las profundidades del borbollón, desde luego que le habría sacado los ojos con los pulgares, la habría quemado en leña verde a un lado de la iglesia del Carmen después de haberla golpeado con un látigo de púas a lo largo de la calle de Madero hasta llegar a la plaza La Victoria, haciéndola caminar sobre vidrios rotos cargando una cruz y portando una corona de espinas en lugar de la diadema de luz que le había prometido el gallero entre compulsiones alucinantes: hija traidora, asesina de sentimientos, puta, mil veces puta, mira lo que me has hecho. Mira en qué has convertido el nombre honorable que te heredé. ¿Por qué, Señor, por qué me castigas con esto? Si soy la más fiel de tu rebaño y mi amor hacia mi hija es el auténtico que puede llegar a sentir una madre por el fruto de su vientre

Sacando fuerzas de su flaqueza y habiéndole abandonado el color de la cara a Isabel, con la boca seca, alcanzó a pedirle a su madre que hablara, ¿qué había sucedido? ¿Por qué tanta ceremonia?

—Ese hombre que tanto viene a la casa, el que te trae serenata de vez en cuando, el que te manda mole con los gallos que pierden contra los suyos en el palenque, Manuel, *m'ija*, el que tú dices que es soltero y yo digo que es casado, el que tú dices que es maestro de escuela y yo digo que es gallero profesional, el que tú dices que es bueno y yo digo que es malo, el que yo digo que es borracho y tú que es sobrio y decente, resulta, mi vida, reina de mi corazón, que no es Manuel, no, no se llama Manuel en realidad, sino Fernando y yo lo vi, a mí no me lo cuentan.

Isabel se sentía próxima al desmayo. Pensó en huir, pero era confesar demasiados sentimientos si se desplomaba contra el piso o si abandonaba la vieja salita con su televisor blanco y negro. Ahí vio de pronto el retrato de su abuelo con un fondo negro y su rostro adusto pintado sobre un óvalo dorado. Repasó con los ojos la habitación como si se fuera a despedir de ella para siempre. El piso era de mosaico sin estar cubierto siquiera por un tapete. Sobre una mesa de centro que había perdido buena parte de su barniz original se encontraban algunas figuritas, las más de ellas despostilladas, de cerámica china ya producida en México. Las patas de tres sillones, cubiertos por sábanas blancas, directamente en contacto con el suelo, hacían particularmente fría la sala, más aún cuando esta estaba reservada para los invitados, mismos que hacía mucho tiempo que no hacían acto de presencia por ahí. Ya nadie entraba a ese reducido recinto donde ahora se iniciaba la crucifixión de Isabel.

La infeliz muchacha tuvo que resistir toda la narración con todos los pormenores que su madre le disparaba a diestra y siniestra sin la menor compasión. ¡Imposible defenderse ni huir ni desmayarse!

—Ven, te cuento —agregó la urraca, sabiendo los destrozos que provocaba—, ahora te puedo decir con pruebas en la mano que, primero, se llama Fernando y no Manuel; Gutiérrez, y no Sánchez; Flores, y no Pérez; es gallero, y no profesor; es casado, y no soltero; tiene tres hijos, dos niños y una niña; vive en Salamanca, y no en los alrededores; vive en un departamento muerto de hambre con su familia, y no en un rancho de su propiedad. Es apostador, de eso vive, además de explotar y burlar a cuanta mujer estúpida se encuentra en su camino. A su esposa, Teresa, la conocen como la Llorona por las golpizas que le da ese bribón, tanto si gana como si pierde en los gallos, de donde siempre regresa perdido de borracho.

—¿Cómo supiste todo eso?

—Yo misma fui a Salamanca, de ahí vengo ahora.

—¿Quién te lo dijo?

—La gente. Todos lo conocen.

—No te creo.

—Acompáñame mañana.

—¿Me estás chantajeando?

—Compruébalo por ti misma.

—Siempre has tenido interés en que yo lo deje.

—Porque los viejos vemos más allá que los jóvenes. Es un cobarde y miserable que engatusa a las mujeres idiotas.

—¡Mientes!

—¿Miento?

—¿Por qué lo defiendes tanto?

Silencio. Titubeos. Confusión. Tensión. La antesala de la violencia verbal.

—Porque lo quiero.

—¿Lo quieres? ¿Quieres a un desalmado que abusa de las mujeres guapas como tú?

—Ni es desalmado ni es mujeriego ni es casado ni tiene familia ni es gallero ni apostador ni golpea a nadie y lo quiero, tan lo quiero que nos vamos a casar con tu permiso y con tu bendición o sin ellos —sentenció Isabel con un coraje desconocido en ella. Ya era hora de que defendiera su vida y su destino como su propia edad ya lo exigía. Estaba lista para salir de la sala dejando a su madre con la palabra en la boca, con la última acusación en la punta de la lengua viperina, cuando doña Marta sacó de golpe un arma que hizo rodar a Isabel por el piso, muda, exangüe, sin fuerzas, agónica, con la palidez de un cirio.

—Conque te vas a casar con esto, ¿no?

Fue entonces cuando le mostró una fotografía tomada a todo color comprada en el comercio de un fotógrafo de Salamanca que aquel exhibía para convencer a la clientela de la calidad de sus placas y de su talento para graduar la luz y obtener las mejores sonrisas frente a la cámara. Pagó una insignificancia por esa daga mortífera que hubiera desangrado en minutos a un enorme animal, después de que un cura de Salamanca, amigo de don Roque, su confesor de Silao, un formidable enemigo local de Manuel o de Fernando, o como quiera que se llamara, le dijo que ahí se exhibía el cinismo, en todo su esplendor, de este malviviente, hija mía, este mal hijo de Dios que sin duda se condenará a vivir hasta en el infierno. ¿Quieres conocer a su familia? Ahí están todos retratados el día que nació la pequeña Juanita, su hija «conocida» más reciente.

Cuando Isabel tuvo en su mano la prueba irrebatible, entendió que había sido engañada como otra más de las tantas víctimas de este carnicero embaucador, un desalmado, un maldito desalmado, un miserable estafador que había estudiado hasta la última mueca de su rostro y la más insignificante mirada para seducir a tantas estúpidas como ella. Su madre, sin embargo, era la causante de sus males al haber descubierto la verdad. ¿A quién le interesaba saberla, tan cruda, tan viva, tan presente y tan irrefutable?

No pudo más. El llanto se apoderó de ella. Gritó desesperada:

—Dime que no, que no, que no es cierto, que todo es una mentira —agregó, dejándose caer a un lado del sillón y cubriéndose el rostro empapado por las lágrimas con la fotografía de su amado rodeado felizmente por su esposa y su familia. Isabel lloraba compulsivamente, golpeando los cojines con ambas manos—. ¿Por qué? ¿Por qué? —se preguntaba, inhalando escasamente y espirando en intervalos de horror. La cuchillada lanzada por doña Marta en su desesperación había dado en pleno corazón de su hija.

Ahí se había dado cuenta la madre de los alcances de la relación que Isabel mantenía con aquel hombre endemoniado. Ella sentía al menos que, a pesar de causarle en esos momentos un profundo dolor, la rescataba a tiempo para presentarla vestida de blanco ante el altar, a los ojos de Dios, de la familia y de la sociedad. Isabel lloraría la pérdida, pero la salvaría del pecado y, en consecuencia, de la exclusión social y, sobre todo, de la condena divina. Su hija no estaba marcada. La entregaría virgen e impoluta el feliz día de su matrimonio con un hombre que aquilatara su talento, su belleza y su calidad humana que doña Marta había cultivado desde sus años de niña. Ojalá y fuera Melitón: feo, pero conquistaría el futuro a pesar de sus complejos. Tenía todo para lograrlo.

Fue entonces cuando se acercó a ella para tratar de calmarla y consolarla, hablándole de la cantidad de muchachos a los que les encantaría formar con ella una familia, sobre todo cuando nadie se atrevía a dudar ni un solo instante de su pureza.

—No tienes por qué comprometerte con un hombre sin principios, hija mía. ¿A dónde vas con un inmoral que solo quiere divertirse contigo? —alegó, tocándole el hombro maternalmente—. Piensa en Melitón.

Nunca se imaginó que, en ese momento, con esa sola caricia, detonaría en el interior de su hija una violencia que doña Marta jamás habría podido siquiera suponer. Isabel se sacudió rabiosamente la mano como si hubiera sido la del diablo. Con la agilidad de un tigre se puso de pie, mostrando la cara congestionada y enrojecida, despeinada, con los ojos hinchados y los pómulos empapados, en tanto el dolor y el coraje le contraían brutalmente el rostro completamente descompuesto.

—Bruja, eres una bruja —le devolvió a su madre las puñaladas arteras que le había propinado—. No me toques. —Le retiró las manos a la autora de sus días como si fuera a envenenarla con el solo hecho de hacerlo—. ¡No me toques!, ¿oíste? ¡No me toques! No me vuelvas a tocar nunca más…

—Pero, hija mía, si todo lo que pretendía era ayudarte a ver más claras las cosas.

—¿Claras? Has destruido mi vida con tus supersticiones, tus monjas, tus curas y tus rezos. No me has dejado vivir porque para ti todo está prohibido, porque todo es inmoral, porque todo es mal visto por tus comadres mochas, cada una más hipócrita y perversa que tú. ¿Por qué tienen tanto miedo? ¿Por qué se sienten tan culpables, qué hicieron? Tu moral la lleva don Roque en la sotana: tú no tienes una tuya propia. Él gobierna tu vida, él y solo él.

—Yo no tengo miedo.

—Sí, señora, sí tienes miedo y mucho miedo a la muerte, al más allá, y por eso toda tu vida te has puesto un uniforme, un disfraz supuestamente moral en el que desde luego no crees, pero que te sirve para sentir que te ganas el perdón eterno aun a costa de la paz, de la felicidad, de la salud y de la integridad física de los tuyos. Te importa salvarte tú, obtener el perdón de tus curas, una punta de hipócritas que compras con dinero para sus obras y que en realidad lo destinan a sus vicios inconfesables.

—¡Isabel!

—¿Isabel?, ¡madres! Te importa salvarte tú, aunque me hundas a mí. Te importa ser absuelta ante puros fantasmas, aunque me destruyas a mí. Egoísta, eres una miserable egoísta que con el ropaje de la santidad aniquilas con buena fe a quien te rodea. ¿Oíste? A mí misma me has paralizado con tus miedos divinos. A mí misma me has impedido vivir —continuó jadeante y lívida por el atrevimiento—. Y pensar que a cada paso consultaba yo la opinión de Dios. ¿Qué pensará Dios de mí porque Él todo lo sabe y todo lo oye? ¿Te imaginas el miedo?

Pero el sentimiento de traición que invadía a Isabel no la haría ceder ni dar un paso atrás. Tomaba su defensa a dos manos:

—Gracias a ti no he vivido, no he sido mujer, no he sido feliz, no he sido libre ni de niña ni de adolescente —agregó amenazadoramente dirigiéndose rumbo al lugar donde se encontraba atónita su madre. ¿La golpearía para sacar el coraje que había acumulado en su pecho durante años y más años?

»No me has dejado ser. Te traicionaste e hiciste que yo me traicionara al renunciar a mis convicciones para adoptar hipócritamente unas ajenas, las de don Roque, en las que no cree ni él mismo. Me has mutilado, me has obstruido, has invadido mi intimidad, has manipulado mi existencia y he vivido, como tú, con miedo a un castigo eterno, ¿y sabes qué me pasó? ¿Sabes qué quiero que sepas? —Se retiraba Isabel, entornando los ojos como para apuntar al centro de la frente de su madre—. ¡Que tú y tus santos se pueden ir mucho a la mierda! Entre tú y ellos casi pudieron acabar con mi vida. Solo que yo sí no me dejaré ni lo consentiré.

Doña Marta se iba a retirar de la sala, pero su hija la detuvo. Se separó de Isabel con desdén:

—Engendré una víbora, Dios mío —clamó con los brazos extendidos como si quisiera abrazar el cielo—. Una víbora ponzoñosa, Señor, ¿por qué un castigo así?

—No es difícil adivinar por qué Dios te castigó —interceptó Isabel el argumento de su madre—, cualquiera podría saberlo con tan solo repasar tu vida —continuó sin dejarse intimidar—: ¿te sientes inocente por la muerte de la tía Armonía? ¿De verdad crees que fue un accidente?

—Sí, fue un accidente, claro que lo fue, todos lo sabemos.

—¿Sí...?

—Ella se resbaló y cayó en aquel precipicio cuando paseaba en el campo.

—Mientes, mamacita, mientes, la tía Armonía se suicidó por tu culpa y solo por tu culpa, porque influiste tanto en ella después de su divorcio que jamás le permitiste reconstruir su vida, impidiéndole que se volviera a casar con algún hombre de los que tocaron a la puerta de su casa. Se suicidó porque era una mujer débil y no pudo resistir las presiones que tú le impusiste. Le prohibiste vivir y volver a amar por todos tus prejuicios religiosos, porque hacerlo como ella desde luego quería, según tú, la hubiera enfrentado a Dios el día del Juicio Final. Tú la mataste indirectamente. Tú la sepultaste en culpas que ella no resistió. Tú no matas con cuchillos, matas con buena fe y buenas intenciones. Matas al tratar de rescatar.

—Yo nunca intervine, siempre he respetado las decisiones ajenas... —repuso doña Marta, extraviada en un mar de confusiones.

—Mientes otra vez, mientes: a ella la chantajeaste con aquello de que lo que Dios une, el hombre no lo puede desunir. La hiciste sentir que vivía en pecado cada vez que salía con un pretendiente, ya ni digas lo que hubieras hecho con ella si hubieras sabido que se había acostado con ellos como sin duda yo sé que lo hizo hasta llenarse de culpa mortal.

—Estás loca —adujo la madre viendo al piso.

—¿Loca? Tú le dijiste que si se volvía a casar viviría en amasiato frente a Dios, porque la Iglesia jamás disolvería su vínculo matrimonial. A los ricos sí los divorcia Dios, ¿verdad? Por eso ella no lo logró, porque nos faltaba dinero para los trámites. ¿O no? —preguntaba con los ojos desorbitados.

»¿Verdad que en tu fanatismo —volvió Isabel a la cargada— te importó un pito su felicidad, su realización como mujer aquí en la Tierra mientras estaba viva, y trataste de hacer méritos a costa de ella para salvarte tú, alegando ante Dios que la habías apartado del mal camino, según tu iglesia? ¿No sabías que si la llenabas de culpa por haberla hecho sentir inmoral al salir con otros hombres la hundías en la soledad, la aislabas, la inmovilizabas hasta hacerla perder toda ilusión, orillándola con los años, ya sin alternativas, a que se tirara al vacío?

—Yo no la orillé a nada.

—Tú la mataste al sepultarla en tanta culpa. Tú la mataste porque con tus estúpidos prejuicios religiosos no la dejaste vivir.

—Yo todo lo que hice fue impedir que se fuera al infierno.

—Tú todo lo que hiciste fue tratar de ganarte el favor de Dios destruyéndola a ella. A ti todo lo que te importa es salvarte tú misma. Todos los demás ahora sí que podemos irnos al diablo.

Doña Marta se persignó en ese momento para alegar que ella no estaba dispuesta a seguir oyendo ni irreverencias ni faltas de respeto ni menos locuras. Que Isabel era una extraviada. Que ella había fracasado finalmente como madre. Que su hija era una víbora, una víbora que ella no se merecía. Que nunca se hubiera imaginado vivir una escena así con Isabel, una malagradecida que le pagaba muy mal todos los desvelos, las preocupaciones y los esfuerzos que había tenido que superar para sacarla adelante y que al final de cuentas la dejaría hablando sola como se deja a una loca que no sabe ni lo que dice.

—Dios te va a castigar a ti por haberme dicho todo esto —sentenció mientras ya se dirigía a su recámara.

—Y a ti por hipócrita —disparó una vez más Isabel hasta vaciar toda la cartuchera—. ¿Cuándo te casaste con papá? ¡Contesta!

Doña Marta se quedó paralizada a la mitad de la escalera. ¿Sabría esta chiquilla toda la verdad?

—Te casaste con él cuando yo ya había nacido y te pidieron en la escuela mi acta de nacimiento —aprovechó la inmovilidad de su madre para cargar otra vez—. Niégalo…

Doña Marta giró en el escalón. Volteó con los ojos encendidos de rabia, de culpa, de tristeza, de sorpresa. ¿Quién se habría atrevido a confiarle semejante secreto a su hija?

—Hipócrita —le volvió a gritar, sin poder olvidar lo de Manuel o lo de Fernando o como se llamara el gallero o el profesor o lo que fuera—. ¿Verdad que desde entonces pagas una manda para alcanzar algún día el perdón sin que te importe que en la penitencia acabes con todos nosotros como acabaste también con mi padre? Seguro que esta sequía es parte de un nuevo castigo de Dios.

Aquella mujer no pudo resistir más denuncias y reclamaciones. Continuó apresuradamente su viaje rumbo a la recámara, cerrando la puerta tras de sí para escapar a los dardos venenosos lanzados por su hija. Esta subió la escalera de dos zancadas. Era inútil, no podría entrar. Doña Marta y sus llaves habían hecho el milagro.

—Aunque huyas —continuó Isabel furiosa como si quisiera arrancar la perilla—, mi padre no te aguantó, no te soportó ni pudo más con las monjas que ya vivían todo el día en esta casa, lo sabías, ¿no? ¿Verdad que se cansó de que todo fuera pecado, hasta tocarte ya era pecado? ¿Verdad que no aguantó que en cada rincón hubiera una veladora y bajo cada cama hallara una estampa con tu santo favorito? ¿Verdad que ya vomitaba con el olor a incienso y con el chocolate con rosquillas que les dabas a diario a todos los curas del pueblo, en particular a don Roque? ¿Verdad que con tal de comprar tu indulgencia plenaria regalaste a través de limosnas el patrimonio de mi padre que con tanto esfuerzo había logrado conseguir hasta enfermarlo de angustia e impotencia? ¿Qué hiciste finalmente de su vida además de conducirlo a la ruina? ¿Crees que enfermó porque sí?, ¿crees que cayó en el alcohol porque sí? ¿No crees que lo mataste de tristeza? ¡Abre la puerta, carajo! ¡Ábrela!, te digo —exigía desaforada pateándola, lanzando manotazos como si quisiera tirar la casa entera, pero la madre ya no estaba dispuesta a contestar.

—Cobarde —alcanzó a decir Isabel—, cobarde: yo no me convertiré en otro instrumento de salvación para ti. Si te vas a ir al infierno por haber destruido la vida de tus seres queridos, te lo juro por la Santísima Trinidad que yo no moveré ni un triste dedo. No cuentes conmigo para salvarte.

Un nuevo portazo cerró para siempre la discusión. Durante tres días, Isabel no abrió la puerta de su habitación como no fuera para bajar a la cocina y llenar su jarra con agua. No comió. No durmió. Veló todas las noches sin moverse de la cama. Ni siquiera cuando Manuel, el gallero, le llevó serenata y cantaron varias veces las canciones que a ella le gustaban estuvo Isabel dispuesta a prender la luz ni a asomarse por el pequeño balcón. Permaneció así, con la cabeza hundida en la almohada, hasta que tomó la decisión más importante de su vida: sin volver a cruzar ni una sola mirada más con el tal Fernando, se casaría a la brevedad posible con Melitón, sí, sí, con Melitón, él era el hombre que no le daría grandes emociones, pero le daría paz, seguridad y amor sano a raudales. Al fin y al cabo, no se podía tener todo en la vida. Él la sacaría de esa maldita casa para siempre. Jamás querría volver a ver a su madre.

De la misma manera en que una vez caminando, Manuel o Fernando, como sea, le dijo que le gustaría nadar desnudo con ella en El Peñón e Isabel corrió a su casa para huir de esas palabras hasta encerrarse bajo siete llaves sin percatarse de que por más que se escondiera ya llevaba el veneno en la sangre dejando que la imaginación derribara con el tiempo hasta el último bastión de resistencia, de la misma manera no se percató de que, por más que renunciara a Manuel y se casara inmediatamente con Melitón, ya llevaba el veneno en la sangre o, como hubiera dicho doña Marta, la urraca, ya había sido tocada por el diablo. ¿Quién la protegería si ya había renegado de Dios? ¿No había ella misma sentenciado que si Dios no existe todo está permitido? Esta vez el veneno lo llevaba en las entrañas.

Capítulo II

El origen de la tragedia

Si los mexicanos usamos nuestros ríos como drenajes y la industria los inficiona aún más sin controles oficiales, descargando aguas residuales con metales pesados, ácidos, bases, grasas y aceites a elevadas temperaturas, materiales tóxicos, orgánicos e inorgánicos sin tratamiento alguno; si además de lo anterior, en la actividad agrícola se utilizan herbicidas, plaguicidas y fertilizantes que van a dar a los ríos y a los mares cuando la lluvia lava los campos, una lluvia que además ya se precipita envenenada por los óxidos, monóxidos e hidrocarburos que han contaminado ya la atmósfera; si además hemos destruido bosques y selvas, nos hemos negado a la rotación de cultivos y hemos secado nuestros suelos alterando sensiblemente las temporadas de lluvia y los volúmenes de precipitación; y finalmente, si los mantos acuíferos no se recargan por insuficiencia de lluvias o por el crecimiento alarmante de las manchas urbanas que demandan cada vez más agua e impiden su captación en el subsuelo, no nos sorprendamos entonces que tanto el sector urbano como el sector rural se vayan gradualmente quedando sin el líquido elemento, dado que no solo estamos matando nuestros ríos, sino que también, o más grave aún, estamos matando las fuentes donde nace la riqueza hidráulica de México. ¿Qué futuro nos espera?

MELITÓN RAMOS ROMERO
Experto en captación de aguas

Melitón Ramos Romero cumplió 29 años de edad en la víspera de la noche aquella en que, después de dar clases, fue invitado misteriosamente por Isabel a merendar, pues tengo una sorpresa que darte. ¡Ni te la imaginas! Te encantará, Ton, Toncito, mi Ton… Antes del encuentro, él mismo pasaría a La Central a comprar unas banderillas hechas con el más fino hojaldre, tostadas y crujientes, él mismo las escogería con mucha azúcar quemada, tal y como en sus días el queridísimo Sordo le había enseñado a prepararlas. Aun cuando los años de la panadería habían quedado atrás, siempre vería la manera de darle un abrazo a Librado Múgica, más aún cuando se trataba de una ocasión tan romántica, una dorada oportunidad para acercarse más a la Chabe de sus sueños. Cenar con Isabel a solas, con velas y manteles largos, no era, ni mucho menos, lo de todos los días. ¡Qué lejos se encontraba de suponer el verdadero motivo de la invitación! Escogió también un par de donas con chocolate, las preferidas por doña Marta, su segunda madre, como él le decía, unos moñitos, unos cocoles para que Isabel los desayunara al día siguiente y unos buñuelos envinados, la última novedad creada por el Sordo, quien, ya quedaba claro, acabaría sus días atrás del horno, ahora ya uno nuevo de microondas de segunda mano recién adquirido. Preparó también un bote de mermelada de chabacano cocinado por él en su casa porque, pasara lo que pasara y sucediera lo que sucediera, él sería, por siempre y para siempre, bizcochero o repostero o francesero, cualquiera de las especialidades, pero, eso sí, siempre panadero.

Todo ello, la bolsa con el pan dulce, la mermelada favorita de Chabe, junto con dos ramos de flores, uno grande integrado por crisantemos intensamente amarillos y otro por pensamientos, difíciles de conseguir porque, como él bien decía, los pensamientos no florecen en mayo, los dejó Melitón en una silla a un lado de su escritorio del salón de clases de la universidad, donde ya era profesor titular de diseño y construcción de presas.

El tiempo no había pasado inútilmente en la vida del precoz ingeniero ya recibido con la tesis «Perspectivas del abastecimiento de agua en la Ciudad de México en el año 2000. Una voz de alarma». De la misma manera en que había concluido sus estudios, había ascendido a la jefatura de irrigación agrícola de la Delegación de Aguas de Silao, estado de Guanajuato. Ya titulado, el joven maestro se desempeñaba exitosamente en sus quehaceres profesionales. Sus colegas podían burlarse a sus espaldas de la rebeldía de su cabello, del color de su piel, cada vez más oscura, y de su estatura, escasamente la misma que la de Isabel —¿cómo compararla con la de Manuel o Fernando, el hombrón aquel, el inmenso gallero?—, pero en información hidráulica era una referencia inequívoca. Las bromas disminuían en la medida en que la dependencia hacia él se acentuaba en razón de sus conocimientos.

Aquella noche, antes de terminar su clase y correr a casa de Isabel —¿por qué percibía él tanta precipitación y nerviosismo de parte de ella para una simple cena?—, expuso ante sus alumnos el tema de las inundaciones en la Ciudad de México en los años posteriores a la Conquista, a principios del siglo XVII. ¿Cómo era posible que una ciudad rodeada por lagos y cruzada por caudalosos ríos hace casi 400 años, una inmensa superficie cubierta por árboles de innumerables familias botánicas y poblada por la más diversa flora y fauna, una bella planicie enmarcada bondadosamente por la naturaleza al haber colocado unos volcanes permanentemente nevados que contrastan con el horizonte azul del infinito, pudiera enfrentar ahora, paradójicamente, peligrosos problemas de escasez de agua originados por el asentamiento de 18 millones de personas, y que en 10 años más, es decir, en el año 2000, al cambiar el siglo, la antigua Tenochtitlán podría llegar a tener 26 millones de habitantes considerando las áreas conurbadas?

—¿No les parece una absoluta temeridad y una gran irresponsabilidad de los gobiernos posteriores a la Revolución haber permitido que llegáramos a este estado de cosas? ¿Cómo explicarnos esta indolencia suicida? —preguntó, haciendo un largo silencio en tanto ponía sus brazos en jarras.

¿No era una paradoja de la vida que después de la abundancia de agua que siempre padeció y disfrutó el Valle de México y después de esfuerzos desesperados por desaguarlo a lo largo de los siglos, actualmente se hubiera llegado al extremo de tener que sobreexplotar los mantos acuíferos, el último recurso hidráulico de esta zona para obtener ya tan solo un porcentaje de agua potable de la que requiere la ciudad, cuando antes esta amanecía inundada por las aguas? En aquellos momentos parecía haber olvidado el compromiso adquirido al concluir su cátedra nocturna. Isabel, ¡ay!, Isabel... Decidió sentarse encima de su escritorio para ver la cara de sus alumnos.

—¿Qué creen ustedes que sucede cuando se extrae más agua del acuífero de la que se permea de la lluvia tal y como ha venido aconteciendo en las últimas décadas? ¿Qué sucederá si se agotan los mantos freáticos porque la explosión demográfica, los 26 millones de personas que exigen el líquido vital para subsistir en el Valle de México, extinguen el acuífero o este simplemente se contamina por una fractura en el acuitardo, que revolvería las aguas negras con las blancas del subsuelo?

El profesor sentía que tenía a sus alumnos en el puño de la mano. Continuaría atrapando la atención de todos sin que nadie se distrajera. Era bueno moverse en el escenario y también hablar con las manos. El maestro tenía que ser también un buen actor si realmente quería enseñar. Él, Melitón, también lo había aprendido cuando era auxiliar en la cátedra de Generación de Energía en las Plantas Termoeléctricas.

—¿Qué hicimos para cuidar el agua? ¿Verdad que nunca pensamos que se podría acabar? —preguntó sin variar la posición. Escrutaba cada uno de los rostros de sus alumnos. Medio millón de personas poblaban el Valle de México al término de la Revolución. ¿Estaba claro? En la actualidad la cifra ya se elevaba a casi 20 millones de habitantes, sin duda las generaciones de pobladores del Valle de México, las cadenas de gobiernos y las academias más irresponsables y menos luminosas del planeta. De 140 mil hectáreas verdes con las que contaba el Distrito Federal a finales del siglo ya habían sido destruidas 120 mil. Los chilangos tenían todavía la dorada posibilidad de acabar con las restantes 20 mil. Tendrían que hacer su mejor esfuerzo. Destruir el 80% había sido una tarea faraónica. Extinguir el 20% que todavía faltaba solo requeriría un poco más de tiempo.

Nadie lo cuestionó. Permaneció un tiempo sin pronunciar palabra alguna, clavando la mirada en los ojos de sus alumnos. Melitón estaba realmente desconocido aquella noche.

—¿Quién, a ver, quién dio la voz de alarma cuando ya era previsible que pronto empezaríamos a vivir los unos encima de los otros? —volvió a cuestionar con un dejo de coraje que crecía por instantes—. ¿Quién dio un manotazo para frenar esta vez el centralismo demográfico? ¿Dónde estaba la autoridad y dónde la sociedad y, sobre todo, dónde estaban las universidades, los cerebros, los faros del país para evitar una amenazadora concentración humana como la que se da en el Distrito Federal? —volvió a la carga, incontenible—. ¿Nadie pensó que se envenenaría el aire, que se acabaría el agua, que nos pelearíamos, que nos robaríamos, que nos contaminaríamos los unos a los otros? ¿Dónde —preguntó, tratando de esconder su desesperación—, dónde estaban los vigías de la nación? ¿Quién iba a dar la voz de alarma en un sistema de gobierno intolerante y autoritario que impidió a toda costa durante décadas la ventilación y la oxigenación de las ideas y de iniciativas ajenas al grupo aferrado al poder? ¿Quién es el gran culpable de lo que ya pasó y quién de lo que pueda pasar? —insistió en ese momento sin sopesar si sus palabras tendrían consecuencias políticas en una escuela pública financiada por el Estado. Nada parecía ser suficiente en aquella ocasión para el joven ingeniero, que ingresaba abiertamente en el terreno político con sus cuestionamientos—. ¿Quién? —volvió sin miramientos y advirtió—: cuidado con los árboles, cuidado con el agua, cuidado con el aire, cuidado con los ríos, lagunas y mares, ¡cuidado!, que si no cuidamos árboles, agua, aire, ríos, lagunas y mares estaremos atentando contra nuestras vidas, lo más preciado que tiene un ser humano. Nadie, ¡nadie! —gritó—. Nos asfixiaremos, nos enfermaremos, nos envenenaremos, nos moriremos de sed. Nadie. Los representantes de la autoridad estaban encerrados a piedra y lodo en sus fastuosas salas de juntas buscando la mejor manera de seguir disponiendo ilegalmente del tesoro nacional del cual eran custodios, en lugar de salir al campo y a la calle para comprobar que el país se nos deshacía en las manos como papel mojado. Mientras los funcionarios defraudaban el tesoro público, la depredación del país se aceleraba irreversiblemente. ¿Quién —apuntó con el dedo índice a un alumno que estaba en la primera banca—, quién alzó la mano en nombre de la razón y de la ley para impedir un solo asentamiento irregular más? ¿Quién se opuso a la colocación de un tabique más encima del otro en zonas de reserva ecológica o a la instalación de un escape más que siguiera contaminando el ambiente; a una gasolinera más que destruyera la salud o a la siembra de una lechuga más regada con aguas negras; al transcurso de un día más sin divulgar una cultura del agua ni a la existencia de un perro callejero más ni a la concesión de un solo centavo más de subsidio para traer agua del interior de la República de regiones que la necesitan como un enfermo el oxígeno? —Melitón denunciaba como si hubiera guardado en su interior todos esos argumentos que parecían ya no caberle en el pecho. ¿Y las campañas que deberían ser permanentes para contener el crecimiento demográfico? ¿Y la maternidad voluntaria y el derecho a abortar, si así se le quería llamar, cuando una mujer carecía de medios o de deseos de tener un hijo más? ¿Y la educación sexual? Ya no podían nacer más de 12 millones de mexicanos cada sexenio. ¡Cuánto había crecido el flamante ingeniero hidráulico desde aquel día indefinido en que había nacido a un lado del pueblo de San Antonio de los Pochotes, municipio de Romitas, estado de Guanajuato! ¡Cuánto!, ¿verdad?, ¡cuánto!

Desplazándose de un lado al otro del aula no dejaba de pensar intrigado cómo estaría vestida Isabel, ¿se pondrá la diadema blanca, su favorita, sí, sí, con la que parecía una virgen, su virgen, tal vez algún día su mujer? Melitón continuó su cátedra haciendo notar que en 1607 la Ciudad de México había sufrido la primera gran inundación de la historia colonial. Que Enrico Martínez había propuesto hacer un desagüe para tratar de secar, sí, sí, secar, oyeron bien, la laguna de México y de evitar que el río Cuautitlán entrara en la laguna de Citlaltepec.

—¿Verdad que ya no queda nada de estos ríos ni de estas lagunas? ¿Verdad que nadie podía imaginar en aquella época lo que acontecería si se rompía el equilibrio ecológico? ¿Qué hicimos con todo nuestro medio ambiente, compañeros? —les preguntó acicateándolos, como si alguno de ellos pudiera tener una respuesta—. Hoy queda terracería, sequedad y polvo —agregó resignado, bajando el timbre de voz como si de repente se hubiera acordado de Los Contreras y se diera cuenta con vértigo de las alturas donde se encontraba—, porque las lagunas las secamos y lo que quedaba de los ríos, antes de morirse ya totalmente envenenados, los entubamos y con ello nos condenamos a la sed. ¿Ustedes han oído que en Europa entuben ríos como el Rin, el Elba, el Danubio, el Sena o el Po, como nosotros entubamos el río de la Piedad o el río Churubusco para facilitar la vialidad urbana? ¿Pueden ustedes imaginar la belleza del río Churubusco, hoy tristemente entubado, con tan solo contemplar en la actualidad los eucaliptos que crecieron al lado de sus riberas? ¿Cuántos países en el mundo entienden a sus ríos como meros drenajes para conducir sus desechos humanos e industriales al mar? Los mexicanos comenzamos por extinguir la flora y la fauna de los ríos sin percatarnos de que al acabar con estos últimos atentábamos contra nosotros mismos. ¿Qué hace un país sin ríos tal y como nos empieza a pasar a los mexicanos?

Sin dejar de consultar el reloj para llegar a tiempo con Isabel, ¿qué le haría de cenar?, ¿acaso unos romeritos aun cuando no fuera Navidad?, contó los detalles de la inundación de 1607 abundando un poco más en la de 1622, que había sumido a la ciudad bajo las aguas durante seis años. ¿Saben ustedes lo que pasa cuando una ciudad se queda seis años bajo las aguas? La catástrofe fue mayúscula, al grado de que se pensó por primera vez en cambiar la ciudad y el centro de poderes políticos a un lugar menos problemático y peligroso. Aquel momento histórico de reflexión y prudencia fue efímero. ¿No pensamos lo mismo cuando en 1985 muchas más de 10 mil personas perdieron la vida como consecuencia del terremoto? ¿Y qué hicimos? ¿Cuál fue la respuesta del gobierno y de la sociedad ante el espantoso desastre? No se compliquen —se contestó solo—: ninguna, absolutamente ninguna. No hubo respuesta. Todos continúan viviendo en el Distrito Federal como si nunca hubiera pasado nada y, lo peor, como si nunca fuera a pasar ya nada ni en el orden telúrico ni en el hidráulico ni en el atmosférico ni en el sanitario ni en el cultural. ¿Por qué la inconsciencia y la indiferencia ante la muerte? —Se hizo un pesado silencio—. ¿Por qué? ¿Será acaso una herencia negra más del dios Tezcatlipoca?

De reojo alcanzó a ver los crisantemos intensamente amarillos y el papel de estraza manchado con la mantequilla de los bizcochos. ¿Ya era hora? Un párrafo más. Solo un párrafo más y se iría a ver a la dueña de sus ilusiones. Todavía la recordaba con el rebozo aquel cubriéndole la cabeza cuando la vio por primera vez al entrar a La Central.

—Por supuesto, no pudimos con el problema —señaló al cruzarse de brazos— y tuvieron que venir a auxiliarnos técnicos holandeses, otros tantos de la Madre Patria, quienes se sumaron a los expertos criollos y mestizos de la Ciudad de México. ¿Para qué?, para que otra inundación, esta vez en 1629, dejara a toda la ciudad nuevamente bajo las aguas, provocando la muerte de 30 mil indios. Las familias españolas emigraron, en la ciudad se quedaron, si acaso, unas 400 personas. ¿No fue suficiente razón para cambiar de sede a la ciudad el hecho de contemplar las torres de la catedral sobresaliendo escasamente sobre el agua bajo la cual perecieron decenas de miles de personas? ¿Sí? Pues escúchenme bien —adujo un Melitón desconocido—: se siguieron haciendo las cosas de tal manera que quedara garantizada la destrucción total.

Para la sorpresa de sus alumnos, Melitón había ido esa noche a impartir cátedra vestido con traje y corbata. Ahora sí que parecía un auténtico maestro de provincia totalmente dedicado a sus libros. Para dar más dramatismo a su narrativa, pidió que sus alumnos imaginaran el caudal del río Cuautitlán que penetró en las lagunas de Zumpango, San Cristóbal y México para producir los gigantescos derrames que volvieron a azotar a la ciudad en el siglo XVII.

—¿Quién de ustedes conoce hoy lo que queda del río Cuautitlán o ha visto al menos una fotografía? ¿No está claro que hemos venido acabando con todo nuestro entorno? —concluyó en tono decepcionado para cuestionarse, de inmediato, ante sus alumnos atónitos—: ¿Qué hicimos, Señor, con toda la naturaleza que nos encomendaste? ¿Qué hicimos con todo lo tuyo, Señor?

»Las inundaciones —advirtió, gozoso de que había llegado la hora de retirarse a casa de Isabel— continuaron una en 1707 y otra más en 1714, como si la abundancia de agua fuera un castigo de Dios. Solo que todo tenía un final, y no fue sino hasta 1798 cuando se empezó el desagüe de la laguna de San Cristóbal a través del Tajo de Nochistongo y el río Tula.

—¿Los acompañaría don Roque como siempre a merendar sentándose entre Isabel y él frente a doña Marta? Hablaba ya mecánicamente, advirtiendo que obras mayores como el túnel de Tequixquiac, el Gran Canal del Desagüe, ya inaugurado por Porfirio Díaz, hasta llegar a las obras del drenaje profundo puestas en marcha por Luis Echeverría, habían concluido prácticamente con

94

las inundaciones, sin percatarse de que con ello comenzaban otros problemas más graves aún, ¿cuáles? Ya solo pensaba en ver a Chabe y en su sonrisa inocente—. Díganme —adelantó como quien desea dejar sembrada la última inquietud antes de concluir su exposición—, con las lagunas secas y los ríos muertos cuando no entubados, ¿cómo se iba a garantizar el abasto de agua a la Ciudad de México? Muy sencillo: sacándola del subsuelo, eso sí, siempre y cuando la población permaneciera estacionaria y mantuviera cierta proporción en relación con el volumen de los mantos. ¿Eso pasó? Ni piensen, yo les respondo —agregó precipitadamente—: la mancha urbana creció irracionalmente, creció y creció sin control alguno. La explosión demográfica hizo astillas todos los proyectos, convirtiendo al Distrito Federal en un mero rompecabezas. El caos se apoderó del mando. Crecimos sin respetar los planes de desarrollo, en caso de que estos hubieran llegado a existir —señaló como si su clase no fuera a terminar nunca, ¡cuánta pasión por su profesión!—. La corrupción, el desorden, la apatía, la cobardía y los intereses creados facilitaron y aceleraron el proceso de destrucción. Donde era reserva ecológica llegaron los paracaidistas. Como no se les pudo retirar porque el gobierno en todo caso renunció por cuestiones políticas a la aplicación de la ley y al empleo de la fuerza pública para desalojar a los invasores, se extendió la plancha de concreto, se derribaron árboles, inmensas zonas boscosas se convirtieron en zonas semidesérticas, atropellando incluso derechos ejidales que hubieran podido contener la devastación aun cuando en dichas tierras se sembrara únicamente maíz. La ciudad se siguió extendiendo irracional e ilegalmente a través de los fraccionamientos que solo significaban más planchas de concreto, las necesarias para impedir la recarga de los mantos acuíferos. A más superficie pavimentada más se apretaba el nudo corredizo contra nuestra garganta —sentenció el maestro, llevándose instintivamente las manos al cuello.

Antes de retirarse expuso, ya apresuradamente, su último argumento con mal disimulado coraje:

—¿No fue suficiente secar las lagunas, entubar ríos o matarlos, deforestar, no bastó sobreexplotar el acuífero como si este se fuera a cargar solito de nueva cuenta? ¿Qué hacía falta para volver a cargarlo? —cuestionó encantado al constatar la atención que le dispensaba su auditorio—. Lluvia, hace falta agua de lluvia y nunca se nos ha ocurrido que puede dejar de llover, como ya aconteció innumerables veces en la historia de México.

»¿Sequías? ¿Que no hubo sequías? ¿Que nunca las ha habido? —preguntó para inquietar a sus alumnos y centrar su exposición—: En la época precolombina es difícil encontrar datos confiables al respecto; sin embargo, en el Valle de México se conocen las sequías de 1052, 1064, 1287, 1328,

1332, 1347, 1448, 1450, 1460, 1502 y 1514 —recitó las fechas de memoria—. De todas ellas debemos destacar las de 1460 y 1514, porque ambas tuvieron lugar en la Ciudad de México con consecuencias funestas, tan funestas que se dice de la última que hasta llovió fuego. Pocos saben que el Valle de México ha sido azotado virtualmente, según registra la historia antigua, por sequías recurrentes verdaderamente agresivas en intensidad y en duración, que en ningún caso pueden ni deben considerarse como hechos aislados: no olvidemos que la sequía sufrida por los toltecas en 1052 duró 26 años ni que otra sequía acabó con la civilización teotihuacana.

»Resumamos: si se entuban y matan ríos; si se secan lagunas; si ya no solo no hay inundaciones sino que escasea el agua aun cuando parezca increíble después de tanta abundancia; si se deforesta el Valle de México y el país en general, desertificándolo; si se siguen sobreexplotando irresponsablemente los acuíferos y pocos nos percatamos de que la sociedad mexicana en su conjunto se está exponiendo a una catástrofe sin precedentes; si la naturaleza dicta la última palabra a través de la imposición de otra sequía como las tantas que nos han azotado en nuestra historia; si escasamente se relacionan las sequías con los estallidos sociales ni con la vulnerabilidad política; si a nadie se le ocurre que pueda nuevamente dejar de llover —concluyó, consciente de que estaba creando una justificada alarma—, ¿verdad que no debemos sorprendernos de lo que pueda pasar en nuestro país? Lo único de lo que debemos cuidarnos en este momento es de que un día la naturaleza diga ¡hasta aquí! y nos mande una sequía ante la cual no tenemos nada previsto: los mexicanos hemos dejado sentadas las bases del conflicto, solo falta que deje de llover, solo falta operar dicho detonador para que un nuevo apocalipsis acabe con lo poco que hemos construido… —Fue entonces cuando tomó las flores, la bolsa con el pan dulce y el bote con la mermelada de chabacano y se dirigió a la salida—: ¿Cómo va a enfrentar el Distrito Federal y sus 26 millones de personas en el año 2000 sus necesidades de agua si las fuentes se están cancelando o destruyendo o desapareciendo todos los días y si además deja de llover durante dos años o más? ¿Qué vamos a hacer si nos vuelve a azotar una nueva sequía?

Al abrir la puerta pidió que pensaran en cómo poder cambiar el destino de la capital. ¿El gobierno es consciente? ¿La sociedad es consciente? ¿Cómo y con qué podemos escapar a la debacle?

Manuel o Fernando nunca entendió la actitud asumida por Isabel. Él pensó que al día siguiente de lo acontecido en El Peñón ella vería la manera de buscarlo para que la ayudara a encontrar una disculpa de cara a la maldita urraca y volver a sumergirse desnudos en el borbollón. Una mujer como ella, virgen y fogosa, jamás podrá prescindir de un hombre como yo. Estoy ya en su sangre. Me lleva en su sangre, en su respiración, en su piel, en sus sueños, en su vientre. Me lleva en sus fantasías, en sus silencios, en sus reflexiones, me lleva en sus impulsos. Jamás podrá prescindir de mí y, sin embargo, me rehúye. No la encuentro. No está. No existe. No vive. Nadie sabe nada de ella. ¿Murió?

El gallero no había vuelto a Salamanca desde entonces. Nada justificaba su regreso. Nada ni nadie tenía más importancia que Isabel. ¿Ni el Renacido, su gallo favorito? Ese con maíz podía esperar, como esperarían su esposa y sus hijos todo el tiempo que fuera necesario. ¿Explicaciones? Sobraban. Había dado tantas a lo largo de su vida. Que esto, que lo otro, que lo de más allá. Teresa, su mujer, aceptaría cualquier justificación. La que fuera. Ella lo que quería finalmente era una salida digna, válida para no aparecer ante ella misma como una cornuda. Mientras este sea bueno para seguir dando pretextos yo seré buena para hacerme pendeja sin ninguna dificultad. Malo, malísimo cuando Fernando se convirtiera en un cínico y me pusiera los calzones de sus amantes en la almohada, ¿no? Ahí sí me colocaría en un callejón sin salida y mi dignidad me obligaría a tomar decisiones que no quiero tomar por el momento. Mientras no falten las quincenas en la casa y no me ponga los calzones de sus viejas en la cara todos seguiremos contentos: ni lo quiero encima de mí ni lo quiero en la casa. ¿Solución? ¡Que siga con sus putas… pero que a mí no me falte el dinero ni el respeto!

Manuel le había llevado serenata una y otra noche, con lluvia o sin lluvia, sobrio o borracho, cantando él mismo o rumiando su extrañeza en silencio, recargado en una farola al final de cada canción cuando Isabel no daba señales de vida ni prendía la luz del buró ni se asomaba con su camisón blanco en el balcón de la urraca ni dejaba caer un pañuelo perfumado, la señal esperada y elocuente. Nada. La buscaba, como siempre, en la misa, los domingos a toda hora, entre semana desde las siete de la mañana, tan pronto comenzaba el primer sermón, hasta conocer a todos los mochos y mochas de Silao, en la confesión de los jueves a las cinco de la tarde o la de las cuatro o la de las seis, sin dar jamás con ella ni con sus piernas de ébano, piernas macizas de princesa azteca, ni con sus pechos también de madera preciosa perfectamente tallada. ¿Dónde estaría? ¡Carajo! Su máxima esperanza descansaba en el Miércoles de Ceniza y también había faltado. ¿Ella, Isabel, la niña devota, se había atrevido a pasar un Miércoles de Ceniza sin tener dibujada una cruz negra en la frente? Algo extraño estaba sucediendo, porque tampoco daba con ella en el kiosco cuando la banda municipal interpretaba corridos revolucionarios ni en La Central antes de la merienda, en las tortillas antes de la comida o en los cines, a veces con el Toncito, el imbécil ese traga-aguas, ni en la calle ni en el mercado ni en los supermercados ni en la feria los domingos ni en la tarde a la hora de los churros con chocolate ni en la mañana en el puesto de nieves de la plaza La Victoria. ¿Se la habría tragado la tierra? Sus mismas amigas no parecían saber nada de ella. Hablaban con él sin reclamarle con la mirada algo de su conducta. No podían saber nada: ¿ni a ellas las recibiría?

¿Cómo, cómo se puede olvidar de mí si jamás podrá dar con un hombre que la acaricie como yo? ¡Ella lo sabe! Nunca sentirá lo mismo que sintió conmigo ni alcanzará las alturas a donde solo yo sé llevarla ni suplicará como me suplicó ni llorará de placer como lloró ni invocará otro nombre como el mío ni gritará como me gritó ni se retorcerá como se retorció ni perderá la respiración como yo hice que la perdiera ni se le secará la boca ni se le congelará el rostro ni le hundirá a nadie las uñas como me las hundió a mí ni suspirará ni arañará ni se consumirá entre convulsiones ni me llamará Dios, ya, Manuel, ya, por lo que más quieras, ya, ya, ya…

Sí, pero Isabel no estaba por ningún lado. ¿Habría huido en uno de esos arranques inexplicables tan propios de las mujeres o la habría golpeado la maldita urraca y estaría hospitalizada o algo le habría dicho él tan grave como para desilusionarla o habría sabido la verdad? ¿La verdad? Sí, pero ¿cómo…? Supo que una mujer mayor había estado pidiendo referencias de él en Salamanca y pensó que se trataría de alguien a quien él le debía dinero o tal vez no era más allá de alguna suegra anónima resentida porque él se había comido con todo y patas en salsa de mole a una de sus gallinitas que se había atrevido a salirse del corral. De cualquier manera, la gente de Salamanca no le preocupaba. En todo caso sería un mero problema local que él, desde luego, sabría atender.

¿De cuando acá me importa a mí una mujer?, se preguntó en tanto se encontraba sentado en la orilla de una fuente jugando con agua entre las manos, sin perder de vista la casa de Isabel. Las he tenido a todas, jóvenes y maduras, vírgenes y corridas, altas y bajas, guapas y feas, delgadas y obesas, simpáticas y aburridas, hipócritas y honestamente enamoradas, estudiantes y obreras, sirvientas y de familia, y todas, o casi todas, le habían prometido que era la primera vez que lo hacían cuando el hombrón aquel recorría gozoso sus muslos de arriba a abajo. A todas las había dejado por igual cuando se había hartado de ellas sin experimentar el menor resentimiento. Igual que aplastaba con las botas la lata de una cerveza después de beber hasta la última gota del recipiente, de igual forma se deshacía de las mujeres, lanzándolas ya sin forma ni uso posible a un cesto de basura, a un terreno baldío o simplemente pateándolas como una colilla de cigarro.

Isabel era diferente. Isabel no lo dejaba dormir desde el día aquel de El Peñón. Nunca había tenido contacto con la pureza, la auténtica pureza que la urraca había cuidado con tanto esmero durante tantos años para servírsela en charola de plata como un homenaje moral, un premio de la naturaleza a un hombre que, desde luego, y por supuesto, no sería él. Un banquete así, desde luego, lo habría concebido la urraca para otra persona. La maldita vieja podría morirse del coraje si llegara a saber que él devoró de un solo bocado aquella fruta jugosa y carnosa que ella había cultivado durante toda su vida con tanto ahínco, buenos y justificados empeños. Ya podía sin mucha dificultad imaginar la cara de doña Marta de llegar a saber lo del borbollón, pero ¿y él? ¿Qué le pasaba que no podía sacarse de la cabeza las imágenes con las que había querido envenenar a la muchacha para siempre? Él mismo deseaba febrilmente repetirlas, volver a verla sin ropa a plena luz del día, admirarla de rodillas mientras ella se cubría pudorosamente el rostro escrutado minuciosamente por el sol, contemplar su pelo, unas veces humedecido después del chapuzón, otras desordenado, sujeto a los caprichos del viento, tocar delicadamente con las yemas de los dedos toda su piel sin ocultar su sorpresa por la magia de sus poros al hacerlos despertar con el solo contacto de su mano y estremecerla con su solo aliento al recorrer sus oídos y besar sus párpados de virgen desposada. ¿Qué pasa? ¿Por qué no podía olvidarla como un asunto más y ya? A otra cosa. Otra mujer y a olvidar lo pasado. Había tantas... Ni hablar, solo que ninguna como Isabel. ¿Acaso se habían volteado los papeles y el conquistador había resultado conquistado? No recuerdo haber sufrido jamás por una mujer. ¿Qué es esto? ¡Cómo duele!

Esa noche ya no iría por los mariachis, ¿qué sentido tenía? Hasta se burlaban ya de él, y los dineros, por otro lado, empezaban a faltar. Pensaba en otra estrategia, un cambio, requería un cambio, una solución audaz para desentrañar la verdad. Todavía no nace el que me pueda tomar el pelo a mí. ¿La urraca? A otro perro con ese hueso. ¿Sobornaría a alguien? ¿Se disfrazaría para entrar a la casa a reparar algo? ¿Qué? ¿Don Roque no sabría? En esas reflexiones se encontraba ya casi a las nueve de la noche cuando, todavía sentado en la orilla de la fuente, vio a un hombre que tocaba exactamente en la puerta de Isabel. Se acercó con discreción para identificarlo plenamente. Tenía en una mano dos ramos de flores. Una bolsa y una lata. Era un hombre bajo, de abundante cabellera, que se limpiaba una y otra vez los zapatos contra la tela de la pantorrilla de sus pantalones mientras le abrían la puerta. Usaba traje y corbata. Dos pasos más y lo tendría en sus manos. Lo sabría todo. Era Melitón, el imbécil traga-aguas, ese estúpido. Por supuesto que no le llevaría las flores a la urraca. ¡Demonios!

99

El piso pareció abrirse a sus pies cuando Isabel, ¡ay!, Isabel, abrió la puerta y lo abrazó sin más para darle la bienvenida. El joven ingeniero no pudo corresponder el abrazo. Tenía las manos ocupadas. Vestida de blanco, con un rebozo blanco, zapatos blancos y una diadema blanca, le recogió las flores, conduciéndolo al interior de la casa con exceso de honores. Cuando cerró la puerta entre sonrisas saturadas de coquetería, Manuel, o Fernando, supo que había terminado un capítulo de su vida. El portazo lo resintió en pleno rostro. Isabel vivía. Estaba perfecta, hermosa como siempre, alegre, coqueta, risueña, perfumada, inocente y jovial, lo que fuera, pero no sería para él. Lo tenía muy claro. Con qué gusto hubiera roto las ventanas y derribado muros para llevársela para siempre, raptándola si fuera necesario como en los viejos tiempos, a caballo, sentada en la parte delantera de la silla charra y con la guitarra en las ancas del animal. Era hermoso, ¿no? Claro, pero Isabel no lo hubiera consentido. Sería de otro hombre. Más le valía hacerse a la idea. ¿Qué habría pasado? Ahora a él lo tiraban a la basura con el mismo desprecio con que se desprende una persona de unos calzones sucios. Ya veríamos…

Isabel recibió a Melitón con un repentino abrazo tan pronto este jaló el mecate de la campana de la casa y dio dos golpes apenas audibles en la pequeña aldaba de la puerta de entrada. Chabe, sin hacerse esperar, se presentó vestida de punta en blanco precisamente con la diadema que a él podía fascinarle, pues le parecía, y con razón, cuando la llevaba, una virgen, un rayo de luz del cielo, una aparición mágica. Conversaron por unos instantes en la sala de la casa. Doña Marta no apareció en ningún momento, como tampoco lo hizo don Roque, el confesor. El silencio se adueñó de la reunión en el ínterin. ¿Estaría solo con Isabel en la casa? La muchacha fue por un florero de inmediato —las pondré en agua o morirán—. ¡Ay!, Isabel de mi vida, no hables de las flores ni del agua ni menos que morirán porque el discurso nocturno del ingeniero, su invitado, podrá echar por tierra tus planes matrimoniales y hacerte caer dormida a los pies de tu galán. Regresó por la bolsa que contenía los bizcochos. Gracias. A mamá le encantarán, gracias, desayunaré cocoles… Gracias por endulzarme la vida con esta mermelada, le dijo, tomándole la mano al ingeniero y llevándosela a la parte superior del pecho. El beso que siguió a continuación le hizo pensar a Melitón en la necesidad de haber traído por lo menos 10 botes más, la próxima ocasión lo haría.

Cuando se sentaron en el sillón de la sala —el mismo donde había caído destrozada cuando supo que el gallero era casado, el maldito bribón, como dijo ella una y mil veces golpeando la pared de su recámara víctima de la traición y hundida en la impotencia, deshecha en lágrimas por el engaño— ella se acercó a él, a Ton, Toncito, mi Ton, y lo tomó de la mano con un auténtico cariño nunca visto en ella. Un hombre como Melitón, tan falto de amor a lo largo de su vida, profundamente enamorado de Isabel, estaba completamente indefenso ante su poder seductor. Todo le creería, todo lo aceptaría sin chistar, todo lo vería con buenos ojos sin abrigar la menor suspicacia o maldad, por otro lado, inexistentes en él. En cada detalle de Isabel, en cada gesto, advertía la pureza, la autenticidad, la gracia, un poder hechicero que lo sometía y lo doblegaba hasta el encantamiento total. Nunca una mujer había sido más tierna, más desinteresada y dedicada al hombre con el que uniría finalmente su vida. Ninguna mujer sobre la faz de la tierra sería mejor madre que Isabel. Ni quien lo dudase.

Ella le dijo que había pasado el tiempo, que se estaba haciendo mayor a sus 23 años, que ya era momento de sentar cabeza, que no toda su vida tendría la misma edad ni la misma paciencia para la crianza de los hijos, Ton, ¿quieres caldo tlalpeño para comenzar o una sopa azteca con pedazos de tortilla bien fritos o coctel de camarones con salsa cátsup y limones? La cena es en tu honor, Toncito. Te debía yo la celebración de cuando te hicieron jefe de sección —le iba a decir mi vida, pero se abstuvo, hubiera sido muy precipitado—.

—Ya ves —continuó ella ejecutando velozmente sus planes— que hay momentos en que te gusta subirte a los árboles cuando niña o columpiarte de la rama de un eucalipto hasta caer en el jagüey, como me habías contado, o jugar a las muñecas o a las canicas, pero hay otros en que entras a la universidad y vas a fiestas, a reuniones y a bailar hasta empezar a relacionarte para hacer vida en pareja. Es otra etapa que culmina cuando decides casarte y formar tu propia familia, tener tus hijos y un matrimonio sólido y auténtico para siempre, una unión transparente, mi Ton, en la que no caben las mentiras porque fracasarías irremediablemente.

Melitón escuchaba encantado las palabras de Isabel tratando de adelantarse a su destino final. ¿Estará pensando en casarse con el hombre aquel que a veces dicen que la sigue? No quisiera ni saberlo.

—¿Quieres enchiladas mineras con salsa verde y pollo o tamales de Oaxaca? Puedes escoger: estás en la mejor fonda de México, mi querido profe —le dijo sonriente sin soltar la palabra ni apartarse de su discurso—. Yo sé que tú eres un hombre honesto y que a tus casi 30 años de edad habrás pensado en algún momento en formar una familia, ¿o no? Las manecillas del reloj tampoco te van a esperar a ti. De modo que creo que va llegando el momento en que decidas o busques una mujer que te acompañe para siempre, Ton, en las duras y en las maduras, en las buenas y en las malas: has de buscar a una compañera de buena fe que te quiera a ti por lo que eres, como persona sana y bien intencionada, responsable y honesta. Siempre he pensado que serías el mejor padre de familia de Silao, de todo el estado de Guanajuato y de la República entera. ¿Qué mujer puede temer una infidelidad tuya si es claro que serás un hombre dedicado de cuerpo y alma a tu mujer y a tus hijos? ¿Verdad que tú crees, Toncito, como yo creo, que la fidelidad es el valor más importante en un matrimonio? ¿Quieres más Pepsi o prefieres un agua de chía?

Cuando empezaron a comer los chabacanos en almíbar, la cajeta, las momias, el jamoncillo, el piloncillo, las trompadas y hasta fresas de Irapuato, todo servido hacendosamente por ella, la conversación versó sobre diferentes temas en los que Isabel se contestaba sola ante el silencio de Melitón. Se enroscaba como una víbora de cascabel con la cabeza tiesa y erecta, la mirada fija, escrutadora, detectando cada movimiento del enemigo, esperando la mejor oportunidad para saltar y morder.

—¿Cuál es tu ideal de mujer, Ton? ¿Cómo te la imaginas? ¿Cómo desearías que fuera? —preguntó, sabiendo de antemano la respuesta.

La timidez de Melitón hacía imposible dar un paso. Tenía que arrancarle las palabras a aquel hombre bondadoso, un bastión, una auténtica fortaleza para toda la vida. Un paraguas inmenso y generoso que la protegería contra cualquier inclemencia permanente o pasajera.

Melitón la tenía enfrente: tal y como era Isabel así la quería, así la deseaba, desde luego no sexualmente, ese era un tema prohibido. Isabel superaba el más optimista de sus sueños, la más ambiciosa de sus fantasías. Ese cabello, esas manos, esa piel, ese olor, esos ojos, esa mirada, esa ternura, ese hablar, ese rebozo con el que la conoció. ¿Sí? ¿Ella, Isabel, ella era su ideal? ¡Sí! Bueno: habría que atreverse a decírselo. ¿Podría? El ingeniero pensó en tragarse el hueso de uno de los chabacanos. Intuía que era la oportunidad soñada tal y como había salido la conversación natural y espontáneamente. Gran coyuntura, había que aprovecharla con un poco de audacia. ¿Cómo iniciar? ¿Cómo decirlo? ¿Cómo un hombre al que de niño y más tarde de joven le decían el Pelos Necios podía aspirar a una mujer así?

—¿Mi ideal…?

—Sí… —Isabel lo dejaba llegar.

—Yo nunca te lo había dicho, Isabel… —agregó Melitón, sirviéndose ya solo el almíbar, sin ver a la muchacha a la cara.

Lo tengo, se decía Isabel, un empujoncito más y caerá. Decidió callarse. Que el silencio aplastara a Melitón y lo obligara finalmente a hablar. No lo ayudaría.

El peso de la conversación giró alrededor del maestro experto en diseño y construcción de presas. Se sintió observado, presionado. No tenía de dónde sujetarse ni en dónde esconderse. Estaba siendo visto y observado bajo la luz de los reflectores. Solo, absolutamente solo. Nadie lo interrumpiría. Él era el dueño del escenario. El público más importante del mundo esperaba sus parlamentos finales.

—Yo te diría…

—¿Qué…?, tú… ¿qué dirías? —insistió ella, sin proporcionarle la menor ayuda, en espera de un arrebato de su pretendiente. Mientras más lo presionara, más destaparía las pasiones que pudieran habitar en él. La explosión final sería inolvidable.

Melitón prefirió recurrir a la descripción antes de comprometerse, de ahí que le dijera que su ideal de mujer correspondía al de una persona de estatura media, de manos pequeñas y bien cuidadas, pelo largo hasta media espalda, perfectamente bien cepillado y brillante, piel de seda apiñonada, no me llaman la atención las de piel blanca, ojos negros encendidos llenos de esperanza y de ilusiones —continuó gozoso como si estuviera dando en la diana después de haber disparado un tiro exacto, puntual, bien meditado—, boca carnosa, frente amplia y luminosa, más, más, hubiera deseado que su imaginación no se agotara como para evitar caer en la confesión final que parecía a todas luces inevitable.

La única definición con alguna connotación sexual la expuso Melitón cuando se refirió a los labios carnosos de Isabel. Solo que, aun sintiéndose descrita y retratada al detalle, dichos conceptos no eran precisamente los que Isabel deseaba escuchar aquella noche. Iría por más. Insistiría con toda dulzura metiéndolo mansamente en el redil de la misma manera que a un animal fuerte se le maneja jalándolo de una argolla colocada en la punta de la nariz. A continuación, cerraría para siempre la puerta tras de sí. Colocaría no los tres candados de doña Marta, su madre, sino siete o 10 o 15, los necesarios para que no volviera a salir jamás: lo haría suyo, lo haría dependiente conociendo todos sus complejos y debilidades, lo manejaría a su antojo como cuando juega un gatito con una bolita de estambre, finalmente ella estaba comprando un seguro de vida.

—Pero esos son aspectos externos, Toncito. No pierdas de vista que lo primero que se acaba en una mujer es su belleza física. El tiempo hace estragos con ella y ¿luego qué queda…?

¡Qué frívolo había sido! ¿No sabía él de sobra que lo más hermoso en una mujer es su belleza interior, la que no es alcanzable a simple vista? ¿Por qué se había traicionado? Por supuesto que la espiritualidad de un ser humano era el primer valor a ser considerado. El menor error, la más insignificante corrección o sugerencia, el señalamiento de una omisión podía acabar con Melitón, un hombre que parecía andar por la vida de puntitas para no herir a nadie ni provocar, ¡por Dios!, el menor malestar entre sus seres queridos o entre las personas que él respetaba. Tocado, agregó, disimulando como pudo:

—Nunca me dijiste que te la describiera en orden de importancia, Chabe —reclamó frustrado.

—No, claro —precisó Isabel, pero insistiendo en la descripción de los requisitos espirituales de su mujer ideal.

Cargado de culpa, hubiera querido decirle Chabe, perdóname, pero evitó el comentario todavía a tiempo.

—Mira, me gustaría una mujer muy maternal que estuviera permanentemente atenta de mí, de mis necesidades y vacíos, de mis preocupaciones y desahogos, de mis miedos y desafíos. Yo quiero ser, como marido, un hijo más de ella, ¿me entiendes?, mi esposa debe ser un eje alrededor del cual giremos todos, un tronco común del cual todos nos sujetemos.

—¿Solo eso? —Isabel estaba decidida a exprimir hasta la última gota.

—No, claro que no —repuso el joven maestro sin percatarse de que mientras más hablaba más se comprometía. Ella lo guiaba astutamente hasta instalarlo en sus terrenos. Melitón agregó, metiéndose sin suponerlo en un callejón sin salida—, sueño con una mujer generosa, buena, risueña, hogareña, ¡Dios, apiádate de mí, cuando se me acaben los adjetivos tendré que decirle que es a ella a la que quiero y no tengo el valor de confesarlo! Una mujer serena que solo tenga ojos para mí y para mis hijos, alguien como yo, sin historia, sin que haya habido otro hombre en su vida de la misma manera que yo no he tenido otra mujer en la mía, y tú sabes que es así, Chabe —disparó al rostro de Isabel convencido de su virginidad, de su candidez y de su autenticidad: ella respondía a cada una de sus pretensiones. Imposible que le cupiera en la cabeza lo contrario, es más, ni siquiera pasaba por su imaginación semejante monstruosidad.

Tocó ahora a Isabel el turno para guardar las apariencias y servirse, a su vez, el almíbar restante del plato sopero. Así no tendría que ver el rostro del ingeniero y disfrazaría su emoción con una sonrisa esquiva para ocultar a como diera lugar el dolor producido por esa puñalada en plena yugular. ¡Cuánto malestar le producía el temor a sentirse descubierta…! ¡Cuánto hubiera deseado ser todavía una mujer sin historia…! ¡Cuánto se arrepentía de no haber podido controlar aquel impulso de El Peñón! ¿De verdad se arrepentía?

Solo que ya era muy tarde para detener a Melitón. Ya volaba, ya deliraba y se dirigía como un meteoro sin contención alguna puntualmente a su destino. ¿Quién podía oponer a esas alturas la menor resistencia al jefe de la sección de aguas? Con las manos entrelazadas colocadas entre sus piernas y con la cabeza gacha como cuando su padre hablaba del tiempo que tardaba en caer la cubeta al pozo para sacarla cada vez con más lodo y menos agua, así Melitón, sin levantar la vista, la voz apenas audible y la respiración cortada le confesó a Isabel que desde el primer día en que la vio entrar con el rebozo cubriéndole el rostro en La Central ya no había podido olvidarla.

—No he podido pensar sino en ti desde entonces —confesó inmóvil, absolutamente rígido, como si quisiera memorizar sus manos—. Nunca lo supiste, Chabe, pero cualquier mujer que pasara enfrente de la panadería me desquiciaba. Te veía a ti, como igual te veía en las ferias aun cuando no fueras, en las carpas aun cuando no estuvieras ahí, en el cine, en los palenques, en las vueltas alrededor del kiosco aun cuando no fueras la misma de la misa ni de los jaripeos ni de las charreadas ni de las kermeses, Chabe: no dejaba de verte dormido ni despierto ni frente al horno ni en los despachadores ni en la universidad ni ahora en el gobierno del estado. En todos lados estás, en todos lados te veo, siempre te sueño, te imagino y te anhelo, Chabe, mi Chabe, Chabe. —Se levantó entonces sin esperar respuesta, movido por un impulso desenfrenado que había guardado en su interior años y más años, idealizándola, imaginando a su mujer, a la que sería la madre de sus hijos, la compañera leal y decente que había soñado, cálida y comprensiva, invariablemente presente.

Melitón se dirigió rápidamente a Isabel, quien permaneció sentada y no menos sorprendida por la actitud impulsiva de su enamorado. Sí que era un hombre emotivo. El ingeniero cayó de rodillas ante ella, rodeando con un brazo el respaldo de la silla y con el otro la cintura de Isabel. ¿La estaba tocando por primera vez? ¿Ya te diste cuenta, Melitón?, estás tocando a tu mujer, ya no solo dándole besitos pueriles de niños traviesos.

—Te quiero, Isabel, te quiero como nunca he querido a nadie en mi vida —agregó, hundiendo su rostro empapado en el regazo de ella—. Te necesito: no puedo seguir viviendo sin ti y disimulando mi amor. No, ya no puedo, me está matando la ansiedad de saber que puedes ser de otro. —Se soltó entonces de la silla y rodeó la cintura de Isabel con ambos brazos. Se agarraba firmemente a ella como si se tratara de una tabla de salvación. La muchacha acarició entonces el cabello de su amado, contemplando desde las alturas, con una sonrisa sardónica, el cuerpo de aquel hombre postrado. Había llegado a donde había deseado. Lo tenía cautivo, así, a sus pies, devoto y entregado a ella por los restos de los restos. Ahora podía iniciar la segunda parte de la venganza. Manuel resentiría un golpe seco, sordo,

105

mudo en plena quijada. Caería desplomado al piso. Mira lo que hago con tus planes. Mira lo que hago con tu seguridad. Mira lo que hago con tus fantasías...

Melitón se fue recuperando por momentos. Poco a poco dejó de gemir, sin soltarse de la cintura de su amada. Ya no se apretaba a ella compulsivamente. Descansaba la cabeza sobre las piernas de Isabel como un chamaco recién perdonado por su madre. Con los ojos cerrados, sin atreverse a constatar la realidad, parecía adormecerse en tanto ella acariciaba su cabello pasando sus dedos cortos una y otra vez por aquella abundante mata de pelo. El joven ingeniero no se movía, no parpadeaba, estaba petrificado: así hubiera querido pasar el último de sus días. Con esa imagen, en esa posición y con esa actitud hubiera deseado morirse una y mil veces. ¿Qué más podía pedir?

El tiempo pasó lenta e imperceptiblemente. Melitón soñaba. Isabel preparaba el golpe final. Esperaba la coyuntura más favorable para cerrar el pacto, trabar el compromiso, sellarlo, amarrarlo firmemente.

En ese estado de paz y tranquilidad, como si Melitón se encontrara en el claustro materno, plenamente reconciliado con su existencia, así permaneció por largo rato, hasta que, recuperado, hizo tímidamente la pregunta obligada para retomar la conversación:

—¿Y tú, Isabel...?

—¿Yyyoo... qué...? —repuso ella, entornando los ojos mientras veía la lámpara del techo, un viejo candelabro con 12 brillantes, muchos de ellos ya extraviados, herencia de su bisabuela. Debería de ser de aquella época en que su madre se sentía de la realeza, de ahí que siempre se comportara como si tuviera un título nobiliario.

—En tu caso, ¿quién es o cómo es...?

Isabel prefería no contestar hasta no estar perfectamente convencida de la pregunta. No cabían, ni mucho menos, los malos entendidos.

—No comprendo —repuso maternalmente, acariciándole ahora una oreja.

—Sí, Chabe, ¿cuál es tu ideal de hombre? —cuestionó, como si Melitón murmurara a su oído. De antemano sentía él una respuesta apártada de todo lo que él era. Amigos, sí, todo, pero punto. Bien sabía él que otro hombre la estaba rondando, ¡como si en Silao no se supiera todo y al día! No tardaría en pedirle que fuera el testigo de su boda, admitía, resignándose a su suerte: nací perdedor, moriré perdedor.

—Pues mira —adujo al empezar el viaje hacia su destino final, bromeando con Melitón—, para mí el ideal de hombre debe tener, debe tener, debe tener...

—Di, Chabe, di, no es hora de bromas —suplicó Melitón sin moverse ni soltarse. Ella lo seguía acariciando, rozándole casualmente los labios agrietados como si el joven profesor tuviera calentura.

—Bueno —se sometió ella de inmediato—, mi ideal de hombre debe tener dos piernas.

Melitón se separó de golpe como si se hubiera dado un toque de todos los kilovatios que se generaban en las presas que diseñaba en el aula. De rodillas, viéndola a la cara y demandando paz y piedad, sin dejar de festejar con una sonrisa estoica el humor de su amada, tomándole una mano, le exigió una respuesta para saber, de una buena vez por todas, su suerte.

—¿Cómo es? ¡Di!, te lo ruego… —agregó con los ojos enrojecidos.

Ella lo vio en silencio. No podía jugar más. Una extraña emoción la invadía ahora. Así como se encontraba, de rodillas, ella le acarició esta vez el rostro. Después se lo tomó entre sus manos. Le clavó la mirada. Se estremeció. Unas lágrimas inexplicables resbalaron por sus mejillas. Eran un remate perfecto. Con cuánta facilidad lloran las mujeres en los momentos más difíciles.

—¿Lloras, Isa?

—Síííí.

—¿Por qué…?

—Porque eres tú, Ton, tú eres el hombre en quien yo siempre he soñado —alcanzó a decir mientras arropaba su cabeza con sus brazos y estrechaba a Melitón firmemente contra su pecho. Ahora lloraba ella, descansando su cabeza en la de su amado. ¿Lloraría por la confesión, por el destino que le esperaba o por haber perdido a Manuel para siempre? ¿Por qué, por qué lloraba? Tal vez ni ella misma lo entendía. Con sus lágrimas se despedía de muchas ilusiones, muchas decepciones, muchas experiencias, muchas emociones, para entrar a otro mundo con otras vivencias, otras expectativas, menos aventurero y más seguro, más equilibrado. ¿Se despedía de la pasión, de los arrebatos eróticos para entrar al reino de mansedumbre y de los convencionalismos? ¿Al mundo de dos más dos son cuatro y no 14?

Con el rostro adherido a sus senos, Melitón escasamente podía respirar. Isabel no se percataba de la fuerza con que lo oprimía. Ni en lo más profundo de su alma podía imaginarse la magnitud de la renuncia que estaba ejecutando. Le concedía esta vez a ella la oportunidad de desahogarse como si él no se hubiera dado cuenta de lo que acababa de oír.

—Isabel…

—Melitón…

—No puede ser —explotó, retirándose con una mirada cargada todavía de escepticismo—, no puede ser, mi vida, ¿estoy soñando?

—No, mi amor —repuso ella, balbuceando, sin poder articular palabra. Soltando el llanto y sin separar sus dedos del rostro del profesor le preguntó si él no sería un gran padre de familia, un extraordinario marido, responsable, dedicado, respetuoso, fiel, abnegado, comprensivo—. ¿No, no serás todo eso, Ton? —preguntó, enjugándose las lágrimas.

Melitón, todavía de rodillas, solo asentía con la cabeza.

—¿Quieres oír más razones de por qué tú eres mi hombre ideal? —preguntó la muchacha, sin poder contenerse. Quería a toda costa que la viera llorar, quién sabe por qué, pero era muy importante que la viera llorar. ¿No serás un profesional destacado, un ejemplo para Silao y para tus hijos? ¿No has conquistado las alturas viniendo de donde vienes? ¿Verdad que ni tú mismo puedes imaginar a dónde puedes llegar muy a pesar de tu origen humilde? ¿No te das cuenta de que mucha gente nunca logra en toda su vida conquistar las metas que tú ya has alcanzado a tu edad?

Ambos lloraban y se abrazaban. Se besaban furtivamente. Intercambiaban lágrimas. Yo te daré todo lo que a ti te falte y tú a mí todo lo que yo necesite, mi amor. ¿Verdad que nos vamos a querer toda la vida? ¿Verdad que solo la muerte nos va a separar? ¿Verdad que jamás nos vamos a mentir? ¿Verdad que nos diremos todo lo que nos disguste? ¿Verdad que no nos acostaremos si tenemos algo que reclamarnos? ¿Verdad que nos guardaremos fidelidad eterna? ¿Verdad que tendremos hijos muy hermosos y los adoraremos para siempre? ¿Verdad, verdad, verdad…?

—¿Me quieres mucho, Melitón?

—Como nunca he querido a nadie en mi vida, Chabe.

—¿Estarías dispuesto a todo por mí? —preguntó, sosteniendo la cara del profesor entre sus manos.

—Pon a prueba mi amor.

—¿Harías cualquier cosa?

—¡Cualquier cosa!

Isabel estaba en ese momento lista para dar el tirón final. Jalaría de la cuerda en cualquier instante para cerrar la puerta y atrapar finalmente a su amado.

—¿Hasta casarte conmigo?

Melitón se puso de pie movido por un impulso. La vio a la cara sin ocultar su estupor. La jaló para sí. La abrazó. La besó. La cargó, haciéndola girar como a un volantín. Le acarició la frente. Le limpió las últimas lágrimas de sus mejillas. Se las lamió. La estrechó contra su cuerpo, permaneciendo inmóvil por unos momentos.

—¿Te casarías conmigo? —insistió ella.

—¡Sí!

—¿Cuándo?

—Cuando tú digas —repuso Melitón, sin apartarse de ella ni poder creer lo que le pasaba.

—La semana entrante.

—¿La semana entrante? —cuestionó el joven enamorado, retirándose para constatar si ella bromeaba o no—. La semana entrante —sentenció, al convencerse de la seriedad de la propuesta—. ¿De verdad, Chabe, hablas en serio?

—De verdad, mi amor, de verdad, soy la mujer más feliz de la Tierra. ¿No se me ve?

Los preparativos para la ceremonia matrimonial de Isabel y Melitón se llevaron a cabo a una velocidad meteórica. Si tú y yo nos queremos tanto, tantísimo y ya todo entre nosotros está dicho, aclarado y expuesto, entonces casémonos, Ton, ¿para qué esperar? ¿Para qué diferir un solo día más nuestra vida en común? Entreguémonos a nuestro amor ahora mismo y para siempre de los siempres. No puedo vivir un solo día más sin ti, mi hermosísimo panadero.

Para justificar la precipitación del enlace —no les des alas a los alacranes, ya de por sí hacen bastante daño en el piso— alegaron de cara a la sociedad de Silao, sobre todo de cara a doña Marta y sus comadres, un conjunto de urracas más devotas de Dios que ella misma, mujeres todas ellas de comunión y confesión diarias, que el futuro marido de la Chabe tendría que irse a vivir al Distrito Federal como un altísimo funcionario de la Comisión de Aguas del Valle de México, manas. Lo invitaban a prestar sus servicios en la capital de la República, ¿saben? Hay pocos peritos como él y se entiende que lo deseen contratar en todas partes. El joven profesor no desea irse solo. Quiere a Isabel. No resiste la soledad. Necesita una mujer. Desea formar una familia. No puede desaprovechar esta oportunidad que le brinda la vida. ¿No creen? El pastel de bodas lo haría el Sordo con la mejor crema chantilly que pudiera preparar. Lo confeccionaría de siete pisos revolviendo la harina con leche, levadura y extracto de naranja. Remataría la decoración con fresas de Irapuato que colocaría a los lados, junto con los ribetes de crema. Los novios, representados en el último piso, vestidos de blanco y negro y rodeados por fresas gigantes, enmarcaban la escena de amor.

Pocas veces se había visto tan inquieta, dispuesta y trabajadora a la urraca. Contrató a los fotógrafos, se ocupó hasta de las arras para que Isabel escogiera las de su preferencia, apartó el templo, promovió la reunión entre don Roque y desde ahora su hijo, no pierdo una hija, gano un hijo, para precisar los detalles de la misa, pagó por adelantado al director de un coro para que interpretara el avemaría, ¿quién iba a ser el tenor? ¡No!, ese no, ese sí; dispuso que se colocara una alfombra roja desde la entrada hasta el mismísimo altar. Había olvidado por completo el pleito con Isabel, si Dios perdonaba, ¿por qué razón ella no iba a poder hacerlo? Te perdono, te absuelvo, mi Chabe: todo fue un coraje repentino. Ya se me olvidó lo que ocurrió. A ver, tú: yo quiero gladiolas blancas, los cirios votivos más grandes que haya, el organista, que no falte el organista ni el arroz al final de la ceremonia. ¿Quiénes serán los pajes? ¿Y las madrinas de lazo y de arras? Aquí está el dinero: quiero el mejor vestido para mi hija. Una tela blanca, la más blanca de las manufacturadas en Francia. Una tela blanca impoluta. La quiero de satín de seda blanco, como el velo blanco y los zapatos blancos. Todo blanco como la virginidad de mi Chabe. La he de entregar pura ante el altar de Dios.

Varias de las comadres de doña Marta le sugirieron que la ceremonia religiosa se celebrase en el templo preferido por cada una. Bien podría ser la parroquia de san Judas Tadeo, la Casa de Ejercicios, el Templo del Perdón, el de la virgen de Loretito o el de la virgen del Carmen, cualquiera de ellos. Solo que doña Marta antes moriría que permitir que su hija se casara en otro templo que no fuera el de las Tres Caídas, en donde don Roque, su confesor de toda la vida, predicaba desde siempre el evangelio y conducía a su rebaño. Don Roque la había casado a ella y a todos los de su familia, había dado la extremaunción a su padre y a su hermana y bautizado, bendecido y realizado primeras comuniones y confirmaciones a sobrinos y primos y otros familiares cercanos o lejanos. Si no es don Roque y no es en el templo de las Tres Caídas no hay boda, ¿está claro?

Doña Marta era toda una locomotora en marcha. ¡No!, ese lazo no, otro, ese, ese está mejor. Yo pago también la renta de la iglesia y sus accesorios. Don Roque, ¿qué le parece esto, qué le parece lo otro? Don Roque por acá, don Roque por allá. Pregúntenle a don Roque: él siempre tiene una solución. Pago el alquiler del Packard negro de don Agustín. Lo quiero decorado con moños blancos. Pago, pago todo. Yo pago también la fiesta, las bebidas, la comida, la orquesta, los tríos: quiero consomé *gelée* de entrada, coctel de camarones, filete Wellington o hígado encebollado y como guarnición papas, zanahorias, ejotes y coliflores con salsa de mantequilla derretida. ¿De postre? Frambuesas silvestres, ate con queso y arroz con leche, té y café y como digestivo, puro tequila para que no decaiga la fiesta. ¿Y qué opinan los novios, doña Marta? Ellos están tan enamorados que opinan lo que yo opine. Tan es cierto que opinan lo que yo opine que yo misma fijé el día de la boda: ellos querían casarse un 15 y lo harán el 14, es mejor, la gente tiene menos compromisos los viernes y a nadie se le arruina el fin de semana. ¿A quién se le ocurre casarse en sábado? ¿A quién? ¡Ay!, juventud, juventud... ¿Y el frac de Melitón? Yo, yo también pago el alquiler. ¿Cómo se verá mejor Melitón, de frac o de chaqué? Él se pondrá todo lo que yo diga. ¿Y el matrimonio civil? ¿El qué? Ese no importa, lo único que cuenta es que se casen por la ley de Dios y no de los hombres. ¿Cómo? Si no se casan por la ley de los hombres sus hijos y por lo tanto sus nietos serán hijos naturales y su hija carecerá de toda protección legal. ¿Protección legal? Sí, protección legal, por ejemplo, debe usted hacer que se casen en sociedad conyugal para que los bienes de Melitón en el futuro sean de ambos, al 50%, sin mayores trámites jurídicos. ¡Ah!, en ese caso que venga el oficial del registro civil a mi casa y que mi hija firme todas las actas que debe firmar. Ni hablar, ni hablar, pobre de mi hijita... Sí, sí, la ley, se me olvidaba la ley...

Librado Múgica fungió por supuesto como testigo por parte del novio.

—¿Cómo *chingaos* cree usted que me voy a poner un chaqué o jaqué o llaqué o como quiera que se llamen los pinches trapos esos que dice su suegra, compadre? Yo, escúcheme bien, iré a firmar con mi traje blanco de panadero. Solo por usted me compraré camiseta nueva y tenis blancos, la gorra todavía aguanta.

—No, Librado, no, ¿verdad que no me hará quedar mal? ¿Verdad que no?

Por aquellos días llegó Marcos a Los Contreras luciendo una camioneta ranchera de redilas con aire acondicionado, un sorprendente equipo de sonido, techo de vidrio e inmensas ruedas como las de un tractor. El vehículo podía, de hecho, volar sobre los otrora pastizales de Los Contreras, hoy convertidos en enormes zonas semidesérticas que, al ser cruzadas sobre un camino vecinal de tierra, el único existente de años atrás, levantaba una escandalosa polvareda como si se tratara de un avión supersónico a punto de despegar. Gran sorpresa y no menos envidia despertaba Marcos Ramos Romero cada vez que se presentaba en el ejido con automóviles último modelo de manufactura norteamericana y placas de Texas con textos ininteligibles cuando la mayoría, si no es que la totalidad de los ejidatarios, escasamente hablaban castellano y tenían que viajar en camión de pasajeros para llegar eventualmente a su destino, porque por lo general el vehículo se descomponía a medio trayecto.

La primera parte del espectáculo la daba Marcos, al exhibir ostentosamente su camioneta, el último grito de la ingeniería automovilística yanqui. A continuación, el segundo número del día se producía cuando descendía en

111

el comisariado ejidal o en el mismo jacal de la familia, donde al instante era rodeado por curiosos y desde luego por todos sus sobrinos, cuyos nombres y rostros era imposible recordar. Cuando Marcos exhibía en Los Contreras su ropa, sus pantalones vaqueros ajustados, *jeans* de marca, su camisa azul a cuadros, su cinturón con una enorme hebilla de plata, sus botas de tacón alto y grueso rematadas en punta, su sombrero tejano de ala ancha, un pañuelo blanco, muy fino, anudado en el cuello y, para concluir, una chamarra larga y pesada de piel café forrada con borrega colocaba frente a un espejo a quienes le rodeaban: un espejo en el que nadie, por supuesto, quería verse reflejado, porque Marcos significaba el éxito, la audacia, el rompimiento de los esquemas y la evolución propia de un hombre ambicioso apartado de la resignación y el fatalismo. ¿Quién quería contemplarse, a un lado del Marcos exitoso, con huaraches sucios con suelas de llanta de automóvil, traje de manta zurcido, tal vez el del abuelo, sombrero desgastado, despeinado, sin bañarse por falta de agua corriente, desnutrido, desanimado, frustrado, analfabeto, ignorante y sin patrimonio económico ni futuro próximo ni remoto? ¿Quién? ¿Quién iba a entenderle con su pinche hablar tan raro cuando respondía entre familiares y amigos eternamente descalzos: *where there is a will there is a way…?* ¿Qué dijo este güey, tú?

¿Y con respecto a las mujeres? De esas se encargaba su esposa, Lupita, llamada así porque había nacido el 12 de diciembre, precisamente el día de la Guadalupana. Ella vestía un *jumper*, sin mangas ni cuello, cortado con tela igualmente de *jeans*, botones metálicos plateados y troquelados con la marca internacional del fabricante, mallas y un *sweater* de cuello de tortuga, ambos blancos y puestos por dentro del vestido, zapatillas negras y lentes oscuros para protegerse de los efectos del sol. ¿Lentes oscuros en Los Contreras?

Lupita, aunque hija de braceros mexicanos, ya había nacido en Estados Unidos, de ahí que hablara un estupendo inglés y en ocasiones tuviera que incorporar palabras extranjeras en su expresión castellana.

—Pocha, es una pinche pocha —balbuceó un día Antonio, el menor de los hermanos Ramos Romero. Un joven ya con 20 años y mucho arraigo a la tierra, o tal vez mucho resentimiento, porque no solo no había podido escapar *pa'l* norte, sino que además había tenido que soportar día tras día la llegada de sus hermanas y sus hijos, quienes no implicaban sino más cargas inútiles, pesos muertos, porque nada aportaban al sostenimiento del hogar salvo problemas, carencias, llantos y amargura. Las demandas constantes de los chiquillos les habían arrebatado la alegría de vivir. Ellas los maltrataban, desquitando con alguien su furia, que se incrementaba con tan solo pensar que sus respectivos padres, libres de toda responsabilidad económica y familiar, se estarían acostando con tanta mujer se dejara para luego, a su vez, abandonarlas después de engañarlas. ¡Cuántas veces las vio perseguir a las inocentes criaturas para golpearlos o jalarles el pelo hasta hacerlos llorar o insultarlos sin justificación alguna! ¿Quién me mandó tanto chingado niño? ¿Por qué me dejé abrir las piernas por tanto cabrón? Jamás podrían entender el daño que causaban en sus hijos con tantas ofensas, desprecio, agresiones y malos modos, sobre todo cuando su personalidad se desdoblara en la edad adulta. ¿Qué se podía esperar de dichos niños en el futuro si además de haber sido rechazados, odiados y castigados injustificada y reiteradamente desde muy temprana edad desertaban llenos de resentimiento de la escuela primaria antes de terminarla? ¿Cuál sería el México del futuro?

El tercer y último episodio de la visita anual de Marcos corría a cargo de sus hijos, que ya con independencia de su ropa y de su hablar sorprendían al resto de los niños y a sus primos con sus juguetes eléctricos y sus dulces extraños, golosinas que podían enloquecer a cualquier niño. No tardaban en producirse pleitos entre todos ellos porque se rompían los juguetes al compartirlos o al resistirse a ello o porque desaparecían los dulces y los chicles con sabores deliciosos de la maleta, de la caja o de la bolsa donde se encontraban. A los pequeños de Marcos y Lupita no dejaban de contemplarlos los chiquillos de la misma edad como seres absolutamente extraños. Cuando la envidia surgía entre ellos, los conflictos se multiplicaban, más aún cuando llegaban a los golpes y a los gritos y los padres tenían que correr apresuradamente a separarlos.

Marcos siempre había hablado claro. En Estados Unidos no hubiera podido subsistir sin llamar a las cosas por su nombre por más rudo que pudiera sonar. La tradicional cortesía mexicana, el extremoso cuidado al hablar, hubiera sido aprovechado por vecinos, colegas y compañeros de trabajo para abusar de él o para aplastarlo dentro de un mundo que él entendía como carente de sentimientos, en el que lo único que valía era el dinero acumulado. ¡Cuántas veces al llegar Marcos a Los Contreras se encontraba con que alguna de sus hermanas había regresado de la capital cargada de chamacos o estaba nuevamente embarazada quién sabe ahora de quién o ya había dado a luz un nuevo hijo con más demandas y necesidades, que deberían ser satisfechas dentro del pavoroso apremio del jacal! ¿Cuándo se acabaría la paciencia ante tanta promiscuidad y desesperación? El problema se suscitó en alguna ocasión cuando supo que María tenía ya cuatro hijos, carecía de empleo y de posibilidades de tenerlo —¿quién iba a estar tan loco como para contratarla en alguna casa de la ciudad con cuatro niños a cuestas?, ¿quién?, o bien, ¿quién se iba a hacer cargo de los menores cuando ella trabajara?—, no había terminado ni la primaria, escasamente sabía leer y escribir e ignoraba cualquier oficio con el que pudiera ganarse la vida. Su futuro, como el de la mayoría de quienes habitaban el ejido, no podía ser más negro. María se había colocado todos los obstáculos frente a ella misma, de tal manera que le sería imposible saltarlos. Fue entonces cuando le dijo tomando cervezas en una lonchería del pueblo a donde toda la familia había ido invitada por él:

—Eres una coneja y además de coneja eres una perfecta pendeja. Tú misma has arruinado tu vida. ¿No sabes además que tu iglesia te prohíbe tener relaciones antes de casarte?

María no contestaba. Se limitaba a ver el piso.

—¿No sabes —continuó Marcos sin concederle tregua— que tu misma iglesia te prohíbe tener hijos con un hombre si no estás casada con él?

María siguió perfectamente muda.

—¿Lo sabes? ¿Lo saben todas las mujeres como tú?

La hermana permanecía ruborizada, sin responder.

—¿Lo sabes?

—Síííí… —repuso finalmente, con toda timidez.

—Y entonces, ¿por qué tienes relaciones prohibidas y además tienes hijos ilegítimos? ¿No te importa tu religión?

María permanecía callada.

—Yo te digo por qué no te importa…

—¿Por qué?

—Porque todo se resuelve con un padrenuestro o cinco rosarios y como ya te sientes perdonada vuelves a las andadas, pero eso sí, jamás cambias, pero eso sí, ahí sigues como coneja y como pendeja, con reglas morales prestadas que ni te van ni te vienen.

Marcos traía regalos para todos y algunos más de sobra para los desconsolados. Los comentarios, la fiesta, los intercambios de noticias, los recuerdos, el presente, el futuro, aquí y allá, en México y en Estados Unidos, el análisis, el repaso de la vida y suerte de cada uno de los miembros de la familia, de los vecinos y compadres, ocupaban toda la conversación, hasta que en una ocasión, como cualquier otra, cuando ya todos los niños dormían juntos con todas las incomodidades imaginables, unos sobre petates y otros sobre el piso cubierto por periódicos, y los adultos se encontraban sentados alrededor del tlecuil tomando atole y empezaba a oscurecer, se hizo más profunda y peligrosa la conversación según se adentraba la noche.

Marcos comentó, entre tema y tema y trago y trago, cómo se había ido separando de la Iglesia católica y había ingresado, a regañadientes en un principio, a una evangelista, como el resto de su familia política. Su mujer, Lupita, ahí presente, había sido un factor determinante para lograr el cambio. Cuando ella nació, sus padres ya se habían convertido al protestantismo en Lubbock, al norte de Texas. Marcos había tenido oportunidad de asistir a conversaciones con varios pastores protestantes, en particular presbiterianos. Se había informado indirectamente. De esa manera supo que los pastores podían casarse y tener familia como cualquier ser humano, sin ningún género de prejuicios. Ellos no tenían por qué reprimir sus instintos. Le impactó notablemente saber que los pastores protestantes fueran electos democráticamente por la comunidad —un extraordinario ejercicio político— y que estos tenían que rendir cuentas a través de una contabilidad pública del destino de los donativos de los feligreses, quienes en ningún caso daban limosnas y por otro lado conocían perfectamente el destino de su dinero. Todos podían saber en qué se empleaba hasta el último centavo donado. En las puertas del templo se adherían los estados de cuenta financieros para que hasta el último de los fieles supiera la suerte de sus aportaciones. Todos conocían el sueldo del pastor. No había ingresos ocultos ni inconfesables. La verdad económica estaba al alcance de los creyentes.

A Marcos lo convenció sin duda el papel activo de la comunidad protestante. A diferencia de los católicos mexicanos, que no se responsabilizaban más que de lo que ocurría del zaguán de su casa para adentro, la comunidad protestante esculcaba a través del congreso los bolsillos de los funcionarios públicos. La comunidad vigilaba el entorno ecológico. Era una sociedad extraordinariamente activa y participativa. La sequedad no era un castigo de Dios. Los hombres la habían propiciado envenenando ríos, talando bosques y selvas y exterminando cualquier género de vida. La sociedad estaba atenta a los árboles, al agua, al ambiente en general, porque el condado era finalmente de todos como la casa en que vivían. La comunidad veía por la construcción de escuelas particulares para participar en la educación de los niños, nada de abandonar semejante tarea al Estado. La comunidad observaba, detectaba, denunciaba a través de una prensa libre cualquier desviación en el presupuesto público, de tal manera que nadie se enriqueciera con los ahorros de la sociedad. Entendió que una comunidad inquieta y participativa hacía posible la existencia de un país progresista consciente de todo lo suyo. ¿El mexicano también entiende el patrimonio público como de su propiedad? ¿No? Entonces por eso no defiende su país ecológica, histórica, política ni moralmente, y por lo mismo este se le deshace entre las manos.

—Aceptar la existencia de otra religión —expuso como si se estuviera confesando ante los suyos— de entrada me produjo una gran violencia, era tanto como renegar de mi pasado, de mi educación, traicionar a mis padres o vender a la Patria misma, me sentía un de-lo-peor. Solo que el contacto con otras personas prósperas y sanas, con pastores y no con curas interesados, con el tiempo empezó a cambiar mi realidad, mis costumbres y mis vicios —apuntó con toda tranquilidad e inocencia tan absolutamente convencido de su decisión como ajeno a la explosión que podría provocar en el interior del jacal—. Yo, por ejemplo, ya no temo a los castigos en el más allá con los que me educaron a mí hasta llenarme de miedos —confesó después de haber madurado sus convicciones durante años, pero sin percatarse de que no se le había concedido la misma oportunidad a ninguno de sus familiares ahí presentes.

Todos lo escuchaban sin que nadie parpadeara siquiera durante la breve merienda hecha a base de pellizcadas y sopes alrededor del fogón, donde siempre lo hacían cuando su abuelo aún vivía.

—Ni creo en el infierno ni creo en el fuego eterno ni creo que te quemen los pies por haber desobedecido a Dios ni creo en el diablo ni en el purgatorio ni en sus castigos infantiles ni mucho menos en el limbo. ¿Cómo aceptar la existencia de un dios vengativo si supuestamente Él es la bondad misma? —se preguntó, como si sus palabras carecieran de intención alguna.

Lupita quería detenerlo. ¿En una mera reunión de familia iban a cambiar de golpe convicciones históricas transmitidas de generación en generación? Recordaba que Marcos le había jurado abordar el tema en un grupo pequeño y manejable cuando fuera propicio, para romper de una buena vez por todas los tabúes que petrificaban a la familia, a la sociedad y al país. La Iglesia católica tiene mucha culpa de que los mexicanos estemos tan jodidos, sí, sí, pero dilo con todo tacto en su momento, es un tema incendiario, Marcos. ¿Serás prudente?

—No creo —continuó el antiguo bracero— en las torturas del infierno ni creo que te quemen los pies en aceite caliente ni que vivas en un horno rodeado de fuego ni creo que Dios se vengue de sus hijos y que demuestre su coraje ante nuestras faltas con un ojo por ojo y un diente por diente —aducía, subiendo por momentos el tono de la voz. ¿Te imaginas la perversión que se requiere para mandar al infierno a una persona por toda la eternidad? ¡Esas son tarugadas!

La superioridad económica y su éxito indiscutible hacían de Marcos un hombre que merecía cierto respeto en el seno de la familia. Todos, o mejor dicho casi todos, salvo Antonio, lo escuchaban perplejos. La madre, doña Cristina, palpable y justificadamente temerosa de que las palabras de su hijo pudieran acarrearle males mayores a los Ramos Romero, a pesar de no haber provocado involuntaria ni menos voluntariamente la ira divina, sino todo lo contrario, después de haberse sometido devotamente a todo tipo de castigo divino, merecido o inmerecido, explicable o inexplicable, no quería, desde luego, exponerse a una nueva represalia de Dios, esta vez por haber tolerado nada menos que a un hereje en su propia casa, aun cuando se tratara de su

116

propio hijo. Superstición o no, cierto o no cierto, había que espantar a los malos espíritus. Si con Dios aparentemente de su lado, rezándole, pidiéndole diariamente, ya no podía con la catástrofe generacional de Los Contreras, menos iba a poder enfrentar una venganza proveniente de los cielos. Según avanzaba Marcos en la conversación, de por sí tortuosa e ingrata, ella no se oponía ni prohibía ni callaba al interlocutor ni se colocaba cara a cara con él con tal de detenerlo. ¿Por qué se tragaba siempre los venenos en lugar de expulsarlos inmediatamente con el propósito de purificarse? ¿Por qué los mexicanos no protestaban de frente cuando tenían que hacerlo, enfermándose por dentro sin desahogarse jamás? ¿Por qué en lugar de hablar y dirimir las controversias a través del diálogo los mexicanos prefieren guardar silencio para más tarde ejecutar la venganza a través de un chiste negro lanzado desde el anonimato o chingar al adversario de mil maneras ajenas a la confrontación directa o cuando ya se perdía la paciencia, en lugar de parlamentar, mejor, mucho mejor tirar una cuerda encima de un ahuehuete para ahorcar a los enemigos o a los opositores de la causa?

Calla, calla, hubiera querido decirle su madre a Marcos, pero raras veces un mexicano se enfrenta a otro verbalmente. Cada quien actúa por su lado posteriormente, sin comprometerse ni tomar posiciones ni poder deslindar responsabilidades. El anonimato siempre es más fácil, mucho más fácil.

Doña Cristina solo se persignaba y repetía una y otra vez en silencio: Santa María, Madre de Dios, sin pecado concebida… Hubiera deseado tapiar las puertas y las ventanas del jacal para que ni Dios ni el diablo oyeran la alocución de su hijo. Discretamente se soltó un escapulario heredado de su tía Iris y una medalla con la imagen de san Juan Bautista. Recurría a todo género de supersticiones, rezos en silencio, lamentos y súplicas mudas, sí, pero en ningún caso se atrevería a interrumpir a su hijo. ¿Saltar así, a la arena, cara a cara y frente a frente? ¡Ni muerta! Jesús, Tú muy bien sabes que siempre he estado contigo, que te he respetado y te he amado sin rechazar jamás tus santos deseos ni criticar tus decisiones… *¿Verdá* que lo sabes? ¡Perdóname! ¡Perdónalos!

—Una de las grandes ventajas de los protestantes es que actuamos en nuestras vidas por convicción y no por miedo —continuó Marcos, lanzándose al vacío—. ¿Ejemplos? Entre nosotros no bebemos alcohol, no nos emborrachamos ni nos jugamos las quincenas en las cantinas los fines de semana ni tenemos otras mujeres ni hijos fuera del matrimonio simplemente porque estamos convencidos de que hacerlo no nos conviene: todo ello nos acarrearía sufrimientos, dolores y fracturas internas —advirtió, sin que nadie lo interrumpiera—. ¿O creen ustedes que yo no me emborracho porque temo la ira de Dios? ¡No, hombre, no! Yo no bebo porque me embrutezco, porque puedo perder mi empleo y el respeto de quienes me rodean: por eso no bebo, porque me destruyo y desde luego no quiero destruirme. De nada me sirve que me digan que Dios me perdonará si me embriago con tal de que rece al otro día 10 rosarios si una semana después voy a cometer los mismos pecados y a suplicar el mismo perdón a cambio de plegarias que en ningún caso me ayudarán a responsabilizarme en lo personal.

—Cuídate mucho de provocar a Dios —advirtió Antonio resentido, pensando en la camioneta de su hermano.

—Yo no provoco a nadie con venir a decirles a ustedes en lo que creo y en lo que no creo. ¿No sientes otra vez el miedo en cada una de tus palabras? —le apuntó a su hermano menor, animado por jalarlo a su causa—. El miedo, Toño, te paraliza, te detiene, te anula, es más, no te deja ni actuar ni pensar. Lo que debes hacer es tener un contacto directo con Dios, dirigirte a Él sin confesarle nada de lo tuyo a nadie. Es demasiado íntimo. Nadie debe interponerse entre Dios y tú, menos, mucho menos, si tus intermediarios son hombres por demás ignorantes, que todo lo resuelven haciéndote rezar 100 padrenuestros como penitencia —adujo, haciendo círculos con su jarro de barro, revolviendo el atole—. ¿Qué es eso? —agregó molesto, como si el solo hecho de recordarlo lo volviera a disgustar—. ¿Por qué tienes que tomar un código moral de un tercero y rechazar el tuyo propio? ¿Por qué un sacerdote que no es ni mucho menos Dios tiene el poder de interpretar y de sancionar tu conducta? Nadie puede meter sus manotas así porque sí en tu vida, ¡nadie! Yo sé lo que tengo que hacer y lo que no. Mi contacto con Dios me permite arrepentirme profundamente de lo que hice mal sin que nadie venga a señalármelo. Yo lo sé. Yo lo purgo. Yo me ocuparé de que no se repita y no por temor a Dios, sino simplemente porque no me conviene. Yo mismo rechazo lo que me hace daño a mí y a los míos.

Antonio callaba sin que nadie pudiera conocer sus pensamientos. Marcos entendió su actitud como la oportunidad de continuar.

—Entre los protestantes no existe la confesión ante un mortal, si bien la hay, es ante Dios, directamente ante Él. Nosotros —continuó sintiendo cautivo a su pequeño auditorio— ejercemos buena parte de nuestra religión leyendo la Biblia, y eso en sí mismo ya es una ventaja, porque entre nosotros, por lo mismo, no cabe el analfabetismo. ¿Cómo se puede ser analfabeto y leer la Biblia? Imposible, ¿no? —agregó sin ocultar su satisfacción—. Solo que hay más ventajas: al saber leer y escribir, requisito indispensable para ser evangelista, ya por ese hecho puedes tener mejores empleos, más remunerados, con los que ni sueña quien no sabe ni escribir su propio nombre. Quien sabe leer tiene empleo, vive mejor y disfruta más, ¿no es cierto? —se preguntó él mismo, llevando a los suyos de la mano hasta verter su argumento final—. Díganme —inquirió a modo de conclusión—, ¿para ser católico es necesario saber leer y escribir?

Casi nadie lo veía a la cara en espera del desenlace. ¿A dónde iría Marcos? ¿Qué pretendía con tantas palabras?

—Entre nosotros solo el trabajo nos permite conquistar la gracia del Señor. ¿Ustedes también conquistan la gracia del Señor con trabajo? ¿Se sienten más cerca del Señor cuando obtienen más ganancias en beneficio personal y de la comunidad o creen que el ocio, la vagancia y la flojera los congraciará con Él? El trabajo —se detuvo unos instantes para dejar caer uno de sus argumentos más sólidos— es una manifestación de amor al prójimo: quien no trabaja o no produce no se respeta a sí mismo ni ayuda a la comunidad, no merece estar dentro de ella —dejó caer su razonamiento sobre el comal como si hiciera volcar todos los jarros de barro—. Un parásito, por ejemplo, que se pasa la vida dormido y recargado contra una palmera con la cabeza cubierta por un sombrero, un hombre improductivo es excluido de nuestro grupo. Simplemente no cabe. ¿Qué hacen ustedes aquí con los flojos, resignados y miserables? ¿Cómo los sancionan? ¿Los sancionan? ¿Caben entre ustedes? Ser pobre para nosotros es una deshonra, una falta de inteligencia, una señal de abandono y de torpeza. Para nosotros es indigno morir en la miseria. ¿Cómo espera alguien ganarse con fracasos la gracia del Señor? ¿Cómo?

Pocos advertían que Antonio se empezaba a cansar del discurso y de las lecciones de su hermano mayor. ¿Todo eso es porque tienes más dinero que nosotros? ¿Eso es lo que te hace sentirte mejor? ¿A eso se resume tu protestantismo?, pensó en silencio.

—El trabajo es el fin de la vida —continuó aquel, engolosinado—: quien no trabaja no debe comer. Quien no contribuye con su bienestar personal al bienestar de la comunidad no debe pertenecer a ella ni debe gozar del alumbrado público ni del servicio de agua ni de la educación ni del transporte ni de la justicia ni de la protección policiaca. ¿Por qué? Pues porque no colaboró ni aportó dinero para disfrutar estas ventajas y beneficios que sí pagamos todos. ¿No son reglas sanas? No contribuyes, no disfrutas. ¡Dios, nuestro Dios, vomita a los mediocres! ¡Claro que debe vomitarlos hasta sacar la última tripa! México no sería un país de mediocres si, entre otras razones, aquí se hubiera arraigado el protestantismo. ¿Se imaginan que los curas dijeran aquí en México durante la misa que Dios vomita a los pobres?

Marcos no estaba dispuesto a callarse por ningún concepto. Escupiría todas sus conclusiones hasta perder el aliento. Continuó:

—¿Qué, vivir en la miseria o morir en ella no implica haber fracasado en todo? Pues bien: ¿quién espera reconciliarse con Dios o ganar su gracia si es un zángano, un ignorante muerto de hambre, borracho e inmoral, con sus hijos tenidos dentro y fuera del matrimonio? ¿Así se gana uno el cielo entre los católicos? —Con tan solo revisar las condiciones del jacal, Marcos se incendiaba aún más. Ira le debería de dar a Dios por la destrucción del medio ambiente. Todo permanecía exactamente igual que como él lo había dejado, si acaso con más petates y huacales para que pudieran dormir más niños. Para él se trataba de la misma fotografía tomada siglos atrás, transcurridos en absoluta parálisis social. ¿Cuál va a ser la sentencia el día del Juicio Final para estos millones y más millones de mexicanos buenos para nada que nunca hicieron nada ni aportaron nada ni mejoraron nunca nada de nada?, parecía que iba a reventar en cualquier momento—. Y lo peor de todo es que los curas todavía salen con que es más fácil que pase un camello por el ojo de una aguja a que entre un rico en el reino de los cielos, ¿qué es eso? ¿No es una invitación a la miseria nacional? —se cuestionó, revisando inquieto la expresión de su madre, preocupada además por que los niños pudieran despertarse. Nadie intervenía ni protestaba. ¿Los convencía?

—Dios nos ha castigado a los mexicanos teniéndonos como nos tiene —advirtió Antonio, empezando a defenderse.

—¡Al diablo con eso, Toño!, apréndetelo de memoria —repuso Marcos furioso—: ¿tú crees que Dios puso en este estado espantoso a los mexicanos o nosotros nos pusimos así? —Los demás intentaban tranquilizarlo inútilmente—. ¡Qué fácil es culpar a Dios de todos nuestros males en lugar de responsabilizarnos de nuestros propios actos! Dios lo quiso o no lo quiso. ¡Fácil!, ¿no? A otra cosa. ¿Y tú qué papel juegas? ¿No tienes ni voluntad para cambiar? Ahí tienes una de las grandes miserias de tu religión: esperas a que Dios te lo dé, que Dios te premie, mientras que entre nosotros tú mismo te lo das, tú te lo buscas, tú te lo haces, tú te premias. ¿Cómo carajos no ves clara la diferencia? —se preguntaba desesperado en tanto algunos niños empezaban a inquietarse—. El catolicismo es pasivo: ahí pides, siempre pides, rezas para que alguien venga a resolverte todos tus problemas, ya sea Dios o el gobierno. Mientras tanto tú permaneces inmóvil en espera del milagro o de las palabras divinas. Para nosotros la pérdida del tiempo, la flojera y el ocio son graves pecados, los más graves, si es que caben los pecados entre nosotros. ¿Entre los católicos el ocio es pecado? ¿Verdad que no? ¿Verdad que si el ocio fuera pecado tendríamos otro país?

—Tú dirás lo que quieras, pero Dios decide por nosotros, hermano, ni modo —repuso Antonio como si estuviera derrumbando de un simple soplido todos los argumentos de Marcos. El ambiente indudablemente empezaba a subir de temperatura—. A nosotros solo nos queda resignarnos.

Nunca pasó siquiera por su mente la virulencia de la respuesta de Antonio. El temor a la venganza de un dios perverso capaz de mandar para siempre de los siempres a un mortal a los infiernos, una pena de muerte que se repite cruelmente todos los días mucho más allá del final de la eternidad, una canallada, una salvajada para asustar y controlar a los débiles y a los ignorantes, esos miedos insanos que se remontaban a la infancia, esas culpas que tanto lo habían paralizado en la edad adulta, la incendiaria miseria del jacal, la desesperante resignación de generaciones y más generaciones de Ramos Romero, una más inútil que la otra, lo hicieron reventar y casi perder los estribos al comprobar una vez más que nada había cambiado y, desde luego, ya nada cambiaría. ¡Cómo lo habían castrado moralmente semejantes argumentos incontestables en su tierna edad! Se volteó entonces en la dirección en que Antonio se encontraba sentado de cuclillas frente al comal. Sintiéndolo a la mano disparó una cadena de argumentos para sacudir a su hermano y hacerlo volver a la realidad. Despertarlo de ese sueño hipnótico paralizante al que invita el catolicismo.

—Si todo salió bien —adujo, ya encarrerado como una vieja locomotora cuesta abajo—, entonces Dios así lo quiso, y si salió mal, entonces Dios también así lo quiso… ¿Qué tal? ¿Y dónde quedas tú en todo este juego de las resignaciones? ¿No tienes fuerza de voluntad ni coraje? Tu opinión, tus ambiciones y tus deseos, ¿no valen ni un triste carajo? ¿Qué decides tú finalmente, Antonio, qué decides, de qué te responsabilizas en tu vida? ¿No puedes cambiar nada? Lo que tú quieres, ¿no pinta? ¿Eres un animalito jalado del hocico por el destino?

—Dios quiere que yo así sea —repuso Antonio con un aire de superioridad—. Dios quiere que todo esto se quede como está. Él sabrá por qué. Si me jala que me jale, Él sabrá a dónde y por qué.

—¿Qué? —para ese entonces varios de los niños ya se habían despertado y permanecían asustados sentados en los petates—. ¿Me quieres decir que Dios tiene la culpa de que no tengas zapatos ni conozcas lo que es una corbata ni hables bien el español ni sepas leer ni escribir y seas un pendejo que no sale de las tortillas ni de los frijoles ni de Los Contreras, igualito que mi padre y nuestros abuelos?

—¿Quién quiere un poco más de atole? —terció doña Cristina, tratando de dar por terminada la conversación. Nadie le contestó. Fracasó. En esos momentos era imposible detener ya a ninguno de los dos.

Antonio se redujo a apretar las quijadas.

—¿Crees que Dios tuvo la culpa de que mi mamá tuviera 12 hijos? ¿Crees que Dios tuvo la culpa de que se le murieran cinco de ellos de enfermedades curables con aspirinas que no llegan ni llegarán por lo visto nunca aquí a la sierra? ¿Crees que Dios tuvo la culpa de que creciéramos casi todos con hambre, víctimas de malos tratos, de golpes y hasta de violaciones de mi padre? Pregúntale a estas —dijo, refiriéndose a las hermanas de ambos—. ¿Crees que Dios tuvo la culpa de que nosotros abandonáramos el jacal sin haber terminado siquiera la primaria? ¿Crees que Dios tuvo la culpa de que mi padre fuera un muerto de hambre absolutamente analfabeto al igual que su propio padre, su abuelo y su bisabuelo? ¿Crees que Dios tuvo la culpa de que nunca hayamos mejorado en nada y que sigamos igual o peor que cuando todos nosotros nacimos? ¿Crees que, como dice Melitón, el hecho de que hayamos matado los ríos, secado los pozos y derribado todos los árboles para hacerlos carbón también es culpa de Dios?

—Todo esto ya está escrito, Marcos, insisto, no podemos hacer nada por oponernos a Dios: él decide, sí, Él lo hace siempre en nombre de nosotros.

—¡Ah, sí! Entonces por esa razón no mejoras en nada ni aportas nada a la comunidad y dejas que todo siga su curso porque al fin y al cabo tú, Antonio, no tienes nada que ver con nada, ¿verdad? —concluyó con unas ganas incontrolables de lanzarle a su hermano un jarro de barro a la cara—. ¿Crees que Ceci, la vaca, se murió porque Dios quiso o porque ustedes no le dieron las medicinas necesarias a tiempo?

—Dios todo lo dispone.

—¿Y tú no puedes oponerte? ¿No puedes hacer algo para salir del agujero? —preguntó Marcos, a punto de perder el control.

—Si así fuera, Dios ya habría cambiado nuestra suerte: nosotros tendremos nuestra recompensa en el más allá.

—Esas son pendejadas —dijo Marcos, poniéndose de pie en actitud desafiante. Imposible resistir una palabra más de su hermano. Por eso estaban tan jodidos, porque nunca hacían nada. Su vida transcurría en espera suplicante de un rescate divino que nunca llegaría. ¿No era suficiente prueba lo acontecido en los últimos cinco siglos en México? ¿Había servido de algo la espera? ¿Se había dado el tan cantado milagro? 40 millones de mexicanos sepultados en la miseria esperaban el mensaje divino.

—Pendejadas son todas las que tú dices —repuso el hermano menor, volteando a los lados en busca de su machete.

—Cuál más allá, si ni siquiera sabemos si hay más allá: debes superarte y mejorar ahorita mismo —repuso Marcos, tronando los dedos, mientras los demás observaban mudos la escena, en tanto doña Cristina pedía calma y, por favor, hablemos de otra cosa…

—Es más: aun cuando hubiera más allá —continuó un Marcos incontenible—, ¿crees que por haber sido un burro como eres, un fracasado como eres, un resignado como eres, un auténtico bueno-para-nada vas a tener un mejor lugar en el cielo que yo, que he luchado por darles a mis hijos, a mis dos hijos, dos, oíste, no 40 hijos con 40 putas, lo entiendes, yo que les he dado amor y una vida digna, una educación, una salud, porque ninguno se me ha muerto ni se me va a morir, te lo puedo jurar, del mal del viento, yo que me he superado sin dejarme atrapar por el atraso, yo que he estudiado y he respetado a mi familia y no soy borracho ni mujeriego ni apostador? ¿Crees, con tres mil carajos de fuego, que tú vas a salir más recompensado que yo? ¿De verdad lo crees? ¿No será que en tu religión te dicen que mientras más güevón y más pobre e inútil seas más asegurado tendrás un lugar en la eternidad y en el cielo y ahí vas tú de pendejo a creértelo?

—O te callas o te parto *toditita* la madre —amenazó Antonio indefenso y dispuesto a arreglar a golpes la impotencia que lo devoraba, así como la envidia que le despertaba ya no solo la actitud de su hermano, sino los bienes que poseía y que podían envenenarle la sangre. Él no llegaba ni a huaraches. El otro tenía camioneta Ford Country Squire y ropita y tarugadas…

—¿Tú y cuántos como tú me van a romper el hocico? ¿Eh?

Doña Cristina, sus hijas, Lupita y los hijos de todos trataron entonces de cercar a Marcos para inmovilizarlo e impedir lo que ya se presentaba como una batalla feroz en el interior del diminuto jacal.

—¿Qué has hecho con todos los dólares que les mandamos mes tras mes? —insistió Marcos furioso, sin percatarse de que en su ira Antonio tomaba uno de los troncos con los que calentaban el tlecuil y lo arrojaba con fuerza contra su hermano, quien rodeado por la familia no pudo ni esquivarlo ni evitar que golpeara a alguien más. El impacto lo recibió como si el pedazo de tronco lo hubiera dirigido el mismísimo diablo, nada menos que el hijo de Marcos, quien empezó a llorar y a sangrar abundantemente de la cabeza.

Por supuesto, ya no hubo diálogo posible. Antes de revisar el estado de su hijo, Marcos se libró de todos los suyos hasta saltar encima de Antonio. Trataba a como diera lugar de sujetarlo por el cuello, de alcanzarlo de alguna manera: no estaría en paz hasta que no tocara algo de la piel de su hermano. Se vengaría de todas las generaciones de Ramos Romero encarnadas en Antonio. Los jarros de barro se hicieron astillas. Uno derribó al otro con sonoros golpes hasta que ambos rodaron por encima del comal, Marcos se quemó una mano y la espalda. El grito de dolor fue aterrador. Antonio trató de rematar a su hermano golpeándolo con una de las piedras que detenían el tlecuil. La furia se desató aún más. Los golpes iban y venían sin que hubiera nadie que pudiera separarlos. Rompían todo lo que encontraban a su paso, igual las camas improvisadas con huacales viejos que las botellas depositadas en el piso y que doña Cristina utilizaba para cocinar. La destrucción era total. En uno de los impactos, Antonio cayó encima del altar donde se encontraban múltiples figuras de santos. Las aplastó todas. En lo que aquel se levantaba, Marcos arrancó de las paredes de adobe todas las estampas de santos y santas, vírgenes y apóstoles a las que la familia Ramos Romero había pedido ayuda y protección de generación en generación

—Mira, mira lo que hago con tus santos estos que no han hecho sino castrarte a ti, a mi padre y a todos los que hemos vivido en esta pinche letrina… —Marcos los hacía pedazos, los destruía como si quisiera destruir un símbolo, el símbolo del atraso, de la inacción, de la inmovilidad—. No pidan, ya no pidan: hagan. No recen: hagan. No esperen: hagan —gritaba furioso, haciéndolos añicos.

Un empujón proyectó a Marcos contra la pared, perforándose la mano con un clavo del que colgaba un calendario con el rostro de san Antonio de Padua. El dolor fue intenso, pero no tan intenso como para que no le arrancara todas sus hojas y lo deshiciera manchando los pedazos con su sangre. Antonio lo golpeaba, lo pateaba en lo que aquel se revisaba sus heridas. Un nuevo golpe derribó a Antonio, momento que aprovecharon todos para salir del jacal y pedir ayuda antes de que mis hijos se maten: socorro, socorro, por lo que más quieran, socorro.

Marcos pateó una a una las figurillas de santos. Aplastó las veladoras como si al hacerlo estuviera acabando con un maleficio. Al no dejar una sola intacta, cambiaría las mentalidades de los suyos iniciándolos en la producción, sin esperar el auxilio, que nunca llegaba, de las fuerzas superiores. Ningún cirio quedó en pie. Lo que estuviera impreso en papel lo rompió. Lo que fuera de porcelana o barro lo estrelló contra el piso. Lo que estuviera manufacturado con cera lo pateó. No quería dejar huella de una religión que postraba, mutilaba, deprimía y agotaba las mejores fuerzas del hombre.

Un golpe en la cabeza hizo a Marcos rodar por el piso. Cayó de bruces solo para despertar aún más su apetito de venganza. Correteó a Antonio, quién huyó despavorido rumbo al pozo. Ahí mismo, a un lado del brocal, lo alcanzó. Empezó a estrellarle la cabeza contra el suelo cubierto de polvo, el mismo piso maloliente, como el del primer día en que comenzó la historia.

—¿Dios también quiso que yo te diera esta madriza, imbécil? —le gritaba furioso, mientras los puñetazos iban y venían sobre el rostro ensangrentado de Antonio. Marcos se vengaba del atraso. Con cada golpe se vengaba de la resignación de su abuelo, de su padre, de su madre, de sus hermanos—. Despierten, cabrones —lo insultaba, aumentando la virulencia de sus golpes—: no es cierto que Dios haya querido todo esto. ¡Entiéndelo, carajo!, nosotros lo hemos propiciado, sal del engaño —le dijo, inmovilizándolo con sus rodillas colocadas sobre los brazos extendidos de Antonio. Este se encontraba totalmente vencido. Ya no lo golpearía—. Nosotros acabamos con el bosque, con el agua, con los animales y con la milpa, nosotros y nadie más. Mientras sigas culpando a otros, llámese Dios, hombres o gobierno, no cambiarás. Piénsalo, pedazo de pendejo: tú y nadie más que tú tienes la culpa de tu condición. Tú destruiste tu vida al abandonar la escuela. Dios no te sacó de ella. Tú no ganas dinero y vives en la miseria porque esperas que alguien venga a rescatarte tal y como esperaron mi padre y mi abuelo. ¿Y sabes cuándo les llegó a ellos la ayuda? ¡Nunca! ¿Y sabes cuándo te llegará a ti si sigues pensando así? ¡Nunca! ¡Nunca! ¿Sabes cuándo vas a aprender algo que valga la pena? Cuando tú lo decidas. ¿O crees que Dios hace día con día mexicanos desnutridos, jodidos e ignorantes como si fuera el diablo?

Antonio empezó a llorar repentinamente. Marcos, después de estar sentado sobre él durante buen rato, lo ayudó a incorporarse. De pie, el hermano mayor abrazó al menor. Le sacudió el polvo de la cara, del pelo y de la espalda sin darse cuenta de que lo hacía con la mano quemada.

—Ya ni chingas, Marcos.

—Ya ni chingas tú, ¿por qué no te das cuenta de que si tú decides hacer en lugar de esperar vas a cambiar tu vida? Vente conmigo a Estados Unidos.

—No, ni muerto: esta es mi tierra y aquí me he de morir.

—Bueno, pero entonces cambia. ¿Ya entendiste lo que pasa? Sigue esperando milagros y te vas a morir como papá y el abuelo: esperando con la botella en la mano.

Cuando medio ejido venía corriendo para separarlos y acabar con el pleito, Marcos ya limpiaba con un pañuelo humedecido con saliva las heridas de la cara de su hermano. El otro, en respuesta, le hacía un torniquete con un paliacate a la mano sangrante de Marcos.

—¿Cuándo me vendrás a ver a Lubbock?

—No tardaré. Te lo prometí: iré —repuso Antonio—. ¿Qué hacemos con tu hijo? ¿Lo habré lastimado mucho? —se preguntó el hermano menor.

—Estate tranquilo: yo vi cuando su mamá se lo llevó a curarlo: además, que se haga hombre el cabrón. ¿Sabes que a la semana siguiente de haber nacido perdió tres kilos?

—¿Tres kilos? ¿Cómo, por qué? —cayó Antonio de bruces en la trampa.

—Porque le hicimos la circuncisión. ¡Imagínate la cantidad de pellejo que le quitaron al canijo chamaco! Salió igual que su padre.

La boda se llevó a cabo puntualmente un viernes 14, para no contradecir los deseos de doña Marta. Melitón quería casarse un sábado, el sábado 15. ¿Un sábado? Niño de Dios, yo sé mejor que tú lo que te conviene: se casarán en viernes. Nos podemos ahorrar estas discusiones, ¿eh? No me compliquen las cosas, ¿sí? Estoy muy ocupada. El evento se ejecutó con la perfección de un reloj suizo. El enlace civil fue preciso, sobrio, formal. Circuló la sidra. Se repartieron los abrazos. Isabel lucía deslumbrante vestida de blanco. Repartía sonrisas como el sol reparte generosamente rayos de luz al amanecer. Melitón parecía un chamaco encantador, el brillo de sus ojos delataba el éxito de quien había salido airoso después de realizar la travesura más audaz de su vida. Sus anteojos de fondo de botella le daban un acento muy particular. Doña Marta se vistió de negro e hizo traer a una maquillista de Guanajuato para que dejara su rostro inaccesible a las críticas ácidas de sus comadres, muy amigas, muy católicas, ¡ni hablar!, pero eso sí, desprovistas del menor sentido de la piedad cristiana. Había que andar con cuidado… Todas ellas en el fondo buscaban inconscientemente la tragedia o los fracasos con tal de hacerse de mayores pretextos para elevar oraciones al cielo. Mientras más sufrían, más rezaban y mientras más rezaban, más sentían ganarse la gracia divina. La urraca compró una faja norteamericana que pudo haberla asfixiado, sin embargo, resistió estoicamente el castigo, sintiendo que lucía como toda una sílfide. Sacó del viejo armario un sombrero gris oscuro de ala grande del cual pendía un velo negro que le cubría medio rostro con cierta picardía. Para rematar su indumentaria se colocó unas pieles de marta a modo de estola para despertar la envidia de quien la viera. Solo a Melitón le pareció un detalle de pésimo gusto. ¿No sabe usted, señora, que el bosque se acaba si mata usted a sus inquilinos naturales?

Las campanas se echaron a vuelo cuando la feliz pareja descendió del Packard negro. La misa duró más de una hora para que pudiera ser escuchada por mortales e inmortales. Don Roque hizo mención a la infancia de Melitón como si lo hubiera bautizado él mismo y lo hubiera mecido en su cuna, cuando en realidad lo conoció ya muy tarde, en los años posteriores a La Central. El coro removió hasta la última de las conciencias de los asistentes. Decenas de palomas blancas surcaron por los aires como si compartieran la felicidad de la pareja. Pocos de los invitados faltaron al convivio en el mejor salón de fiestas de Silao. ¿Problemas? Bueno, lo que son problemas no se dieron. Cada quien cumplió a pie juntillas con lo encomendado. Solo se pasaron algunas vergüenzas, digamos algunos bochornos como cuando doña Cristina Romero, la madre de Melitón, dos de sus hijas, Adela y María, además de Marcos y Antonio Ramos Romero se presentaron en el templo de las Tres Caídas para no estar ausentes en semejante celebración.

La presencia de la familia Ramos Romero fue todo un contraste dentro de la magna celebración. Doña Marta pudo morirse una y mil veces cuando doña Cristina entró del brazo de su hijo a la iglesia. ¡Claro que ella hubiera querido a un príncipe de la realeza europea para su hija! Un conde de Barcelona o un príncipe de Asturias o un barón de Liechtenstein; en cambio, le había tocado un hijo del ejido Los Contreras, ubicado a un lado del pueblo de San Antonio de los Pochotes, en el municipio de Romitas, estado de Guanajuato. Ni hablar. Solo que, de ahí a ver entrar a su futura suegra con los dedos de fuera de los zapatos, un sarape negro y maloliente que igual habría sido usado como pañal, sábana, toalla y cobertor, con el cual cubría su vestido raído color negro, del que asomaba el máximo de los lujos como sin duda era el fondo blanco, solo para las ceremonias importantes, había ciertamente un paso, y un paso abismal. Al tomar asiento la familia en pleno en las bancas delanteras de la izquierda, doña Marta acarició por primera vez en su vida la idea del suicidio. Pinches indios, se dijo en su interior, por eso pusieron todos los pretextos para que ninguno de ellos pidiera la mano de mi Chabe. Ya entendí todo. ¿De dónde habría salido este Melitón? Ni pensar en sentarse junto a ellos durante la recepción. ¡Ay!, *mijita*, ¿cómo indios?, ¿indios? ¿Saben comer con cuchara? ¿Van a escupir a la mitad del salón de recepciones? Pero ya era demasiado tarde.

Cuando don Roque percibió la presencia de la familia de Melitón sentada al fondo del templo, ¡ay!, qué doña Marta, no dejó de dedicarles una sentida parte de su homilía que a ellos habría de inspirarles un profundo consuelo y que a Marcos lo pudo sacar de su piel. En ese momento el exbracero hubiera podido romper otra vez todos los cirios, veladoras y vírgenes, aun las réplicas macabras de santos torturados, sangrantes, mutilados, encerradas en vitrinas colocadas a lo largo del templo de las Tres Caídas, al igual que había destruido las del jacal y que por otro lado doña Cristina se había apresurado a reponer al otro día debidamente bendecidos:

—Mientras más sufran, hijos míos —sentenció don Roque con las manos juntas frente al pecho como si estuviera elevando una plegaria—, mientras más lloren y menos riquezas materiales tengan; mientras más penas les aflijan y más dolor resistan, más posibilidades tendrán de salir airosos el día del Juicio Final, y así y solo así podrán entrar sonrientes y felices para siempre de los siempres al reino de los cielos…

Don Roque todavía quiso acariciarlos a la distancia con las siguientes palabras pronunciadas lo más cerca que pudo del micrófono para que todos pudieran escucharlas:

—Bienaventurados los pobres de espíritu porque de ellos será el reino de los cielos. Bienaventurados los mansos, porque ellos heredarán la tierra; bienaventurados sean los que tienen hambre y sed de justicia porque ellos serán saciados; bienaventurados los que lloran, porque ellos serán consolados…

Efectivamente, el joven ingeniero, experto en asuntos hidráulicos, había venido realizando gestiones para trabajar en la capital de la República como funcionario en la Comisión de Aguas del Valle de México. Nunca hubiera pensado ni remotamente desde sus días en Los Contreras que la vida le concedería la oportunidad de vivir como empleado público en la capital del país. Sus conocimientos y algunas relaciones habían coronado con el éxito sus planes para hacerse de un cargo en el área de su especialidad, según doña Marta porque Dios lo había bendecido por ser tan bueno, aun cuando fuera prietito. La luna de miel la habían pasado en la Posada de Don Vasco, en Pátzcuaro, Michoacán. Esos días quedarían grabados para siempre en la memoria de Isabel, no solo por la novedad sino por el carácter tragicómico que habían adquirido.

¿Cómo podría olvidar cuando ya ambos, estando finalmente desnudos en la cama después de vencer todo tipo de timideces y dificultades, corridas las cortinas, apagadas todas las luces, vencidos solo parte de los prejuicios, se le ocurrió a Melitón la idea de ponerse de rodillas para darle gracias a Dios por haberle concedido semejante oportunidad? La trataré con respeto, Señor. Haré lo posible por no lastimar esta obra de la naturaleza que me entregas intocada para mi custodia. Creceremos y nos multiplicaremos. Estamos dispuestos a someternos a las penitencias que Tú resuelvas cada vez que alguno de los dos experimente el menor placer carnal. Tendremos todos los hijos que nos mandes. Castígame cada vez que el sexo de mi mujer me atraiga para otro propósito que no sea el de hacer perdurar a la especie.

Isabel contemplaba a su marido en la penumbra mientras elevaba semejantes plegarias que ella escuchaba atónita. En la tenue sombra que el ingeniero proyectaba contra la pared ya esperaba ella contemplar la figura recia del hombre, la exhibición evidente de los poderes masculinos proyectados en un perfil de fuego. Tenía curiosidad por ver de cerca las armas con las que Melitón habría de conquistar los espacios infinitos fundido como una sola pieza con su mujer y, sin embargo, solo pudo ver un vientre plano, ¿atlético?, sí, porque Melitón era fanático del futbol llanero y lo jugaba sin falta todos los sábados y domingos en la mañana. ¿Fuerte?, sí, era fuerte, solo que Isabel esperaba otro género de fortaleza, más allá de unas piernas bien formadas y de un pecho musculoso. ¿Y de aquello…? ¿Que acaso la lanza en ristre, la espada desenvainada o el bastón de mando no representaban una de las maneras más elocuentes y delicadas de homenajear la belleza de una mujer? Entonces, ¿qué le pasaba a Melitón que no honraba aquel cuerpo de ébano, aquella pieza escultural tallada en madera preciosa? ¿Cómo era aquello de someternos a penitencias cada vez que experimentemos el menor placer carnal? ¿Estará loco? ¿Qué quiere decir con eso de que castígame cada vez que el sexo de mi mujer me atraiga para otro propósito que no sea el de hacer perdurar a la especie? ¿Rezar ahora desnudo, de rodillas, a un lado de su mujer en la primera noche de bodas y sin exhibir ostentosamente las pruebas de su virilidad y de su pasión? ¡Dios!, no me hagas esto.

El veneno ya lo llevaba y lo llevaría Isabel en la sangre, lo había bebido, sin percatarse, en pequeños sorbos de una pequeña pócima negra la mañana inolvidable de El Peñón. En cualquier ocasión compararía consciente o inconscientemente a Melitón con Manuel. Ella pensaba que la frecuencia de las comparaciones iría en aumento en la medida que pasara el tiempo y la rutina se fuera adueñando gradualmente de la pareja. Nunca supuso que desde la mismísima noche de bodas ya estaría teniendo fantasías eróticas con el gallero: ese sí sabía tener a una mujer en la cama. Ese sí sabía homenajearlas, hacerlas delirar, invocar, suplicar y llorar antes y después del advenimiento del último suspiro.

¿El gallero? Ese no se hubiera aguantado con las manos cruzadas hasta llegar a la Posada de Don Vasco. Ese ya le hubiera hecho jirones el vestido blanco de novia a medio camino. A ese nadie lo hubiera podido controlar. Ese era un apasionado de la mujer. Ese había nacido, vivía, viviría y moriría admirando el máximo tesoro de la creación: ella. Ese ya le hubiera metido mano al momento de sentarse en la parte trasera del Packard, no sin antes cubrir con su paliacate rojo el espejo retrovisor del chofer: Isabel era solo para él, para él y solo y exclusivamente para él. Ese la hubiera cargado miles de escalones hasta depositarla en una cama de nubes después de oler el perfume de su cuello y de exhalar amañadamente su aliento tibio en su oído. Ese le hubiera susurrado una y 100 picardías para sonrojarla y provocarla en el trayecto hacia la eternidad. Ese le hubiera dado tres besos húmedos por cada botón liberado de todos los que estaban forrados de satín blanco a lo largo del vestido de novia. Ese le hubiera mordisqueado la espalda al quitarle fondo, velos y sostén. Ese se hubiera perdido entre sus piernas al hacerla desprenderse de las medias blancas de seda. Ese le hubiera recorrido con la lengua los párpados al retirarle delicadamente el tocado, la corona de su virginidad. Ese le habría encantado, la habría hechizado con sus dedos, sus manos, sus vellos, su cabeza, su tórax, su boca delirante, insinuante, lúbrica, experta, insaciable, codiciosa, audaz, insolente, irreverente, irrespetuosa, incontenible y perseverante. Ese la hubiera puesto boca arriba, boca abajo, de ladito derecho, de ladito izquierdo, levantada, recargada, colocada, apoyada, así, arriba, abajo, suelta, voltea, suspira, cierra, sueña, detente, surge, contente, espera, así, otra vez, otra vez, ya, ven ya, dame, ten, sujétame, no, todavía, no, ahora así, asá, suéltate, permíteme, bien, bien, dilúyete, envuélveme, devórame, atácame, vuela, vuela, vuela, flota, flota, ¿flotamos? ¡Aaaaayyyyy…!, la caída libre recorriendo todas las galaxias de la historia, aun las no creadas por Dios. ¿A quién se le iba a ocurrir en la noche de bodas hacer esperar a la novia para arrodillarse a su lado y dar gracias completamente desnudo al Creador por el favor recibido? ¿A quién?

Las noches se sucedieron sin pena ni gloria las unas a las otras. Isabel tuvo que llevar de la mano disimuladamente a su marido, quien no dejaba de exhibir su orgullo por haber llegado hasta ese momento de su vida sin haber estado previamente con una mujer en la intimidad. Cuando menos se dieron cuenta ya estaban de regreso en Silao, en casa de doña Marta, porque en la pensión de Melitón no había espacio para los dos. Una semana después se trasladarían a la Ciudad de México para que él tomara posesión en la Comisión de Aguas y se instalaran en un departamento alquilado en la colonia de los Doctores. Quedaban atrás Los Contreras, Silao, El Peñón, el borbollón, La Central, las banderillas, las conchas, los bolillos, los panqués, los garibaldis, las teleras, el horno calabacero, el Sordo, Librado Múgica, doña Marta, la delegación de aguas del estado, los alumnos de la universidad, el kiosco, las calles de Silao, la parroquia del Carmen, el templo de las Tres Caídas y la plaza La Victoria, donde tantas veces comieron conos con nieve de limón dando vueltas a pie, en ocasiones hasta tomándose de la mano esquivamente cuando no se sentían vistos. Vendrían otros días con otras emociones, otras vivencias, otras experiencias que la vida les deparaba. Solo quedaba seguir adelante con la historia de ambos y su destino a cuestas.

Manuel, o Fernando, no se dejaría vencer tan fácilmente. Era sumamente peligroso dejar un tigre herido y él estaba profundamente herido de amor hacia Isabel, más aún cuando la idealizaba con el transcurso del tiempo recordando imágenes que lo torturaban hasta el insomnio. ¿Cómo se había atrevido Isabel a cambiarlo por un pinche maestrito rural que no sabría tomar a una mujer ni del brazo? ¡Qué bofetón en pleno rostro! Solo que para él no había imposibles: daría con el nuevo domicilio de Isabel con tan solo sobornar a Bartolo, el cartero, unos pesos para las aguas y todo estaría resuelto. Con leer el texto del remitente lo demás caería por su propio peso.

Las novedades no tardarían en producirse. Una de ellas, el empleo de Melitón. La otra, el embarazo de Isabel. La vida la premiaría con un hijo en sus entrañas a tan solo poco más de un mes de su enlace matrimonial. Un indudable fruto del amor con el excampesino, expanadero y ahora flamante ingeniero hidráulico. Una luz blanca, cónica, parecía cubrirlos a ambos. No cabe duda de que se trataba de una pareja de elegidos y que las bendiciones les llegarían desde un principio. ¿Bendiciones? Ya veríamos…

Una vez instalado en la Comisión de Aguas del Valle de México, Melitón no tardó en darse a conocer. Como todo advenedizo, trató de ganarse espacios citando textos y sentencias de los grandes expertos nacionales y extranjeros, revelando datos ignorados, producto de sus estudios, dejando caer sus conclusiones como pesados manotazos en las mesas de trabajo y en las salas de juntas. Al poco tiempo presentó un primer trabajo: «En peligro el abasto de agua en el D. F. por déficit en infraestructura hidráulica». Días más tarde redactaría otro: «Los ríos mexicanos convertidos en extensas cisternas de metales pesados: el hombre y la biodiversidad marina, amenazados». En otro más dejaba asentado en el capítulo de conclusiones:

> Nuestro país registra la tasa más alta de deforestación en América Latina, aun por encima de Brasil y Colombia, donde la destrucción de bosques y selvas es alarmante. La mayoría de las cuencas hidráulicas de México están contaminadas, mientras la erosión del suelo alcanza 80% del territorio nacional. Nuestros ríos están convertidos en caños públicos. ¡Que nadie se sorprenda de lo que puede pasarnos!

El joven ingeniero deseaba ganarse el respeto ajeno, la consideración de sus colegas, entrar lo más rápidamente posible en el tortuoso engranaje del escalafón. ¡Qué pronto le dirían el Ecoloco!, ni hablar, solo que él se abriría camino a brazo partido. ¿No había venido ascendiendo desde Los Contreras? Pues ahí radicaba su principal fuente de energía y de ambición: en su origen. Él vería hasta dónde podría llegar para conquistar profesionalmente las máximas alturas.

¿Fanático? Bueno, pues en ese caso fanático, ¿qué más daba? Etiquétenme como quieran, lo importante era sacudir a la gente, alertar a los mismos funcionarios y a la comunidad respecto del peligro inminente que amenazaba por todos los costados a una de las ciudades más pobladas en la historia de la humanidad. Nunca ha existido una concentración demográfica de esta naturaleza, una temeridad en sí misma en el orden social, existencial, ecológico, político, criminal, educativo, una irresponsabilidad total que llega a los extremos cuando muy pocos de los pobladores son capaces de advertir lo que podría acontecer si el agua pudiera faltar. Nos comportamos como si fuéramos suecos y tuviéramos 90 mil lagos en el país. Si ellos consumen 150 litros al día a pesar de la abundancia que gozan, nosotros gastamos más de 300 litros diarios, nada menos que el doble, sin contar ya ahora, ni mucho menos, con semejantes recursos. ¿Quién da la voz de alarma en esta ciudad endiablada, el manicomio más grande que ha existido y en el que nadie parece darse cuenta de que su vida y la de los suyos están en entredicho?

Estás loco, Melitón, hay agua para todos y para muchos años por venir. Pareces de esos pitonisos que se la pasan diciendo que el mundo se va a acabar el año entrante y para su sorpresa amanecen un poco más borrachos y un poco más frustrados que de costumbre.

—¿Ya te diste cuenta de que antes nos inundábamos por exceso de agua y ahora nos hundimos?, la ciudad se hunde aceleradamente por falta de la misma.

La ciudad lleva ya décadas hundiéndose.

Sí, pero se hunde porque le hemos quitado la sustentación desde que extraemos el agua sobreexplotando el acuífero.

Todas las ciudades extraen agua del acuífero.

Sí, pero en la Ciudad de México la sobreexplotación alcanza el 100%, lo que implica en el futuro cercano el agotamiento total si no se toman las medidas oportunas. ¿Sabes que en el Valle de México se extraen 35m³ por segundo cuando la recarga del acuífero derivada de la lluvia se estima en 20m³ por segundo? ¿No es claro que se está acabando?[*]

¿Viniste a salvarnos desde Silao? ¿Eres nuestro mesías, Ecoloquito?

Vine a hablar de la extracción y de la importación irracional de agua de otras cuencas y a advertir que los mexicanos estamos pagando el precio de habernos instalado siempre en el altiplano y de haber rehuido las costas. Habernos concentrado mayoritariamente en un solo territorio nos hizo muy vulnerables, más vulnerables aún cuando solo dependemos de un solo producto agrícola, un solo alimento, el maíz, para subsistir. Más vulnerables todavía si se parte del supuesto de que el 7% del territorio nacional, o sea, el sureste mexicano, recibe el 40% del agua y, por el contrario, el altiplano, donde está asentada la mayor parte de la población y de la zona de la que depende alimentariamente el país, tan solo recibe el 12% del agua de lluvia. Más vulnerables si no se olvida que la altura en que se encuentra el granero de la nación es la más susceptible a la falta de humedad, a las sequías, a las heladas y a las granizadas, fenómenos que pueden atacar conjunta o separadamente en un mismo año, produciendo efectos

---

[*] El sistema general de desagüe puede desalojar 220 m³ por segundo. La zona metropolitana consume 80. El 80% del agua de lluvia, agua blanca, se desaloja de la ciudad a través del drenaje profundo para ir a dar inútilmente al río Tula y de ahí al Golfo de México. Ya no hay inundaciones, no, pero surgió un problema mayor: el hundimiento de la Ciudad de México.

catastróficos. Vulnerables si no se pierde de vista que a más concentración demográfica, más vulnerabilidad; es un blanco perfecto.

Oye, tú: este habla como si de verdad supiera.

Búrlense, búrlense, pero yo soy el único que veo el fuego a sus espaldas y vengo a advertirles y a ayudar: esta ciudad se va a morir de la sed y de la peste si no se toman hoy las medidas requeridas.

¿Cuál peste?

¿Cuál? Mira: los casos de cólera que hemos conocido por ingerir agua contaminada se multiplicarán por millones si hoy no damos un golpe de timón.

Mira tú, escandalosito, Ecoloquito: en el Valle de México caen millones de litros de agua del cielo y se consume menos de la mitad, de modo que la lluvia resuelve nuestros problemas: no nos estés agriando la fiesta, ¿de acuerdo?

Es cierto lo que dices, solo que la mayor cantidad de agua se desperdicia porque no sabemos captarla o porque la ciudad es una plancha de concreto que impide la recarga. ¿De qué nos sirve tener tanta agua si toda ella se desperdicia desde que se escapa por el drenaje profundo al Gran Canal para conectar con el río Tula y de ahí desembocar posteriormente en el Golfo de México?

Con todo y todo, la ciudad no padece sed.

Ya empieza a padecerla en el estiaje, en los meses de marzo y abril, pero más la padecerá si llegamos dentro de dos años al siglo XXI con 26 millones de personas en el Valle de México. ¿De dónde vamos a sacar agua para toda esta gente?

¿Ya se te olvidó que tenemos 1 822 pozos y contamos con agua del Lerma, del Cutzamala y de Amacuzac?

¿Y a ti también ya se te olvidó que, además de los millones y más millones de personas que viven en el área metropolitana, aquí mismo se encuentra concentrado el 40% de la industria del país y que mientras más uses y abuses de los pozos y más agua extraigas para darle servicio a todos, más se hunde la ciudad? ¿No sabes tampoco que donde antes había agua hoy hay gigantescas cavernas absolutamente huecas y por eso cuando tiembla se cae media ciudad? El suelo de la Ciudad de México es tan frágil como el cascarón de un huevo, ¿sabías?

No debe preocuparnos la industria porque solo consume el 16% del total y bien puede subsistir sin utilizar agua potable como la de la vivienda. Simplemente trata las aguas residuales y ahorrarás líquido, energía y costos en general. Ahí tienes la solución, ¿cómo es que se refería tu papá a tu cabellera? ¿Pelos qué…?

En la Ciudad de México solo se trata el 2% del agua, el resto, 98%, se desaloja en la cuenca con un alto grado de infección tanto químico como microbiológico para el riego de hortalizas que son cultivadas, cosechadas, empacadas y reintroducidas para consumo humano nuevamente a la capital.

Si solo se trata el 2%, que se trate el 98% y ya está: tendrás más agua para consumo humano y aquella con la que se rieguen tus pinches verduras será más limpia que la del Iztaccíhuatl cuando se derriten sus nieves blancas.

Soluciones sí las hay, como también hay alternativas. ¿Sabes cuánto dinero se necesita para tratar las aguas residuales? ¿Dónde están los fondos en un país permanentemente quebrado por la incapacidad de sus funcionarios públicos? ¿Con qué medios se va a construir una infraestructura de aguas residuales? Y, por si fuera poco, ¿quién va a invertir en plantas de tratamiento de agua si nadie se decide a obligarlos por medio de la ley?

Tal pareciera que nos quieres instalar a todos en un callejón sin salida. ¿Verdad que ya nada tiene remedio y todo se acabó a pesar de que los créditos externos fluyen para construir plantas para tratar aguas negras o grises? Una pistola, una pistola: suicidémonos todos juntos. Dennos veneno, bombas, ácidos, ¡que se cierren todas las llaves de esta ciudad hasta que haya desaparecido el último vestigio de vida! ¡Que no sobreviva ni un niño ni una mujer ni un anciano! ¿Verdad? Démosle gusto al silaoense o como se llame el lugar de donde viene. ¿Qué nos costaría morirnos todos ahora mismo y de repente?

Yo no quiero que nadie se muera ni quiero instalar a nadie en un callejón sin salida. Nosotros mismos, nuestros padres, nuestros abuelos, poco a poco nos hemos instalado irresponsablemente en el callejón. Yo no invento los problemas, yo no he creado una ciudad con veintitantos millones de personas indolentes y apáticas respecto del agua y de la vida. En cualquier otro país con la mitad de la contaminación ambiental que existe en la Ciudad de México ya habrían puesto de rodillas al gobierno. ¿Qué hace la sociedad? ¡Nada!: tenemos lo que nos merecemos.

La gente se preocupa por el agua.

¡Falso!

La gente cree que hay agua como aire y se equivoca, porque la contaminación de aguas potables por la concentración de sólidos es alarmante. Está faltando el agua y la que va quedando se va envenenando. Existen ya pozos en nuestros días que solo sacan lodo: se van secando, y mientras menos útiles son, más echamos mano de otras cuencas que a su vez también se van secando y van dejando de ser útiles.

El Lerma no se seca. Hay río y caudal para rato…

¿Sabes cuánto valía hace 15 años? ¿Sabes cuánto ha bajado el nivel de la laguna de Chapala? ¿Sabes que el Lerma es uno de los grandes drenajes del país porque a lo largo de su curso las industrias arrojan sus desechos altamente contaminantes? ¿Sabes cuántos millones de litros de fertilizantes tóxicos recoge de los campos? Ya no solo hables del decremento de su nivel, habla del envenenamiento de sus aguas.

¿A dónde quieres llegar con tanto amarillismo? Ahora sucede que un provinciano viene a darnos clases, viene a decirle al Papa cómo dar la bendición.

Búrlense, por mí pueden burlarse, pero han de saber que pasando el año 2000 la oferta total de agua para el Valle de México será de 50 m^3 por segundo, considerando los proyectos del Cutzamala, Amacuzac y Tecolutla, y que la demanda para ese mismo año será de 72 m^3 por segundo sobre la base de 360 litros de agua al día para los 26 millones de habitantes que ya habrá para esa época. Ni con todos los pozos será posible satisfacer las necesidades del área metropolitana. Solo que puede haber dos severas agravantes: una, el envenenamiento gradual del agua, y dos, ni Dios lo quiera, la presencia repentina y reiterada de una sequía. ¿Supiste de una sequía que duró en California siete años, durante los cuales no cayó ni una sola gota de agua de lluvia del cielo? ¿Qué haríamos si en la Ciudad de México se volviera a dar una sequía de esa naturaleza?, porque ya se dieron muchas veces en los últimos siglos, ¿o no lo sabían?

Con tu mismo ejemplo, Ecoloquito, queda clarísimo que eres un incendiario, un amarillista que solo pretende avanzar en el escalafón, ¿por qué razón va a dejar de llover? Es como si nos dijeras, ¿y si mañana no sale el sol o se cae la luna o la Tierra deja de rotar sobre su propio eje? ¿Y si vuelve a darse un nuevo diluvio o unas nuevas heladas que duren mil siglos? ¡Ya, hombre! ¡Ya!

¿Ah, sí? Miren ustedes, tal vez sea un problema de falta de memoria: en México ya hemos tenido sequías prolongadas y delicadas. Hubo miles de muertos, han surgido revoluciones, se han dado golpes de Estado, alzamientos, asonadas y hambre, mucha hambre y peste, sí, peste, una peste devastadora.

Sí, sí las hubo, ¿y qué pasó? No pasó nada, escandalito, nada, absolutamente nada. Se murieron tres vacas de diarrea y no de sed y durante tres días no hubo agua en una casa del Club de Golf Santa Anita, en Guadalajara, y no por falta de agua sino porque un albañil rompió una cañería por error. No vengas a espantarnos con el petate del muerto.

Si en México se diera una sequía de tres años se produciría una catástrofe que escaparía a la imaginación de todos los novelistas: si el 70% del agua de la ciudad se extrae del subsuelo y el subsuelo se nutre de la lluvia y de repente deja de llover como consecuencia de una prolongada sequía, jamás la historia de la humanidad habrá conocido un episodio apocalíptico peor: la peste acabará con todo.

Mira, niño: ni en la capital ni en Sonora ni en Jalisco nunca pasó nada de lo que dices. Todos los pitonisos mexicanos como tú siempre se equivocan en sus pronósticos de desastre.

¿Entonces tenemos que esperar a que la catástrofe nos extinga? ¿Nos vamos a sentar cruzados de brazos a que se acabe el agua? Para el año 2000 necesitaremos 72 m³ por segundo. Nos faltarán 30 m³ por segundo para satisfacer medianamente las necesidades. ¿Sabes que traer un solo metro cúbico cuesta 120 millones de dólares? ¿No queda claro que aun sin sequía ya no va a alcanzar el agua para el año 2000? ¿No entienden que además no tenemos dinero para traerla de Tecolutla ni de Amacuzac? ¿No es evidente que, aun cuando tuviéramos el dinero —que no tenemos—, no podemos seguir dañando el medio ambiente ni condenando a la resequedad a las regiones de donde traemos el agua? ¿La Ciudad de México tiene derecho a destruir otras regiones del país? ¿Hasta cuándo lo va a permitir el resto del país?

Nos aburrimos, Melitón, tontón… Cuando pase todo lo que dices empezaremos a preocuparnos. ¿Tequilita? ¿No se te antoja un tequilita para espantar los malos humores?

Entre aquello de que la solución está por el lado de reducir a cualquier costo el consumo de agua, de cambiar mentalidades, actitudes y hábitos orientados a establecer una cultura del ahorro del agua; entre aquello de que se debe pagar lo que se consume sin subsidios de ninguna naturaleza para crear más conciencia de la importancia del líquido; entre aquello del tratamiento y reúso del agua, revisión de tarifas y mejoramiento de servicios de recaudación y administración, la misma discusión fanática de siempre, Isabel, ¡ay!, Isabel resultó embarazada tal vez gracias a los rezos nocturnos de su marido antes de poseerla. Ahora tenía nuevos motivos de preocupación apartados de las preocupaciones, fanatismos y monólogos interminables de Melitón. Las oraciones de doña Marta habían funcionado a las maravillas. Tanto se lo había pedido ella al cielo, tanto lo había suplicado, tantas mandas había prometido y ahora finalmente su hija la haría abuela en siete meses y medio más. Escasos, escasísimos nueve meses después de la celebración del enlace en Silao. Bien sabía ella, doña Marta, que era un premio del Señor, por esa razón le enviaba una recompensa tan temprana, un aviso tan claro y evidente. ¡Un bebé en casa!

Melitón fue sin duda el más feliz de la familia. Tan pronto supo de la gravidez de su mujer, la abrazó llorando como un crío. ¿Y cuándo supiste?

¿Y cómo te enteraste? ¿Te lo dijo el doctor? ¿Y cuándo nacerá? ¿Será hombre? ¿Te sientes bien? ¡Qué sorpresa!, ¿no? Tenemos que comprar una cuna y ropa de maternidad y de bebé y mamilas y leche y pañales y arreglar el cuarto junto al nuestro. ¡Qué felicidad! Se lo diré a mamá y a mis hermanos y a mi jefe y a mis amigos. Subía, bajaba, compraba, vendía para que nada faltara; pediría aumento de sueldo después de que naciera su hijo, él mismo acondicionaría la habitación anexa, la pintaría, él haría un moisés con sus propias manos, algo recordaría de carpintería de cuando trabajaba en Los Contreras. Retrataría una vez al mes a Isabel para medir los avances del embarazo. Compraría un álbum fotográfico para dejar constancia de la historia del bebé ya antes de su nacimiento. Su madre, doña Cristina, desde luego le tejería una chambrita a su futuro nieto como harían sus hermanas con su futuro sobrino. Todos colaborarían. Todos compartirían su alegría, también sus hermanos dentro y fuera de Los Contreras: a ellos les haría llegar una carta haciéndoles saber tan fausta noticia.

La vida había dado un giro vertiginoso en la vida de Melitón. Nada parecía faltarle. Gozaba de extraordinaria salud, 30 años, una buena posición en el gobierno, un futuro promisorio, trabajaba en lo que quería trabajar, disfrutaba como nadie su éxito amoroso, estaba casado con la mujer de sus sueños y ahora un nuevo Melitón, su hijo, otro especialista en asuntos hidráulicos, él se encargaría de que así fuera. ¿Qué más se podía pedir? ¿Qué más? ¿E Isabel? ¿Cómo estaba Isabel? Ella, curiosamente, no reflejaba la misma pasión ni la misma alegría e ilusión, ni mucho menos, que su marido. Era una futura madre feliz, ni hablar; compartía la dicha con su familia, satisfacía, sí, una ilusión largamente acariciada desde que jugaba a las muñecas y representaba junto con sus amigas el papel de mamá. Estaba lista para el embarazo, lista para dar a luz como cualquier mujer de 24 años, anhelaba conocer a su hijo, amamantarlo, bañarlo, dormirlo, limpiarlo, cumplir con todas aquellas labores propias de su sexo. ¿Que quería ser madre? Ni quien lo dudara, solo que algo venía a nublar el horizonte. Algo que ella solo sabía en su fuero interno de mujer. Algo que le restaba ímpetu, vigor y entusiasmo. Algo que no la dejaba ser ni compartir ni disfrutar como ella hubiera querido al lado de su marido, un hombre que parecía estallar de alegría por todos los costados y que inyectaba optimismo en quien se encontrara. ¿Y ella? Ella parecía triste y decaída, tal vez hasta decepcionada cuando no se sentía observada. ¿Qué pasaba?

Bien lo sabía Isabel en su intimidad, una intimidad inconfesable y absolutamente hermética. Su vientre escondía un secreto que no podría revelar a nadie: el padre de ese nuevo ser no era ni mucho menos Melitón, el hombre probo y ejemplar, sino Manuel, o Fernando, el gallero, el apostador, aquel auténtico tigre en las lides del amor. Una mujer, tal vez por instinto, siempre sabe quién es el padre de su hijo, especialmente en las condiciones en las que se encontraba Isabel. ¿Por qué, por qué fui débil, por qué? Se había echado una cruz encima, tendría que cargarla para siempre. Vivir en la mentira eterna con su marido, ocultándole una realidad que él jamás podría soportar. Le haría un daño irreparable a los tres: a su hijo, a Melitón y a ella misma. Perdería a su marido, un ser humano excepcional, químicamente puro, aun cuando aburrido e insistente en sus temas, pero, no le cabía duda, un padre insuperable, de la misma manera que ya era un compañero insuperable. Destruiría su matrimonio, se quedaría tal vez sola, él podría demandarla y retirarle la patria potestad de su hijo. No quedaría nada de la situación actual ni de la promesa futura. ¿A dónde iría, divorciada a los 24 años, con un hijo a cuestas y la mala fama que recaería sobre ella hasta aplastarla? Su madre, doña Marta, no sabría resistir el castigo: se hundiría, se moriría de tristeza y vergüenza, no sin antes padecer todo género de miedos porque su hija se condenaría a pasar toda la eternidad en el infierno. ¡Cuánto daño! ¡Cuánto daño a todos! Tendría que callar para siempre su secreto. Ni el propio Fernando podría saberlo jamás. Nadie, solo ella lo sabía sin necesidad de ningún análisis clínico para probarlo. Se llevaría a la tumba dicha verdad, sujetándola con las manos crispadas junto al rosario. Nadie podría saberlo, nadie, absolutamente nadie, ni siquiera su confesor. Bajaría a su última morada después de recibir los santos sacramentos y la bendición apostólica y romana, pero sin abrir la boca. Se cortaría la lengua para no poder hablar ni en sueños.

Por otro lado, cuánto le hubiera gustado poder decirle a Manuel lo acontecido. Decirle, por ejemplo, mi vida, tengo en mi vientre tu herencia, tu yo, mi yo, lo nuestro. El ayer, el hoy, el mañana, el siempre. El fruto de nuestro amor, de la pasión. El encuentro más tierno con el mundo y con la vida. ¿Te acuerdas, Manuel, te acuerdas, mi vida? ¿Sentiste cuando sembraste tu semilla en mi interior? ¿No sentiste el momento exacto de la concepción? Mi vida, mi amor, mi ilusión: mira lo que hicimos juntos. ¿No es una obra maestra? Pero no, tendría que reducir la expresión de sus emociones a una sonrisa sin llanto ni caricias ni arrumacos y sin intercambio de miradas comprometidas. ¿Cuál compromiso? Una traición, ella había cometido una traición y tendría que cargar con ella para siempre, sin desahogarse. ¡Cómo le hubiera gustado llorar en el hombro de Manuel! Golpearlo, empujarlo, besarlo, acariciarlo, abrazarlo y al mismo tiempo patearlo. ¡Cuánto lo quería a pesar de todo! Embustero y burlón, bromista y solemne, travieso y audaz, risueño y apostador, temerario y cuidadoso, arrogante y falaz, pero eso sí, invariablemente amable y atento. Lo quería, lo seguía queriendo: el amor no tiene palabra de honor ni sentido de la dignidad. Las palabras ardientes que le había susurrado aquel día en El Peñón no lo hacían irrespetuoso, ¡qué va!, lo hacían un hombre, un garañón, un salvaje, un irreverente con sus carnes como sin duda no volvería a tener otro igual en ningún lecho a donde llegara a acostarse.

Por su parte, Fernando mordía el polvo todos los días. Había tenido un par de encuentros con Isabel los días de mandado, pero ella había continuado su camino imperturbable hasta llegar al mercado y de regreso como si la hubiera perseguido una sombra. No contestó a una sola de las preguntas de Fernando ni volteó a verlo ni detuvo el paso ni replicó ni refutó ni aclaró. Solo al llegar a una esquina, en una de las ocasiones, Fernando, desesperado, trató de detenerla tomándola del brazo. Isabel se lo retiró con una violencia que el gallero jamás siquiera llegó a suponer que cupiera en su interior. ¿Palomita blanca indefensa? Su rabia era de tal magnitud que hubiera podido sacarle los ojos con los pulgares o empujarlo en el momento mismo en que pasara un camión para que diera cuenta de sus huesos.

—Llámame, estoy en este hotel. Déjame aclararte. Déjame decirte, mi vida. Estoy aquí para quererte. Me he dado cuenta de lo que vales y de quién eres: no te quiero perder.

¿Respuesta? Isabel siguió su rumbo sin decirle que lo llamaría ni darle la oportunidad de aclarar nada ni de reclamar el uso de un «mi vida» sin tener derecho a semejante e injustificado acercamiento ni de precisarle a Fernando que ya era muy tarde para percatarse de quién era ella y cuánto valía. Ya Melitón, su marido, se había encargado de aquilatar sus valores. ¡No faltaba más! Ella no contestaría nada ni pronunciaría una sola palabra hasta perderse en las multitudes del mercado y cerrar la puerta de la vecindad donde se habían instalado como si hubiera llegado sola.

Manuel no podría vivir sin ella. ¿Cómo resignarse? Pero Manuel, tú tan joven, fuerte, popular, dueño de tanta labia adormecedora, simpático y bien parecido, puedes tener no una Isabel, sino 100 Isabeles, mil, 10 mil como ella o mejor que ella, ¿a qué se debe el repentino capricho? ¿Es una falta de visión, muchacho? Búscate otra, hay tantas… ¡No!, ni hablar. Tendré nuevamente a Isabel y la haré mía tantas veces yo quiera, así y solo así recuperaré la paz perdida. ¿Estás enamorado? ¿Finalmente estás enamorado? Solo quiero tener a Isabel.

Por su parte, Fernando había venido evolucionando en casi todos los órdenes de su existencia. ¿Casado? Sí, sí seguía casado. ¿Tomando licencias extramaritales? Sí, claro, todo parecía indicar que lo llevaba en la sangre. Según se iba asentando el polvo del camino podía ver ya con más claridad las insatisfacciones que día con día le restaban la alegría de vivir. Mientras no las resolviera, continuaría rodando como una piedra cuesta abajo sin rumbo ni sentido. Dos fuentes de angustia le robaban toda su atención: Isabel, desde luego, y, en un segundo lugar muy cercano, la falta de dinero. Un hombre ambicioso como él, vanidoso, de alguna manera exhibicionista, amante no solo de las mujeres sino de la buena vida, no podía subsistir sin ciertos lujos y placeres que solo podía adquirir con billetes, sí, muchos billetes. ¿Cómo vivir en un departamento de quinta categoría en Salamanca, sin automóviles propios último modelo, sin ropa ni relojes finos para mostrar y demostrar su riqueza y, lo más importante, sin una granja de gallos de pelea para ganar todas las apuestas posibles en cuanto palenque fuera en el interior de la República? ¡Qué poca cosa se sentía sin una mujer hermosa a su lado y sin una chequera robusta en la bolsa de su chamarra de borrega! Todo parecía carecer de atractivo ante la ausencia de semejantes ingredientes.

La falta de dinero le restaba colorido, sabores, olores perfumados a su vida. Su entorno aparecía opaco, pálido, tibio. Así era el mundo de la mediocridad para el que él, desde luego, no había nacido. Si alguien tenía un buen coche, una buena casa, un buen rancho, posibilidades para viajar acompañado de una mujer hermosa, él quería ser de esos. ¿Hay privilegiados? ¡Yo quiero ser un privilegiado! ¡Alguien tiene? ¡Yo quiero tener! ¿Por qué no? ¿Por qué otros sí y yo no? ¿Qué tienen los demás que no tengo yo para gozar esos placeres? Ahí están, ¿no?, pues que los tome y los disfrute el que pueda y el que quiera. Yo puedo y yo quiero. Yo podré y los tendré. ¿Mujeres? ¡Mujeres! ¿Casas, ranchos, automóviles, viajes, ropa, relojes, caballos y gallos? ¿Eso deseo tener? Basta emplearme a fondo para tenerlo. Nadie me hará desviarme de mis metas. Esto es muy breve como para perder el tiempo. Cuando menos me dé cuenta cumpliré 35 años, y de ahí en más creo que todo se irá con la velocidad de una resbaladilla. A los 50 se precipita uno como en un tobogán sin control ni frenos a la pérdida de facultades y de ilusiones. Quien goza de recursos económicos es un triunfador, un hombre de éxito que merece consideración social. ¿Quién va a respetar a un muerto de hambre? Además, qué aburrido es ser un muerto de hambre. Es mi momento. ¡Hoy y aquí!

Por supuesto que con su gallo, el Renacido, ganó un sinnúmero de apuestas, hasta que el pobre animal cayó en un palenque, herido de muerte, y le dijeron que ya solo le serviría para prepararse un buen mole poblano. Fernando se resistió y procedió a enterrarlo como un acto de amor y de respeto. ¿Qué gallero es este que no se hace un buen puchero con el gallo muerto? El Renacido le había salvado de tantas contingencias económicas que le hubiera sido imposible comérselo en un taco con cilantro y salsa verde. ¡Imposible! No tenía corazón para semejante salvajismo. Las deudas eran las deudas, aun cuando se tratara de un simple animal. Él no era un desalmado. Después del Renacido pudo comprar al Picotón, al Espolón, al Jijo, al Atravesao, al Coronelazo, al Sinmadre, al Rompecuellos y al Pocastintas, entre otros tantos más. En una covacha en las afueras de Salamanca rentada en dos pesos empezó a dedicarse a la crianza de gallos de pelea. Todo fue cuestión de entrar al negocio para que le llegaran ofertas de clientes locales y foráneos. El mercado era poco competido. Cambiaba a veces tres gallos suyos por uno al que él le veía posibilidades, casta y honor. Una bicicleta por un animal, una moto y después un automóvil o un reloj de puro oro por el Macizo, de dos años, tres kilos, un gallo heridor, con espuelas, de rabia al reñir, jugador para evitar golpes y batidas de su contrario y para atacarle con prontitud y viveza. Luchador hasta morir, a no ser que las heridas se lo impidieran, pero aun así jamás dejaría de hacer frente, ni mucho menos rehuiría o rehusaría la riña para no demostrar mala calidad ni mala sangre ni escasa dignidad.

No cambiaría por nada al Macizo, salvo que le pagaran un precio estratosférico, porque este animal me hará rico no en los palenques sino en la granja: lo haría semental. Tenía todo para serlo. Una buena figura, cuerpo esbelto, pluma compacta de colores vivos y finos, sano, sin evidencia de enfermedades transmisibles ni hereditarias, como tener, por ejemplo, las patas escamosas. Buscaría unas buenas gallinas, más importantes aún que el mismo macho. Ya había encontrado a las hermanas del Macizo en unos ranchos de los alrededores. Tenía que garantizarse la buena raza. Las había adquirido discretamente, impidiendo que ningún gallo las montara por espacio de 20 días. Tenían dos años de edad. Perfecto. La buena descendencia estaba asegurada. Los sementales le permitieron empezar a vender animales cuyos antecedentes hereditarios estaban garantizados y habían demostrado buenas condiciones en varias lides. Uno traía al otro de la mano. Ganaba en la crianza y en la batalla nocturna en las arenas redondas. Ganaba dinero y lo invertía y lo reinvertía. De la covacha pasó a un pequeño terreno alambrado. Meses después ya pudo bardearlo. Separaba en corrales a los gallos y las gallinas para que no se mezclaran las razas. Les procuraba sombras donde se resguardaran de los rigores del sol y de las lluvias, ya impredecibles, del Bajío. Cada uno tenía agua limpia y fresca diariamente, trigo en las épocas de frío y maíz en las más calurosas, hierbas para picar y tierra para revolcarse y un estercolero para que escarbaran en busca de insectos que no fueran tan voraces. A las gallinas les arreglaba un lugar cómodo donde anidar para que depositaran a salvo sus huevos sin ser molestadas ni registradas en los momentos críticos ni ser atacadas ni alteradas por la presencia de perros y otros animales que pudieran amenazarlas a ellas y a las posturas.

Fernando crecía. Ya adquiría un automóvil sin rodar o rentaba o bien compraba una nueva vivienda. Se administraba. ¿Jugarse su dinero a un golpe de cubilete o a un seis o a una escalera o a una flor imperial? Ya tenía otra edad, otra experiencia, otra perspectiva, otros intereses. Se trataba de otro momento, otra coyuntura. ¿Jugar chingona y perder una fortuna con el cuero en la mano? Ya eran otros tiempos. En lugar de apostar a la mentirosa apostaría a sus gallos, ahí tendría mucho más control y se expondría menos. Ya era hora de ser más responsable. De ahorrar, de hacerse de un patrimonio. Compró un ranchito enclavado en la serranía, El Peñón, así le puso por alguna particularidad que nadie nunca sabría. Tenía pozo propio, agua, el líquido vital, abundante y casi dos hectáreas de terreno. La superficie total medía más de 50 hectáreas, pero en ese momento se conformaría con tan solo una fracción por falta de recursos. Tan pronto se percató de que los linderos estaban marcados por sauces llorones, sus árboles favoritos, algo le anunció que bien pronto toda esa propiedad podría ser suya. No tardaría en adquirir el resto. Finalmente tenía espacio para la crianza de gallos. De sobra sabía que era una cuestión de tiempo para tener los mejores de la región. ¿Y los caballos? Compraría un par de sementales. Él sabría verles el diente. Improvisaría una cuadra con un firme de concreto y una techumbre de asbesto y cartón. Nadie había nacido grande. El tiempo, la capacidad, la garra y la imaginación dirían la última palabra. Él, Fernando, el bueno para nada, el frívolo, el mujeriego, parrandero y jugador no tardaría en tener los mejores pura sangre del Bajío. Al tiempo. Conque yo era don Pendejo, ¿no? El mismo que no veía más allá de sus pestañas, ¿no? El eterno fracasado, ¿no? El que nunca maduraría, ¿no? Ya nos veríamos las caras.

Isabel continuó con su embarazo. ¡Cuánto hubiera deseado compartir la felicidad de su madre y, ni hablar, la de Melitón! Disimulaba como podía su frustración, unas veces con más éxito que otras. El peso que sentía crecer en el vientre la mortificaba y la alegraba por la posibilidad real como mujer de dar a luz, de crear vida, de traer al mundo un nuevo ser humano de su propio cuerpo. Claro que compró vestidos amarillos de maternidad, los más alegres, los que tengan más flores y colores más vivos, mi amor, has de ser la madre más feliz y no solo la más hermosa del planeta. Domingo tras domingo avanzaba en la decoración de la habitación donde viviría el futuro Melitón o Marta Isabel. Igual tapizaba las paredes con papel infantil, colocaba una alfombra o compraba un pequeño calentador o adelantaba en la construcción del moisés o de la bañera, que iba comprando leche de soya como complemento alimenticio para el bebé, al igual que mamilas, talcos, aceites y lociones como si el niño fuera a nacer mañana. Nunca Isabel había comido tantos platillos tan sanos, sin aceite ni grasas, ni menos calorías y proteínas ni más frutas y mejores combinaciones de verduras y legumbres. Nunca había sido más atendida, cuidada, protegida y ayudada hasta para bajar o subir un simple escalón, para ya ni hablar de las atenciones que recibía cuando viajaban todavía en camión al dirigirse al doctor.

—Yo sufría la presencia de la muerte temprana de los menores cuando viví en Los Contreras, perdóname los excesos, mi amor, pero un hijo es un hijo, y nuestro hijo es nuestro hijo, ¿verdad?

El ingeniero hidráulico no podía ser solo ingeniero hidráulico en la universidad y en la Comisión de Aguas, su profesión, desde luego, la llevaba hasta su propia casa. Ahí le pidió a Isabel y a la muchacha de servicio que les ayudaba con el patrocinio de doña Marta que pintaran en la puerta del baño una raya cada vez que fueran allí, y que solo tiraran de la cadena del escusado cada vez que se juntaran cinco líneas. Tenemos que ahorrar agua, Chabe, toda la que podamos antes de que sea demasiado tarde. Tú entiendes, ¿no? Así exigió que para lavar los trastes después de comer no era necesario hacerlo con la llave del agua permanentemente abierta —Isabel miraba al cielo implorando paciencia—, sino que con dos cubetas, una para lavar y otra para enjuagar, si la gente siguiera nuestro ejemplo, cielo, se podrían ahorrar cientos de miles de litros en la ciudad. En lugar de gastar 100 litros, la misma operación se podría hacer con 20 litros. Lo mismo acontecía a la hora de bañarse, no pretendo que lo hagas a jicarazos, pero sí con una jarra a la antigüita puedes mojarte, con otra puedes enjabonarte y con otras dos puedes enjuagarte y con ello habrás salvado cuando menos otros 100 litros por persona al día. Nadie, en consecuencia, podía bañarse con la llave abierta, para no desperdiciar agua ni gas, dos elementos ya no renovables, ni podía jalar la cadena hasta la quinta vez —salvo que se tratara de sólidos, ¿tú sabes lo que es un sólido, Chabe?— ni lavar la ropa ni los trastes ni cepillarse los dientes con la llave abierta, como si se aprovechara el flujo de un río, ni beber agua en un vaso de vidrio sino en uno de papel, porque se tenía que utilizar el contenido de siete vasos similares para lavar aquel. No, no, vivir con Melitón desde luego no sería fácil, más aún cuando instaló en la casa recipientes de agua para sembrar por hidroponía las verduras y legumbres que se consumirían en la casa.

—Chabe, tú mejor que nadie sabes que las verduras que se consumen en la Ciudad de México son regadas con aguas negras provenientes de la propia capital. No quiero que tú te enfermes de amebiasis, estando o no embarazada. ¿Huevos? Yo haré que los traigan de granjas que conozco para que no comamos blanquillos puestos por gallinas engordadas con hormonas ni carne de reses alimentadas de la misma manera para hacerlas crecer y engordar lo más rápido posible, de manera que aumenten exponencialmente las utilidades del ganadero. ¿Y la gente que come carne o huevos de animales alimentados con hormonas o verduras estimuladas con fertilizantes cancerígenos? ¿La gente? Lo que cuentan son las crecientes utilidades de los productores y el enriquecimiento ilícito de los inspectores que se dejan sobornar a fin de hacerse de la vista gorda, mi amor. La corrupción en cuestiones de salud es la peor de todas las corrupciones, ¿no crees? No se puede jugar con la vida misma. Total que no solo lo de las rayas en el uso del escusado, tampoco se podía comer carne de pollo ni de res —ni hablar de la de cerdo— ni frutas ni legumbres ni verduras ni hortalizas, salvo que él conociera perfectamente su origen. ¿Pescado? ¡No, horror! ¿Tú sabes que desde que el pez es sacado del agua y muere empieza su proceso de descomposición —déjame decirlo mejor, empieza su proceso de putrefacción—, que solo se detiene parcialmente al ser refrigerado, pero que, sin embargo, avanza hasta que te lo sirven en la mesa, para lo cual transcurrieron ya tal vez 21 días que pueden ser fatales? No, pescado no, salvo que sepamos la fecha precisa en que fue sacado del mar y en qué condiciones estuvo congelado.

—¿No es necesario tomarle la presión sanguínea al pescado antes de morir, mi Ton? —preguntó un día Isabel, bromeándose a su marido. Él, por toda respuesta y sin exhibir el menor humor, se limitó a contestar que en esta casa no se comerán jamás almejas ni ostiones ni ningún marisco de agua dulce ni salada, porque estos se alimentan en los lechos marinos totalmente contaminados fecal y químicamente hablando.

—Bobadas, son bobadas, Chabe —se concretó a responder doña Marta cuando se enteró de que su hija no podía comer verduras ni tubérculos porque estaban contaminados, ni frutas mezcladas por la combinación de azúcares, ¡cuidado con las cáscaras!, ni carne de res ni de pollo ni legumbres ni pescado ni huevos por esto o por lo otro o lo de más allá. ¿Qué vas a comer, mi vida, sobre todo ahora que tienes que estar bien nutrida para tener un bebesote hermoso?

Lo mejor pasó cuando doña Marta se enteró de que no podía jalar la cadena en el baño si no le tocaba a ella poner la quinta raya sobre un papel reciclado colocado sobre la puerta del baño.

—Pues me tendré que hacer en su sombrero, el que usaba en Los Contreras, ¿o dónde quieres que lo haga? Nunca, jamás, en lo que llevo de vida había yo oído tantas sandeces, Chabelín. ¿Cómo le haces para aguantarte y no morirte de la risa?

—No me deja que me ría porque dice que me arrugo, mamá.

—¿Qué…?

—Sí, que no es bueno para la piel eso de reírse.

—¿Y qué pasa?

—Pues que te salen, según él, puras patas de gallo.

—Si a ti te salen patas de gallo a él le deben salir también patas, pero de buey, y con todo y unos enormes cuernos. ¡Qué horror! ¡Qué horror!

Se hizo un pesado silencio. Por una u otra razón la conversación adquirió un giro diferente. Isabel adoptó una expresión adusta. Continuó tejiendo puntos con las agujas. Daba por concluido el tema con todo y la flema pueblerina de su madre.

Isabel no confrontaba a su marido. De hecho, ella se concretaba a escuchar pacientemente sus angustias ecológicas mientras cocinaba, tejía, lavaba los trastos sucios, planchaba o leía distraídamente una revista. ¿Para qué atreverse a refutarlo en áreas de su más absoluto dominio? La última vez que lo había intentado la conversación se había extendido hasta bien entrada la noche sin dejarla descansar ni a la hora en que ella prendía la televisión para ver sus telenovelas favoritas, tal y como lo hacía en Silao. Que no sabes esto y no sabes lo otro, y si tomaras esto en cuenta y lo de más allá… Que esto no está probado y se reduce a ser una mera teoría y quien te diga lo contrario es un charlatán o defiende un punto de vista por algún interés personal de alguna manera inconfesable. Había sido tal la carga de pedradas de todos los tamaños que había recibido, que juro, lo juro, me juro que jamás volveré a preguntarle ni a contradecirlo. Lo escucharé con toda paciencia y respeto, pero eso sí, que no se le ocurra decirme que le repita una sola de las ideas que avienta como ametralladora porque seré incapaz de lograrlo: no retengo nada. Cuando él empieza a hablar que si las presas, la sequía, el fecalismo, yo me ausento de donde esté en ese momento.

Con doña Marta era diferente. Ella lo miraba a la cara y lo escuchaba con atención. Estaba dispuesta a replicarle a lo que ella entendía como la menor provocación de su parte. Una noche, la de Reyes, precisamente la del 6 de enero de 1998, cuando doña Marta se presentó a compartir con ellos una rosca de Reyes enviada por Librado y el Sordo como un recuerdo de La Central, y después de haber bebido chocolate caliente, uno de auténtico cacao elaborado por los indios de Oaxaca desde hacía más de 600 años, y de haber gozado cuando Isabel encontró el muñeco, otro bebé, *mijita*, ¿me harás otra vez abuela? Espérate primero a que nazca este, mamá. Melitón dijo que llevaba ya varios días leyendo el cielo, midiendo la resequedad del ambiente, la escasa humedad que se presentaba ya en esa época del año y que le preocupaba la posibilidad de que se diera una sequía de proporciones catastróficas en el centro y en el norte del país.

—¿Cómo que una sequía? —replicó doña Marta juntando unas migajas de pan y granos de azúcar que habían quedado en el plato.

—Sí —repuso aquel candorosamente—, que deje de llover, suegrita.

—¿Que deje de llover? ¿Y por qué ha de dejar de llover? —preguntó aquella, apuntando con rifle de alta precisión al centro de la frente de su yerno.

—Son ciclos, *suetercita*, ciclos de la naturaleza que se dan cada 10 años aproximadamente, unas sequías duran más que otras y así nos vamos década tras década. Y yo ahora presiento que vamos a entrar a un periodo de re-sequedad sin precedentes. México —dejó asentado como si estuviera en la cátedra— despedirá el siglo en curso con una peligrosa sequía para la cual no estamos preparados.

—Mira, niño —repuso doña Marta—, no presientas tantas cosas, ¿sí? Yo tengo ya casi 60 años de edad y nunca de los nuncas he visto que deje de llover ni una gota. ¿Cuándo se ha visto que alguien se suba a la azotea a leer el cielo? ¿Qué van a decir mis comadres de ti? Ni se te ocurra repetir tu numerito cuando vengan a visitarlos.

Melitón disfrutaba el sentido del humor de doña Marta. Reía y celebraba, sí, pero en ningún caso dejaba de contestarle ni de aclarar las posturas:

—¿Sabe usted, suegrita —preguntó Melitón, cubriéndose la boca con toda la mano derecha como para ayudarse a tener más memoria. Sí que era prieto el pelado, pensó en silencio doña Marta—, cuántas sequías conocidas se dieron en el Valle de México de 1521 a 1821, es decir, en 300 años de vida colonial? Fueron 88 —contestó Melitón, sin esperar respuesta ni exhibir a su madre política con su ignorancia respecto de temas que, por otro lado, la provinciana no tenía por qué saber ni tenían por qué importarle—. ¿Quién se puede imaginar 88 sequías en el Valle de México en 300 años? Las de 1749 y 1750, la de 1785 y 1786 y la de 1807 a 1810 fueron especialmente severas, ya que no solo se dieron tremendas sequías, sino que vinieron acompañadas de heladas y de severos conflictos sociales.

En esos momentos doña Marta prefería contestar con una expresión de fastidio, oportunidad que desde luego aprovechaba Melitón para rematarla con argumentos de peso.

—¿Sabía usted que en la época independiente se conocieron 10 sequías de 1822 a 1874 y otras 29 de 1875 al año 1910? Conque no hubo sequías, ¿verdad, suegrita?

—Eso, como quiera que sea, lo habrás sacado de tus libros: a mí nunca me ha tocado vivir una sequía —repuso doña Marta, esquinada.

Al oír lo anterior Melitón desapareció apresuradamente.

—Mamá, ¿por qué has de contradecirlo? ¿No te das cuenta de que es lo que está esperando? Ahora aguántate con todo lo que te va a traer. Tendrás que recetarte toda la *Enciclopedia Británica*.

—¿Y tú no te das cuenta de que lo hago sentirse importante ante mí?

Melitón regresó de inmediato con una hoja de papel que contenía las cifras para un artículo que estaba preparando. El ingeniero se lo extendió a su suegra. Doña Marta se puso las gafas de medio vidrio que le colgaban sobre la nariz, dándole un aspecto sobrio a su rostro y al mismo tiempo un perfil aguileño. Su nariz, en aquellos momentos, parecía la de un usurero a la hora de leer un estado de cuenta. La urraca leyó:

SEQUÍAS MÁS SEVERAS DEL SIGLO XX

Año	Tipo
1925	Extremadamente severa
1935	Extremadamente severa
1957	Extremadamente severa
1960	Extremadamente severa
1962	Extremadamente severa
1969	Extremadamente severa
1977	Extremadamente severa

Por si fuera poco, de las 38 sequías que sufrió México entre 1910 y 1977, 17 pudieron ser correlacionadas con otras del mundo. Los fenómenos se dieron simultáneamente. En la última década del siglo XX la sequía amenazaba al mundo con más hambre. A lo largo de los ochenta, México dejó de ser exportador de granos para convertirse en importador. No se trata de hacer constar aquí todas las sequías que ha sufrido México. Baste decir que el fenómeno es crónico y ya es propio del país, por lo que tanto, el gobierno como los gobernados tienen que prepararse para el futuro, ya que todo parece indicar que será peor no solo por la falta de una cultura del agua, sino porque la ubicación geográfica de México, además de la irresponsabilidad ecológica, así lo señalan.

—¿Y qué, tú…?

—¿Cómo de que y qué? ¿No decía usted que en México jamás habían existido las sequías? ¿Se imagina usted a un México en el que los pobres se vendían como esclavos en épocas de aguda hambruna al precio en que se cotizara el maíz en aquel momento? ¿Es posible imaginar mayor desesperación cuando se llega al extremo de vender a sus propios hijos como esclavos, incluido uno mismo en la operación?

Cuando Melitón abría fuego con sus argumentos, doña Marta, sintiendo que se le había pasado la mano, buscaba afanosamente su tejido en tanto aparentaba escuchar, aunque en realidad se evadía sin que el otro lo sospechara.

—¿Sequías, doña Marta?, las hubo todas, solo que muy pocos alcanzan a advertir sus consecuencias. El problema no se reduce a una ausencia de lluvias, qué va. La sequía implica levantamientos armados derivados del desempleo y la desesperación rural y urbana, señora. La parálisis agrícola implica la parálisis industrial si los sueldos no alcanzan ni para las tortillas de sus obreros y el campo seco no aporta las fibras requeridas por la industria. Si la agricultura está desplomada, señora, la economía nacional está desplomada, he ahí una de las razones más importantes por las que México no ha podido evolucionar. México no ha podido resolver su problema agrícola en toda su historia y por lo mismo el atraso, en todas sus manifestaciones, se ha hecho siempre presente.

—¿Me pasas el estambre azul, Chabelita? —se dirigió a su hija como quien pide auxilio.

—Eso, señora, en lo que hace a la industria y a la agricultura, solo que en lo que hace a la salud y a la ecología pocos se imaginan lo que nuestro país ya vivió y se desconoce porque los mexicanos no tenemos memoria histórica ni política ni social: simplemente no tenemos memoria.

Ambas mujeres cruzaron miradas de resignación y se prepararon a escuchar la continuación del monólogo, ya ni siquiera del diálogo. Todo terminaría cuando doña Marta mandara a Melitón a la chingada, como ella decía, harta ya de tanta paciencia y consideraciones. ¡Cuántas veces tuvieron que invitar a don Roque a merendar para que les ayudara a cargar el peso de la losa!

—¿A dónde llevan la sequía y la hambruna a la gente cuando la obligan a abandonar sus jacales, chozas y milpas? La marea humana invade las grandes ciudades, alojándose en agujeros antihigiénicos, sin agua, sin drenaje, sin servicios, o a cielo abierto, sin techo ni protección ni esperanza, doña Marta. ¿Qué les esperaba sobre todo durante aquellos catastróficos «años de hambre» de 1785 a 1787? Les esperaban epidemias como la viruela, el tifo exantemático, el «tabardillo», una fiebre mortal transmitida por el piojo que se multiplica en las ropas sucias y en las personas que no quieren o no pueden bañarse. A los inmigrantes les esperaba asimismo la fiebre tifoidea, la diarrea, el catarro intestinal y la colitis originados en la mala calidad de las aguas. Les esperaba el sarampión y sus millares de muertos, particularmente entre la población infantil. Les esperaba la fiebre amarilla o vómito negro transmitido por los mosquitos. Les esperaba el paludismo, las fiebres pestilenciales conocidas como las fiebres misteriosas del año 13, sumamente mortíferas. Les esperaba el cólera morbus porque los enfermos vomitan bilis. Les esperaba la escarlatina, entre otras acechanzas que bien podían costarles la vida.

Doña Marta puso la misma cara de cuando en una ocasión, todavía en vida de su marido, le sirvieron criadillas en San Juan del Río, devorándolas además sin saber lo que comía. Bien lo sabía ella que tendría que resistir por unos momentos más. Su paciencia se agotaba más rápidamente de lo previsto.

—A esa gente de poco o nada le servían las fumigaciones, ni siquiera las aromáticas reforzadas por compuestos de arsénico y de antimonio —nadie podría ya detener a Melitón—, ni el uso del vinagre ni la quema de basura y otros objetos contaminados ni las cuarentenas para aislar regiones enteras ni la combustión de perfumes, aceite, laurel y ginebra para desinfectar a presuntos contagiados, ni la desinfección de las calles ni las sangrías o las lavativas —hablaba ya como merolico el ingeniero— ni ungüentos ni cataplasmas ni otras sustancias para friccionar al cuerpo ni pócimas para beber de acuerdo con cada enfermedad ni la ingestión de café, aguardiente y láudano ni el agua de colonia diluida en vino o en caldo. La muerte llegaba puntualmente para quienes habían dormido siempre en petate.

—¿No estás exagerando, Melitón?

¡Por Dios, mamá: cállate por favor!, hubiera querido decir Isabel.

—No, señora, no exagero: de 1736 a 1739, en tan solo tres años, la Ciudad de México perdió el 50% de su población por distintas enfermedades epidémicas. En 1761-1762 perdió el 25% y en 1772, 1779, 1797-1798 y 1813 perdió del 10 al 15% en cada epidemia. Estos casos sumaron 123 mil 678 muertes, un poco más que la población total de la ciudad en 1790. Si la sequía no hubiera azotado con tanta violencia al campo y a las ciudades mexicanas, las gigantescas migraciones no se habrían dado y por ende no hubiéramos presentado blancos urbanos tan vulnerables. ¿Verdad, señora, que sí hay que concederles importancia a las sequías? ¿Lo ve claro? ¿Por qué históricamente se ha pasado por alto la influencia de este tipo de fenómenos? ¿Se imagina una sequía en la capital de la República con más de 20 millones de personas? Todas las pestes y epidemias sufridas anteriormente quedarían reducidas a meros juegos de niños.

—¿Cómo se dice, Isabel, cuando estás hasta el gorrísimo de un tema?

—Mamááá —entró Isabel a desviar la conversación—, ¿tú sabes por qué los yernos odian a las suegras? Porque se meten donde no les llaman, cuando menos les llaman —agregó, contestándose sola sin apartar la vista de su tejido.

—Yo tengo ciertos derechos como tu madre, abuela y suegra, Isabel, y esos nadie me los puede quitar.

—Precisamente eso piensan equivocadamente todas las suegras, y de ahí que vengan los problemas. Nadie les concedió esos derechos que como tú verás no se toman los suegros, y por eso, por ser conocidas como unas viejas metiches, los yernos quieren quemarlas en leña de preferencia verde, mamá.

—¿Eso piensas tú de mí, Melitón? Dime, ¿soy una vieja metiche? ¿Eso me consideras?

—¿No le preocupa quedarse sin agua? —cuestionó Melitón, sin darse por aludido y sin hacer caso de los argumentos esgrimidos por Isabel. Él no parecía escuchar nada ajeno al contexto ecológico, nada, nada parecía importarle salvo defender su posición técnica aun en el ambiente doméstico.

—Sí —contestó doña Marta sin dejar de burlarse—, por supuesto que me preocupa, pero es lo mismo que si me dijeras que nos vamos a quedar sin luz. No veo por qué nos íbamos a quedar sin luz.

—¿Qué? —contestó Melitón, poniéndose de pie y colocándose tras la silla y tomándola por el respaldo—, ¿no sabe usted que si deja de llover las presas no se llenan y si no se llenan las presas no hay agua para mover sus turbinas y si no se mueven las turbinas simplemente no se produce energía eléctrica y si no se produce energía eléctrica no hay energía para bombear el agua del Cutzamala o del Lerma hasta dos mil metros de altura ni energía para bombear las aguas negras sacándolas de la ciudad hasta vaciarlas en el río Tula y de ahí al Golfo de México, el golfo, nuestro golfo, que los mexicanos hemos convertido en el escusado más grande del mundo? ¿Ya se puso usted a pensar lo que pasaría si no podemos bombear agua fresca ni podemos expulsar las aguas negras porque falta corriente eléctrica? ¿Qué le parece que nos inundemos de aguas negras, que los baños no puedan desahogarse y que no pueda usted usar su refrigerador porque no hay luz, *suetercita*? Si deja de llover no habrá luz y pasará todo lo que le estoy diciendo.

Doña Marta se quedó pensativa. Nunca había relacionado la lluvia con las presas ni mucho menos con la generación de energía eléctrica. Menudo tema para ella, algo inimaginable. Ella pensaba que las presas, como la de Infiernillo, eran para ir a pasear en lancha los domingos o para pescar, y si acaso servían para regar los campos o dotar de agua a las ciudades y los pueblos, pero de ahí a que la luz dependiera del nivel del agua, esas ya eran palabras mayores. Aprendía, pero disimulaba para que no le perdieran el respeto.

—Pues sí, bueno, eso de las presas te lo compro, pero no eso de que deje de llover: no tiene por qué dejar de llover, eso es absurdo, yo desde niña jugaba con los sapos y las ranas y ni mi madre ni abuela ni mi bisabuela, ninguna de ellas, jamás me dijeron de tus santos ciclos esos de sequía que solo caben en tu cabezota. ¿Por qué mejor no te vas a la cocina y nos haces unos mamoncitos? ¿Eh? —concluyó, riéndose para evitar cualquier fricción con Isabel—. El horno ya está calientito. Me gustabas más de panadero...

Melitón era, según ella, un disco rayado, y no parecía ya escuchar las conversaciones colaterales. Doña Marta tendría que ser fuerte y resistir el alud.

—¡Ah!, ¿entonces no vio usted las fotografías que aparecieron en todos los periódicos que mostraban miles de reses muertas de sed y enormes territorios del norte que no habían podido ser sembrados por falta de lluvia y de agua en las presas el mismo año pasado? ¿No sabe usted además que México está a la altura geográfica del mismo paralelo del desierto del Sahara, es decir, en zona árida e hiperárida?

—Mira, niño: ni vi ninguna vaca muerta en las calles de Silao, ¿tú sí, Isabel?, ni sé lo que quiere decir estar a la altura del desierto ese...

—A mí no me metan en sus enjuagues...

—¿Por qué ahora mismo en el mes de mayo no tomamos un camión y vamos a Sonora o a Chihuahua para que vea usted con sus propios ojos a las vacas muertas y conozca usted misma los efectos de la sequía? —propuso el ingeniero para convencer a su suegra mientras daba el último trago de chocolate.

—¿Oíste lo que dijo este, *mijita*? —preguntó doña Marta a punto de soltar una carcajada—. Quiere que tomemos un camión a Sonora para ir a ver vacas muertas. ¿Has oído algo parecido en tu vida? Lo que se va a reír don Roque cuando le cuente esto. Lo que se van a reír mis comadres cuando les pida que me acompañen a ver pura pinche vaca muerta a Sonora —reventó sin mayor contención la urraca. La pobre había soportado mucho, pero aquello de que la invitaran a pasar calores, a ella que le daba el bochorno y creía desmayarse cuando le faltaba un pedazo de sombra y que no podía vivir sin el abanico y sin el ventilador en el verano. ¡Ni hablar! ¿A ella le proponían ir a cocerse como un pinche pollo rostizado al desierto para ver vacas muertas? ¡Ay!, niño, niñito, cómo se ve que no sabes ni de lo que hablas ni con quién hablas. ¡Ay!, que me da el soponcio, me va a dar, me va a dar... ¡Cómo me hiciste reír, por lo menos eso te agradezco!

—Cuando encuentre usted vacas muertas en los alrededores de Silao o no tenga agua en su escusado ni menos para lavarse los dientes ni pueda echar a andar su ventilador porque las presas ya no generen luz por la falta de lluvia, entonces, *suetercita* —concluyó en el mismo tono—, será ya demasiado tarde. Tenemos que actuar hoy.

Doña Marta se percató de que su yerno seguía hablando porque movía los labios, pero ella ya no escuchaba nada porque se había metido los dedos índices en los oídos para apartarse de todo cuanto decía Melitón. Ya acabé

151

de estar aquí, se dijo en silencio. ¿Quién me manda traer la rosca de Reyes a una casa donde para jalar la cadena del escusado tiene una que ser la quinta en sentarse en la taza? ¿Dónde se fue a meter mi Chabe? Necesita tener paciencia de santa… Patas de gallo… Cuernos de buey…

Las dos mujeres se dispusieron entonces a limpiar la mesa. Una se llevó los platos para lavarlos. Otra cepilló el mantel, dobló las servilletas y las guardó. Arregló las sillas. Pasó un trapo húmedo sobre la mesa mientras Melitón las perseguía con su discurso a la cocina, al armario donde acomodaban la vajilla. Él no había acabado de hablar, pero ninguna de las dos le contestaba nada. Si acaso intercambiaban sonrisas de complicidad sin agregar comentario alguno. Cuando doña Marta prendió la televisión a gran volumen, el ingeniero levantó la voz hasta que se dio cuenta de que era mejor continuar otro día. En ese momento las condiciones le indicaban que ya no le pondrían atención. Cuando desapareció rumbo a la azotea, ¿a dónde más podría ir?, la suegra colocó su mano del lado derecho de su cabeza y haciendo girar su dedo índice se concretó a decirle a Isabel: tu Toncito ese está *rechiflis, m'jita,* ¿cómo aguantas tanto rollo?

—Es un gran hombre, mamá, es un gran hombre: me quiere y me respeta. ¿Te digo más?

—Sí.

—Ahí como ves, con tanta pendejada que dice, me late que llegará muy lejos.

Isabel rezaba, suplicaba en silencio, pedía diariamente a Dios después de comulgar y antes de dormir —la necesidad y el miedo la habían conducido de la mano a los reclinatorios de cuanta iglesia encontraba en su camino—, invocaba el perdón divino, prometiendo someterse a tanta penitencia fuera necesaria, siempre y cuando no fuera a ser castigada con un hijo varón, sino congraciada con una mujercita; siempre y cuando, en ningún caso y en ninguna circunstancia, se fuera a parecer a Fernando.

—Apiádate de mí, Señor, no me mandes a un hijo hombre, y si me lo mandas haz que se parezca a Melitón. No quiero que la figura de Fernando me persiga por el resto de mi vida como una sombra. Cada vez que vea a mi hijo me acordaré del hombre que destruyó mi vida. No me castigues así, Señor. Y por favor, que sea prieto, Señor, prieto como mi marido, que no tenga los ojos negros oscuros sino cafés y que su pelo no sea castaño ni tan abundante y que sea de una estatura media y en ningún caso alto como Fernando: por lo que más quieras, mándame una niña, así se disimulará todo al menos un poco más. No desnudes en público mis debilidades.

Menuda evidencia si aquel fruto mágico de su vientre se parecía físicamente al gallero. Doña Marta moriría de un soponcio, víctima de la maledicencia de sus comadres o de vergüenza o de humillación. Moriría de todo, pero no del daño que se había infligido su hija ni por el lazo que se había echado al cuello, que sin duda cambiaría su destino y complicaría su vida, no, qué va: perecería sepultada por la condena social, por el qué dirán pueblerino, por sentirse exhibida en una vitrina, por haber visto frustrados sus planes económicos futuros, por la cruz que cargaría el resto de su existencia. Sería incapaz de aguantar el peso de la mirada de don Roque. Sentiría y resentiría la pérdida de méritos, tanto de ella como de su propia hija, para tener acceso a la eternidad. Se tendría que imponer todo género de flagelos espirituales, carnales y materiales para tratar de recuperar nuevamente la misericordia de Dios. Todo esfuerzo anterior se habría erosionado. Jamás sobreviviría a una sentencia de esa naturaleza. Caería de rodillas para siempre.

Tantas veces como fueron al doctor para revisión general, tantas veces se negó Isabel a que el especialista hiciera los estudios necesarios para revelarle anticipadamente el sexo del bebé.

—La técnica ha avanzado mucho, señora, ¿por qué no quiere saber?

—¿No tienes curiosidad, mi amor? —preguntaba insistentemente Melitón, devorado por la ilusión de saber finalmente si sería hombre o mujer.

—¡Nnnoooo!

—Ellas mandan, ingeniero, ellas mandan, ahí se estrella la ciencia —concedía risueño y resignado el galeno.

—¿Por qué no, *mijita*?

—Porque ¡nnnnooooo!, mamá. No, ¿está claro? Lo sabremos a su debido tiempo.

El debido tiempo llegó y trajo al mundo un robusto niño, un hombre por supuesto, de piel blanca y de muy escaso pelo que Isabel no quería ni ver y que simultáneamente deseaba tener entre sus brazos perfectamente arropado.

Ella no podía ser una madre triste. Imposible. Se alegraría, mostraría ilusión en todo momento, trataría de derramar lagrimitas aquí y allá, haría que su mirada apareciera cargada de un brillo optimista porque sin duda estaba conquistando una de las grandes metas de toda mujer, la justificación de su existencia, la razón biológica, histórica y cultural por la que valía la pena haber nacido. ¿Una primeriza deprimida? ¡Ni hablar! A ver, mamá, los pañales, las mamilas, el bambineto, las chambritas. ¿No te encanta? Déjame darle el pecho a mi bebé por primera vez. Melitón, la cámara, trae una cámara, pídela si no prestada. ¡Una cámara…! ¡Qué experiencia la de unos labios tan puros, tiernos e inofensivos en mis pezones succionando leche!

La maternidad me reconcilia con la vida, Toncito. Pensar que este niño está comiendo de mi cuerpo. Gracias, mi vida, gracias, Melitón, por este premio que me has dado. Gracias, Dios mío, gracias. Gracias, mamá, por haberme dado la vida para que yo pudiera darla a mi vez. Gracias, gracias, gracias… ¿Cómo se baña? Sujétale bien la cabeza. El libro dice que teme el medio extraño. Si no quieres que llore ponte tras él y haz que tome con sus manitas tus pulgares para que no se sienta que se hunde en la bañera.

Sí, sí, podría disfrutar darle el pecho, amamantarlo, atenderlo, ayudarlo, educarlo, guiarlo y orientarlo, realizar, en fin, su instinto maternal, pero un fuego interno la devoraba. ¿Y si huía con Manuel para vivir ya para siempre con él? Fugarse, sí, fugarse sin dejar rastro, porque ella no resistiría el espantoso peso de la mentira. Manuel era un vividor, la aceptaría un mes, luego la desecharía como a otras tantas en su vida. Tendría pues que soportar el peso de la cruz. No imaginaba los sentimientos que abrigaba Manuel con respecto a ella misma ni suponía, menos la maldita urraca de todos los demonios, su bienestar económico y su sorprendente cambio de actitud.

Bien sabía ella que debía gozar a su hijo, un ser inocente que había nacido ya lleno de culpa, el producto de un amor inconfesable, pero al fin y al cabo del amor. Disfrutar ese nuevo cariño, esa reconfortante sensación de dependencia surgida entre dos seres, esa gratitud recíproca que por diferentes razones se deben el uno a la otra, todo, todo eso podría lograr, sin duda podría lograrlo, era solo que la culpa la perseguiría de día y de noche hasta que entregara su alma al Señor y expirara con todos los sacramentos y las bendiciones apostólicas. De nada le servía escuchar insistentemente a sus voces internas repetirle aquello de que goza a tu hijo porque el secreto lo tienes a salvo en la misma medida en que solo lo conoces tú. Échale un poco de cinismo a tu vida y disfrútala mientras puedas. No debes quedarte atrapada en una fosa chiclosa de chapopote. De eso no se trata la existencia. No hay tiempo para ello.

Un fuego intenso le consumía las entrañas cuando estaba sola y no tenía necesidad de fingir ante la presencia de nadie. Lloraba como una adolescente el arribo de un hijo que aun cuando estuviera registrado con todos los requisitos establecidos por la ley y bautizado con todo el rigor de la liturgia católica, en el fondo, ella no se mentiría, para todo efecto era un auténtico bastardo en su corazón. Por supuesto que pensó en la posibilidad de terminar con la mentira durante las noches de luna inmóvil mientras el ingeniero dormía plácidamente. Encontrar a Fernando, llorarle la verdad, confesarle que el hijo era de él, del día de El Peñón, que él supo que ella era virgen y que no había existido ningún otro hombre antes que él; pedirle perdón por haberse casado sin mediar explicaciones, suplicarle su generosidad para propiciar un nuevo encuentro, una reconciliación, y tener más hijos con él, finalmente el único hombre que ella había amado. Formar con él una familia y vivir así, juntos para siempre, dentro de una constructiva armonía y felicidad.

Los sentimientos encontrados se estrellaban unos contra otros en la mente de Isabel. A mí me engañaron, ¿por qué tengo yo que pedir perdón? Pero si ni siquiera le di la oportunidad de defenderse. ¿Qué tal que todo hubiera estado tramado por la urraca, la maldita urraca, y las fotografías hubieran sido el resultado de un fotomontaje? Nunca oí tu versión, Manuel, mi Manuel. ¿Cuál versión, Isabel, si este gallero era famoso por perseguir gallinitas como tú? Nadie en Silao lo ignoraba. No lo disculpes. No te tortures. No te confundas: Fernando es un mujeriego caza-bobas como tú, que te dejaste seducir por un embustero, un seductor profesional. Será lo que quieran, pero a mí sí me quería. Ese nunca quiso a nadie: a todas les juraba un amor infinito, un amor eterno, mi vida, vida mía, mi ilusión, con tal de acostarse con ellas una vez completamente engatusadas las pobres idiotas. A mí nunca me dijo que me quería ni me prometió el cielo y las estrellas ni me ofreció matrimonio a cambio de nada: lo hicimos porque él quiso y yo también. Sí, ¿y qué? A mí no me estafó ni me mintió ni me engatusó. Yo lo permití todo. Yo, yo se lo permití y me encantó, seductor profesional o no. Perdón, Manuel, perdón, igual no querías a tu mujer sino a mí y yo nunca te permití que lo aclararas. Te atropellé, mi vida, te atropellé. No lo atropellaste: es un hombre destruido por dentro que merece pudrirse en el infierno por siempre y para siempre.

Reflexiones opuestas y más reflexiones. Y a propósito, ¿por qué no pensar que el propio Manuel pudiera negarle su paternidad, decirle ese no es mi hijo, si vieras, niñita tonta, cuántas mujeres han venido a mí con el mismo cuento ese de que yo las embaracé y que debo casarme con ellas? ¡Fórmate en la cola! Tú fuiste el primer hombre en mi vida y tú lo sabes. Habría que discutirlo, ¿cómo dices que te llamas? Y aun cuando fuera cierto que fui el primero, ¿quién me garantiza que no hubo 10 después de mí y que cualquiera de ellos es el legítimo padre de la criatura? ¿Cuántas veces y con cuántos galanes más volviste a El Peñón, chatita? Se trataba entonces de un encuentro tan difícil como impredecible con el gallero. A saber cómo respondería y, si respondía, ¿se responsabilizaría?

Con el pretexto de escuchar la respiración del niño —es lo más importante que tenemos, Toncito—, Isabel se mudó de habitación para no llegar a hablar dormida. El miedo la hizo tomar su decisión. Si un día ella, entre los densos vapores de las pesadillas y los sueños, llegaba a revivir en voz alta y con ademanes, como una sonámbula, toda la escena aquella durante la cual fue desflorada por el gallero a un lado del borbollón, al pie de un sabino, sería el fin. Idiota, idiota, ¿por qué me echas al agua? ¿Qué haces, por qué te desnudas? No, no, sáquenme de aquí. Hasta un ya, ya, por lo que más quieras, con la lengua no y menos ahí, te lo suplico, no, no, no... podría decir con los ojos crispados, mientras, acostada e inconsciente, se mordía los dedos, levantaba la parte baja del vientre y se llevaba ambas manos al pubis como si quisiera defenderse de algún ataque mientras empapaba la cama con sudores de hembra sedienta. ¡Cómo se retorcía en el lecho entre alaridos de placer y dolor! Por un tiempo, quedaba claro, no podría dormir al lado de su marido.

Por otra parte, deseaba espaciar sus relaciones amorosas con Melitón. Ya no. A lo largo del embarazo buscó todas las justificaciones posibles para escapar a sus caricias y a sus deseos. El ingeniero, desde luego, no solo ignoraba cómo tratar a una mujer, sino que intentaba montarla sin preámbulo alguno, sin insinuaciones ni galanteos ni juegos ni sonrisas ni arrumacos previos. ¿Besos? ¿Cuáles besos si seguía tocándola con los labios tensos y secos? ¿Cuáles besos si no sabía besar? ¿Cuáles besos si no sabía respirar y besar al mismo tiempo? ¿Cuáles besos si no sabía ni tocar ni ver ni asombrarse ante el cuerpo de ébano de Isabel, si no sabía oler ni recorrer ni palpar ni estremecer ni encantar ni hechizarse ni detener ni correr ni hacer disfrutar? ¿Cuáles besos, cuáles, si cuando sentía a Isabel próxima en el lecho no hacía sino casi violarla, sin permitirle quitarse el camisón, ni mucho menos quitárselo él mismo con infinita dulzura? ¿Camisón? ¿Para qué sirven los camisones? ¡Cuántas veces tuvo que esperar el ingeniero con notable impaciencia a que Isabel, ¡ay, Isabel, se quitara delicadamente sus pantaletas para acto seguido montarla sin detenerse a considerar ni a pensar en ella ni en sus tiempos y ritmos! Y por si fuera poco y como el médico había señalado, ¿no tenía Melitón un problema serio de eyaculación precoz? ¿Qué era eso? ¿No todos los hombres eran iguales y todos sufrían del mismo mal?

Por esa razón el experto en diseño de presas no se había podido percatar de que su esposa no era la virgen que él había soñado encontrar durante la noche de bodas, inolvidable para ambos, pero por razones muy diferentes para cada uno. ¡Cómo iba a percatarse si él había sido el primer hombre o no, si la emoción se desbordaba abundantemente antes de consumar la bíblica liturgia del amor! Las piernas y las entrepiernas de Isabel, ¡Dios mío!, quedaban empapadas con enojosa precipitación.

Isabel no podía olvidar ni dejar de extrañar las manos expertas del gallero, su aliento ardiente de búfalo desbocado, las caricias agresivas, pero

156

delicadas y oportunas, una combinación de rudeza con ternura. Tú sí sabes besar, Manuel… mi Manuel, mi amor, mi tirano… ¿Quién dijo que el amor tenía dignidad y sentido del honor? ¿Qué pasa que nada me detiene y los recuerdos y las sensaciones me confunden, me transforman y me debilitan? ¿Quién habita finalmente en mí que no identifico por ningún lado? ¿Dónde está la mujer que siempre creí ser? ¿De dónde sale esta fuerza que me devora y derriba todos mis principios? ¿Y mi educación y mi estructura moral forjadas con azotes de varitas de membrillo en el dorso de mis manos? ¡Qué débil soy que me dejo conducir sin oponer resistencia alguna, igual que va a la deriva la hoja de un árbol inmersa en la caudalosa corriente de un río! ¿Y mi fuerza y mi temperamento y mi carácter…?

El bautizo se vino encima con la rapidez de un rayo porque doña Marta no podía esperar que el niño pudiera morir por cualquier complicación o accidente —ya sabes, Loncha, una nunca sabe— y que se fuera a ir al mundo eterno de las tinieblas solo porque no había recibido las bendiciones ni había sido sometido a los ritos que el caso ameritaba. Media sociedad de Silao acudió al templo de las Tres Caídas. Todo salió a las mil maravillas, hasta la colocación de la familia de Melitón entrando inmediatamente a la izquierda, en la parte más oscura del templo para que nadie la fuera a ver. Bastante grave había sido el papelito que había hecho doña Marta el día de la boda como para que volviera a pasar semejante vergüenza. Nadie de la familia Ramos Romero protestó por semejante ofensa. Aquí estarán más cómodos, sin empujones de la gente: este lugar se los reservamos solo a ustedes. Siéntese por favor en esta banca, doña Cristinita, aquí podrán arrodillarse con toda comodidad… Pinches indios huarachudos… ¡Apestan a madres…! Escóndelos, escóndelos en el culo del mundo: no quiero verlos, parecía haber dicho doña Marta, solo que su probada y genuina caridad cristiana se lo impedía.

Los padres, las abuelas, los compadres, Librado Múgica y su esposa y un sinnúmero de amigos de ambas familias asistieron puntualmente a la ceremonia, mucho más cuando fueron advertidos que doña Marta en persona los estaría esperando en la puerta misma del templo. Los padrinos, el panadero y su esposa, obsequiaron óbolos consistentes en unos dibujos de un niño recostado en el interior de una canasta como si hubiera sido el propio Moisés deslizándose por la corriente de un río. ¿No era Melitón un apasionado del agua? Pues un Moisés era la mejor temática para complacerlo. Ese día doña Marta hubiera querido comulgar 100 veces para estar aún más cerca y congraciada con el Señor.

Al entrar a mano izquierda del templo, ahí se encontraba el baptisterio, y al fondo, en una habitación a modo de nicho, estaba la pila del bautismo tallada en piedra de laja, en realidad una gran copa de casi dos metros de diámetro por uno y medio de altura en la que ya se había depositado el agua bendita. Don Roque, por supuesto don Roque, vestido con una sotana blanca impoluta, cubierto por la tradicional estola, procedió a formar un semicírculo con los invitados antes de dar lectura a algunos pasajes del evangelio. Vinieron a continuación las renuncias repetidas y más que repetidas a Satanás, las profesiones de fe, las afirmaciones y confirmaciones con respecto a la existencia de Jesús.

El pequeño Agustín, cubierto por un ropón decorado con encajes bordados por las propias hermanas del Verbo Encarnado, siguió en silencio la liturgia católica pasando por el santo Crisma, el santo óleo para ungirlo antes de mojarle la cabeza con agua bendita utilizando una concha de mar, en tanto los padrinos y los padres sostenían un cirio votivo entre sus manos para asegurarse de que a la criatura no le fuera a faltar nunca la luz durante toda su existencia.

El fotógrafo contratado por doña Marta no perdió detalle del momento. Recogió imágenes y escenas en el pequeño jardín de su casa en Silao. Más tarde tomó las placas al abordar el automóvil y posteriormente en la parroquia, captando diferentes ángulos e instantes tanto de la ceremonia como de los invitados. Las mejores, las más luminosas las captó durante el ágape, un suculento almuerzo servido en los jardines del convento de las Hermanas de la Caridad del Verbo Encarnado. La feliz abuela obsequió a los asistentes con jugo de naranja, tamales de dulce, de chile, de Oaxaca, sin faltar el chocolate caliente ni los bizcochos de La Central, una insistencia y condición impuesta, la única que pudo lograr Melitón durante todo el evento.

El bautizo de Agustín Ramos de Palazzio (no Palacios a secas, ¿cómo?, si doña Marta tenía origen italiano de la región de Chianti, la de los vinos) no tuvo ningún contratiempo para ninguno de los asistentes, salvo para Isabel, que cuando don Roque acercó la cabeza de su hijo poblada con escaso cabello a la pila del bautismo, de golpe se sintió traspasada por 100 agujas. Perdió el pulso, sintió desvanecerse con un vacío en el estómago; sin aire, asfixiada, caería sin más al piso. Todo ello sucedió cuando se encontró con una mirada que se le clavó en los ojos y la desnudó, la revisó, la auscultó, la hizo titubear y la privó del aliento, del color de su rostro y de toda su seguridad. La mirada lanzada como un dardo envenenado provenía de un hombre intensamente barbado, alto, bien parecido, quien, a un lado del altar, ligeramente escondido tras una de las columnas de cantera gris tallada a la usanza florentina, observaba atento, serio y demacrado cada paso de la ceremonia.

Apartado del grupo observó cada detalle de la liturgia, ¿la liturgia? ¡Qué liturgia ni qué nada! Se dedicó a ver a Isabel, a perseguirla con los ojos como si ella fuera la única persona dentro del templo del Cristo de las Tres Caídas, a rastrearla, a olerla nuevamente a la distancia como un macho herido, a escrutarle el rostro para detectar e interpretar cualquier señal, la más insignificante, a deletrear su nombre, a seguirla, a perseguirla, a deleitarse viéndola, contemplándola con arrobo y soñándola e imaginándose atado a ella a un lado del borbollón. Buscaba una huella de su paso por su vida, una mueca, un rictus, una confesión muda, algo, algo que delatara los sentimientos de aquella mujer que podía enloquecerlo como ninguna otra. ¿Me habría olvidado así porque sí? Una evidencia de complicidad, una indicación para saber si contaba o no en el futuro con alguna otra oportunidad, algún otro encuentro, aun cuando fuera simplemente para conversar. ¿Puedo alimentar esperanzas, mi Chabe? ¿Me dejas seguir enamorado de ti? No me importan tu marido ni tu hijo ni mil maridos ni mil hijos: solo quiero todo contigo. Naciste para ser mía. ¡Lo veremos!

Por supuesto que era Fernando, el gallero, sí, sí, el del borbollón, el de El Peñón. El mismo. Sin duda era el mismo. Por ningún concepto dejaría pasar Manuel la oportunidad de volver a ver a Isabel, sobre todo en un día tan importante en que habría de lucir deslumbrante. ¿Cómo se había enterado? La pregunta casi debería hacerse al revés: ¿Quién no se había enterado si ya se sabía que pueblo chico, infierno grande? Todas las comadres no dejaban de hablar del bautismo del niño de la niña Isabel, Isabelita, la hija de doña Marta.

Isabel se quedó petrificada. Aquella mirada que había durado no más allá de lo que tarda un relámpago en encender el cielo le había despejado de todas sus dudas. Manuel la amaba como desde el primer día. No la había olvidado ni pensaba que ella fuera la clase de mujer que hubiera podido volver una y mil veces a El Peñón con otros hombres después de aquel día tan feliz e inolvidable. Si llegara a saber que ese hijo que se estaba bautizando en ese momento era de ambos, una semilla que ambos habían sembrado a un lado del borbollón —es nuestro, Fernando, es nuestro, tú y yo lo procreamos—, tal vez podrían vivir juntos, escapar sin rumbo fijo a un lugar donde nadie los conociera y pudieran reiniciar los tres, tomados de la mano, el camino, ahora sí unidos hasta que la muerte los separara. Si había realmente amor, amor, lo que era amor, el perdón no se haría esperar.

Más tarde volvió a buscar a Fernando a un lado del altar, tras la columna florentina, otra más allá, en las puertas de salida, en los reclinatorios, a la entrada de la sacristía, tras las veladoras, los cirios, a un lado de los confesionarios. Don Roque se ponía nervioso a falta de la debida atención de la madre. Lo buscó cada vez con menos discreción entre el público, a un lado de ella, el gallero era capaz de todo, ¿estaría a la salida? No, todo lo que quería Manuel era verla y que ella lo viera: mandarle un mensaje con los ojos. Marcar con su presencia su posición futura, sus deseos, su compromiso, sus apetitos, planes e ilusiones. Ya todo estaba dicho. Quien tenía que saberlo ya lo sabía todo. No tenía sentido ser descubierto por la pinche urraca de todos los demonios ni exponerse a una escenita a las que era tan adicta. ¿Algo más que decir? El gallero desapareció imperceptiblemente con los últimos acordes del *Ave María*. La ceremonia había concluido. El tiempo diría la última palabra. Una repentina alegría invadió a Isabel, una alegría igual de intensa que inconfesable. Desde luego fue la mejor anfitriona de la reunión. Pasó por todas las mesas repartiendo óbolos y felicidad, compartía su dicha con cada uno de los invitados. ¡Chocolate, falta chocolate en esta mesa! Ahora lo sabía todo… Fernando: ¿dónde estás…?

De la misma manera en que crecía el pequeño Agustín, aumentaba la ansiedad de Melitón respecto de la sequía. La veía venir. Era evidente. El ciclo estaba a la vista. Los vientos monzones y contramonzones no se producían con la intensidad debida. Eran tenues. Empezaban a parecer imperceptibles. El mar Caribe parecía una tina. Apenas se percibía la presencia de depresiones tropicales. Los huracanes brillaban por su ausencia. ¿Dónde estaban los vientos alisios que entrando por el golfo de México producían los tradicionales aguaceros a lo largo de la segunda mitad del año? ¿Y la canícula del mes de agosto? ¿Esa cancelación de las lluvias que se daba a medio verano podría extenderse peligrosamente? Los barómetros no engañaban ni los vientos soplaban ni las nubes aparecían en el firmamento. De hecho, el año anterior también se habían atrasado las aguas, siendo que las primeras manifestaciones de resequedad se habían producido en el norte del país, donde las reses habían empezado a morir por cientos en las inmensas llanuras de Sonora. El comportamiento atmosférico, según Melitón, no era mejor en esta ocasión. La velocidad del viento era extremadamente baja, al igual que las condiciones de humedad. Las primeras lluvias tardarían en producirse, no cabía la menor duda. Las fotografías macabras del ganado muerto aparecían publicadas cada vez con mayor insistencia en los periódicos. Estos habían comenzado por recoger la noticia primeramente en las páginas interiores, hasta que la gravedad de la situación la llevó a las primeras planas. Muy pronto el avance de la sequía, según Melitón, aquello en lo que muy pocos llegaron a creer, ocuparía las ocho columnas de todos los diarios.

Hectáreas y más hectáreas habían dejado de ser sembradas. Los daños no solo en la ganadería sino en la agricultura ya eran incalculables. Miles de campesinos y agricultores tendrían que enfrentar la quiebra, los embargos de los bancos, la pérdida de sus bienes y, finalmente, el hambre. ¿Por qué no llovía? Por alguna razón nuestros remotos antepasados ya creían en un Tláloc. Las lluvias no solo no llegaban a tiempo, es más, había ocasiones en que ni siquiera llegaban, provocando una estela de desastres. La insolvencia financiera amenazaba regiones enteras según la sequía se iba adueñando de ellas como una maldita peste medieval. Las finanzas públicas se veían afectadas desde que se tenían que disponer de miles de millones de dólares para importar todos los alimentos y granos que no había sido posible producir en México por la falta de agua de lluvia, por la ausencia masiva de sistemas previsores de captación de agua y por la falta de superficies de riego. Las reservas monetarias mexicanas y la recaudación proveniente del sector agrícola se desplomaban por el fenómeno meteorológico. ¿Conque no tenía nada que ver la sequía con la economía? ¿Qué hicimos con la infraestructura hidráulica de México? Conocimientos los hay, técnicos los hay, escuelas las hay, expertos los hay, ¿qué hicieron entonces los políticos? ¿Qué nos pasó como país si la academia no fracasó?

No es posible, decía Melitón, que tengamos que depender del agua de lluvia —hablaba invariablemente en términos hidráulicos— cuando nos encontramos en plenas goteras del siglo XXI y que además tengamos que atenernos a que llueva en el momento preciso, es decir, cuando se acaba de sembrar, que llueva en el lugar preciso, ¿de qué me sirve que llueva en el mar?, y en la cantidad precisa, porque si la precipitación es escasa, el mal puede llegar a ser catastrófico, y si llueve de más, se inundan las tierras, se pierden las cosechas y el mal puede llegar a ser catastrófico. Necesitamos un dios de la lluvia ciertamente exacto y matemático. Tiene que llover en la cantidad que se requiere, cuando se requiere y en el lugar que se requiere. ¡Horror! Y si no: adiós, país…

El señor ingeniero Ramos Romero calculaba angustiado el volumen de las presas del centro y norte de la República para que las autoridades comenzaran con el racionamiento de agua. ¿O se iban a esperar los responsables de la administración del líquido precioso a que este se agotara para tomar medidas extemporáneas, carísimas e inútiles? ¿No sabían que en caso de sequía —como él tantas veces se lo advirtió a la escéptica de su suegra— se debían limitar los consumos para que a través de las presas se siguiera todavía generando alguna energía eléctrica y también se difiriera la crisis doméstica por falta de agua y ahora también de luz? ¿Hasta cuándo? No hay nubes, no hay viento, no hay humedad, no hay alta presión atmosférica, no va a llover a corto plazo —cualquiera lo puede saber—, no están dadas las condiciones y, sin embargo, nadie dicta las restricciones ni da las voces de alarma para alertar a la población. Nadie informa. Las autoridades callan. La gente vive y disfruta mientras un torpedo nocturno veloz y puntual se dirige incontenible al centro del buque, a la sala de máquinas del barco insignia de la nación.

No vamos a crear pánico, Melitón.

No es pánico, es información para que la población tome sus providencias.

Ningún mexicano sabe administrar la realidad. No se les debe informar porque se asustan. Es un país poblado por menores de edad.

¿Menores de edad?

Lo somos o, mejor dicho, lo son.

¿No vamos a iniciar una campaña para procurar el ahorro radical de agua en las casas?

¿Quieres que me cesen? ¿Quieres que salga a decir que mañana se van a morir de sed millones de personas?

Yo solo quiero ayudar.

Ayudar, ¿a qué? ¿A que me corran? Insisto: ¿quieres que me corran? Al fin y al cabo a ti qué… ¿no?

Hablas como si mantenerte en el puesto fuera más importante que la seguridad de la sociedad.

A mí me importa mi puesto, la quincena, la quincenita: no soy suicida ni salvador de almas. Al fin que en México todo termina por resolverse solito, y a la gente, a tu gente, nunca le pasa nada, absolutamente nada. Ya verás que mañana amanecerá el cielo encapotado por cualquier huracán del Caribe o del Pacífico y nos vamos a ahogar juntos con toda el agua que va a caer, Ton-Ton *miedosón*…

Si avanza la sequía te van a correr pero por no haber tomado las medidas a tiempo.

¡Ah!, entonces si las tomo me corren y si no las tomo también… ¿No será que tú quieres quedarte con mi cargo y me provocas?

Me interesa la gente. ¿Qué pasará cuando falten el agua y la luz y no se pueda sembrar nada, ya no durante tres meses sino durante tres años?

¿Tres años? ¿Que deje de llover tres años? Mira, mejor ni te contesto: cuando falte el agua y la luz entonces nos preocuparemos. Por lo pronto trae paraguas mañana o te vas a empapar.

Como una paradoja de la vida, semanas después empezaba a llover en la capital de la República. ¿Paradoja? ¿Cuál paradoja? El arzobispo de la Catedral Metropolitana había pedido que se hiciera una procesión encabezada por la milagrosísima virgen de los Remedios hasta colocarla por unos días en el altar principal del máximo templo del país. Se hicieron deprecaciones y le dedicaron múltiples novenarios de oraciones públicas para implorar protección. Por si aquello de que las divinidades no sobran y a nadie le cae

162

mal un rezo, una bendición o una súplica silenciosa, la peregrinación pasó por el Paseo de la Reforma deteniéndose discretamente al pasar frente a Tláloc, rindiéndole, por si acaso, un breve y sentido homenaje. México había estado a un par de semanas de distancia de solicitar por la vía diplomática que aviones de Estados Unidos bombardearan con nitrato de plata los cielos mexicanos poblados con escasas nubes pasajeras. Afortunadamente no había sido necesario llegar a esos extremos. El milagro se dio de repente. Soplaron repentinamente los alisios y llovió abundantemente durante tres días, al extremo de provocar inundaciones importantes en las zonas más pobres de la ciudad. El propio arzobispo, en su desesperación, al constatar que varias colonias depauperadas amanecían cada día más cubiertas por las aguas, pues era imposible por lo visto contener, ahora a la inversa, los designios de la madre naturaleza, empezó a pensar en la posibilidad de solicitar esta vez la intervención de la virgen de Guadalupe para que, con Su Santa Gracia y apiadándose una vez más de los mexicanos, contuviera la precipitación antes de que fuera demasiado tarde. No fue necesario. El cielo se despejó antes de tener que invocar su nombre divino.

El jefe del Departamento del Distrito Federal volvió a respirar. Ya había estado a punto de informar a la opinión pública de la gravedad de la situación prevaleciente por «el desfasamiento de la temporada de lluvias» y más tarde de solicitar la declaración de una emergencia nacional con suspensión de garantías individuales dada la magnitud de las inundaciones y el índice de saqueos y abusos. Con mapas y planos, los peritos explicarían los hechos ante las cámaras y los micrófonos. Sin embargo, ya antes de la fecha límite que se había fijado para dar la voz de alarma y empezar con un racionamiento draconiano del agua, cuando los niveles de las presas ya eran alarmantes y el caos apuntaba al corazón mismo de la ciudad, los chaparrones inundaron de alegría a la capital de la República que él gobernaba por primera vez con el apoyo popular, ya que nadie nunca antes que él había sido electo para desempeñar tan importante puesto gubernamental, porque sus predecesores habían sido designados desde siete décadas atrás por los respectivos jefes de la nación sin tener que consultar la opinión de ningún capitalino. La ancestral pasividad ciudadana le parecía tan incomprensible como indigerible.

Este es el jefe. Punto. Este es el que manda aquí. A callar.

Pero si nosotros queremos nombrar a nuestros gobernantes, somos una de las ciudades más pobladas del planeta.

No hablemos ni siquiera del tema.

Así de lamentable había sido la historia política de México durante casi todo el siglo XX.

Melitón acusaba en sus escritos personales —algún día publicaría sus conclusiones— que en buena parte el problema urbano en general de la Ciudad de México se debía a la falta de democracia desde el gobierno de Calles, *el Turco*, el diabólico creador de su sistema político que había destruido y atrasado a México en todos los órdenes de la vida nacional. ¿Cómo era posible que la concentración humana más grande de la historia hubiera carecido de derechos políticos para elegir a sus gobernantes? Y lo que era peor, ¿cómo era posible que la ciudadanía lo hubiera tolerado durante casi 70 años? ¿Qué tipo de ciudadanía era esta, narcotizada, que había permitido semejante desastre? El gobierno, mal, muy mal, pero ¿y la sociedad? Era una sociedad insensible, un organismo anestesiado que podía ser devorado por los roedores sin delatar el menor dolor ni molestia porque su sistema nervioso no respondía. ¿Cómo una sociedad pudo esperar 70 años en pleno siglo XX para ejercer un derecho político añejo como es el voto? El gobierno podría haber tenido mucha responsabilidad, pero gobernar a una comunidad apática, desde luego, facilitaba el arraigo de la corrupción y de la impunidad. ¿Leyes? Los mexicanos —apuntó Melitón— siempre hemos sido excelentes legisladores, pero hemos sido históricamente incapaces de ejecutar las leyes que hemos promulgado. Ahí está la Ciudad de México: el mejor monumento al caos, a la sinrazón y al centralismo político que se conoce en el mundo entero. Ahí están nuestras leyes ecológicas, de las más avanzadas del mundo, para que ninguna autoridad las aplique y para que ninguna persona o empresa las acate. Ahí están los planes de crecimiento urbano, uno más violado e ignorado que el otro. Ahí está el gran manicomio…

Melitón podría ser un gran ingeniero hidráulico, sí, pero no podía desvincular el problema del agua del desarrollo político del país. Ambos estaban íntimamente relacionados. Si alguna vez nos hubiéramos sometido a la ley y no nos hubiéramos dejado gobernar por la influencia o el caciquismo; si la sociedad se hubiera involucrado alguna vez en los grandes temas nacionales, participado en sus soluciones, aportando alternativas y opciones, promoviendo la alternancia en el poder para que muchos mexicanos más pudieran sugerir y aplicar sus ideas en beneficio de la comunidad sin permitir que un grupo cerrado se volviera a adueñar de los controles políticos y de la economía del país, tal y como ya nos había acontecido; si no hubiéramos pensado que nuestra responsabilidad ciudadana terminaba en el zaguán de nuestra casa y que todo lo que sucedía más allá de él no era responsabilidad de la sociedad; si hubiéramos tenido otra identidad nacional, otra concepción del patrimonio público, no hubiéramos consentido décadas y más décadas de descomposición del gobierno, del más artero peculado cometido por generaciones y más generaciones de mexicanos en contra de generaciones y más generaciones de mexicanos, ni hubiéramos tolerado una concentración humana de 25 millones de personas ni hubiéramos permitido que se envenenaran nuestros ríos, lagos, lagunas y mares. Con otra concepción del patrimonio nacional, identificándolo como algo nuestro, como el comedor de nuestra casa, nunca hubiéramos asistido indiferentes a la devastación de nuestros bosques ni a la depredación de nuestras selvas. Solo que como la propiedad nacional no la consideramos nuestra ni son nuestros los ríos, las lagunas, los bosques, las selvas, las pirámides, nuestras catedrales, el tesoro nacional ni los impuestos recaudados, como lo único que supuestamente nos corresponde y lo único sobre lo cual tenemos algún derecho es lo que está puertas adentro de nuestro zaguán, por esa razón hemos agotado día con día las fuerzas de nuestro país y este se nos deshace como papel mojado entre los dedos de la mano.

Melitón, ¿filósofo? ¡Qué va! Simplemente un agudo observador del acontecer nacional. ¿Por qué la Ciudad de México había crecido sin orden ni concierto? Por falta de estructuras democráticas, porque nunca hubo equilibrio de poderes, porque invariablemente se impusieron los caprichos de un solo hombre, porque nunca hubo alternancia política, porque siempre uno quiso saber más que los demás, porque la corrupción derogó los planes de crecimiento urbano, porque la corrupción derogó la ley y consolidó la impunidad, por esa razón, porque la sociedad y el gobierno hacían lo que les venía en gana, los asentamientos humanos habían desquiciado la ciudad, por esa razón, porque además nadie ajeno al sistema podía opinar, el hampa se había adueñado de ella, por esa razón era inhabitable, por esa razón se había usado y abusado del acuífero, y el Distrito Federal se hundía temerariamente todos los días. Por esa razón y por la indolencia ciudadana los índices de contaminación atmosférica representaban severas amenazas para la salud de la sociedad, y ni así, ni cuando se ponía en riesgo la propia existencia, ni aun así la sociedad respondía para imponer el orden, sacando a patadas de sus puestos a los malos gobernantes mediante una efectiva acción popular, una respuesta enérgica cuando ya la vida misma estaba en juego. ¿Cómo cambiar entonces este estado de cosas, se preguntaba Melitón, cómo entender a los capitalinos si no son capaces de responder ni de actuar ni aun cuando su propia vida está en peligro?

Una sociedad viva, no una anestesiada como la capitalina, un gobierno democrático, una comunidad con otra concepción del patrimonio público, no hubiera permitido que se hundiera la Catedral Metropolitana ni el Palacio Nacional ni el Palacio de los Virreyes ni lo que escasamente quedaba de la Ciudad de los Palacios, ya destruida casi en su totalidad por un salvajismo, una ignorancia y una apatía que desconoce el menor valor histórico, ni hubiera consentido los daños irreversibles en el centro mismo de la capital de la República, el patrimonio de todos los mexicanos de ayer, hoy y siempre. Una sociedad viva, no una anestesiada, hubiera impedido que se derribaran millones y más millones de árboles, que se erosionara el suelo y se agotara el subsuelo, que se contaminaran las lagunas, que se entubaran los ríos y que se envenenaran al utilizarlos como enormes drenajes hasta hacer imposible cualquier género de vida en ellos y posteriormente matarlos irreversiblemente. Una sociedad viva no hubiera tolerado la deforestación ni la inmigración multitudinaria de personas a la capital de la República sin prever los medios ni la posibilidad planeada y organizada de extenderles los satisfactores necesarios —¿qué pensaban, que a más millones de personas, además ignorantes, más metros cúbicos de agua por minuto, más árboles, más aire limpio, más seguridad urbana y más convivencia civilizada o a la inversa, a más personas, menos árboles, menos aire limpio, menos seguridad urbana y menos convivencia civilizada? Una sociedad despierta hubiera reforestado, hubiera intervenido en la manufactura de las gasolinas sin plomo o hubiera abierto el mercado internacional de hidrocarburos a través de su representación nacional, a través del Congreso de la Unión, que durante más de 70 años renunció a sus facultades constitucionales, mismos 70 años que ni fue Congreso ni mucho menos de la Unión ni representó a nadie, salvo los intereses políticos de los sucesivos presidentes de la República. El contubernio histórico de poderes postró a México poniéndolo de rodillas.

Una sociedad consciente hubiera exigido cuentas al gobierno, hubiera demandado conocer el destino de sus ahorros, del ahorro público, hubiera acordonado las áreas verdes con el ejército, hubiera encarcelado a los funcionarios desfalcadores, hubiera contenido la mancha urbana, hubiera impedido la defecación al aire libre de por lo menos cinco millones de personas y dos millones de perros, hubiera, hubiera, hubiera... Una sociedad en estado de alerta se hubiera negado a seguir extrayendo agua del subsuelo al constatar el hundimiento pavoroso de la ciudad y, por otro lado, hubiera contenido su explosivo crecimiento demográfico que implicaba saquear reservas acuíferas de otros estados de la Federación para satisfacer las necesidades del Distrito Federal. Una sociedad alerta no hubiera aceptado que se subsidiaran los precios de los bienes y servicios públicos porque cuando alguien regala, alguien paga, y ¿quién pagó, paga y pagará hasta que se harte de financiar a la temeraria sociedad capitalina? El resto del país, al menos hasta ahora, tampoco ha protestado. ¿Por qué un yucateco o un guanajuatense tiene que pagar con sus impuestos el subsidio del agua o el que se concede a los transportes en el Distrito Federal? Eso que lo paguen los capitalinos: a ellos les corresponde. Yo por lo pronto propongo una revolución tributaria.

Una sociedad que no protesta se enferma, sentenció Melitón en sus apuntes de ese día. La sociedad mexicana está enferma porque no protesta. Cuando se harta, simplemente dispara. Hay muchas pruebas de ello en la historia.

Algún día Melitón daría otra forma a sus apuntes. Tal vez publicaría una serie de ensayos. Por lo pronto solo le interesaba vaciar ideas, aun cuando fuera desordenadamente. La ecología y la política. ¿Qué tal? «El proyecto futuro de la nación a través del agua.» ¿No sonaba interesante? ¿Y si un día el gobierno del Estado de México o el de Veracruz, ambos abastecedores de recursos hidráulicos del Distrito Federal, decidían, cualquiera de ellos a través de sus congresos locales, no aportar ni un solo metro cúbico más de agua a la ciudad capital, es más, ni una sola gota, porque sus respectivas agriculturas, pueblos, ciudades y presas requerían del líquido elemento para sí mismos como el enfermo requiere del oxígeno? De que se muera el Distrito Federal de sed a que desaparezcan los veracruzanos y los mexiquenses, es claro que se morirá de sed quien carezca de agua en su territorio, salvo que pretenda hacerse de ella por la fuerza de las armas. No importa que en el Distrito Federal por cada verdadero capitalino haya cuatro habitantes foráneos ni que estos hayan sido los verdaderos responsables del desquiciamiento de la ciudad: que antes se mueran todos los capitalinos. No quiero explicaciones. Si para salvar el agua y poder sobrevivir regionalmente se tiene que desintegrar políticamente México y se debe romper el pacto federal con el nacimiento de las repúblicas independientes de Veracruz y de Toluca, que se rompa el pacto federal y entremos a una guerra de secesión. ¿Queda claro por qué el proyecto futuro de la nación se definiría a través del agua? ¡Que cada quien se las arregle como pueda cuando de salvar la vida se trata! Si México como país desaparece por un problema de distribución de agua, que desaparezca. Los estados de la República que contamos con el líquido precioso no daremos ni una gota a nadie pase lo que pase. Defenderemos el agua con las armas si fuera necesario. ¿Otra revolución, esta vez por agua? ¡Pues otra revolución y 10 y 100 y mil! Todo antes de morir de sed. Entendamos: se trata de nuestra supervivencia.

La sequía siguió azotando algunos estados de la República hasta que el cielo se apiadó de ellos y cayó en pedazos, principalmente sobre los del norte del país, que pudieron salvarse una vez más de esta represalia de la naturaleza cuando se ha abusado de ella. ¿Esperaban acaso que no iba a aumentar la resequedad ambiental cuando se destruyen selvas y bosques de todo el mundo y se encienden al día millones de motores de vehículos e industrias, y la desertificación aumenta agresivamente en el planeta, que ya resiente los cambios de clima, los agujeros de ozono, los incrementos de temperatura y el deshielo de los polos? Si a una mula se le dan patadas, un día hasta ella las responde: la naturaleza dañada y afectada bien pronto le pasaría al género humano su factura por uso y abuso de sus recursos.

Melitón podría hablar hasta el último de sus días de los calentamientos atmosféricos, su vida estaba empeñada cada vez más en la investigación ecológica y en dedicar el tiempo restante a su hijo y a Isabel, su mujer, unas veces cercana, otras veces distante, pero al fin y al cabo así había oído que eran todas ellas, las del sexo femenino, impredecibles e inconstantes en sus emociones, apetitos, ánimos e ilusiones. ¿La mía por qué razón tenía que ser diferente? El pequeño Agustín siempre tenía una sonrisa para él, unos bracitos extendidos, un cariño retenido que obsequiarle desinteresadamente, un amor genuino que entregar, sin complejos ni prejuicios ni vaivenes ni malentendidos ni resentimientos ni cambiantes estados de ánimo y a la inversa. En su hijo, ¡qué hermoso hijo le había regalado la vida!, ¡menudo premio!, invariablemente encontraba reciprocidad. A una caricia en la mejilla, otra caricia. Unas cosquillas, un beso, un suspiro, un arrumaco, pues otras cosquillas, otros besos, otros suspiros, otros arrumacos y juegos, muchos juegos. Melitón daba uno y recibía 100. Los cuentos, los te quiero mucho, los duérmete conmigo porque me da miedo la oscuridad, iban cimentando una relación cargada de ternura con la que enfrentarían confiadamente el futuro. Bendito seas, Titino, porque a ti nadie te podrá llamar el Pelos Necios, tu madre te salvó de semejante apodo heredándote su cabellera y no la mía... ¿No es una maravilla tener un hijo? ¿La paternidad no es una fuente de felicidad?

Sin embargo, cómo se marcaba cada día más la diferencia de amores y respuestas, de insinuaciones y juegos con Isabel. Intercambios de sonrisas como las de la noche aquella de casémonos, tú eres mi hombre y mi mujer ideal, ni hablar, ¿cuáles sonrisas? Respecto a los bracitos extendidos de su hijo sedientos de un cariño retenido que obsequiar desinteresadamente, un amor genuino que entregar sin complejos ni prejuicios ni resentimientos ni estados de ánimo incomprensibles, también se conocían respuestas encontradas: ¡Ay!, Melitón, mañana, ¿no...? Saca la mano de debajo de las sábanas o me voy a la cama de Agustín, tuve un día con mucho trajín. De modo que reciprocidad, ninguna. A una risa de él, a un cómo te quiero, a una caricia en la mejilla, a unas cosquillas en el cuello, a un beso tronado, a un suspiro, a un arrumaco, a un cuento, a un duérmete a mi lado de cucharita porque me hace sentir importante en tu vida, a un te quiero mucho, Chabe y a un abrazo apasionado de su marido, un hombre que respiraba bondad, el ingeniero experto en el diseño de presas solo recibía un grotesco bostezo con el que Isabel parecía poder tragarse la habitación, la sala, el piso y el edificio completo donde vivían. Mira, Toncito, hoy no, ¿no...? Todo parecía indicar que mientras más se apartaba Melitón de su esposa, más se acercaba el padre a Agustín. En nada había unido a la joven pareja el hecho de tener un hijo ni que el ingeniero hidráulico hubiera logrado ascensos importantes en su carrera y obtenido un ingreso ahora sí decoroso que les había permitido mudarse a un departamento más digno y hasta comprar un automóvil. ¿Un automóvil? Si a don Sebastián le hubiera alcanzado la vida para verlo y ambos hubieran podido recordar los días en que uno dirigía la yunta y el otro sembraba maíz porque nunca se habían podido motorizar en Los Contreras, que por otro lado permanecía exactamente igual, sin que hubiera cambiado nada que no fuera la presencia de una desesperación creciente entre sus moradores, ¿no se hubiera sentido finalmente orgulloso de su «pinche Pelos Necios»?

Isabel, sin embargo, se desprendía cada vez más de su hijo. ¿Quererlo? Lo adoraba, pero de tiempo atrás parecía vivir la vida como una sonámbula y chocar incluso contra todas las paredes de la casa, teniendo desde luego los ojos abiertos. En la mesa, durante la comida, unas veces decía dos palabras y callaba repentinamente, como si sus interlocutores tuvieran que entender el resto de la idea por sí solos o bien se quedaba pensando en otra cosa, apartada del lugar y de la gente con quien se encontrara o simplemente no contestaba lo que se le preguntaba o no intervenía en las conversaciones, como si se hallara en otro mundo. Se quedaba dormida en el cine, viendo la televisión, aun cuando estuviera viendo su telenovela favorita, o en la sala con sus amigos en medio de chistes obscenos que tanto disfrutaba anteriormente. Ya casi nunca entraba a la cocina desde que habían contratado los servicios de una empleada doméstica ni se levantaba temprano ni bañaba a Agustín, si acaso supervisaba su higiene, ni cuidaba de Melitón ni tenía ya tanta paciencia como para retener que el 70% del agua del Distrito Federal se extraía del acuífero. Nada. No se acordaba de nada ni intervenía en nada. Se iba convirtiendo en una belleza muda, en un ídolo hueco.

¿Qué te pasa, *mijita*, ya te dejó así Melitón por tanto hablar de sus aguas? Yo no lo hubiera aguantado ni un día, pero ya ves, intuición de madre, no me equivoqué: ahí vamos para arriba. No sabes la cara de las comadres cuando llegas en tu coche propio a Silao.

La realidad es que Isabel iba de secreto en secreto. Secretos más inconfesables el uno que el otro, el posterior que el anterior. Ya ni don Roque podría escuchar pacientemente los pecados involuntarios de aquella mujer sin salir del confesionario y dejarse caer de golpe al piso boca abajo en señal de penitencia y con los brazos en cruz para apartar hasta la mínima presencia de Lucifer de su sotana, de sus oídos, de su cíngulo, de la sacristía y de toda la parroquia en sí misma que bien valdría la pena exorcizar por aquello de la terquedad del diablo. Por supuesto, toda su actitud estaba ligada, nuevamente ligada, a Fernando, el gallero. Él, desde luego, no conocía obstáculos. El cartero le alertó oportunamente del cambio de domicilio de la señora Ramos Romero por unos cuantos centavos. Volvió a seguirla después de dejar pasar un tiempo razonable para sembrar ansiedad en ella. Era, pues, un hombre respetuoso. Desde entonces la siguió tantas veces vino a México. Trató de hablar con ella, enhebrando de aquí allá una conversación esquiva. Volveré, volveré la semana entrante, ¿te veré en el parque mientras cuidas a Agustín? ¡Ni se te ocurra! No tengo nada que hablar contigo. Pero con aquello de que cuando una mujer dice un no rotundo es un quién sabe, probablemente sí o no, Fernando regresó una y otra vez. Solo que Isabel no estaba dispuesta a perdonarlo pasara lo que pasara y explicara lo que explicara.

Fernando entendió llegado el momento adecuado cuando en una ocasión halló a Isabel sola, sentada en una banca del parque dando de comer migajas de pan, como era su costumbre, a las palomas y los gorriones. Mientras Melitón alegaba que cada edificio nuevo que se construyera en el Distrito Federal debería contar con un sistema de captación de agua a través de una cisterna proporcional al tamaño de su azotea para que durante la temporada de lluvias se llenara todos los días y dejara de utilizarse agua potable de la tubería pública, limitaremos, señores, la extracción de agua del acuífero, Isabel la tomaba a gritos en pleno parque contra Fernando, quien recibía la catilinaria con una sonrisa interior que le confirmaba todas sus sospechas: donde hay pasión, hay amor. Debo dejar que se desahogue. ¡Aguanta, hombre, aguanta! Afortunadamente para él, ese día la sirvienta había sacado a pasear al pequeño Titino.

—Tú estabas casado, patán, hijo de puta, me engañaste, me engañaste, miserable, abusaste de mí, de mi nobleza, de mi inexperiencia —aseveró, poniéndose de pie en tanto que Fernando permanecía sentado, viéndola a la cara como sorprendido.

»¿Cómo no ibas a poder seducir a una pobre chamaquita estúpida como yo, si te las habías visto con mujeres mil veces más colmilludas y hasta a ellas las habías convencido y te las habías tirado llenándote el pecho de medallas, verdad?

Fernando agachó la cabeza. Con las manos entrecruzadas miraba fijamente el piso de tierra. No contestaba. Resistía estoicamente el castigo.

—¿Sabes lo que me hubiera gustado hacerte cuando mi madre me enseñó una fotografía donde aparecías felizmente retratado con tu esposa y con tus hijos precisamente el día de El Peñón? ¿Sabes? ¿Lo sabes? ¡Veme a la cara, estafador, poco hombre! Eres un delincuente, bandido, cobarde... ¡Veme! ¡Atrévete!

El gallero parecía petrificado. No volteaba. No la veía. No reclamaba. No se defendía. Se dejaba crucificar sin esgrimir ningún argumento en contra. A ti te encomiendo mi alma.

—¡Te hubiera castrado! Te hubiera cortado los güevos con unas tijeras sin filo para que te murieras primero del dolor y luego te desangraras. ¡Cabrón! ¡Mil veces cabrón! Así jamás te volverías a meter con ninguna mujer inocente ni la estafarías como a mí. Te hubiera dejado más inofensivo que a un gatito de angora.

Una paloma vino dando pequeños saltos hasta llegar abajo de la banca donde se encontraba Fernando. Picó rápidamente unas migajas de pan y huyó de inmediato, satisfecha de su hazaña. Aquel hombre cargado de culpa parecía no poder con su arrepentimiento. ¿Lloraba y se ocultaba a los ojos de Isabel? Imposible verle la cara ni adelantar su reacción. Estaba mudo, con los codos apoyados en sus piernas, Isabel solo alcanzaba a ver su nuca.

—¡Contesta, malviviente! Destruiste mi vida. Imbécil de mí que te creí, que creí en tu amor, y mira lo que eres: ahí estás con tus bracitos pegados a tus rodillas como un marica. Eso son todos los hombres como tú, que tienen que probar su virilidad con cuanta mujer se encuentran: maricas, ¿lo has oído?, maricas porque en el fondo sienten tendencias homosexuales y para escapar de ellas consumen mujeres como cacahuates. ¡Marica, eres un gran marica! Llora, llora como todos los de tu clase: no me recuperarás jamás. Tus lágrimas me convencen de mi equivocación.

Ante el insistente silencio de Fernando, Isabel decidió retirarse. Tomó su bolsa colocada sobre la banca, se la echó al hombro sin pronunciar una sola palabra más y se dispuso a salir del parque cuando el sol se encontraba precisamente en el cenit. Era imposible que, en esos momentos, dueña de sí, segura de sus condenas, certera en sus juicios, convencida de sus imputaciones, de su actitud y de su decisión, pudiera siquiera suponer la reacción de Fernando cuando ella le dio la espalda.

Cualquier respuesta hubiera podido suponer Isabel, menos que aquel hombre supuestamente vencido y derrotado, arrepentido y reducido pudiera levantarse movido por un impulso para alcanzarla cuando ella llevaba escasos pasos dados en dirección de la salida. Fernando la tomó sin dar explicaciones y trató de besarla, la atrajo hacia sí, la sujetó firmemente, quiso volver a olerla, a inhalarla, a enervarse, a sentirla, a vivirla, a recuperarla sin detenerse a pensar si eran vistos o no, si era un lugar abierto o cerrado. Víctima de un arrebato, no quiso soltarla ni cuando ella le tiró de la cabellera, le rasguñó la cara, intentó patearle los bajos, escupirle en pleno rostro para demostrarle su asco y su repudio. Gran error cometió el gallero aquella mañana. Un nuevo error que ella jamás le perdonaría. Cuando ella empezó a gritar y él sintió la sangre de las heridas en el rostro, Fernando la soltó al verse rodeado repentinamente por varios curiosos y pequeños menores de edad que jugaban cerca de los volantines, de los columpios y de los subibajas.

Isabel bajó entonces a pie por la calle de Georgia hasta llegar a la avenida de los Insurgentes Sur. Ahí giró a la izquierda rumbo a la calle de Xola. Rápidamente llegó al World Trade Center, pasó por la calle de Montecito y Maricopa hasta llegar a la Romero de Terreros. Fernando la seguía cada vez más cerca, mucho más cerca. Su cara aparecía ya limpia cuando caminó paralelamente a ella, sin embargo, las heridas eran ciertamente profundas. Se había limpiado el rostro con su paliacate azul. ¡Qué guapo era, después de todo! Lo vio. Lo vio exactamente al pasar frente a un pequeño local que ostentaba un letrero de lo que anteriormente habría sido una taquería conocida como Los Vecinos. La cortina de acero semienrollada dejaba ver claramente que nadie se encontraba en su interior ni había una trastienda. El lugar estaba completamente vacío. El gallero aprovechó ese instante para empujar sorpresivamente a Isabel a su interior. La violencia con la que lo hizo casi derriba a la joven mujer, que cuando se dio cuenta había caído al piso, perdido un zapato y la bolsa. Estaba en el centro de aquel lugar cuando oyó que la cortina de acero se estrellaba furiosa contra el suelo. Caía el telón. Fin de la función. La siguiente escena no estaría al alcance del público. Era un asunto que solo podrían dirimir los actores interesados cara a cara. Nadie podría asistir a la continuación del segundo episodio. Únicamente el narrador tuvo acceso a los hechos que aquí se relatan:

Solamente una línea de luz blanca se filtraba entre la cortina y el piso. La penumbra era similar a la atmósfera que Isabel encontraba en la iglesia del Perpetuo Corazón de María cuando iba a confesarse durante las cálidas tardes de agosto. Isabel y Fernando alcanzaban a verse cara a cara. Este adelantaba lentamente en dirección a ella para concederle el tiempo necesario para pensar y no viniera luego con eso de los arrepentimientos y de las reclamaciones. Le clavó la mirada. La misma del día del bautismo de Agustín. ¿Se acuerdan cuando estaba escondido tras la columna de cantera gris de corte florentino? La misma mirada. La misma actitud desafiante. Seguía sin pronunciar una sola palabra. La veía fijamente. Sabía, sabía lo que en ese momento volvería a producirse. Tanto tiempo rumiando las mismas ideas. Alimentando fantasías.

—Si das un paso más, grito, te araño, te mato, cabrón…

Ya era demasiado tarde. Nadie detendría a ese hombre. Cuando la tuvo cerca de sí le acarició el sexo con la mano derecha mientras que con la izquierda la tomó por la nuca, besándola como si quisiera entrar todo él por el fino contorno de la boca de Isabel, tan fino que, aun abriéndola a toda su capacidad, escasamente podía morder media ciruela. Trató de apartarse, de retirarse, de oponer resistencia, pero él supo someterla al empujarla decididamente contra la pared, sin concederle la menor posibilidad de escape. La soltó de la nuca para cubrirle la boca con la palma de su mano. La tenía, sí, sí, la tenía. Isabel parecía asfixiarse. La inmovilizaba. Pronto cedería. Claro que cedería. Que si lo sabía él… Hizo más presión. La condujo hasta la esquina del fondo, donde la inmovilizó totalmente cerrándole todas las salidas. Ella ya no golpeaba, o al menos no lo hacía con tanta insistencia ni vigor. ¿Arañarlo más? ¿Patearlo? ¿Jalarle los pelos? Pero, ¿no llevaba años soñando con él llena de dudas a veces, de corajes y de culpas, de lamentos y añoranzas? ¿Quién entiende a las mujeres? Sintiéndose fuera del alcance de la mirada de los niños y curiosos del parque, Isabel puso una mano sobre el hombro del gallero mientras aquel la besaba con un ímpetu siempre recordado. Ella decidió entonces arremeter con la misma intensidad. Demostrar su apetito voraz, que había tenido que ocultar durante tanto tiempo. Devolvió entonces todas las caricias recibidas. Una más audaz que la otra. Besó, palpó, tocó. Metió la mano compulsivamente por abajo de aquella magnífica hebilla, ahora de plata, que escondía las llaves de los suspiros.

Una urgencia devoradora se apoderó de ambos. El fin del mundo estaba próximo. Tenían que poseerse, amarse, tenerse precisamente en ese momento porque, bien lo sabían ellos, tenían los días contados. ¿Los días contados? ¡Qué va…! Tenían los minutos, los segundos contados, exactamente contados, contadísimos. En cualquier momento se aparecería el Señor o Lucifer en persona, apartándolos para siempre y exigiéndoles cuentas de su comportamiento. No había tiempo que perder. Es el último instante de nuestras vidas. Aprovechémoslo. No volveremos a acariciar ni a ser acariciados, ni a besar ni a ser besados, ni a amar ni a ser amados, ni a tocar ni a ser tocados. Nada. Lo que no hagas ahora no lo volverás a hacer ni tú ni tu espíritu en el purgatorio o en el infierno, ni tu alma reencarnada en otro ser. Nunca. ¿Oyeron? ¿Oyeron bien?

Se desvistieron rápidamente el uno al otro, como si la ropa hubiera sido tocada por el demonio y hubieran tenido que arrancársela frenéticamente para ingresar a la sala donde se celebraría el Juicio Final. La ropa nos delata. Quitémonosla. Quema. Arde. ¡Ay!, no puedo con ella. Yo te la quito a ti. Tú quítamela a mí, Fer, mi Fer, Fer. Quítamela porque me muero. No me dejes morir con la ropa puesta. Date prisa. Arráncame el vestido, el sostén, los calzones. Todo, rásgalo todo, rómpelo. Ábreme como una granada. Párteme en dos. Devórame por dentro. No tenemos tiempo. Yo te quito la hebilla, la hebilla sagrada, vida de mi vida, amor de mis amores. Alza los brazos, te quito la camiseta. Cierra las piernas, apúrate, ya escucho pasos, te bajo el cierre de la braga, ¡Dios!, la fuerza más pura y original con la que dotaste a los hombres, Señor. Ven, te bajo los pantalones y te quito tu trusa para dejarte expuesto al sol como un gigantesco dios griego tallado en mármol blanco por mil orfebres. Corre, corre, este fuego interior ya me consume. Pronto no quedará nada de mí. Tu mano, dame tu mano, ponla aquí, alíviame, tócame, siénteme, pálpame, evócame, engúlleme, envuélveme. Tenme, tenme, tenme, mi amor… tenme y sálvame, curémonos, salvémonos el uno al otro. Aquí, ahora, abrázame…

Cuando una luz similar a la de la alborada iluminara aquel santo recinto donde se ejecutaba apasionadamente la liturgia del amor, cuando los arcángeles y ángeles descendieran tocando sonoras fanfarrias y arpegios de laúd y acordes de lira y arpa a recoger a aquel par de enamorados que no habían cometido otro pecado sancionable que el de haberse querido y jurado amor hasta la muerte, cuando Dios en persona tocara las frentes de aquellos pecadores para llevárselos para siempre a su lado pues habrían cumplido su glorioso mandato de creced y multiplicaos, cuando la corte celestial se apareciera en pleno para juzgar su conducta, cuando todos los apóstoles vestidos con túnicas blancas impolutas los contemplaran denunciándolos y señalándolos con los dedos índices flamígeros, cuando todos los santos de la historia pasaran a ocupar sus palios de oro para iniciar el Juicio Final, cuando todas las vírgenes los contemplaran piadosamente, cuando la Santísima Trinidad los hiciera levitar rumbo al más allá, el destino final de todos los mortales, cuando el diablo mismo aceptara furioso y arrebatado haber perdido una nueva batalla en contra del amor, cuando todo ello aconteciera en la noche sin riberas, en el dorado horizonte sin límites ni principios ni finales, Isabel y Fernando, Fernando e Isabel bien podrían ya encarar la sentencia divina e irrevocable con una sonrisa en sus rostros. Ya podrían morir tranquilos: habían sido un par de privilegiados por haber podido conocer en vida el amor en todo su esplendor, y por lo mismo tenido contacto con la eternidad, hijos míos, aquí en la Tierra como en el Cielo. Santificado sea el nombre del amor. Amén. Ya caían ambos extenuados con la respiración extraviada y los ojos en blanco contemplando agónicos y resignados la inmensidad del firmamento desde ese lugar, el más humilde de la Tierra. Amaos los unos a los otros. Feliz reconciliación, hijos míos. Bienvenidos a mi reino del bien y de la tranquilidad. Habéis conquistado la paz…

—Cuca, Chofis, Chifis, Chiquis, Triquis, vengan, vengan —suplicó doña Marta—, vengan, las necesito a todas juntas hoy mismo aquí en la tarde en mi casa —citó la urraca a sus comadres más feliz que contenta—:

la Chabe, mi Chabe, gracias, muchas gracias, Dios mío —se persignaba y se santiguaba una y otra vez— ha encargado gemelos, sí, sí, gemelos, y nacerán este próximo verano. Vengan, vengan todas a festejar conmigo. ¿No es un milagro? ¿No es una maravilla? Espero que sean dos nenas hermosas y que se parezcan a su madre y no al «pinche Pelos Necios», ja, ja, ja… Vengan a brindar conmigo. Habrá sidra para todas. ¿A las cinco? A las cinco. Estará don Roque. No falten.

Capítulo III

La respuesta de la naturaleza

La explosión demográfica y la expansión acelerada de la mancha urbana e industrial, junto con la deforestación, destrucción de suelos, desaparición de áreas verdes y de lagunas, el abatimiento de los recursos hidráulicos subterráneos, el comportamiento irregular de la hidrología, que se manifiesta en la torrencialidad de sus corrientes, la erosión y las inundaciones, el desequilibrio de los ecosistemas que integran la cuenca, aunado a la desecación del lago de Texcoco, llevaron al deterioro ecológico del Valle de México. La naturaleza, un día, habrá de cobrar esta temeraria afrenta.

MELITÓN RAMOS ROMERO
Ponencia presentada en la UNAM
como profesor invitado

Cuando nacieron sus gemelas, Marta e Isabel, Melitón volvió a ser el hombre más feliz de la Tierra. Sus hijas eran unas niñas hermosas, blancas, con el pelo castaño y las facciones delicadas, igualitas a su madre —según decía el ingeniero hidráulico, cuya carrera en la Comisión Nacional del Agua iba en meteórico ascenso—. Nada le producía más satisfacción que el hecho de cargarlas juntas, bien sujetas, una en cada brazo, y aparentar que las hacía chocar una contra la otra para sellar finalmente la escena entre los tres con un abrazo, cosquillas y carcajadas. ¡Cómo gozaba con la risa contagiosa de aquellas menores! ¡Cuánta alegría era capaz de producir una criatura, más, mucho más si se trataba de un hermoso par de niñas felices, réplicas casi exactas de Isabel! A ellas jamás las torturarían con burlas y mofas con respecto a su físico, ni mucho menos a su cabellera ni a su piel.

En la casa del ingeniero Ramos Romero las situaciones diarias se planteaban más o menos de la siguiente manera: que el doctor… Melitón. Que las mamilas… Melitón. Que hay que cambiarlas… Melitón. Que hay que contarles un cuento… Melitón. Que si me ayudas a bañarlas… Melitón. Que si las llevas al parque… Melitón. Que dales algo de tenme-acá… Melitón. Melitón, llévalas al cine… Melitón, acuéstalas, te estuvieron esperando a que llegaras de la oficina… Melitón, llegaron las vacaciones, ¿a dónde te las llevas…? Yo prefiero descansar unos días en Silao… Vete tú con los tres a Acapulco, yo estaré por aquí sola en la ciudad, ¿sí…? De vez en cuando necesito mis espacios como toda la gente… Melitón, es tanto de la colegiatura y tanto de la ropa y tanto de los útiles y otro tanto por las clases particulares… Que si Titino quiere esto y a Martita le falta lo otro y a Isabel lo de más allá… Y si le diste a uno, dale a los otros… A este le toca, a la otra no… Consientes mucho a Agustín… Necesitamos darles esto, necesitamos darles lo otro… No se te olvide el regalo de cumpleaños… ¿Trajiste las medicinas? ¿Los juguetes? ¿El pan de muertos? Mañana es Día del Niño, el mes entrante el de las madres, el siguiente, el de mi santo… ¿El Día del Padre? Ya vendrá el próximo año… Por lo pronto paga las reinscripciones, ya viene la Primera Comunión, la Confirmación, la Navidad, los Reyes… ¿Tienes dinero? Nuestras hijas saldrán disfrazadas de haditas madrinas al final del curso escolar… Agustín necesita el traje de mago… Necesitamos los vestidos, sus zapatitos de charol blanco, sus varitas mágicas y sus cofias luminosas… ¿Tienes rollo? Debes retratarlas… Mi mamá quiere una foto de ellas de recuerdo… Eres tan responsable, Toncito…

Melitón, aquel hombre nacido para ser padre, todo un señor padrazo, ¡qué caray!, ecologista, ingeniero hidráulico, catedrático y extraordinario marido, maridazo, puntual, puntualísimo a la hora de pagar las quincenas, abstemio porque rechazaba el alcohol para no convertirse en un animalito como su padre, incapaz de jugarse su salario al cubilete o de llegar tarde en la noche ni siquiera una vez al mes. Un hombre localizable a toda hora del día para Isabel y los niños, cariñoso, juguetón y atento, invariablemente presente, gozaba la carga de la familia, disfrutaba sus obligaciones. Era un hombre nacido para dar amor filial y marital, para dar ternura, toda la ternura, y para proteger, para prodigar cariño y brindar la seguridad y confianza que él nunca tuvo y que tanto lamentó en silencio a lo largo de su infancia, de su juventud y de su vida adulta. ¿Cómo que tú no puedes dar como padre lo que no recibiste de niño? ¡Falso, mil veces falso, como también es falso eso de que infancia es destino! Yo de sobra sé mis carencias y por ningún concepto estoy dispuesto a que mis hijos las padezcan. Yo sé qué darles, cómo darles y cuándo darles para criarlos macizos y enteros. ¡Jamás pasarán por donde yo pasé! ¡Jamás sufrirán lo que sufrí! De eso me encargo yo. ¡Que si me encargaré de cuidar como a nada a la sangre de mi sangre, a la piel de mi piel, a los ojos de mis ojos, al aire de mi aire! Nunca en mi vida he tenido algo tan mío, ni mi vida misma, ni ella siquiera…

Así de entregado era Melitón Ramos Romero. Así de dedicado a los suyos, a los íntimamente suyos. Por eso fue inmensamente alegre, mucho más que alegre cuando le anunció Isabel su nuevo embarazo y tiempo después nació Manuel, Manuelito, ¡ay, Manuel!, qué bonito nombre, ¿no?, un niño ciertamente guapo, que se parecía al abuelo de Isabel, tú sabes, genéticamente las generaciones se saltan y a veces los nietos se parecen a sus ancestros. La herencia genética, ¿no es una maravilla de la naturaleza? ¡Ay!, si mi abuelo viviera para probar cómo renació… Un proceso mágico para revivir a la familia, a los que ya no están con nosotros ni para contarlo ni para disfrutarlo. ¡Gracias, Dios mío, muchas gracias…! Después de Manuelito, llegó otro hombrecito, el último. ¿Qué tal si le ponemos Fernando? ¿Te gusta, Melitón? Dime que sí, mi vida, yo nunca te he pedido nada, ¿verdad, mi amor, verdad, mi ilusión…? Desde luego, el último vástago del feliz matrimonio se llamó Fernando y fue el último, porque el médico advirtió a Isabel que sus tejidos ya no resistirían otro alumbramiento y que de contravenir sus instrucciones se expondría a morir de una hemorragia interna incontrolable.

El galeno entonces aprovechó para dejarla estéril por el resto de sus días, siempre y cuando su madre no se fuera a enterar de que la habían ligado en el quirófano. La angustia de saber que su hija pudiera condenarse en el infierno por contravenir las palabras divinas podría precipitar el fin de sus días. No, ni hablar, no entendería, Melitón. Por mí podríamos poblar de nuevo el país y hacer patria, mil veces patria, mi vida. Mejor me dedicaré a cuidar de nuestros hijos, Ton, Toncito, mi Ton…

Isabel, talentosamente, no dejaba de acceder a compartir el lecho con su marido por lo menos un par de veces al mes para que, en caso dado, no hubiera sospechas de ningún tipo. Ella, por convicción cristiana, jamás podría abortar, ¡qué va!, eso era un delito, un crimen, una inmoralidad. Tendría todos los hijos que Dios le mandara porque además no cometería en ningún caso el pecado de utilizar métodos anticonceptivos absolutamente prohibidos por la Iglesia, en particular por don Roque, quien no dejaba de comentar los castigos que recibían en el más allá las personas que asesinaban con pastillas, dispositivos o condones a los futuros seres humanos, impidiéndoles su derecho a nacer. ¿A quién se le podía privar de ese derecho? ¡Salvajes! ¡Criminales! ¡Asesinos! Hacen muy mal quienes despiertan la furia del Señor, quienes despiertan Su sagrada ira… Caro, muy caro habrán de pagarlo.

Isabel consentía y consentía las solicitudes amorosas de su marido con aquella actitud de cuando termines, mi amor, me cubres con las sábanas, apagas la luz y te duermes, mi Ton… Lo dejaba hacer sin corresponder siquiera colocando por lo menos un brazo encima del hombro de Melitón o simulando gentilmente el placer que le provocaban sus caricias por más apresuradas o torpes que estas fueran, impidiéndole, en todo caso, encontrar su boca en la oscuridad, aquella boca fresca, carnosa, dócil y perfumada que él había gozado con sus labios cerrados en las tibias noches de Silao, cuando ambos eran solteros. Nada. Ella se sometía al suplicio de aquel cuerpo tieso e inflexible, incapaz de transmitir la menor emoción. Un cuerpo mudo, sordo, indolente, un cuerpo mecánico, austero, rígido, exacto y predecible. Se sometía a aquel aliento de siempre, a los mismos gemidos, a las mismas compulsiones, a las mismas rutinas, suspiros, arrepentimientos y desmayos precoces, antes de que ella, Isabel, pudiera siquiera acompañarlo a compartir y a vivir y a escalar y a entrar y a dar y a suplicar y a detener y a rodar… Él se moría solo y anticipadamente, sin transmitirle al menos algo de su vida a su mujer.

Conteniendo la respiración, con la cabeza de costado para evitar los besos tóxicos de Melitón, ella permitiría con los ojos crispados, aceptaría, toleraría, se dejaría como quien se coloca unas pinzas para oprimirse las fosas nasales, al fin y al cabo, su marido con eso tendría suficiente; sus libros, sus aguas, sus técnicas, sus sequías, sus vientos húmedos, presiones, calores y sus cinco hijos harían el resto. Solo que tuvo un error de cálculo, error, grave error: no hay enemigo pequeño. Se puede engañar una vez a alguna persona, pero no se puede engañar siempre a todas. Por donde menos se imaginó Isabel saltó la liebre… Nunca se imaginó que a pesar de todas las resistencias y desaires, Melitón aprendía. Aprendía con el tiempo a no precipitarse, a conceder espacios, licencias y tiempos. Poco a poco dejó de ser el hombre que besara con los labios tiesos, herméticos, inflexibles. La experiencia le fue dando con los años las claves y las llaves para ingresar al reino del amor. Adquiría confianza. No, ya no era el mismo. Los años de Los Contreras y de La Central iban quedando día con día lentamente atrás.

—¿Quién de los aquí presentes es medianamente consciente del esfuerzo técnico y del daño ecológico y social que se causa en la periferia de la Ciudad de México cuando un capitalino abre simplemente la llave y obtiene agua potable para uso doméstico, comercial o industrial?, ¿quién? —preguntó Melitón, en su carácter de director general adjunto de la Comisión Nacional del Agua, durante una conferencia dictada en la Universidad Nacional Autónoma de México en el mes de junio del año 2004.

Sus lentes gruesos como fondos de botella le daban un aire de sobriedad. Los años en que se había visto forzado a leer en la penumbra del jacal de Los Contreras habían acabado con sus ojos: «véngase a trabajar acá con los meros machos y deje los cuentos esos de amor *pa'* las viejas, carajo», le reclamó siempre su padre al verlo leyendo de niño o de joven a la sombra de un árbol o a la luz de un quinqué. Estudiar hasta altas horas de la noche o esperar el amanecer sentado o recostado al lado de una vela parpadeante le había causado un perjuicio irreparable que pagaba ahora, a su mediana edad, esos 44 años en que un hombre se encuentra ante la disyuntiva de dar el estirón final para alcanzar los objetivos profesionales trazados en su existencia, o bien, ante el evidente fracaso, tratar de escapar con imaginación y embustes al peso aplastante de la realidad, es decir, a la frustración y a la mediocridad en caso de no haber alcanzado nada en la vida. Debe mentirse a sí mismo con tal de no amargarse. El físico del ingeniero hidráulico delataba una terquedad aborigen, un escepticismo indígena, un resentimiento ancestral. Sus facciones, principalmente sus pómulos y sus labios, se habían venido endureciendo con el tiempo. Desde luego su aspecto no era el de un individuo poroso, indulgente y comprensivo. Le había costado mucho trabajo, tal vez el esfuerzo colectivo e inconsciente de muchas generaciones, alcanzar finalmente la posición y los conocimientos que había adquirido como para no defenderlos en cualquier foro, escenario, aula o congreso con toda la ferocidad de que pudiera echar mano. En ellos radicaba su seguridad para vivir. Su bastión, su apoyo. La referencia inequívoca a la que recurría cuando algo fallaba y buscaba compensar o disminuir un malestar.

Cada una de las palabras del ingeniero Ramos Romero se escuchaba con la sonoridad del golpe lacónico asestado por el *mayate* del juez al declarar un asunto como «cosa juzgada». Se trataba de impactos sólidos y puntuales. ¿Quién se le iba a poner enfrente cuando sus advertencias eran golpes dados contra la mesa donde dictaba la cátedra? Alguna fuerza misteriosa respaldaba cada aseveración del expositor. No estaba, por lo visto, dispuesto a ser refutado ni criticado ni exhibido: ya bastantes humillaciones y castigos había recibido en su vida como para que ahora no pudiera pertrecharse, guarecerse y agazaparse en sus argumentos y disparar bien cubierto toda la metralla sin que pudieran devolverle un tiro. Para eso se había preparado; para eso era el mejor; para eso se había convertido en una autoridad, para que ya nadie, una vez muerto y bien muerto don Sebastián, se atreviera a aventarle en forma de epíteto un zapatazo, ni mucho menos jalarlo de los pelos lanzándole cualquier tipo de improperio en pleno rostro o callándolo sin más. Nada de que ¡cállese, *chingao*…! En su área él era el amo y señor indiscutible. En sus terrenos, en su gallinero, como él solía decir, nadie le disputaba ni siquiera medio palmo.

Él, Melitón Ramos Romero, se haría respetar, sí que lo haría.

—La Ciudad de México no es autosuficiente en materia de aprovisionamiento de agua: requiere de varias cuencas para abastecerse, como Lerma-Santiago, Cutzamala, Taxhimay, Alto Amacuzac, Oriental, Tecolutla y Temascaltepec. Dichas cuencas satisfacen el 30% de las necesidades capitalinas; el 70% restante se extrae irresponsablemente del subsuelo de la zona metropolitana, que por esa razón se hundió 11 metros en el pasado siglo XX, creando gigantescas cavernas, rompiendo en su alarmante naufragio cañerías y drenajes por donde se fugó y se fuga el agua potable, por otro lado, urgentemente necesitada en sus lugares de origen y que aquí viene a desperdiciarse lastimosamente junto con miles de barriles de petróleo inútilmente quemados para producir la energía eléctrica necesaria para bombear dicho líquido a más de 2 mil metros de altura. ¿Quién ganó en todo esto si finalmente en la capital desperdiciamos voluntaria o involuntariamente el agua, la energía eléctrica, el petróleo y el presupuesto federal, acelerando simultáneamente la desecación, el desempleo y el malestar en las regiones de donde la importamos? ¡Qué gran torpeza cometimos! ¿Por qué la seguimos cometiendo?

En aquella ocasión bien sabía Melitón que se dirigía principalmente a muchachos de clase media, el auditorio idóneo para lanzar un llamado a la conciencia. El agua comenzaba por escasear precisamente en las colonias populares. Ahí prendería su mensaje como una chispa en un pajar. ¿Y si una parte de dichos alumnos eran producto del pase automático, de esos que escribían su propio nombre con faltas de ortografía y se parecían a la tierra erosionada, porque ya nada podría germinar en ella? No importa, no, él continuaría, algo les quedaría. Nadie podría estar peleado a muerte con su propia vida.

—Quiero darles un dato para hacerlos pensar —continuó sin detenerse siquiera a considerar su posición como funcionario público—: ¿sabían ustedes que el sistema general de desagüe está diseñado para desperdiciar, sí, desperdiciar, casi tres tantos más del agua que consumimos en el Valle de México?* ¿No es increíble cómo desaprovecha la Ciudad de México la bendición de la lluvia? En lugar de haber construido sistemas de captación de agua para reinyectarla en los mantos freáticos o bien tratarla químicamente para reutilizarla, la mandamos primero a través de los recolectores centrales y después por medio del río Tula al Golfo de México, como si no la necesitáramos. ¿No es la razón de la sinrazón? ¿Por qué nunca cupo en nuestra cabeza la posibilidad de una carencia repentina de agua? ¿Pensamos equivocadamente que siempre vamos a disfrutarla, cuando la historia nos ha dado innumerables muestras de lo contrario? Las sequías azotaron virulentamente a México ya muchos siglos antes de la llegada de los europeos a Mesoamérica.

»Las sequías han acabado con pueblos enteros, deshidratado valles, quebrado haciendas, erosionado tierras, desintegrado familias, generado desempleo, desatado violencia, propiciado migraciones, desencadenado epidemias, producido hambre, extinguido ganado, desertizado territorios, enfermado poblaciones, amenazado economías, desequilibrado gobiernos y, por si fuera poco, han torcido el rumbo político de México —les hizo saber sintiendo que escasamente tenía aire para pronunciar una sola palabra más.

»¿Cuál es el ciclo macabro completo? Todo comienza con resequedad ambiental para continuar con la falta de humedad, la ausencia de lluvia, la presencia de la sequía, la escasez de granos, la erosión de la capacidad de compra de los campesinos, el malestar social, el hambre y la deshidratación en humanos, campos, ciudades y animales, el desempleo, la carestía,

---

* Como se estableció en el capítulo II, el sistema general de desagüe puede desalojar 220 m³ por segundo. La zona metropolitana consume 80 m³. El 80% del agua de lluvia, agua blanca, se desaloja en la ciudad a través del drenaje profundo para ir a dar al río Tula y de ahí al Golfo de México. Ya no hay inundaciones, pero surgió un problema mayor: el hundimiento de la Ciudad de México.

las deudas agobiantes, los remates patrimoniales, la disminución del nivel social, la radicalización de las pasiones y la angustia, la consolidación de monopolios territoriales, el enriquecimiento de quienes tienen reservas en graneros, la desesperación de los pobres, la migración del campo a las ciudades, la epidemia, la mortandad, los cinturones de miseria urbanos, la violencia, la delincuencia, el desorden político, el surgimiento de líderes revolucionarios por estar creado y listo el medio de cultivo idóneo para producir la revolución y el caos. —Melitón parecía hablar de memoria de acuerdo con su experiencia en Los Contreras.

»¿Cómo evitar que se vuelvan a presentar semejantes círculos infernales? ¿Tuvimos la visión de adelantarnos a fenómenos que ya han amenazado y amenazan nuestra existencia, al igual que ya lo han hecho y lo hacen a la fecha en otros países de la Tierra?

Melitón no parecía estar dispuesto a detenerse aquella noche de gratificante contacto universitario. Las aulas, sin duda, extraían lo mejor de él. Sin embargo, algo extraño, un negro presentimiento, una sensación de zozobra se empezaba a alojar en su interior, cobrando fuerza por instantes. ¿Estarían bien sus hijos? ¿Estaría bien Isabel? ¿Estaría bien Elpidia? ¿Elpidia…? ¡Ay!, Elpidia… ¿Por qué no habría llegado? En el año que llevaba de conocerla nunca había faltado a una sola de sus charlas. ¿Qué tal que se excusara un momento para telefonear?

—La lluvia, la noche, el día, el viento y la salida del sol o de la luna son fenómenos que contemplamos cotidianamente, sin pensar que en algún momento cualquiera de ellos pudiera dejar de producirse o de presentarse ante nuestros ojos. Desde luego —se adelantó a aclarar—, el sol y la luna van a salir siempre, al menos eso esperamos, pero eso sí, el viento puede dejar de soplar al menos con el vigor necesario y, por lo mismo, puede dejar de llover, como de hecho ya ha dejado de haber precipitaciones pluviales por largos periodos en varios momentos de la historia, en varias latitudes y en diversas coordenadas, entre las que se ha encontrado México —hizo saber en aquel auditorio repleto, en el que ya era posible escuchar la respiración de los presentes.

¿De dónde me saldrá este malestar? ¡Qué tontería! ¿Qué me pasa? Cruzaron fugazmente por su imaginación los recuerdos de Los Contreras, aquella tierra seca, la presencia permanente del polvo en el jacal, en el ambiente, en la milpa, en los caminos, en las brechas y los senderos, los calores, los cielos sin nubes, perfectamente impolutos, la resequedad total.

—La ausencia de lluvia puede producir una catástrofe ganadera, agrícola, eléctrica y sanitaria, solo para comenzar, que sumiría a México en una crisis económica, política, ecológica y social sin precedentes. ¿También culparemos a Estados Unidos de ello? ¿Ellos son los causantes de todos nuestros males? —Pero no, no deseaba desviarse, iría sin más al corazón del problema que lo había hecho concurrir a la máxima casa de estudios de México.

»El clima es el resultado de la combinación de temperatura, presión y humedad, sin que se pueda distinguir cuál de los ingredientes es el más importante de los tres. Hay una interacción vital entre estos. El aire caliente —agregó, escrutando miradas—, el que cuenta con mayor capacidad para retener el vapor de agua imprescindible para que se produzca la lluvia, depende de la duración del día y de la noche, de la estación del año y de la superficie sobre la que descansa la atmósfera, porque es bien sabido que este tarda más en calentarse cuando está sobre superficies acuáticas que continentales.

Melitón repasó los datos que venía citando como quien va actualizando una bitácora. Empezó a entender de alguna forma los motivos de su sobresalto, pues era el mes de junio y nuevamente no había caído ni una triste gota de agua de lluvia. Por esa razón había sido invitado a hablar en la universidad; por esa razón su presencia era muy socorrida en varios foros; por esa razón la gente en general empezaba a buscar explicaciones entre los expertos, y él sí que era uno de ellos. ¿Había aire caliente? ¡Sí!, de sobra. ¿Los días eran largos? ¡Sí!, los más largos del año. ¿El final de la primavera y la entrada del verano eran la época propicia para las lluvias? ¡Sí!, sin duda. ¿Estamos sobre el altiplano y no sobre el mar, de modo que la atmósfera debería calentarse antes? ¡Sí!, y, sin embargo, no llovía. ¿Qué interés iban a tener los norteamericanos para que en México no lloviera? ¿Para acentuar la dependencia de México a la Casa Blanca y obligarnos a tomar decisiones políticas convenientes a sus intereses, por eso bombardeaban la atmósfera con sustancias químicas? ¡Esas son estupideces! ¡Como si les conviniera que todos los mexicanos brincáramos por arriba del muro de la tortilla!

—La diferencia de temperatura y presión es también muy estrecha porque, cuando el aire se calienta, se expande, tiende a subir; recordemos —se interrumpió él mismo— el globo de Cantoya, el aerostático, que sube a los espacios abiertos con tan solo calentar su interior con gas. Con el frío ocurre a la inversa: el aire se compacta y tiende a bajar. ¿Está claro entonces que las diferencias en temperaturas hacen que el aire suba o baje y se desplace vertical u horizontalmente según se encuentre caliente o frío? Pues bien, el último golpe para provocar finalmente la precipitación pluvial lo va a dar el viento que, al soplar, habrá de transportar grandes masas de agua convertidas en vapor a través de continentes y océanos.

»No voy a cansarlos a ustedes reseñándoles los factores del clima —continuó, midiendo tiempo y cansancio del auditorio—, me refiero a los factores

186

que determinan la conformación del clima, como bien pueden ser los parámetros orbitales de la Tierra, la variabilidad solar, los componentes de la atmósfera, la relación entre continentes y océanos y las corrientes marinas, entre otros tantos elementos más, baste decir por el día de hoy que la latitud que ubica a México en el Trópico de Cáncer y la estrechez de su masa continental, si se le compara con las de Estados Unidos, Rusia y Canadá, es lo que nos hace vulnerables a los dos océanos y provoca que el clima se desarrolle en un contexto muy complejo.

Vio entonces, para su sorpresa y angustia, por el rabillo del ojo, que dos muchachas, sentadas a la izquierda en la primera fila auscultando amenazadoramente con la mirada a algunos de sus compañeros más cercanos, se levantaban y se retiraban sin pronunciar palabra. El contagio era un peligro. Pero si casi acababa de comenzar… Las chicas se cruzaron en la puerta con Elpidia. Melitón respiró entonces más tranquilo.

Instintivamente se arregló el pelo con la mano derecha, colocando los dedos encogidos en forma de peine. Cualquier reclamación suya podría provocar la desbandada y ubicarlo en el ridículo. Mira, Ton-Ton: si ni tu suegra te aguanta y tu mujer, la santa aquella con rostro de virgen bañada eternamente con la luz blanca de la alborada, hace como que te escucha, siempre y cuando tenga un televisor encendido a la mano, y tus hijos disfrutan tus cuentos porque los duermes también en dos segundos… ¿qué esperabas?

Apresuraría el paso. Concluiría lo más rápido posible con lo que podría convertirse en un suplicio si no lograba atrapar toda la atención del público. Finalmente, ¿a quién le interesaba el problema del agua? Había otros temas mucho más interesantes.

—Las lluvias comienzan cuando los vientos alisios provenientes del golfo y del Caribe descargan su humedad sobre las montañas al llegar al altiplano mexicano. Estos vientos son sin duda los detonadores de las lluvias, los cuales, sumados a los ciclones tropicales que se producen cuando el mar arde, introducen grandes cantidades de agua al continente, las que igual nos salvan la vida que nos inundan.

Cuando una pareja del fondo que había escuchado la plática de pie por falta de asientos libres se dirigió a la salida, Melitón se sintió perdido. Solo impidiéndoles el paso podré detenerlos, pensó para sí. ¿Cuánto tiempo más le funcionaría su estrategia de disimulo? Terminaría antes de tiempo. ¿Les reclamaría? A modo de fuga y como una rara paradoja de la vida, toda su atención la acaparó Elpidia. Elpidia Ostos. ¡Qué mujer! Esa sí que era una mujer.

—Este pinche indio cuatrolámparas es un mamón —escuchó decir a un joven delgado, de piel oscura, peinado con una pequeña trenza, vestido con unos *jeans,* una camiseta dibujada con los colores de la bandera y la leyenda «Marcos, siempre estarás presente», un morral, unos huaraches, unas breves gafas oscuras y unas barbas incipientes al estilo Lenin—. Yo ya me voy —susurró el mismo al cruzar tortuosamente sobre las piernas extendidas de sus compañeros de pupitre. Mascaba una inmensa bola de chicle y blasfemaba en voz apenas audible. Nadie se movió para facilitarle el tránsito hacia la puerta. Detenlo, Melitón. Te ofendió. ¿No que tú no ibas a permitir que ya nadie te insultara? ¿Cuántos habrían oído el comentario? ¡Él no estaba obligado a haberlo escuchado! Se haría el disimulado. ¡Cobarde! Sigues siendo un cobarde, mi querido Pelos Necios. Estás mutilado para siempre, ¿lo ves? Eres menos, fuiste menos y serás menos, y por esa razón, porque no vales, porque no sirves, porque no eres, dejas que se haga encima de ti hasta un perro callejero… ¿Qué vas a defender si en realidad no hay nada que defender? ¿Verdad? ¡Déjate escupir en la cara, al fin y al cabo, siempre lo consentiste!

Como un relámpago, recordó el día en que conoció a Elpidia Ostos, cuando el Departamento de Personal sustituyó a una secretaria heredada que se había negado a trabajar con él como su nuevo jefe. Sin mediar explicaciones fue cambiada a otra área de la comisión. El día aquel, hacía ya más de un año, en que Elpidia había entrado a su oficina presentándose con una voz tímida, sumisa ante la autoridad, exhibiendo una actitud dócil y maleable, absolutamente dependiente, dueña de una personalidad sobria, escasamente proclive a la risa y al festejo, una mujer de unos 28 años de edad, de estatura media, menudita, casi diríase triste, prieta, de ojos negros y uñas mal pintadas, peinada con un permanente anacrónico, en fin, una persona que parecía decidida a permanecer en el anonimato, sin descollar ni permitir que se advirtiera su presencia en ningún caso, el director general adjunto sintió un vacío en el estómago que difícilmente pudo disimular. ¿Verdad que es imposible prever cuando, al conocer a una persona o tener un encuentro inesperado con un amigo o recibir una llamada, esta circunstancia puede alterar nuestra existencia? Ese fue el caso de Melitón y Elpidia: ninguno de los dos pudo preverlo ni suponerlo ni imaginarlo. Bastó abrir una puerta para que ambos iniciaran una nueva etapa de su vida y descubrieran juntos un mundo insospechado.

Los hechos que se dieron a continuación fueron muy sencillos y fáciles de narrar. En las mañanas, muy temprano, cuando Melitón llegaba a la oficina, ella, con todo y timidez, no dejaba de decir: ¡qué bien huele usted, ingeniero! Ese color de camisa le va muy bien. Permítame, señor: le cuelgo su saco. Señor, ¿me permite que le quite una mancha…? Tiene usted chueca la corbata. ¿Quiere que le boleen ya los zapatos? ¿Desayunó usted? Señor, ¿le preparo una frutita en la cocineta? Tenemos mangos, los últimos de temporada, papaya y melón… A media mañana: señor, su café sin azúcar y sin crema… Señor, su agua de tamarindo… Señor, unas verduritas para entretener los ácidos del estómago en lo que llega la hora de la comida: cuidado con las úlceras, ustedes, los hombres importantes, sufren de muchas tensiones… En la tarde: le conviene un poco de descanso, señor, ha tenido un día difícil. Yo bloquearé los teléfonos, oscureceré la oficina, contestaré la red… ¿Un té? Señor, ya tomó usted hoy un café. Otro puede quitarle el sueño… ¿Me timbra para lo que se le ofrezca…? En la noche: es hora de retirarse. No abuse. Cuídese. Sus hijos lo esperan. El trabajo no es todo en la vida… Mañana me puede dictar… Yo me ocupo de los pendientes, señor…

¡Ay! ¡Qué contraste con estoy harta de los niños, este hizo esto, el otro se cayó, el de más allá reprobó! ¿Trajiste el dinero? Vino mi mamá. Todo ha subido. Ya no me alcanza. Vete por las medicinas. Necesitamos arreglar el baño. No quiero salir. Me voy a dormir. Hay algo de jamón en el refrigerador, no sé si quedó pan. Hazte un café o un té, lo que haya… No ronques al dormir, despertarás a Manuelito… Hoy no, por favor, estoy en mis días… Hoy no, perdóname, Ton, me duele la cabeza… Hoy no, Toncito, discúlpame, estoy cansada… Bueno, ¡está bien!, hoy sí, Melitón, ¡carajo!, pero como no cené, ¿me puedo comer al mismo tiempo un pan con mermelada…?

Melitón debía apresurarse, sí que debía hacerlo porque los estudiantes o lo que fueran abandonaban gradualmente el aula uno tras otro, despidiéndose cortésmente, en el mejor de los casos, con un bostezo al cerrar la puerta. ¿No les importaba que las sequías propiciaran el desempleo, el hambre y la enfermedad y hasta comprometieran el futuro de México? ¡Qué insensatez! Con uno, uno solo que reciba mi mensaje el día de hoy, que lo comprenda, lo aquilate y me siga, me sentiré reconciliado. No necesito nada más. El resto se puede ir por donde vino… Detenerlos es provocarlos…

—México, señores, depende de los vientos alisios, de los contramonzones —advirtió, poniéndose de pie y colocando ambos puños sobre la mesa del escritorio para impresionar a quienes lo escuchaban todavía, consultando discretamente el reloj—. Si estos vientos provenientes del este dejan de soplar, tal y como ha acontecido en tantas otras ocasiones, podríamos enfrentar una sequía de pavorosas consecuencias… —Sí, sí, podría ser cierto, pero esa noche, precisamente esa noche, jugaban los Pumas contra los Burros Blancos del Poli y si soplaban los vientos del este, o no, era irrelevante. Es más, mejor, mucho mejor que no soplaran para que el juego no se fuera a suspender.

Cuando Melitón iba a explicar que la sequía se da cuando hay un cambio en los patrones del viento o cuando la cantidad de hielo retenida en los polos impide que la humedad llegue a un área concreta, perdió sin más los estribos y sin medir riesgos le preguntó a uno de los jóvenes que, con la gorra colocada al revés, es decir, con la visera para atrás, se dirigía a la salida silbando un goya, la tonada de la porra universitaria:

—Tú, sí, tú, ¿sabes…? —insistió al ver que lo había sorprendido—: ¿sabes lo que es la canícula?

—¿La canícula…? ¿La canícula…?

—Sí, la canícula —repitió el conferencista—, la canícula…

—¡Ah!, ya sé, profe, ¿qué no es una chava buenísima que baila merengue en el Fru Fru…?

Las carcajadas no se hicieron esperar. Fue todo un estallido, toda una celebración que acabó con la tensión y la lástima que inspiraba el invitado, según la audiencia percibía cómo se iba quedando solo. Los aplausos, las risas y el zapateo acabaron por confundir aún más al ingeniero Ramos Romero. Pensó en irse. Ya guardaba sus documentos en el portafolios cuando un:

—No peles al Papantla, profe, así habla desde que un día subieron a su mamá a la Julia con todo y carro de chicharrones…

¿Irse? ¿Tomar en serio a esos muchachos? ¡Qué lejos estaban de su mundo…! ¿Y el México del futuro? Se percató entonces de que las cuatro primeras filas permanecían casi completamente llenas y que todavía se encontraban estudiantes de pie que habían decidido, por lo visto, escuchar toda su ponencia en esa posición. No todo estaba perdido. Sonrió. Mientras quedara uno solo, se sentiría comprendido.

—La canícula, señores —continuó sin ocultar una sonrisa—, es una sequía intraestival, una interrupción de las lluvias que se da justo en el mes de agosto. Las lluvias —concluyó— son el resultado de los tres factores: la canícula, los vientos alisios y los ciclones tropicales.

—¿Y cómo se puede dar una sequía en esas condiciones? —preguntó una chica joven, sentada a la mitad del salón.

Nada pudo parecerle mejor a Melitón que el intercambio de preguntas y respuestas. El tiempo apremiaba. No quería presionar a la gente a sabiendas de que todos querían asistir al juego. A quienes le habían dispensado cortesía se las devolvería él multiplicada por mil.

—Una intensa sequía como las que lamentablemente hemos vivido en el pasado puede darse si disminuyen o se cancelan los vientos del este, se alarga excesivamente la canícula que abarca los meses de julio a septiembre y se produce una ausencia de ciclones tropicales. La sequía, en ese caso, sería catastrófica. Las peores sequías se han dado en asociación con el fenómeno conocido como El Niño —explicó detenidamente—. El Niño es un fenómeno oceanográfico que se produce frente a las costas occidentales de Sudamérica cuando anómalos campos de viento que soplan por todo el océano Pacífico se suman a un aumento de temperatura del mar y cierran el paso a los vientos monzones —insistía, ávido como siempre de convencer a su auditorio—. Si todo esto se diera al revés, nos inundaríamos, como ya nos hemos inundado, en un abrir y cerrar de ojos: solo necesitamos vientos poderosos del este, una canícula muy breve en agosto y una abundancia de ciclones, como ya la hemos conocido… Las inundaciones serán un hecho…

—¿No es cierto, ingeniero, que a estas alturas de junio ya debería estar lloviendo?

—Sí. Solo que el clima siempre se presenta enmascarado.

—Está la temperatura, está la presión, estamos en la estación de lluvias y no llueve…

—Sí. Falta el detonador. No han llegado los vientos húmedos del este —contestó, volviéndose hacia aquel muchacho.

—¿Por qué no han llegado?

—No se sabe. De igual forma pueden darse en abundancia, en exceso o simplemente no darse.

—¿Puede suceder que no soplen?

—Como puede suceder que la canícula se extienda o que simplemente este año no haya ciclones o que padezcamos huracanes furiosos con velocidades de más de 200 kilómetros por hora. Los vientos son caprichosos y veleidosos como las mujeres —agregó, viendo a Elpidia y guiñándole imperceptiblemente un ojo. Su rostro ahora parecía más sereno. El peligro había pasado. Él también sonreía.

—¿Soplarán, maestro? —Él se sonrió amargamente, previendo que no soplarían.

—La sequía no se da de golpe como un huracán o un terremoto. La sequía va avanzando lentamente como la noche, día con día, mes tras mes, año tras año. En la última temporada de lluvias, de hecho, no advertimos, salvo en algunas zonas, la presencia de los alisios. Acuérdense —les pidió, sentándose en el escritorio—, ¿cuántos huracanes conocimos el mismo año pasado en territorio nacional? ¿Cuánto duró la canícula? ¿No fue una eternidad? Sin vientos alisios nuevamente este año, sin huracanes en el Caribe que nos ayuden y con otra canícula como la anterior, México, jóvenes, puede entrar en un serio predicamento, un predicamento sin precedentes… Por esa razón ya se percibe tanta angustia en la calle.

—¿De qué tamaño puede ser el problema?

—Pregúntenles a los ganaderos del norte… Pregúntenles a los agricultores del Bajío… Pregúntenles a los gringos las dificultades que tienen para detener la marea humana proveniente de nuestro país… Pregúntenle al secretario de Hacienda lo que se gastó el año pasado y lo que se gastará en el que está en curso, solo por concepto de importación de granos… Pregunten en Veracruz la cantidad de barcos que vienen de puertos téjanos a descargar maíz… Pregunten los precios del maíz… El campo mexicano está seco. Lean la historia de las sequías en México y en el mundo para que aprendan no solo por qué no es un fenómeno nuevo, sino por qué se da la peste o el cólera al tomar desesperadamente cualquier tipo de agua con tal de quitar la sed. Sepan lo que pasa con la contaminación ambiental. Apréndanse de memoria las enfermedades que puede producir una sequía y la catástrofe demográfica que puede ocasionar en una ciudad del tamaño de la nuestra. ¿De verdad creen ustedes que yo vengo a contarles cuentos? Corro el peligro, escúchenme bien, de que me cesen por venir a alarmar a las bases estudiantiles, pero yo solo vengo a crear conciencia entre los jóvenes…

Terminando esta explicación el conferencista emprendió la retirada. Ya había dicho bastante. Fue, sin embargo, interceptado en la puerta con otra ráfaga de preguntas realmente sorprendentes. ¿Tiempo perdido? ¡Qué va! El mundo da la vuelta más rápido de lo que cualquiera pudiera pensar. Las hacía un joven puesto de pie con el botón superior de la camisa cerrada y cubierto, aun en esos calores, por un suéter.

—Maestro —intentaba proseguir el de la camisa cerrada. No hubo tiempo. Melitón se puso de pie movido por un impulso genuino.

—No nos engañemos —arguyó repentinamente—. Yo no vine a contarles cuentos ni a faltar a la verdad: sepan ustedes que nos estamos hundiendo y el gobierno no quiere crear pánico. Consumimos 35 mil litros de agua por segundo en el Distrito Federal. ¿No es una locura? ¿Saben ustedes —se preguntó indignado— qué significa consumir nada menos que 35 mil litros de agua por segundo? —Esperó en silencio una respuesta que nunca llegó—. ¿Tienen ustedes alguna idea de esta magnitud? —Nadie contestó—. Pues bien —recurrió de inmediato a sus ejemplos—, piensen ustedes en el Estadio Azteca como un gran tinaco e imaginen entonces que consumimos uno de ellos cada tres horas, o sea, consumimos al día ocho tinacos del tamaño del estadio. ¿No es una salvajada, sobre todo cuando el agua la extraemos del subsuelo a un ritmo equivalente a una vez y media la presa de Valle de Bravo, es decir, que la extracción es mayor en un 100 por 100 a la recarga del acuífero? Hay abatimiento de los mantos hasta de tres metros por año. ¡Nos hundimos!, nos hundimos irreparablemente —adujo desesperado— y nadie parece darse cuenta ni importarle que nuestras vidas están amenazadas. ¿De dónde sacaremos los 70 m^3 de agua por segundo que requeriremos en un par de años más? ¿De dónde vamos a sacar el dinero para traerla, si cada metro cúbico cuesta 120 millones de dólares y el déficit hidráulico ya próximamente será cuando menos de 20 m^3, es decir, 2 mil 400 millones de dólares al año solo por este rubro? La sed habrá de acabar tarde o temprano con nosotros…

—¿Qué hacer hoy mismo? —le preguntaron desde el anonimato.

—El racionamiento de agua —contestó sobriamente— debe ser más radical. Primero un día con agua y otro sin ella. Después uno sí y dos no. Al final, uno de abasto y tres sin que salga nada de la llave. ¿Quién puede imaginarse, y no tardará en producirse, cuatro o cinco días sin agua en la capital? Vean los niveles de las presas, por favor, salgan mañana mismo a verlos. Vean el volumen de agua de los ríos: el año pasado casi no llovió. Vean ustedes mismos las fotografías de los periódicos de hoy en la primera plana, donde consta que las reses se van muriendo por miles y las cosechas ya no alcanzan ni para la subsistencia familiar de quien las sembró. Salgan al campo y verán el color amarillo del paisaje. Todo se está muriendo en nuestro derredor. ¿No han visto cómo en las áreas más pobres de la ciudad ya están asaltando las pipas de agua del Departamento del Distrito Federal, aun cuando exhiben un letrero con la leyenda «Agua no potable. Útil solo para regar parques públicos. Prohibida para consumo humano»? ¿Saben qué pasará cuando la gente la beba…? ¿No han visto en cuántas colonias carecen del líquido? Ya no se puede tapar el sol con un dedo. Al abrir la puerta de los gallineros los granjeros encuentran a sus animales muertos en cadena por deshidratación, calor y enfermedad. Pido —agregó, llevándose ambas manos a la cabeza hasta colocarlas en la nuca y clavando la mirada en el techo del aula—, por lo que ustedes más quieran, no vayamos a tener una canícula larga dentro de dos meses porque nos mataremos los unos a los otros…

—¿Pero por qué matarnos, maestro?, exagera usted, ¿no?

—Tú, como mexiquense, ¿vas a permitir que yo me traiga a la Ciudad de México la poca agua que va quedando en el Lerma o en el Cutzamala? ¿Vas a permitir ya no que tus animales, sino tus propios hijos se mueran de sed porque la autoridad federal se lleva el agua para abastecer las necesidades de los capitalinos? ¿Qué van a hacer los provincianos cuando esto pase? —se preguntó, sin percatarse de que el inefable Papantla había regresado al aula harto de esperar al del botón cerrado. Había escuchado la conversación. Disparó sin más.

—Que chinguen a su madre los chilangos, profe…

Melitón volteó como si hubiera detonado una poderosa bomba a su lado…

Vio que era efectivamente el Papantla. Aun en ese caso y pasando por alto semejante grosería, Melitón no dejaría de informar ni bajaría el nivel de la conversación. Instruiría, siempre instruiría más, aun si estaba frente a un público cautivo. El mensaje estaba llegando a su destino.

—¿Vas a dejar —todavía le contestó humildemente al Papantla sin interrumpir la conversación— que se mueran de sed millones de mexicanos originarios de toda la República? ¿Sabes que en este salón de clases ni la cuarta parte nacieron en el D. F.? ¿Sabes que el D. F. carga sobre sus espaldas a tres cuartas partes de estudiantes foráneos? ¿Sabes quiénes desquiciamos el D. F.? La gente de afuera, como tú y como yo, sobre todo si eres de Papantla… —concluyó, sin esperar ni desear respuesta alguna. ¡Qué tipo!, ¿no, Elpidia…?

—¿Solo nos queda rezarle a la virgen de Guadalupe todos los días de aquí a agosto? —alcanzaron a preguntarle cuando ya salía tomando del brazo a Elpidia.

—No, récenle a la virgen de los Remedios, ella es la patrona que cuenta con los poderes para provocar la lluvia. Solo que no olviden que el año pasado y el antepasado ya se negó a oírnos: o llovió escasamente o de plano ya no llovió…

—¿Y la virgen de Guadalupe?

—Ella es particularmente ayudadora al revés, es decir, cuando queremos evitar inundaciones por exceso de lluvia.

—Si la situación es tan grave, ¿por qué entonces no dicta usted una conferencia de prensa para informar a la gente de lo que se nos viene encima? —retomó la palabra el inefable Papantla.

—Porque el gobierno quiere evitar el pánico…

—¿Pánico? Una cosa es crear pánico y otra muy distinta es crear conciencia —repuso por primera vez el pintoresco personaje con alguna seriedad.

—En México es muy difícil encontrar esa línea fronteriza. Si se esparce el rumor de que se va acabar la leche, todos compran leche hoy mismo y así, efectivamente, nos quedaremos sin una sola gota…

—¿No será que el único que tiene pánico es usted, porque bien sabe que si repite ante la prensa todo lo que dijo aquí lo cesarán sin piedad ese mismo día? —apuntó el Papantla, haciéndose el gracioso.

—Entiendo que mi posición política pueda tener esas dos lecturas —repuso, consintiendo mucho más allá de lo que hubiera tolerado conferencista alguno—, solo que un día no muy lejano te llevarás una sorpresa, hermano. Te permito que te expreses así solo porque no sabes con quién estás hablando ni sabes de lo que soy capaz. No me pierdas de vista, Papantlita…

—¿Estoy *escusado*, profe?

—Estás *escusado*, Papantlita —repuso Ramos Romero con una sonrisa, dando por concluida la charla—, solo que en ningún caso dejes de pensar

en la canícula. Ahí está la clave de la situación y por cierto, ella no baila en el Fru Fru…

Al salir del aula llevaba a Elpidia del brazo. Más tarde, en los pasillos, la tomó de la mano y en el primer descanso de la escalera de la facultad de ingeniería, al sentir que había dejado atrás a su público, poniendo en el piso su portafolios, ¿cómo resistir semejante tentación?, la abrazó y la besó. Cualquiera que hubiera estado cerca se hubiera percatado de que no lo hacía con los labios cerrados ni tiesos, sino tomándola, sujetándola por la cara, besando sus labios, su boca, un borbollón de frescura y agua cristalina, inagotable y pura que provenía de las mismísimas entrañas de la tierra. ¿Conoces El Peñón, mi vida? Un día que te lleve a mi tierra te invitaré a nadar desnudos. ¿Te gustaría…? Solo espero que cuando vayamos todavía exista…

Fernando había venido creciendo económicamente al extremo de contar ya con varios criaderos de gallos y caballos a lo largo y ancho de la República. ¿Dinero? Sí, en efecto, había ganado mucho dinero y en la actualidad ya era un hombre acomodado dueño de muchas hectáreas, patrón de decenas de empleados y propietario de cientos de animales nacionales e importados. ¿Continuaba como jefe de familia? Sí, no se había divorciado y, en contra de lo que todos hubieran podido decir, respetaba a su mujer y a sus hijos de legítimo matrimonio concediéndoles a todos ellos el lugar que, según él, merecían. Nunca nada habría de faltarles… ¿Y a él? ¿Le faltaba algo al ahora famoso gallero…? Por supuesto que sí: le faltaba Isabel. La quería permanentemente a su lado, ya no solo cuando iba a México y tenía que encontrarla en la trastienda de un salón de belleza, donde él había hecho montar un nido de amor. Desde luego que la peluquera era la cómplice, porque conocía las andadas, tiempos, citas, días, horas, minutos y segundos. ¿Te gusta mi peinado, mi vida? Hoy fui al salón para que me dejaran como te gusto más… Ya no quería contratar un cuarto comunicado en el mismo hotel, en el mismo piso al que ella iba acompañando a Melitón cuando este salía de gira o asistía a una convención o a una reunión de trabajo. ¡Claro que cuando el ingeniero hidráulico estaba dando su conferencia con la vehemencia de siempre, la feliz pareja se estaba entregando con la misma vehemencia a los placeres del amor en la habitación anexa! Sí, solo que ya nada era suficiente. Fernando quería más de Isabel, mucho más, tanto como tenerla permanentemente a su lado, siempre a su lado… ¿Por qué esconderse?

Ella, por su parte, se resistía. ¿Cómo divorciarme, mi Fer? Le quitaremos todo el encanto a nuestra relación. Todo. En el fondo pensaba que

el hechizo se rompería si llegaban a vivir juntos y permitían que la rutina acabara con toda emoción e ilusión. En alguna ocasión llegó a decirle que el matrimonio era la tumba del amor: no matemos lo nuestro, Fer, mi Fer, Fer… ¿Crees que las parejas de 20 años de casados al cerrar las puertas de los cuartos de hotel sienten lo mismo que tú y yo, que nos precipitamos sedientos en los brazos del otro? ¿Quieres que caigamos en la apatía? ¿Quieres que cuando te acaricie bajo las sábanas ya no respondas y desaparezca el apetito que nos provocamos? ¿Quieres que lo nuestro se muera…? ¿Crees acaso que mis hijos te aceptarán como su padre —¿de veras lo crees?—, cuando no podrían vivir ni un solo día sin Melitón porque está presente en la existencia, en la sonrisa, en los momentos y en las ilusiones de cada uno de ellos? No, Fer, no: si llegáramos a vivir juntos haríamos de una cosa buena dos malas…

Fernando, en el fondo de su alma, no sabía si creerle o no a Isabel. Todo el discurso ese del matrimonio y la tumba, el mismo, ¿lo repetiría si su madre, la urraca, estuviera muerta y bien muerta, es decir, si la maldita urraca de todos los diablos ya se hubiera ido al otro mundo sin extremaunciones ni bendiciones ni crucifijos al infierno de donde nunca debió salir? ¿Si no pudiera ya juzgar con el escapulario, el misal y el rosario en la mano todos y cada uno de los actos de su hija con la presencia permanente de don Roque a sus espaldas, el ensotanado ese, interesado solo en los bienes y no en los males de sus fieles, se casaría con él o al menos viviría con él? Ellos eran la verdadera conciencia de Isabel. ¡Cuántos pretextos! ¿Qué parte sería verdad y qué parte sería mentira? La única verdad es que no tenía a Isabel a su lado. Esa era su única verdad, su único dolor. Una tarde, en una habitación del Hotel Las Mañanitas en Cuernavaca, mientras Melitón disertaba en la Universidad del Estado de Morelos sobre los 11 metros de hundimiento del Distrito Federal como consecuencia de la sobreexplotación del acuífero, abrazados, sólidamente abrazados, ella dándole la espalda a él, así de cucharita, mi vida, déjame sentir hasta el último milímetro de tu ser, sentir tu aliento sobre mi nuca, tu hombro magnífico y húmedo tras de mí, tu voz susurrante en mis oídos, disfrutar tus sudores, recibir la cascada inagotable de tu semen, un homenaje hacia mí como mujer, Fer, mi amor, mi ilusión de vivir, así, le dijo sin más un secreto largamente guardado, pero eso sí, revelado con mucha ternura, que los cinco niños que ella había parido, Agustín, Marta, Isabel, Manuel y Fernando, los cinco, sí, señor, los cinco, eran hijos de ambos, hijos nuestros: nunca te lo quise decir para que no te sintieras obligado hacia mí. Siempre deseé que vinieras movido por nuestro amor y no por haber adquirido una responsabilidad conmigo…

¿Cómo explicar la respuesta del gallero? Se soltó de Isabel, se apartó de ella como si de golpe se le hubiera cerrado la tráquea y se asfixiara; como si le

hubiera mordido una tarántula pantanera en el dedo índice de su mano derecha, sobre cuyo brazo descansaba tensa y posesiva la madre de sus nuevos hijos. Se sacudió a aquella mujer como si su cuerpo entero hubiera estado cubierto de sanguijuelas y todas ellas le chuparan ávidamente la sangre hasta dejarlo seco. Se trataba de unos bichos pequeños, húmedos, agusanados, reptantes que le recorrían intrépidamente los brazos, las piernas, el pecho, los genitales, la cabeza, el pelo, los ojos y los oídos. Un grito de espanto, de horror, como si se hubiera despertado a media noche con todas sus extremidades mutiladas y la cama estuviera cubierta de sangre, le reveló a la señora Ramos Romero el impacto que había causado en aquel hombre, otrora capaz de emprender la más audaz de las aventuras y de desafiar el más extremoso de los peligros. Contemplarlo desnudo, de pie sobre la cama, a contraluz, con una mano en la garganta como si no pudiera respirar y la otra cubriéndose la lanza mellada, ¿cuál lanza?, mejor dicho, los restos de un artefacto que alguna vez había sido de cierta utilidad, así, desde la perspectiva desde la cual ella lo observaba todavía recostada, le hizo ver su verdadera dimensión como hombre.

¿Habría sentido Fernando en ese momento lo mismo que ella cuando su madre, doña Marta, le enseñó las fotografías de su pretendiente ya casado y con sus dos hijos precisamente el día en que ella regresó de El Peñón todavía con una expresión de ensoñación en el rostro y pensando que el mundo entero le pertenecía? ¿Los sentimientos eran comparables? ¿Qué tal cuando una enorme víbora, fuerte, gruesa y gelatinosa, nos cae de improviso del más allá para enroscarse con una fuerza endemoniada alrededor de nuestro cuello, para asfixiarnos sin que nadie pueda ayudarnos ni nosotros defendernos hasta perder la conciencia? Yo sé lo que sientes, mi amor, ven, al menos tú sí tienes quién pueda consolarte… Recuéstate a mi lado…

—¿Qué has dicho? —preguntó sin voz ni aliento ni ira ni consuelo—. ¿Qué has dicho? —insistió—, ¿qué…? —En realidad se veía tan pintoresco y curioso, ¿chistoso?, no, chistoso no se veía, aquel gallero, un hombrazo tan imponente, desnudo de pie sobre la cama…

—Sí —dijo pausadamente—, he dicho que son tus hijos —repuso aquella envalentonada, cubriéndose el busto con lo que quedaba de sábana a su alcance—, los cinco niños son tus hijos: Agustín, Isabel, Marta, Manuel y Fernando son tus hijos. Tú y yo los engendramos. Tú y yo les dimos vida. Son nuestros, tuyos y míos, y nunca nadie lo podrá saber ni nos los podrán quitar. Este secreto nos lo llevaremos a la tumba, Fernando, a la tumba… Una mujer siempre sabe quién es el verdadero padre… ¿Te acuerdas del día de El Peñón?

—Sí…

—Pues con la suerte de que precisamente ahí encargamos a Agustín.

—¿Cómo…?

—¿Te acuerdas —continuó sin responder a las exclamaciones de Fernando— del día de Los Vecinos, el local aquel que algún día había sido taquería?

—¡Por supuesto…!

—Pues ahí encargamos a las gemelas… Suerte o casualidad, así fue… Qué tino, ¿no?

—¿Y por qué nunca me contaste todo eso?

—¿Para que te acercaras a mí por compasión? ¿Para eso…? ¿Para que luego te sintieras atado a mí contra tu voluntad? No, no, yo quería cuidar nuestro amor hasta el último momento. No soy una chantajista.

—¿Y ahora qué…?

—¿Qué…? A vivir como siempre hemos vivido, disfrutando este amor secreto, este fruto prohibido que me carga de una fuerza interna indescriptible.

—¿A vivir, has dicho, a vivir? Pero si me has estafado, me has mentido, me has engañado… ¿Cómo pretendes que pueda yo volver a confiar en ti?

—Tú también me engañaste y yo pude vivir con ello hasta recuperarme, gozarte y entenderte…

—¿Entenderme…?

—Sí, entenderte: tú querías mi cuerpo, pero no mi presencia permanente, mi compañía de mujer invariablemente a tu lado. Tú querías una cómplice y la tuviste, una amante apasionada y la tuviste, una mujer a tus pies sin pruritos ni condiciones y la tuviste. ¿Pechos? ¡Pechos! ¿Sexo? ¡Sexo! ¿Caricias desvergonzadas y atrevidas en donde fuera, en público o en privado? ¡Caricias en donde fuera y como fuera! Tú ponías las reglas y yo me sometía. ¿Casado? ¡Casado! Inmoral o moral, me era irrelevante: yo te quería a ti y te quiero por sobre todas las cosas y te lo demostré en los hechos, en la práctica, en la cama y en la calle. ¡Jamás en lo que te quede de vida tendrás una mayor prueba de amor! Cumplí con todas las condiciones implícitas y explícitas. Con todas, Fernando, con todas… ¿No te entendí…?

—¿A eso llamas tú amor…?

—Sí. ¿Tú a qué?

—Es un engaño…

—Tú mejor ni hables de engaños…

—Isabel…

—Isabel, ¡qué…!

—Tú lo gozabas igual que yo. No te hagas la sacrificada.

—Por supuesto que sí.

—¿Entonces?

—¿Entonces qué…? —repuso en abierto desafío. El resentimiento acumulado no había desaparecido.

El gallero dio entonces por concluida la conversación. Sin más se empezó a poner sus pantalones como si el hotel se estuviera incendiando. Se sentó en un sillón a un costado de un viejo armario, una reliquia, para colocarse los calcetines ante el azoro de Isabel. Esta lo contemplaba atónita. Se puso de pie sin pronunciar palabra y empezó a abotonarse la camisa mientras al mismo tiempo buscaba sus zapatos perdidos, removiendo con los pies descalzos las sábanas caídas de la cama después de varias batallas amorosas. Ya se cerraba la bragueta y se disponía a arreglar su maleta cuando Isabel saltó del lecho como una pantera herida. Siguió a Fernando al baño, quien iba en busca de sus objetos de aseo.

—¿Qué pasa…? ¿A dónde vas…? —preguntó, sin importarle o percatarse de que estaba completamente desnuda.

—Has llegado demasiado lejos, Isabel. Hay de engaños a engaños…

—¿Cómo que de engaños a engaños?

Él guardo silencio mientras vaciaba todos los cajones y aventaba toda su ropa en la maleta.

—¡Contesta, carajo! —insistió una Isabel furiosa, que estaba dispuesta a todo con tal de no dejar ir al gallero.

Cuando aquel giró, ya con su equipaje en la mano, y parecía dirigirse a la salida, Isabel se interpuso, plantándose en su camino sin cederle el paso. Hubiera tenido que empujarla para seguir adelante. ¡Qué cuerpo tan bien torneado tenía esa mujer después de cinco hijos! Lucía íntegra, casi como el día del borbollón. Fernando la vio. ¡Qué maravilla! Solo que en ese momento ella lo tomó por las solapas de su saco veraniego y empezó a jalarlas como si se hubiera enloquecido.

—No me dejarás así: ¡habla!

—¿Y yo, por qué razón debo creerte que los cinco niños son míos…?

Como pudo Isabel soltó las solapas y comenzó a abofetearlo con esas manos tan pequeñas y cada vez más expertas que le habían reportado niveles de placer irrepetibles en su existencia. Cuando lo tuvo a su alcance lo tiró de los cabellos, tratando furiosa de sacudirle la cabeza de un lado al otro en tanto le gritaba cobarde, cobarde, eres un cobarde, poco hombre…

Al dominarla sujetándole las manos, la arrojó sobre el lecho, de espaldas. ¡Dios, qué figura! No había terminado de caer cuando se levantó nuevamente, esta vez para tratar de morderlo. Fue rechazada de la misma manera.

—Estás loca, Isabel, completamente loca, además de embustera.

—¿Embustera…?

De la misma manera que doña Marta le había asestado a su hija el tiro de gracia directamente en la sien aquel día que regresó de El Peñón, mostrándole las fotografías de Manuel, su pretendiente, el mismo que acababa de desflorarla un par de horas antes, rodeado de su familia, su mujer y sus hijos, de la misma manera que no había tenido piedad de recurrir a un arma tan poderosa para demostrar la validez de sus palabras, así Isabel sacó su cartera de la bolsa colocada sobre el buró para mostrarle a Fernando las fotos de sus cinco hijos, los hijos de ambos.

—¿Tú de verdad crees que Agustín se parece a Melitón en sus ojos, en su piel o en su pelo? ¡Ve, ve las fotos! Conoce a tus hijos. Jamás me pediste que te mostrara las fotografías porque algo temías o intuías, ¿no es cierto? —agregó mientras sacaba todos los retratos de sus marcos de plástico.

Fernando dejó caer la maleta al ver el rostro de Agustín. Realmente el parecido era notable.

—¿Y este de Martita? ¿Y este de Isabel? ¿Y estas de Fernandito y Manuel? ¿Son prietos? ¿Son peludos como indios? ¿Tienen los pómulos salidos y los labios gruesos como figuras olmecas? No, ¿verdad que no?

Al darse cuenta ella de que los dardos enviados llegaban puntuales y exactos a su destino, sin fallar uno solo, agregó que como justificación había tenido que alegar asuntos de herencia genética en los que ni su madre ni don Roque eran especialmente expertos.

—Mi abuelo, tú sabes, tuve que alegar cuando me di cuenta de que el pelo y las facciones de Fernando me delataban, me señalaban como para sentarme en el banquillo de los acusados. ¿Sabes acaso lo que yo pasé cuando me di cuenta de que el niño se parecía a ti y no guardaba ningún parentesco ni con Melitón ni conmigo? ¿Lo sabes? ¿Sabes o imaginas cómo me sentí exhibida en una vitrina pública cuando nacieron las gemelas y más tarde los otros dos niños? Yo quería tus hijos y los tuve, porque tú y solo tú eres el hombre que yo quiero y querré toda mi vida: no me arrepiento de nada. Hubiera sido imposible casarme contigo. Mi madre y don Roque me hubieran comido viva…

Fernando ya no respondía ni hablaba. Veía fijamente una a una las fotografías. Las repasaba de pie, absolutamente inmóvil, como si estuviera anclado en el piso. Ya había visto la primera y la quinta y volvía por la tercera, la segunda y la cuarta. Repetía la operación y encontraba en cada chamaco algún parecido con él. O bien eran los ojos o la boca o el pelo o la sonrisa o la apariencia general. No había duda. Eran sus hijos. ¿De quién más? ¿Acaso Isabel era una mujer que se pudiera acostar con varios hombres? No, ella no era así. Tendría otros defectos, pero una puta eso sí no era, por ningún concepto. El gallero se desplomó entonces ante el peso contundente de la realidad. Cayó de rodillas. Una respuesta inexplicable en un hombre así. Lloraba. Así como se encontraba, humilló la cabeza hasta tocar con la frente la cama y empezar a morder las sábanas, llenándolas de saliva y lágrimas al tiempo que cerraba los puños puestos a la altura de la cabeza.

—¿Mis hijos, Isabel…? ¿Mis hijos? ¿Cinco hijos de golpe, así, sin más?

—Nuestros hijos… Fernando, nuestros hijos…

Isabel no sabía si tocarlo o dejarlo madurar de alguna manera la noticia. ¿Qué hacer? ¿Permitirle llorar su pena, su tragedia, su alegría? ¿Qué hacer? ¿Consolarlo? ¿Acariciarle el pelo…? Se decidió por esto último.

—¡No me toques! —Levantó el rostro enrojecido y empapado, mostrando unos ojos inyectados. Hubiera podido arrojar esa mano hasta el mismísimo infierno—. ¿Cómo pudiste apartarme de algo tan mío durante tantos años, cómo…?

—No tenía remedio. Cuando me casé ya estaba embarazada. De inmediato me di cuenta del retraso y no te iba a ir a buscar para que te casaras conmigo porque ya estabas casado, me habías engañado, tenías hijos y yo no iba a abortar por ningún concepto: eso sí, ni muerta, ni iba a sumarme a la vergüenza de ser una madre soltera y matar de pena a mi madre y condenarme socialmente junto con mi hijo. ¿Te imaginas la cara de don Roque? No tenía remedio, mi amor. Hay decisiones que se toman solitas en la vida y esta fue una de ellas…

—¿Y por qué no me lo dijiste después? —cuestionó, caminando de un lado al otro de la habitación sin saber qué hacer—. ¿Cinco hijos? ¡Carajo…! —tronó frotándose las manos repetidamente cuando no se golpeaba con el puño la palma de la otra.

—Cómo te lo iba a decir si afortunadamente para mí me violaste en Los Vecinos, de otra forma yo jamás me hubiera vuelto a acostar contigo… Solo en la mente calenturienta de un novelista podría resultar yo embarazada de este nuevo encuentro, pero así sucedió: volví a quedar encinta y no tuve el valor de decirte nada, ni menos confesárselo a Melitón… ¿Verdad que la realidad supera a cualquier novela? ¿Te imaginas…? ¿Quién me iba a decir que esa vez nuestra relación se iba a complicar con un par de gemelas?, pero así fue… De repente me vi con tres hijos tuyos.

Fernando se sentó en una silla a un lado de la ventana. Acto seguido se levantó. Se recargó contra un pequeño escritorio. No podía digerir los hechos. Iba y venía. Se sentaba, se levantaba, se recargaba una y otra vez. ¿Cinco hijos más?

—¿Ves cómo vinieron rodando las cosas? ¿Cómo te iba a decir de pronto: tengo tres hijos tuyos? ¿Verdad que era difícil? En Jurica, en la reunión organizada por el Banco Interamericano de Desarrollo a la que asistió

Melitón, ¿te acuerdas?, ahí encargamos a Manuelito, por eso lleva el nombre con el que tú te me presentaste, y en San Antonio, cuando se concedió el préstamo para la construcción de 10 plantas potabilizadoras de agua para el Valle de México que suscribió mi marido, ahí, en el William Penn Hotel, encargamos a Fernandito entre puras palabras de amor… Yo creo que por eso es un niño tan lindo, maduro y sereno… Una madre siempre sabe el momento preciso de la concepción. Ni me preguntes cómo, pero lo sabe —agregó con una expresión de dulzura…

—Me traicionaste, Isabel.

—¿Y tú a mí…? Estamos en paz. Lo único que me une a ti es mi amor. ¿No te ha quedado claro? ¿Verdad que nunca te retuve a la fuerza ni sentiste chantaje alguno?

Como si se fuera resignando a su destino, Fernando se sentó en el piso recostando solo la cabeza sobre la cama de manera que no viera a Isabel, pero pudiera continuar escuchando la narración. Guardó silencio. Abandonar a Isabel era un problema. Quedarse a su lado era otro.

Mientras Isabel se adentraba en los detalles, sintió llegado el momento de acariciar el cabello de su amado. ¡Qué lacio era! Parecía de seda. ¡Qué diferencia con el de Melitón! Fernando no opuso resistencia. Consintió. Asumió su destino. Aceptó las explicaciones. ¡Cómo quería a aquella mujer! Ella, dueña ya de nuevo de la situación, lo jaló a la parte superior de la cama. Él le dio la espalda. Esta vez ella se acomodó detrás de él. Le cubrió sus ojos hinchados con sus manos suaves como el suspiro del bosque. Así le gustaba dormir al gallero. Así se durmió, al menos por unos instantes…

Las relaciones entre Melitón y Elpidia habían venido creciendo a lo largo de ya más de un año. Mujer al fin, intuitiva y astuta, con relativa facilidad dio con el ángulo frágil, el lado flaco de su jefe por donde se aseguraría el ingreso hasta su más remota intimidad, desde la cual podría aislarlo y controlarlo, haciéndolo completamente suyo. Como la araña, empezó lentamente a tejer su red. Día tras día avanzaba con paciencia oriental. Día tras día hacía un nudo más. Día tras día se acercaba a su presa rodeándola, cercándola sin que esta, extraviada en su mundo, se imaginara cómo se cerraba su entorno y se diluían sus posibilidades de fuga. ¿Escapar? Ya lo veríamos. Ella se percató casi desde el primer encuentro de las carencias más marcadas de su superior: la falta de amor, la necesidad que tenía de ser atendido, aquilatado, escuchado. No tardó en percibir el notable efecto que producía en aquel la menor distinción, la menor muestra de afecto, respeto y comprensión. Elpidia supo que lo tendría, ¡ah, que si lo tendría…! Ella aprendió muy rápido que al hablar de agua tocaba el botón de respuesta en la mente de Melitón.

A ella le bastó mostrar estupefacción por sus conocimientos, admiración por la rapidez a la que arribaba a sus conclusiones, sorpresa por su imaginación y capacidad de concentración —¿cómo puede dictar y pensar en varias cosas al mismo tiempo?—. Indignación cuando alguien le negaba al ingeniero su valía técnica y humana. Celo cuando tenía que mostrarlo. Atención en su vestir, en sus muecas, sonrisas y expresiones: aprendió como nadie a escrutar su rostro. Solidaridad ante los fracasos y los éxitos: sabía hacer suya la menor emoción de su jefe. Coraje, ya más tarde de loba herida, ante las injusticias que pudiera sufrir un hombre bueno, como sin duda lo era Melitón. Nada de que hazte un sándwich, Ton, ni vete por las medicinas ni si hay algo de jamón en el refrigerador para una torta ni si quedó pan. Hazte un café o un té, lo que haya… Elpidia no preguntaba, ella servía, influía, participaba, intervenía y, sobre todo, atendía y cuidaba hasta los mínimos detalles. Se trataba de cazarlo, ¿no? Entonces se haría imprescindible. Dentro de poco este hombre no podrá dar un solo paso sin mí. ¿Que el ingeniero es incapaz de pedir nada, ni un mínimo favor ni un servicio insignificante ni un ¿me da un té, señorita? porque su humildad natural se lo impedía? ¿Nadie puede, por lo visto, hacer nada por él? Eso está bien para quien sea tan tonta como para preguntarle. ¿Verdad que se comporta como si rechazara de entrada cualquier atención? ¿Solución? Brinca por encima de todo eso y dale todo lo que se te ocurra, tú dale: se ve que no está acostumbrado a recibir, ahí está el vacío y por lo mismo la gran oportunidad… ¡Aprovéchala…!

¿Cómo le hace, ingeniero, para tener tanto pelo? Es tan abundante, tan varonil. Se ve tan bien cuidado y le luce tanto, tantísimo…

Elpidia sabía que mientras más compartiera con el ingeniero, más cerca estaría de él, más se identificarían y más se harían dependientes el uno del otro, de ahí que la mujer inquiría, cuestionaba como una alumna curiosa todo aquello que no entendía y que Melitón consignaba en sus informes y trabajos, en artículos y conferencias que ella transcribía en la computadora. ¡Cuántas veces hizo preguntas cuyas respuestas de sobra conocía…! ¡Cuántas veces escuchó la misma explicación, la misma repetida y mucho más que repetida explicación como si fuera la primera vez que la oía, sin dejar nunca de mostrar encanto y sorpresa…! ¡Cuántas otras su cara demostró verdadero estupor ante una revelación científica producto de aquel hombre ciertamente privilegiado! ¿Cuántas…? Nada de que estaba cansada, aburrida y fatigada con respecto al tema del agua. ¿Sonrisa de plástico como la de Isabel cuando su marido hablaba por quincuagésima novena vez de la duración de la canícula? ¡Ni hablar! Su interés era legítimo, sus preocupaciones genuinas, su deseo de saber era absolutamente fundado. Para Elpidia la sequía ocupaba toda su mente. ¿Cómo no iba a importarle la resequedad ambiental, el enemigo que ha amenazado y amenaza civilizaciones…? (Ya hablaba como Melitón.) Ella era la más convencida de sus alumnas. En sus manos, señor, puede estar el destino de muchos millones de mexicanos que ignoran lo que se les viene encima. En sus manos, señor, puede estar algún día la patria misma…

Un hombre con los vacíos de Melitón no podía responder de otra manera. Se fue entregando, soltando, relajando hasta ceder, caer y abandonarse sin mostrar oposición ni resistencia en aquellos brazos maternales en los que, algo le decía, volvería a encontrar una paz olvidada o tal vez desconocida. Trabajaban hasta muy tarde en la noche. Él le dictaba al principio por meras cuestiones de trabajo. Después, al terminar las rutinas de la jornada, buscaba pretextos para seguir dictando sin prescindir de su compañía: ¡cuánto le gustaba verla…! Verla cómo sujetaba el lápiz, verla cómo inclinaba la cabeza, verla cómo se bajaba púdicamente la falda, verla cuando no entendía una palabra y se angustiaba, verla cómo se vestía, con cuánta humildad lo hacía, verla cómo sonreía, verla cómo compartía el contenido del texto convirtiéndose en su aliada incondicional… Verla como mujer, ver sus manos, sus facciones, su pelo, conocer sus labios, memorizarlos, imaginarlos, reconocerlos, enternecerse por sus uñas mal pintadas, por sus broches, por sus anillos y pulseras de fantasía y animarse al constatar sus escasas pretensiones. Según Melitón, él fue el primero en sentir una profunda atracción hacia ella. ¡Cuánto trabajo le costaría disimular sus sentimientos a la hora del dictado, a la de la llegada o despedida y sobre todo a la del descanso, cuando, al caer el telón del día, ambos evaluaban los resultados de la jornada sin presiones ni llamadas ni redes ni visitas ni juntas ni conferencias ni boletines de prensa!

¿Cómo se hundió Melitón en los brazos de Elpidia? Bueno, sí se hundió, pero no precisamente en sus brazos… El hecho fue que una de aquellas noches, haría ya más de un año, en que la sequía arreciaba y los vientos del este no llegaban, Melitón preparó un nuevo discurso que ambos tuvieron que corregir en múltiples ocasiones. Ella, incansable, iba y venía trayendo los textos en limpio en busca de la aprobación final. Se sentaba cara a cara del otro lado del escritorio de su jefe mientras este, invariablemente perfeccionista, repasaba las cuartillas, corrigiéndolas hasta sentirlas invulnerables. Así había acontecido desde el principio de su relación laboral. Así era Melitón. De ahí su éxito, de su empecinamiento. Póngale esto, Elpidia, quítele lo de más allá, agréguele esta idea, escríbalo con esta letra, subraye aquí donde tengo que dar más énfasis a la hora de la lectura, hasta que mejor hazlo más breve, Elpis, no le pongas esto, márcale copia nada más a aquellos, bájale, mi amor, ¿mi amor?, no, no, mi amor no, todavía no, bájale, Elpis, el tono catastrofista…

Pues bien, la noche del discurso, cuando daba la lectura final al documento, el ingeniero percibió que su secretaria había omitido un renglón completo. La idea está inconclusa, no entiendo, ¿tú sí…? ¿Ella equivocarse? ¡Pero si también Elpidia era perfeccionista…! Como ella estaba sentada cara a cara a su jefe, guardando siempre las formas a una distancia prudente y quedándole en consecuencia el texto al revés, la secretaria, movida por un elemental celo profesional, dio la vuelta alrededor del escritorio deseosa de localizar a la brevedad el error o explicar el malentendido, tal vez un problema de puntuación… Se colocó al lado derecho del sillón de Melitón.

Leyó y releyó. En efecto, faltaban dos comas en una frase intercalada, acomodada a última hora para subrayar la importancia de alguna parte del texto:

> Mientras los capitalinos continúen consumiendo el doble del agua del promedio de los países desarrollados; mientras no se cambien en México los hábitos de desperdicio; mientras no se cree una cultura del agua y se diseñen sistemas de captación de la misma; mientras no se pague el costo de importación y extracción de otras entidades federativas sin subsidios de ninguna naturaleza y se siga regalando aquello de lo que carecemos como si no estuviera amenazada nuestra existencia; mientras no se cree conciencia respecto del agotamiento de este carísimo recurso, *ya no renovable* (este fue la frase originadora del conflicto), más propensos estaremos a sufrir los efectos derivados de una sequía y más comprometedora y exterminadora puede llegar a ser su presencia.

Elpidia bien pudo haber tomado ambas hojas entre sus manos y haberlas leído de pie estando como estaba al lado de su jefe. ¿Qué hizo? Prefirió inclinarse, apoyando los codos sobre la superficie forrada con cuero del escritorio de caoba —qué días aquellos cuando Melitón usaba en Silao muebles de lámina pintados de amarillo—, depositó delicadamente su cara en el nicho formado por las palmas de sus manos extendidas y continuó la lectura de las cuartillas pegando distraídamente sus piernas al sillón del señor ingeniero Ramos Romero.

Melitón nunca la había olido. Nunca había advertido el crecimiento de sus pupilas al inhalar ese aroma enervante, el de una mujer con la que siempre había soñado, acaso sin poder describir su rostro al amanecer. Nunca la había tenido tan al alcance de su mano. Bastaba alargar su brazo derecho para rodearle su cintura. Nunca había tenido la tentación de recargar su cabeza en su costado. Jamás sus piernas habían estado tan cerca como para poder acariciar sus tobillos, sus rodillas, sus muslos. Nunca la había oído respirar ni había percibido su temperatura en sus mejillas ni fantaseado con los sudores, esos homenajes que el cuerpo rinde al amor, ni se había percatado de las palpitaciones de sus senos bajo la blusa. Dos palomas asustadas aguardaban escondidas. Nada, nunca había pasado nada más allá de un intercambio de miradas controladas, medidas, perfectamente disimuladas.

Aquella noche fue diferente. Elpidia leyó y leyó con los codos apoyados en el escritorio como si intentara memorizar el párrafo en cuestión. Ya lo del agua renovable o no había pasado a otro término. Ahora parecía repasar el fondo mismo del trabajo. ¿Revisaba también la parte técnica…?

Ahí está, Melitón, ahí la tienes, es tu oportunidad, aprovéchala, hermano: apoya simplemente tu cabeza contra su costado, todo lo demás caerá por su propio peso… ¿Entiendes? Cuando ella sienta que te desmayas a su lado; cuando tú, al fin hombre, el de la iniciativa, simplemente inclines la cabeza hasta tocarla… ¿te imaginas, Toncito?, un breve giro de cabeza puede cambiar tu vida como ya de hecho cambió desde el primer día en que ella entró por la puerta de tu oficina, ¡no lo niegues…! Hazlo, hazlo, muchacho, ¿qué sentido tiene la vida si no tienes a tu lado a una mujer que le dé contenido a tus días, tan breves por cierto como los de todos los mortales? ¿Qué sentido tiene la vida si no puedes compartir con una mujer tus éxitos, tus fracasos, tus conocimientos, tus revelaciones, descubrimientos, tristezas y alegrías? ¿De qué te sirven todos esos títulos colgados en la pared, las medallas, las togas y los birretes, los doctorados *honoris causa*, las fotografías con influyentes personajes, si no tienes una mujer con la cual reír, llorar, amar, gozar, soñar, planear, devorar, salir, entrar, viajar y fantasear? ¿Verdad que solo hay algo más bonito que fantasear? ¿Qué…? Ejecutar, Melitón, ejecutar: exactamente lo que Elpidia está esperando de ti. Una señal, un acercamiento, una caricia para devolverte mil, 10 mil, un millón. Por cada cosa que das, el amor te devuelve 100, así es de generoso. Prueba. Es tu momento. Es tan fácil… Inclina tu cabeza hacia su costado ahora mismo, antes de que ella se incorpore, toca sus ropas y espera, hijo mío, la respuesta de Dios…

Lo que a continuación se dio fue como un sueño, un desvanecimiento, un desmayo. El ingeniero fue cayendo por gravedad al lado derecho. Se desplazaba lentamente con los ojos entornados sin que nada pudiera detenerlo. Una fuerza lo jalaba, lo hacía levitar, flotar con feliz indolencia atraído magnéticamente por aquella mujer, otra proeza de la naturaleza, que, indiferente al remotísimo lugar donde se encontraba su jefe, repasaba velozmente las cuartillas para purgarlas de cualquier error. La distancia era tan breve que

206

el contacto no se hizo esperar. La nutrida cabellera de Melitón dio apenas perceptiblemente con la blusa de Elpidia. Para la sorpresa de este, ella no se apartó ni se asustó ni se molestó. Todo lo contrario: se acercó más, queriendo tener manos en su costado en ese momento para celebrar el encuentro que ella tanto había esperado y soñado desde mucho tiempo atrás. Sintió la cabeza de su jefe en la cintura. Lo dejó estar así unos momentos para que adquiriera confianza. Sin embargo, él no hacía ningún movimiento adicional. ¿Se habría dormido? Lo consintió, lo toleró unos instantes más, esperando que no se fuera a producir una respiración pesada, la mejor prueba que echaría por tierra todas sus ilusiones. Si el cansancio lo había vencido, lejos de una conquista estaría frente a una vergonzosa derrota. No tardó en constatar lo contrario…

Con toda delicadeza comenzó a erguirse sin retirarle el apoyo a su jefe. Era urgente conocer la expresión de su rostro. Ahí tendría toda la evidencia necesaria. Girando, acto seguido, hacia el lado izquierdo, descubrió a Melitón con los ojos cerrados y un elocuente gesto de apacible ensoñación. Él también había preparado una respuesta: una amplia sonrisa dominaba todo su rostro. La travesura era clara. Ahora ambos lo sabían todo… Elpidia, prestándose al juego, siguió dando la vuelta hasta llegar al extremo de tomar la quijada de Melitón con la mano izquierda con tal de detenerla, impedir que se «despertara» y continuar con sus planes. Si él estaba dormido, a ella le tocaba la iniciativa. El ingeniero, era evidente, se dejaría hacer. Todos los permisos estaban ya concedidos. Nada había ya que consultar.

Elpidia se arrodilló como pudo sin soltar la quijada de Melitón. Una vez en el piso tomó con la mano derecha la cara de Melitón y besó entonces sus labios con la sutileza y el encanto con que los príncipes despiertan a las princesas en los cuentos de niños. Ella no se había dado cuenta de que, en el viaje de su jefe hacia su cintura, el preciso punto de encuentro que con tan solo pulsarlo abriría horizontes insospechados para ambos, él había sacado su brazo derecho de la silla, de modo que colgaba paralelo a sus piernas. Cuando el ingeniero sintió aquellos labios frescos en su boca, aquella lengua ávida que se los remojaba con insistencia como si se estuviera deleitando con todas sus esencias escondidas, él subió gradualmente su mano hacia la nuca de Elpidia jalándola hacia sí como si fuera el primer y último beso de la historia.

Un beso siguió al otro en la misma posición. Ella continuaba arrodillada al lado derecho del asiento. Él permanecía sentado como un escuincle travieso. Una caricia siguió a la otra. Un silencio al otro. Melitón no tardó en caer también de rodillas, escurriéndose desde su sillón hasta colocarse frente a frente con aquella mujer de la que se había enamorado sin darse cuenta. La estrechó, la besó, le acarició el pelo, la miró, la apartó, quiso percatarse de lo que le estaba pasando, no podía creerlo. Sus manos, las de ambos, viajaban por los cuerpos de los dos. Parecían haberse deseado, conocido y amado ya antes, mucho antes de haber nacido. Ella le quitó los lentes, ¿cuál cuatro-lámparas? Eres todo un intelectualazo, mi *inge*, te ves tan hombre con esas gafas y esa mata de pelo, mi vida. Él abrió lentamente su blusa para tocar los botones que abren las puertas del universo y de todas las galaxias conocidas y por conocer, de todos los sistemas descubiertos y por descubrir. Bien pronto la ropa de ambos quedó a uno y otro lado del escritorio. Todo estaba perdido, todo estaba ganado: la pareja consumó el primer ritual anunciado por los libros sagrados desde la aparición del primer hombre sobre la faz de la tierra. Debajo de la mesa de trabajo, para todo efecto el techo del mundo, para ellos la bóveda celeste bajo la cual crecerían y se multiplicarían, se dio el primer milagro: Melitón Ramos Romero, lanza en ristre, resistió horas de batalla como nunca antes, sin rendirse ni precipitarse. Luchó con fiereza inusitada, según cuentan los anales del amor, hasta que sucumbió no sin despertar una justificada admiración del enemigo, quien constató la presencia de un adversario empeñoso, fornido, ambicioso y totalmente dispuesto y convencido a llegar a los mismísimos umbrales de la muerte en el combate.

Miles de palomas blancas, miles de globos de colores, miles de campanas de todas las latitudes, miles de coros festejarían al día siguiente la ejecución del divino mandamiento: santificarás la fiesta del amor…

Estaba a punto de empezar el mes de agosto, el más difícil, el que le había retirado el sueño a Melitón, el de la canícula, y solo algunas lluvias aisladas de un volumen insignificante se habían producido en el altiplano. El calor era insoportable. La desesperación social ya se había desbordado en varias zonas, sobre todo en las colonias periféricas, las que se habían poblado sin ningún control y apartadas de los programas de crecimiento urbano que nunca ningún regente había hecho respetar. Los costos de la ilegalidad, del caos y de la impunidad tomaban su lugar en el escenario. Las únicas nubes, invariablemente presentes, eran las de los reporteros, que congestionaban como moscas golosas las instalaciones de la comisión. Estaban a la caza de noticias. Asaltaban materialmente al director y al director adjunto, micrófono en mano, en la puerta de sus oficinas, en las de sus domicilios particulares, en el estacionamiento de la comisión para conocer el último reporte o una nueva alternativa. Los seguían a donde fueran con tal de entrevistarlos. No, ya no había alternativas. Estaban a más de la mitad de 2004 y la situación se había complicado gravemente, al extremo de ser incontrolable:

ni nubes ni vientos ni humedad. El cielo de la Ciudad de México aparecía pintado a diario con un azul intenso, orgullosamente impoluto.

El escenario estaba listo para el desarrollo del drama, un drama que el ingeniero Ramos Romero había visto venir como el arribo inevitable de la noche y que muy pocos se habían dignado a escuchar. ¡Cuánto hubiera deseado él no tener la razón! Ninguna medida preventiva se había tomado para evitar la presente crisis de proporciones inenarrables. Todas, como siempre, habían sido derogadas o aplazadas por razones políticas: no provocaremos un levantamiento social cobrando los derechos de agua al precio que usted dice —nos echarán a todos a la calle, perderemos el empleo— ni diremos la verdad para evitar la presencia del pánico. Ya verá usted cómo al final todo sale bien. Siempre ha salido bien. ¿Por qué ahora va a ser distinto…? Lloverá, lloverá, usted verá que lloverá… Durante toda esta histórica discusión se habían agotado las reservas de agua del subsuelo. La que se extraía de más de mil pozos tenía un color tamarindo y despedía olores fétidos, era a todas luces agua ya putrefacta que provenía del fondo del acuífero, agua imbebible, tóxica, que provocaría enfermedades intestinales en cadena. Ni siquiera hirviéndola se hacía potable y se volvía inodora. Los mantos freáticos habían desaparecido de hecho ante la imposibilidad de recargarlos ni siquiera medianamente. Ya antes de la catastrófica sequía, Melitón había sentenciado en cuanta conferencia había sido invitado: «No es posible extraer 50 litros por segundo mientras se recargan tan solo 25 metros. Tarde o temprano se agotará el acuífero, con o sin sequía».

Las pruebas de resonancia magnética reflejaban la dimensión de las cavernas, gigantescos espacios huecos antes ocupados por lo que fueran los supuestamente ilimitados mantos freáticos del subsuelo de la Ciudad de México. Las brigadas de ingenieros petroleros habían hecho perforaciones en diferentes partes de una de las ciudades más densamente pobladas del planeta, pudiendo constatar, para su sorpresa, cómo la broca perforadora de repente se quedaba «loca» y se precipitaba con kilómetros de cuerda de acero a través de enormes orificios que parecían no tener fin. Los vacíos eran interminables. El agua que le daba sustentación al piso había sido extraída irresponsablemente, a pesar de todas las advertencias de técnicos nacionales y extranjeros, dejando expuesto al D. F. a merced de cualquier veleidad de la naturaleza, ya fuera un temblor o una sequía o los dos juntos. ¡Horror! La costra superior del suelo capitalino ofrecía la misma resistencia que el cascarón de un huevo. Un terremoto podría hacer desaparecer a la otrora orgullosa capital del imperio azteca construida sobre la superficie de un lago. El símbolo de la mexicanidad, el águila y la serpiente, podrían hundirse en cualquier momento, como de hecho ya había venido sucediendo, junto con millones de personas, edificios, calles, rascacielos, casas y animales. Como siempre, la gente ignoraba los extremos de peligro en que se encontraba.

Para el sistema político, según el ingeniero Ramos Romero, la ciudadanía había estado integrada fundamentalmente por menores de edad, incapaces de entender argumento alguno. La intolerancia política que impidió a la sociedad nombrar a sus gobernantes durante casi 70 años y que propuso durante décadas y más décadas el gobierno autoritario de un solo hombre, un solo hombre que pensaba por los demás, decidía por los demás, hablaba por los demás y ejecutaba o no por los demás sin que nunca nadie lo hubiera electo hasta finales del siglo pasado. Los 70 años de tiranía disfrazada se advertían con tan solo salir a la calle en el Distrito Federal: he ahí el costo de haber impedido con fraudes electorales, amenazas, chantajes y asesinatos el acceso de la oposición al poder. Finalmente, solo se buscaban más cabezas para pensar y más posibilidades reales de encontrar soluciones a la amenazante problemática capitalina.

Cuando un solo hombre resuelve por los demás —dejó asentado Melitón en uno de sus escritos—, la regresión con su cauda de males se impone para desquiciar a todas las sociedades. El D. F. está expuesto a cualquier veleidad política, ecológica y social porque un hombre siempre supo más que millones qué hacer o qué no hacer, hasta dejarnos en una coyuntura de peligro en la que, indefensos, cualquier amenaza puede acabar con nosotros. No estamos organizados para oponernos a nada.

Y la sociedad, ¿cómo consintió que durante ya casi 70 años se le impusieran gobernantes en las personas de los jefes del Departamento del Distrito Federal? ¿Por qué desde finales de los años veinte hasta finales de los noventa los capitalinos decidieron no votar ni por ende participar en la decisión de quién iba a regir los destinos de la ciudad en la que vivían?, escribió Melitón en sus apuntes.

Durante 70 años los capitalinos permitieron que les impusieran a su alcalde. Durante 70 años los capitalinos renunciaron a ejercer su voluntad política. Durante 70 años los capitalinos toleraron el gobierno de un solo hombre a través de una entidad corporativa. Durante 70 años los capitalinos aceptaron que no hubiera democracia en la capital de la República, ni siquiera cuando llegó a convertirse en la concentración demográfica más escandalosa y preocupante en la historia de la humanidad: ni aun así votaron a sus líderes. 70 años con el tema electoral indiscutible. 70 años con que aquí se hace lo que yo digo. 70 años sin democracia. 70 años sin elecciones. 70 años de borreguismo social. 70 años de apatía política. 70 años de corrupción, ¿o la inmensa mayoría de los regentes no salían llenos de dinero mal habido y de la misma manera que los capitalinos no votaban tampoco

210

se atrevían a reclamar cuando aquellos les robaban sus ahorros, ahora sí que pagados con el sudor de su frente?

Un capitalino no reclama ni después de 70 años de imposición de sus gobernantes. Un capitalino no reclama cuando se le impide votar. Un capitalino no reclama ni cuando respira aire tóxico que atenta contra su salud y la de sus hijos. Un capitalino no reclama cuando se deforesta el Ajusco ni las áreas periféricas. Un capitalino no reclama cuando se sobreexplota el acuífero y su vida queda amenazada por la sed. Un capitalino no reclama cuando hay basureros a cielo abierto. Un capitalino no reclama cuando cinco millones de personas y dos millones de perros callejeros defecan a la intemperie y la contaminación fecal atenta severamente contra nuestra salud. Un capitalino no reclama ni protesta cuando el DDF quiebra por mala administración o por insolvencia moral de sus jefes. Un capitalino no reclama cuando se hunde el suelo de la capital 10 metros en lo que va del siglo ni se preocupa ni inquiere ni consulta ni se alarma. Un capitalino no reclama cuando la marea humana parece aplastarlo como consecuencia de la explosión demográfica. Un capitalino no reclama cuando vive paralizado por el tráfico. Un capitalino no reclama cuando le pasan por la televisión programas para débiles mentales o con un elevado contenido de violencia o depravación sexual. No, un capitalino no reclama nunca. ¿Reclamó acaso cuando se hundía la mismísima Catedral Metropolitana o cuando la primera universidad de América, la antigua Real y Pontificia Universidad de México, se convirtió en cantina, conocida hasta finales del siglo XX como El Nivel?

¿Qué pasa con los capitalinos? ¿Dónde termina la culpa del gobierno y comienza la de los capitalinos…?

Las medidas impuestas extemporáneamente en materia de racionamiento de agua habían llegado a su fin. Eran absolutamente inútiles: el agua se había agotado. Llovía esporádicamente. Si la canícula del mes de agosto, ya en puerta, no era breve y no soplaban los alisios, la catástrofe haría parecer a las pestes medievales como meros juegos de niños. Ni Dante ni Blake habrían tenido imaginación para describir la realidad de los infiernos mexicanos de principios del siglo XXI. Todos los recursos se habían agotado.

Los aviones de la fuerza aérea de Estados Unidos, ¡qué soberanía ni qué soberanía!, habían bombardeado repetidamente con nitrato de plata cuanta nube encontraban a su paso o identificaban por medio de sus sofisticados radares, capaces de localizar el despegue de una mosca en el valle de Mexicali. El nitrato de plata había producido chaparrones aislados sin trascendencia alguna. Otro fracaso. Fracaso total. El Caribe continuaba sin depresiones tropicales ni ciclones ni huracanes en el horizonte azul turquesa, aquel que habían querido inmortalizar y describir muchos pintores y novelistas de la historia; no emergía ninguna línea gris, más tarde oscura, que anunciara la inminencia de la tormenta. No, ninguna tormenta. Las aguas del Caribe estaban más quietas que las de una tina. ¿Vientos? Ninguno… Otros países igualmente afectados, todos ellos ubicados en los linderos del Trópico de Cáncer, habían tomado medidas precautorias, anticipándose a la sequía, previéndola, haciendo centros de acopio para casos de urgencia, improvisando técnicas para captar el líquido vital en el volumen que fuera, instrumentando políticas draconianas de ahorro. Solo los mexicanos se negaron a hacerlo, hasta que la situación fue inevitable e inocultable. Era ya demasiado tarde.

La oficina de Melitón en la Comisión de Aguas era en ocasiones el cielo, sí, sin duda, pero también, sin duda alguna, era el mismísimo infierno. El ingeniero Ramos Romero y Elpidia se apresuraban a llegar temprano en la mañana. Puedes arreglar tus asuntos, organizar tu día y desahogar las charolas llenas de pendientes sin interrupciones, sin la carga de la audiencia, sin visitas ni periodistas ni llamadas inoportunas ni juntas ni venga ni suba ni baje ni me habló el presidente o el secretario o la Biblia en pasta. Nada. La soledad a esas horas, el silencio y la tranquilidad te permiten avanzar en tus trabajos aceleradamente. La red, la maldita red, ese látigo endemoniado, está todavía dormido. Además, ¿qué prefieres? ¿Desperdiciar una hora en el tráfico de la mañana o ganarlo despachando ejecutivamente asuntos para que, cuando cada uno de los empleados se vaya presentando en la oficina, se encuentre ya con una montaña de papeles y de pendientes sobre su escritorio enviados por un jefe muy productivo? ¿Qué es mejor, Chabe…? Por eso me conviene salir temprano de la casa, amor…

La comunicación en casa de los Ramos Romero ya no pasaba del llegaré tarde hoy en la noche, Isa, tengo una reunión en la Secretaría. El fin de semana saldré de gira a Tabasco, a Chihuahua, etc. Este puente entrante me voy a Mérida… ¿Por qué, Toncito, ya no vienes ni a comer ni a desayunar ni a cenar? Lo único que te agradezco es que ya no me busques ni siquiera una vez al mes…

En las mañanas Melitón ya venía desanudándose mentalmente la corbata y las agujetas a bordo del automóvil; se abría los botones de la camisa, se desabrochaba el cinturón. En su imaginación se bajaba la bragueta, los pantalones y los calzoncillos, se quitaba los calcetines y los zapatos. Sentado en la parte trasera de su vehículo —su jerarquía le había permitido desde un par de años atrás contar con los servicios de un chofer—, escuchaba con toda atención y angustia los noticiarios radiofónicos de la mañana, los resúmenes de noticias mientras leía los encabezados de la prensa y, por supuesto, los boletines meteorológicos. Tenía tres ideas fijas: Elpidia, la canícula y los alisios. ¿Cuándo llovería?, ¡carajo…!

Esa mujer era tan perceptiva que podía adivinar los estados de ánimo de su jefe o saber lo que estaba leyendo o en lo que estaba pensando con tan solo escuchar sus pasos al acercarse a la oficina. Si estos eran apresurados, venía el ingeniero como un lince ya casi desnudo en los elevadores encaminándose a ella para crucificarla furiosamente contra la pared, sobre el tapete de la entrada o contra lo primero que se encontrara. Si arrastraba los zapatos es que venía pensando en todo menos en el amor y, si además de arrastrar los zapatos, se detenía por momentos, es que además de venir involucrado en asuntos de la oficina, vendría leyendo algún texto que exigía más concentración. Su ritmo de desplazamiento le indicaba toda la realidad del día que comenzaba. Podría llegar de buenas o de malas, feliz o enojado, disgustado, pensativo, ansioso, deseoso, voraz y a veces, solo a veces, hasta simpático. Sus pasos, solo necesitaba escuchar sus pasos para saberlo todo.

La oficina era el cielo porque finalmente ahí, ambos, habían descubierto la plenitud. Ese recinto, inconveniente por mil razones para los lances amorosos, para esa relación indebida por otras tantas, una de ellas por el estado civil de Melitón y otra por el involucramiento con una empleada, lo cual podría acarrearle al ingeniero chismes morbosos y faltas de respeto en toda la Comisión de Aguas, ese hermético recinto en donde se encerraba esa pasión prohibida; ese lugar en donde habían conocido sensaciones y placeres nunca imaginados, de pronto era un lugar de encuentro al cual se apresuraban a llegar y del que ya no querían salir…

Melitón y Elpidia —dependiendo del ritmo de los pasos del ingeniero— hacían el amor en el baño, en la sala de juntas, contra la puerta de la oficina del jefe de asesores, en el pasillo antes de que todos llegaran o cuando ya todos se habían ido, sobre el escritorio de ella cuando la furia los dominaba o bajo el escritorio del ingeniero, el sitio favorito, donde se sentían realmente a salvo; lo intentaban, ¿qué intentaban?, lo hacían, ¡qué caray!, sobre los archiveros, en su silla secretarial, girando como dos chamacos traviesos hasta caer al piso entre carcajadas. Siempre hay tiempo para el amor y cualquier lugar es bueno para hacerlo. Así, al comenzar la jornada, entre frutita y frutita preparada por ella, se miraban, se besaban, se tomaban las manos, se las estrechaban, juntos se bebían el jugo de naranja, los sábados a veces con piquete, entre beso y beso: cuando bebo el jugo de tu boca bebo lo mejor de ti…

Sostenían encuentros amorosos, eficaces reuniones de trabajo después del primer café y a media mañana, en plena audiencia, cuando los perfumes y los calores los desquiciaban. Invariablemente hallaban la oportunidad para un encuentro efímero de caricias. ¿Te puedes descubrir un seno para que te lo bese sin tocarlo? ¿Sí...? Nadie nos ve... En la tarde cuando Miel, sí, Miel, no Mel ni Ton ni Toncito ni Tontón, llegaba melindroso de una comida con dos tequilas encima, enseguida le pedía a Elpidia que le informara a la secretaria auxiliar que te voy a dictar un buen rato, mi amor. Que tome ella los recados, que no nos interrumpan ni aun cuando llame el presidente de la República... Tengo que dictarte un texto largo, muy largo y muy profundo... En la noche, ya muy tarde, al comenzar los besos de despedida, ¿en cuántas innumerables ocasiones, ya estando en el estacionamiento privado de la Comisión, habían tenido que volver a la oficina solo a saciar una nueva sed tan inexplicable por insistente y tenaz como por repentina? Las caricias y los abrazos llegaban a su fin con unas palabras elocuentes pronunciadas cada vez con más frecuencia por Elpidia: por lo que más quieras, no duermas con Isa: me muero, Miel, me muero... ¿Verdad que no duermen en la misma cama? ¿Entra al baño cuando tú te bañas? ¿Verdad que jamás volverás a tener otro hijo con ella?

Elpidia nunca pedía ni exigía nada. Le concedía a su jefe-amigo-amante todo género de libertades: bien sabía ella que si tomaba un puño de arena y la apretaba firmemente con la mano se le escaparían todos los granos entre los dedos y, por el contrario, si la dejaba descansar sobre la palma sin ejercer la menor presión, la mayor parte de ella permanecería intacta. Como verás, conservas más arena sin presión que presionando. No forzó la situación. Dejó a Melitón hacer y deshacer: lo retuvo. Lo hizo suyo. Solo que esta mujer eternamente conforme, condescendiente, enemiga de cualquier confrontación o género de violencia física o verbal, dispuesta invariablemente a ceder hasta convertirse en incondicional, en cualquier caso plan o proyecto que abrazara Melitón, Elpis, Elp, Help, como él le decía cariñosamente, tenía un deseo propio de una mujer, una ilusión. Una única vez se atrevió a pedirle algo al ingeniero no sin antes vencer un sinnúmero de obstáculos y prejuicios personales, pensar debidamente cada palabra pasándola previamente por la báscula y esperar pacientemente el arribo del mejor momento para disparar sin fallar el tiro.

Una noche en Puerto Vallarta, después de que Melitón había ido a hablar con las autoridades del estado para hacerles saber que era un crimen vender terrenos y fraccionar el lecho del lago de Chapala, que se venía secando a un ritmo amenazador, Elpidia se decidió a ejecutar sus planes después de un intenso encuentro amoroso que culminó cuando ambos se ducharon juntos, enjabonándose recíprocamente sus cuerpos entre carcajadas infantiles, besos húmedos y profundos y ya, ya, Miel, ya, mi vida, me voy a caer, no tengo fuerza en las piernas... Más tarde Elpidia, recostada con el pelo todavía húmedo sobre el pecho lampiño de su amante, se dispuso a hablar en la oscuridad de modo que él no pudiera verla a los ojos. No, no quería casarse con él ni que abandonara a Isabel ni que vivieran juntos ni pretendía una casa ni un coche ni un aumento de sueldo ni un préstamo:

—Miiiii amor…

—¿Sí…?

—¿Verdad que me quieres mucho…?

—Sí, mi vida —repuso él, colocando de inmediato la mano derecha sobre el cabello de ella. Le pareció en un principio una pregunta de rutina. El contacto físico le reportaba más intimidad y confianza.

—¿Verdad que yo nunca te he pedido nada…?

—Nooooo… —contestó Melitón, mirando al techo y frunciendo por primera vez el ceño. ¿A dónde quería llegar su secretaria? Ocasionalmente le acariciaba sus mejillas. Necesitaba tocarla para animarla a continuar.

—¿Verdad que nunca advertiste en mí otro interés que no fuera el de hacerte más feliz todos los días…?

—Eeelpiiisss…

—¿Sí…?

—¿Qué te traes, mi vida? ¿Por qué no vas al grano?

—¿Verdad que nunca he sido una carga ni lo seré para ti?

—No, mi amor, no, pero ¡ya!, o hablas o te estrangulo —señaló, tomándola tiernamente del cuello.

Elpidia preparaba su terreno cercando a su presa. En realidad estaba cerrando todas las salidas.

—¿Verdad que nunca he dicho que me quiero apellidar como tú y que conmigo jamás te deberías sentir comprometido porque me puedes dejar y cesar en el instante preciso que así tú lo desees…?

—Sí, Elpis, sí, pero ya me estoy poniendo nervioso. No te quiero dejar nunca. Cada día me siento más cerca de ti. Tú sabes muy bien que todo lo que me pidas, en la medida en que esté a mi alcance, por ese solo hecho ya será tuyo. ¿No te acuerdas cuando me pediste que te regalara la luna llena y yo la amarré con un hilo en la noche y te la llevé a tu casa como si fuera un globo? ¿Te acuerdas…?

—Sí, mi vida…

—¡Dime entonces qué te traes!

—¿Sí…?

—¡Sí!

—Quiero un hijo tuyo, aun cuando no me vuelvas a ver ni a mí ni a él —soltó finalmente su deseo largamente retenido sin percatarse de que empapaba el pecho de Melitón ya no con la humedad restante de su cabello:

215

Elpidia, la fiel Elpidia, lloraba discretamente. Ni así quería contrariar a su jefe. Sus lágrimas resbalaban por sus mejillas sin que ella pudiera remediarlo ni impedirlo—. Si no quieres, no: olvídalo, Miel.

Melitón, Miel, guardó silencio. Continuó acariciando la cabellera de Elpidia. Ella empezó a inquietarse pero decidió permanecer absolutamente inmóvil. Si él accedía o no, era totalmente irrelevante. No perdería a Melitón por nada del mundo. Con hijo o sin hijo, con empleo o sin empleo, viviendo juntos o separados, con futuro o sin futuro. Cualquier instante era una oportunidad, verlo significaba una ganancia, su compañía, un estímulo, algo que recordar, algo por qué vivir en el presente. ¿Mañana? Mañana ya sería otro día. ¿Condiciones? ¡Ninguna! Un beso, una caricia, una mirada, un abrazo sin porvenir era lo de menos. Todo lo que contaba para Elpidia era el ahora, un ahora vinculado, atado íntimamente, sólidamente a Miel. ¿Qué pasaría después? Después se preocuparía. Hoy no tenía tiempo para ello. Era en todo caso un ejercicio inútil, irrelevante. Tomaba con ambas manos lo que le deparaba la vida. Lo colocaba en las cuencas de sus manos y lo bebía de un sorbo hasta saciarse día tras día.

Melitón, el dios, el hombre, el gigante imponente, el destino de Elpidia, finalmente dijo, ¿cómo que dijo? ¿Melitón dice? ¡No!, Melitón sentencia, y Melitón sentenció, sí, señor, sentenció mientras que a los ojos de Elpidia descendía de su pedestal de mármol blanco, se desprendía de su túnica sagrada, de sus sandalias aladas y se convertía en un humilde mortal al decir:

—¿Qué te parece si para complacerte en tus deseos tratamos de encargarlo ahora mismo? Si no nos ponemos a chambear en este preciso instante no podré complacerte porque lo que es a mí eso del verbo divino que embaraza no se me da... —agregó, soltando una carcajada.

Elpidia brincó por encima de él. Se sentó desnuda sobre sus piernas. Lo tomó por las orejas mientras él yacía boca arriba disfrutando de aquella mujer, de aquella niña hermosa y traviesa, invariablemente feliz con la que la vida lo había premiado.

—¿De verdad, pinche Pelos Necios? —De buen tiempo atrás, en la voz de ella, solo en la de Elpidia, semejante licencia producía una hilaridad contagiosa en el señor ingeniero Ramos Romero. ¿Quién podía cometer, salvo ella, una osadía de dicha magnitud sin tener que recoger la dentadura a 20 metros de distancia? Solo Elpidia, Elpis, Elp, Help—. ¿De verdad, pinche Pelos Necios? —insistió ella todavía escéptica.

—No, de verdad, no, Elpis...

—¿No? ¿Estás jugando conmigo, ingenierito de transistores...?

—No, yo no quiero un hijo...

—¿No...?

—No: yo quiero todos los que podamos tener y empecemos ahora mismo…

No contó entonces que hubieran terminado de amarse momentos antes. Se envolvieron el uno en el otro, inhalándose, besándose, recorriéndose, encontrándose, buscándose, tomándose, acariciándose, teniéndose, apretándose, sujetándose, sintiéndose, lamiéndose, penetrándose, tocándose, soñándose, resucitándose, atacándose, embistiéndose, permitiéndose, humedeciéndose, suspirándose, diciéndose, idolatrándose, muriéndose, desmayándose con gracias, muchas gracias, gracias, Señor, Dios, Dios mío, Dios, mi Dios, Melitón, Miel, Melitón…

Sí, solo que la vida no sería completa sin la presencia de la adversidad, y esta se empezaba a dar a su máxima expresión con tan solo abrir la puerta y salir a la calle donde se encontraba ubicada la Comisión Nacional del Agua. Tan cerca del cielo y tan cerca del mismísimo infierno.

Melitón y Elpidia buscaron a partir de entonces, y a pesar de todo, a su hijo en los días fértiles, cuando la temperatura basal era más alta, cuando ella estaba ovulando, según indicaba el termómetro. Hoy, ahora, mi amor, hoy es el día. Cerremos la oficina, vayamos a mi casa, salgamos de fin de semana a Mañanitas, nuestro nido de amor, duerme conmigo en la noche, no recibas a nadie en la audiencia, no vayas a aceptar desayunos ni comidas ni cenas, Pelitos, ni permitas que te cite el secretario ni el director a acuerdo. No estás, ingeniero. No estás para nadie. Solo estás para mí, para mi hijo, para nuestro hijo…

No bebas alcohol en la cena, es un enemigo feroz del amor, no te disgustes con nadie, no te tensiones ni te impacientes ni duermas mal… No se te ocurra complacer a Isabel aun cuando se te ponga de rodillas: no estás. No desperdicies energía. Consérvala toda para mí. Toma mucho sol. Llénate de su fuerza. Estate tranquilo. Piensa en mí. Ven, tómame, te esperaré así, con las piernas en alto, concebiré un hombre, se llamará Melitón, Miel, Melitón. No debo moverme. Las plantas de mis pies tienen que apuntar al techo. Encargaré a un peludo como tú, un prieto hermoso como nosotros. Tendrá unos ojos negros absolutamente oscuros como la obsidiana. ¿Tu padre cómo los tenía? Tendrá mi barbilla, será de tu estatura, tendrá mi simpatía, será muy preparado, tendrá mi alegría de vivir, será un hombre de bien, tendrá valores, será muy guapo, guapo, guapísimo…

Sueños, sueños, solo sueños… El hijo no llegaba. El embarazo no se producía por más que lo buscaban en tanta oportunidad se les presentaba. Nadie renegaba ni regateaba exceso de esfuerzo o de ganas. La situación llegó al extremo de conducir de la mano a Elpidia hasta la puerta misma del ginecólogo. Vinieron las pruebas dolorosas y humillantes, las laparoscopias, los análisis embarazosos. Llegaron los reportes: Bien los ovarios. Bien la ovulación. Bien las trompas. Bien los grados de acidez vaginal. Bien todo. Usted está sana, señora. Más sana que una pera. Parece usted una chiquilla de 15 años... Ahora hágame el favor de traerme a su marido. ¡Quiero ver a su marido!

—No es mi marido...

—No importa. Quiero ver a su pareja.

—Pero, doctor, él ya tiene cinco hijos...

—¡Que venga!, señora. Tal vez algo está afectando su motilidad, está tensionado y por lo mismo se desploma su recuento espermático. ¿Está agobiado?

—Sí, doctor, está aterrorizado por la sequía.

—Tráigamelo, yo tengo la medicina para curarlo para que tengan a su bebé. Es usted la mujer más ilusionada que he conocido en mi carrera. Yo los ayudaré.

Melitón sonrió cuando Elpidia le dijo que tenía que llevar una prueba de semen al laboratorio.

—¿Le dijiste que ya tengo cinco hijos?

—Sí.

—¿Y entonces?

—Quiere revisar la velocidad a la que se desplazan los espermatozoides fuera y dentro de mi vagina. Quiere estudiar tus temperaturas y hacer un recuento de los que produces en una eyaculación.

—Pero si yo...

—Ven, mi vida, ven, Miel... —le pidió Elpidia a su hombre tan amado y necesitado, sin poder saber que lo conducía con la inocencia de una oveja al matadero—. Ven, mi amor, una simple pastilla te aumentará la motilidad y el número de espermas y así tendremos finalmente a nuestro hijo. ¿Sí? Igual con un solo día que dejes de pensar en la sequía me embarazo. Yo nunca te he pedido nada, ¡ándale...!

Junto con la decisión de complacer a Elpidia llevando una prueba de semen al laboratorio, al otro día a las ocho en punto de la mañana, Melitón de Todos los Santos del Niño Jesús, nacido en el Bajío, en el otrora Granero de la Nación, sin que su madre le hubiera podido decir nunca ni en qué día ni en qué año siquiera había acontecido semejante suceso, decidió, asimismo, dar una conferencia de prensa dos días más tarde para informar a la opinión pública de la realidad de la situación imperante en torno a la carencia de agua. Por supuesto, sabía que no contaba con el acuerdo de sus superiores. Era sin duda una medida suicida. En donde se encontrara, el Papantla podría percatarse de que él rompía con todos los patrones de la vida pública y se lanzaba al vacío sin red de protección para salvar a la comunidad o lo que se pudiera rescatar de ella a esas alturas del avance del fenómeno. Él no callaría. Él no sería cómplice de nadie. Allá cada quien con su conciencia. El racionamiento de agua en el Valle de México tendría que llegar, según él, al extremo de surtir agua en los hogares, únicamente a los hogares, una vez cada tercer día y por espacio solo de tres horas. Por si fuera poco, alguien debería dar la voz de alarma de una buena vez por todas para que la ciudad empezara a ser evacuada gradualmente. Él, Ramos Romero, no se detendría ante aquello del amarillismo, del miedo al pánico o del exhibicionista político o del ingeniero, es usted un hombre muy emotivo, lo ciega la pasión, todavía tenemos agua, podemos resistir, las lluvias no tardarán, cálmese… No podemos comportarnos como si tuviéramos agua para siempre: nos vamos a morir de sed o nos va a matar la enfermedad. No debemos seguir consumiendo a estos volúmenes. Preparémonos para una carencia total si la canícula llega a alargarse. Si la opción que me queda, advirtió a sus superiores, es que me callo o me largo, la decisión está tomada. Optó por lo segundo. Sabía que tendría los días contados en el cargo, solo que más contados los tendría la sociedad, y esta no sabía nada ni se le había concedido la oportunidad de prepararse… Cuando se sentó frente a los camarógrafos y reporteros, recordó a algunos secretarios de Hacienda que muy a pesar de ir advirtiendo cómo se agotaban peligrosamente las divisas, aun así, no devaluaban, pensando que disminuiría la demanda o se daría un milagro, hasta que estas se agotaban y venía entonces la catástrofe monetaria y con ella la crisis económica y social. Mientras tuviera un micrófono a la mano lo usaría.

Antes de comenzar a hablar frente a tantos micrófonos, cámaras y reflectores, se percató de la ausencia de Elpidia. Que hubiera faltado Isabel, como siempre faltó a sus conferencias, no lo hubiera sorprendido, pero Elpidia, Elpidia, no dejaba de llamarle la atención ni de preocuparle. Ella estaba invariablemente en todas. Bien pronto conocería las razones por las cuales no había estado presente… Sin embargo, él no estaba dispuesto a detenerse por nada ni por nadie. ¿Quién veía venir los horrores apocalípticos de la sequía como él? Pues entonces adelantó, aprovechando la ausencia del director general, quien estaba de gira por el interior de la República, con la voz entrecortada en ocasiones, que la precipitación pluvial había venido disminuyendo sensiblemente en los últimos cinco años.

¿Qué era una sequía? ¿Una ausencia de humedad, específica y únicamente de lluvia? No, no solo se trataba de una carencia de agua sino de una sequedad anormal durante un largo periodo, lo suficientemente largo como para afectar a las plantas y a la vida animal.

—Cuando la humedad es retenida en los polos, particularmente durante un periodo de frío, las sequías asociadas a las heladas pueden hacer que las cosechas sufran todos los daños acumulados de golpe. Heladas y sequías históricamente han conducido a la catástrofe.

»Que efectivamente se trataba de ciclos de la naturaleza tal y como ya en la antigüedad se hablaba de las vacas gordas y de las vacas flacas. Esta vez nos tocó, camaradas, vivir la época de las flacas…

¿Un político mexicano revelando la verdad…?, ¡carajo! Si así hubieran sido todos no hubiéramos tenido un país sepultado en el escepticismo.

—Solo que no hemos tenido la capacidad previsora para ir tomando las medidas precautorias según se ha arraigado la sequía en México. Nosotros hemos venido ayudando a que esta sea más severa y produzca peores consecuencias. No nos sorprendió cuando las presas y las lagunas empezaron a bajar sorprendentemente de nivel: todavía fuimos tan irresponsables que construimos y vendimos fraccionamientos de lujo sobre el lecho de nuestras lagunas en lugar de alarmarnos por su significado ecológico. No nos sorprendió cuando los ríos que alimentan con agua el Valle de México se empezaron a secar, a reducir sus caudales y hasta a morir sin hacer ni un día de luto solo porque la resequedad ambiental y la indolencia social amenazaban nuestra propia existencia. ¿Qué más daba la muerte de un río? ¿A quién le importaba que se muriera un río? No nos sorprendió cuando la contaminación empezó a acabar con ellos. No nos sorprendió cuando el nivel de agua de las presas indicó que pronto nos veríamos forzados a dejar sin luz a varias regiones del país, entre ellas el Valle de México. No nos sorprendió tampoco cuando la misma falta de agua dejó a los campesinos sin posibilidades de producir, en el hambre, sin empleo, desesperados y teniendo que emigrar a las ciudades o al norte, complicando el entorno diplomático y el urbano, y menos nos sorprendimos cuando nosotros mismos entrevimos que nos quedaríamos sin posibilidades de comer. ¿Qué tenía que pasar para que algo realmente nos sorprendiera y alarmara? ¿Quién iba a trabajar un campo sin agua? No nos sorprendió cuando tuvimos que disponer de nuestras escasas divisas para importar alimentos. No nos sorprendió cuando propusimos que se incrementara el costo del agua para empezar a ahorrar y para crear conciencia. No nos sorprendió cuando se impusieron los primeros racionamientos de agua porque pensamos que sería transitorio. Nunca imaginamos que la sequía podía prolongarse por ya casi cinco años, dos de los últimos particularmente agresivos, sin que nadie de ustedes se pudiera imaginar los niveles de gravedad de semejante situación.

Un murmullo recorrió el recinto. Los reporteros se comunicaban entre sí. Otros ya mandaban las primicias vía teléfono celular. Los camarógrafos recogían las escenas más importantes, sobre todo cuando el ingeniero Ramos Romero mostró unas láminas que revelaban el decremento de la precipitación pluvial, las drásticas caídas en la captación de agua, las del abasto a través de las fuentes tradicionales, el agotamiento alarmante de los mantos freáticos capitalinos, la baja histórica de los caudales de los ríos que surtían el precioso líquido a la Ciudad de México. Los fotógrafos imprimían cientos de placas, iluminando la sala donde se llevaba a cabo el acto. La mesa donde hablaba el alto funcionario se poblaba por instantes de micrófonos de todos los tamaños y colores. Lo escuchaba, sin duda, todo el país. Poco a poco quedaba en la conciencia de todos que como siempre se había ocultado información a la comunidad, y cuando esta finalmente se había hecho del conocimiento público ya era demasiado tarde para instrumentar una estrategia defensiva. Los acontecimientos atropellaban a todos por igual. Si lo que se había tratado de impedir era que cundiera el pánico escapando a la verdad, los daños que se causarían con la mentira serían siempre infinitamente superiores. Los funcionarios tenían pánico de sentir pánico o de provocarlo.

—Actualmente el racionamiento es ya absurdo: ¿de qué nos sirve empezar ahora a ahorrar agua? Es inútil, ya no hay. Ahora ya no podemos empezar a cobrar lo que vale: ya se acabó, ya nos la acabamos. No hicimos nada por ahorrarla cuando pudimos hacerlo. No hicimos nada para prepararnos para la crisis. No hicimos nada para salvarnos. El daño está hecho y es incalculable. Tendremos que enfrentar las consecuencias de nuestra irresponsabilidad y apatía. ¿Conque nadie quería pagar los derechos de agua? El precio que habremos de pagar en los próximos meses, aun cuando llueva mañana mismo, situación muy poco probable porque la canícula se extenderá en términos impredecibles y ni siquiera han empezado, a estas alturas del año, a soplar los vientos en el Caribe, será infinitamente superior a los impuestos que propusimos para hacernos de capital y adelantarnos a los males que ya se preveían.

¿...Y Elpidia? Mi vida, ¿dónde estás?

—En consecuencia, señores, las medidas que tenemos que instrumentar a partir del momento en que ustedes abandonen esta sala podrían ser las siguientes... —Melitón recomendó entonces que quien tuviera casa de fin de semana se fuera hoy mismo para allá y que, se encontrara donde se encontrara, cuidara el líquido—. Este es un mal global. No solo del D. F. ni de la República mexicana. Es bien sabido que otros países sufren los mismos daños, solo que muchos de ellos previeron muy bien la llegada de la sequía y están sorteando la crisis. A donde quiera que vayan ahorren agua. Se puede agotar en todos lados.

Les hizo saber que trataran de abrir agujeros en los jardines y ahí, a modo de letrinas, defecaran, para que la poca agua destinada a los escusados se utilizara para beber. Nadie podría pensar en bañarse mientras no lloviera. ¿Cuándo llovería? A saber. ¿Ni siquiera a jicarazos…? Las bromas y el escepticismo empezaron a cundir entre los representantes de la prensa. Oye, ¿en París hay Melitones y sequías?

—Beban agua en la noche, de día la sudarán. Suspendan todo tipo de ejercicio que estimule la sed. Las albercas públicas deben ser bien cuidadas, de ahí sacaremos agua para servirla en vasos cuando no haya nada que beber. No tomen de las fuentes públicas ni abran las cañerías subterráneas para hacerlo ni beban de las pipas que el gobierno utiliza para regar parques y jardines. La poca agua que logren juntar hiérvanla. Llenen sus techos de ollas, platos y todo tipo de recipientes para captar agua de lluvia si es que un día llegara a caer a cualquier hora…

—¿Sugiere usted que se evacúe la ciudad para dejarla en manos de maleantes o de la misma policía, que es lo mismo? ¿Sabe usted qué encontraremos a nuestro regreso? —cuestionó insistentemente uno de los reporteros—. Yo le contesto, ni se preocupe: no encontraremos ni la casa…

—Antes que eso, señor: ¿usted cree que la situación no está como para irse? —preguntó Melitón.

—Con todo el respeto que usted me merece, yo ni me voy ni creo que la situación esté tan grave.

—¿Ya fue a las presas?

—No, pero me dicen que no están tan vacías —repuso aquel, sintiéndose sin argumentos.

—Que no le digan, amigo, mejor vaya y si quiere usted a sus hijos, mejor salga de la ciudad a casa de sus suegros o amigos o parientes, pero váyase. La ciudad no tiene remedio. Es una bomba de tiempo. Estallará en mil pedazos en los próximos días. Sus bienes son lo de menos. La vida de usted y la de los suyos son lo único que cuenta.

—Si usted hablara de evacuar a 50 mil personas, se vería cómo, pero evacuar a más de 25 millones de seres humanos, de los cuales 20 carecen de automóvil, es una tarea de gigantes, señor…

—¿Verdad que nunca nadie pensó que éramos un blanco fabuloso para cualquier catástrofe natural? —empezó Melitón a dispararle a quemarropa—. Qué le parece un terremoto en una ciudad densamente poblada como la nuestra, construida sobre un lago al que le extrajimos el agua y la dejamos suspendida de la nada sin sustentación alguna. Si los terremotos son terribles, más, mucho más lo serán en una ciudad como la nuestra en esas condiciones —adujo, llevándose el rifle al hombro decidido a vaciar la cartuchera—. ¿Verdad que nos puede tragar la tierra con todo y 25 millones? ¿Qué tal una nueva erupción del Izta o del Popo? ¿Qué tal un movimiento social, otra revolución en una ciudad como esta? Cualquier cosa que nos pase será espantosa porque se habla de millones de seres humanos. ¿Qué tal el cólera o una epidemia simplemente de gripa? Pueden ser millones los contagiados. ¿Qué tal los daños por contaminación ambiental o es lo mismo una ciudad con 300 mil almas? ¿Y una sequía? Una sequía como la presente puede tener consecuencias que ninguno de los aquí presentes puede siquiera sospechar. Ya la han padecido en China, Kenia, Tanzania, Malawi, Mozambique, en los alrededores de Kalahari y las sabanas de Angola y Botsuana. —Melitón resumía sus conocimientos disparando los nombres de muchos países afectados por el fenómeno meteorológico, cuyo significado todos parecían conocer, pero pocos habían sufrido. Su experiencia era enorme—. ¿Y Brasil y Australia y la Unión Soviética, que se salvó por una prolongada nevada, y la sequía padecida en Kansas, Oregón, Nevada, Utah y California, Estados Unidos, en 1977? ¿Y la sequía padecida en Inglaterra en 1976 en la que el Támesis se convirtió en lodo y la reina ordenó que se murieran los jardines reales desde que no se podía desperdiciar agua?

—Volvamos al tema, ingeniero, ¿qué puede pasar durante una sequía prolongada?

Melitón pensó mucho la respuesta. ¿No se trataba de dar la voz de alarma desde lo más alto del puente? Pues a darla. Ya nunca más en su vida volvería a tener acceso a los micrófonos.

—No es difícil que una quinta parte de la población del D. F. pierda la vida como consecuencia de la peste que se advendría. Los daños en el resto del país también serían incalculables.

—¿Cinco millones de personas…?

—Por lo menos sería esa cantidad —insistió Melitón—, los daños serían incalculables.

—¿Y qué soluciones ve usted para impedirlo?

—Evacuar la ciudad: ya lo he dicho.

—Eso es imposible…

—Estoy con usted, es imposible. Todo lo que se trata ahora ya es evitar que se mueran 10 millones. Ya nada puede evitar la tragedia, amigo. Escúcheme bien: si hoy mismo lloviera, en lo que se recargan los mantos y se recuperan las presas, todos estaremos muertos. Estamos tan indefensos que no contamos ni con sistemas de urgencia para captar agua de lluvia en caso de que esta se diera…

—Habla usted como si dijera sálvese el que pueda…

—En efecto, sálvese el que pueda…

En ese momento Melitón Ramos Romero tomó sus papeles, sus láminas y su portafolios y salió por la puerta trasera del auditorio. El salón de conferencias se vació en unos instantes. Algunos de los periodistas corrían en busca de teléfono. Otros volaban a los centros de redacción para escribir la nota o a sus estudios para editar el evento en los noticiarios matutinos, sin tomar en cuenta que la conferencia había sido televisada. Bien sabía él que estaba en la condición del capitán de un submarino que dispara un torpedo y espera con el periscopio bajado el momento del impacto. Pensaba que al llegar a su oficina ya lo recibiría Elpidia con una llamada del presidente o del secretario anunciándole su cese fulminante. Habría dado en el blanco… Lo cesarían, sí, sin duda lo harían, pero él ya estaba en paz consigo mismo. El que quisiera quedarse en el Distrito Federal o no pudiera irse, ya lo haría por su propio riesgo. La información la tenía. Las consecuencias las conocía. La sociedad estaba advertida. Podía perder el cargo, pero preservaba su respeto a sí mismo, el más importante de los respetos. Podría enfrentar cualquier crisis con la cara en alto… ¿Cualquier crisis…? Ya veríamos si esto era cierto cuando bajara el picaporte de la puerta de su oficina, entrara y se encontrara a Elpidia, mejor dicho, sorprendiera a Elpidia llorando desconsoladamente con los brazos cruzados sobre el escritorio y la cabeza descansando sobre ellos. Era un llanto compulsivo. Un arrebato. Una agonía de aquella buena mujer. Su actitud no respondía a una llamada en que le hubieran anunciado el cese a su jefe. Por supuesto que no. De buen tiempo atrás ambos habían conversado al respecto e incluso habían hecho planes profesionales para no perder ingresos. De modo que el cese no la hubiera podido poner así.

Elpidia tenía un papel doblado, arrugado entre los dedos de la mano. ¿Se le habría muerto un ser querido? Pobre Elpis, ¿qué le pasaría? Cuando él trató de tomar el papel, ella se percató de su presencia. Pensó que la conferencia se alargaría, como de costumbre. Se volteó confundida con una expresión de terror en el rostro. No estaba dispuesta a que él la tocara siquiera. ¿Qué podría ser?

—¿Qué es, mi vida? ¿Qué te acontece?

Ella hubiera deseado tragarse el papel entero, así, sin masticarlo ni disolverlo. Es más, hubiera deseado no vivir en ese momento. De hecho, había pensado en huir, en escapar antes de que concluyera la conferencia y tener que enfrentarse con Melitón. Él había llegado antes. Todavía podría correr por la izquierda y perderse entre el gentío que asistía a diario a la comisión. No contestó a las preguntas de Melitón. Se movió lentamente hacia la puerta y, cuando estaba lista para salir, la interceptó el ingeniero por la cintura.

Elpidia alargó el brazo con el papel con tal de impedir a como diera lugar que Melitón lo leyera. ¿Qué información podría contener? Melitón iría por él. Ahí estaban todas las explicaciones.

Según él la iba reduciendo, inmovilizándola, alcanzando el texto, Elpidia gritaba:

—No, no, Melitón, no lo leas, amor, no lo leas por lo que más quieras en esta vida. Muérete sin saberlo, Miel. No te enteres. Muérete, muérete ahora mismo sin saberlo. —Ella no podía morderlo ni rasguñarlo ni vencerlo. Finalmente, Melitón llegó a la mano, arrebatándole el papel ya lleno de miedos y curiosidad. Cuando se disponía a leerlo, ella trató de quitárselo de un zarpazo. Fracasó en el intento. El ingeniero se puso de pie, fuera del alcance de ella. El texto era muy breve. De hecho se trataba de un solo renglón. Era el reporte de un laboratorio de análisis clínicos: «No se encontraron espermatozoides activos en la muestra aportada por el ingeniero Ramos Romero. La esterilidad es congénita».

Melitón se quedó de pie, petrificado. No se movía. No se volteaba. Efectivamente parecía un hombre de piedra. Elpidia lo observaba en silencio. Ella ya no lloraba. Él empezó a encorvarse. La vio. Sentía que se desplomaba. Cayó lentamente de rodillas, deteniendo todavía el papel entre los dedos de su mano. No pronunciaba palabra alguna. Tenía los ojos desorbitados. Palideció. Abrió la boca en tanto el dorso de sus manos hacía contacto con el suelo. Ningún músculo le respondía. Parecía no poder escuchar ni hablar ni respirar ni sentir ni ver.

—¿Estás bien, Melitón…?

El ingeniero golpeó entonces con la cabeza el acrílico del escritorio de Elpidia. Rodó por el suelo incapaz de sostenerse. Se enconchó entonces en posición fetal. Se contrajo como si fuera a desaparecer de la tierra. En cualquier momento podría empezar a convulsionarse. Sus ojos parecían querer salirse de sus órbitas. El color de su piel delataba la escasa circulación de su sangre por el cuerpo. ¿Un infarto? Un vómito derramado sobre el piso anunció el principio del final. Vomitó y vomitó, incorporándose como pudo para hacerlo al menos en el bote de basura, lo primero que tuvo Elpidia a la mano. Los estertores eran de muerte. Melitón se vaciaba. En ocasiones parecía asfixiarse por el esfuerzo. Expulsaba hasta el primer alimento que había comido en su vida. Se volteaba al revés. Su cara, ahora enrojecida, podría estallar en cualquier momento junto con sus ojos. No resistirá, reventará, pensó Elpidia para sí, poniéndole tiernamente la mano en la nuca como si deseara ayudarlo a deponer o a respirar o a vivir.

Elpidia lo auxilió a levantarse. Lo condujo hacia el baño privado del funcionario. Cuando empezó a hacer unos buches, simplemente dijo:

—Déjame solo.

—No puedo en estos momentos…

—¡Déjame…!

—Pero, Miel…

—Déjame —subió aún más el tono de la voz—, y quítame la mano de mi espalda: yo no doy lástima a nadie…

—Melitón…

—¡Salte!, carajo, o te saco de las greñas…

Elpidia abandonó el baño y el despacho. Nunca había visto a su jefe así.

Cuando entraba la primera llamada del señor secretario convocando furioso a una reunión en ese preciso momento al ingeniero Ramos Romero, quiero que venga ahora mismo o voy yo a buscarlo, solo se oyó del interior de la oficina del alto funcionario, el mejor experto en aguas del país:

—Te mataré, Isabel, te mataré… Hija de la gran puta… Te mataré. Te lo juro por los huesos de mi padre. Yo mismo te estrangularé. Canalla, me das asco, miserable hija de perra… Y yo que creí en ti. ¿De quién son mis hijos…?

Melitón salió de su oficina como un meteoro. Cuando Elpidia trató de alcanzarlo para decirle que el secretario había llamado urgentemente para verlo ahora mismo, él ya ni le contestó… Estaba ciego y sordo. Ni siquiera pidió a su chofer para solicitarle el último servicio que le daría como tal, porque creía llegar antes en un automóvil de alquiler. No tenía tiempo que perder. Tenía que encontrar a Isabel a la brevedad, antes de que la angustia, el sentimiento de traición, lo hiciera reventar en mil pedazos. Yo le di todo: una posición, un nombre respetable, una familia hermosa… ¿Tú, Melitón, tú le diste una familia hermosa? Tú, en el mejor de los casos, mantuviste durante años una familia hermosa, porque los hijos no son tuyos: eres estéril de nacimiento y mira nada más en qué condiciones viniste a saberlo. Ella, Isabel, la mujer que le robaba su luz al sol, la que lo animó a comerse el·mundo a puños, la compañera con la que construiría una nueva realidad, la que lo había hecho llorar el día de su compromiso matrimonial en una entrega genuina y promisoria, ella, la mujer que en su momento había sido de sus sueños, a la que él había tolerado todo género de desprecios amorosos en razón de la pasión que sintió por ella desde el primer día y del cariño de sus hijos, de sus cinco hijos, resultaba ahora que ella los había tenido con otro hombre sin que él lo sospechara ni lo imaginara.

Maldición: ¿cómo iba yo a suponer que cuando me besabas me envenenabas con tu lengua? ¿Cómo iba yo a creer que tu saliva, ese líquido mágico que trastornaba mis sentidos, era veneno, veneno puro…? ¿Cómo? ¡Carajo! ¿Cómo…? Y mira que siempre te vi risueña, sin imaginar que eras una víbora escondida entre las flores, una araña venenosa entre tus piernas infernales. Eres el diablo mismo con rostro de virgen. Virgen santa e inmaculada con la cola de Lucifer. La traición lo ha disuelto todo. He escogido para ti un camino que no tiene regreso: la muerte, sí, la muerte. ¿Crees acaso que yo te dejaré vivir cuando tú, mil veces miserable, me matabas todos los días con una sonrisa hasta acabar ahora conmigo?

El tráfico por Insurgentes Sur a esas horas de la mañana era muy intenso. Todavía pudo ver cómo en el monumento a Álvaro Obregón jugaban en el chapoteadero unos niños para escapar de los calores del día. ¡Qué pueblo este que hasta el último minuto es inconsciente de su destino! Podrían matar por esa agua en los próximos 15 días y hoy la usan para refrescarse. ¡Cuánta irresponsabilidad! ¡Cuánta…! Iría hasta la colonia Roma. Tendría que cruzar media ciudad mientras la rabia y la impotencia lo consumirían en el camino. Cada semáforo, cada embotellamiento lo incendiaban aún más. Tenía la boca pastosa, seca, ácida. Las manos empapadas de sudor. El pecho amenazaba con reventarle. ¿Qué explicación podría darle Isabel? ¿Para qué pedírsela? Mentiras y más mentiras. Embustes y más embustes. ¿No era estéril de nacimiento? Todo estaba claro entonces: Agustín, Fernando, Manuel, Isabel y Marta eran hijos de otro hombre o de otros hombres… ¿De quién o de quiénes? Calma, calma, Melitón, ¿y qué tal que la prueba de laboratorio estaba equivocada y confundieron tus pruebas con las de otro paciente? ¿No cabía esa posibilidad? No, no cabía, ¿y la cadena infamante de rechazos nocturnos que había sufrido durante tantos años? Además, y bien visto, y esa era la mejor prueba de todas: ninguno de los niños se parecía a él ni en el físico ni en las manos ni en el pelo ni en el hablar ni en el andar ni en nada. No se parecían a él en nada, y ni aun así jamás cupo en ese buen hombre la menor sospecha. Así de embriagado estuvo siempre con Isabel. Nada, nada, las pruebas clínicas eran irrefutables. Por supuesto que no había confusión alguna.

Oye, Melitón, ¿y si caminaras un poco o hicieras algo de tiempo para no llegar en esas condiciones con tu mujer? Podrías arrepentirte después. No obres en caliente. Espera, tranquilízate, serénate. Entra un momento a meditar en la iglesia de san Antonio, está dentro de tu ruta: imagina por un instante que se te pasa la mano y la matas. Cualquier mujer tiene el cuello más frágil de lo que uno cree. Este tráfico te debe ayudar a pensar… está así en tu beneficio. ¿Serías capaz de dejar a tus hijos huérfanos de madre, tú en la cárcel y cada uno de ellos viviendo con sus respectivos padres, o bien todos juntos en casa de tu suegra, rodeados de curas, monjas, acólitos y sacerdotes? ¡No son mis hijos! Por mí se pueden ir al diablo junto con su madre. Tú no tienes más hijos que ellos ni ellos tienen más padre que tú. ¿Permitirás que un juez reparta a tus hijos en cinco casas? Cuidado con la violencia, acuérdate que a larga acaba con quien recurre a ella. No puedes hacerles tanto daño a esos inocentes. De modo que apéate y anda hasta tu casa. No hagas de un problema enorme cinco o más problemas más grandes todavía…

Melitón no se apeó, por supuesto, del auto de alquiler. Siguió inconmovible su marcha en busca de su destino. Los hombres, en razón de las decisiones que toman, son los únicos responsables de su condición. Responsabilizarse de sus actos y de su conducta, enfrentar la verdad virilmente, impide la presencia de confusiones y la reiteración de los mismos errores en el futuro. ¿El ingeniero Ramos Romero estaba dispuesto a matar? Él y nadie más que él debería estar dispuesto a aceptar las consecuencias. Culpar a terceros de nuestros propios actos por cobardía conduce al extravío. ¿Matarás, Melitón? Ábrete entonces el pecho, desnúdalo y acepta la descarga viendo al pelotón. ¡La pagarás!

Así subió por el elevador este buen hombre y padre frustrado, engañado, sintiendo cómo se le vencían las espaldas. ¿La muerte de Isabel le resarciría los daños causados a su vanidad, a su autoimagen, a su autoestima? ¿Qué ganaría con la venganza? No olvides, Melitón, que el placer de la venganza dura tan solo un minuto. Cuando Isabel deje de manotear con el rostro congestionado por la sangre, una vez que le hayas sacado los ojos con los pulgares después de convulsionarse enloquecida sobre el piso y expire volando ingrávida hacia el reino de la paz eterna, habrá empezado para ti otra etapa de tu vida. Hasta ahora tienes un mal: te han traicionado con toda villanía, bajeza y maldad. Ahí termina con toda su cauda de perversiones. A partir de que la mates, con independencia del destino de tus hijos o de sus hijos, como quieras, además de la carga moral que recaerá sobre ti para siempre, habrás de considerar el suicidio, la cárcel o la fuga. El asesinato no será gratuito, ¿verdad…?

Nada contaba. Ninguna reflexión lo detendría. Melitón iba como una locomotora fuera de control en dirección al colapso. Así entró al pasillo y abrió la puerta de su departamento con su propia llave. No había nadie en la estancia. Nadie en la cocina. Se dirigió a su habitación: vacía. Fue entonces al cuarto de las gemelas: igual. Encontró a Isabel, su mujer, con Manuelito sentado en sus piernas en la última habitación. El niño tenía fiebre. Lo había olvidado. Ambos dibujaban una acuarela sobre un libro de la selva que Melitón le había regalado un par de días antes con la condición de que se curara. Iluminaban la figura de un elefante…

228

—Hola, *pa*, ¿por qué viniste del trabajo tan temprano…? —preguntó el niño con aquella voz tan tierna y aquella expresión en la mirada que a Melitón siempre le había cautivado. Este niño será poeta, había dicho para sí. ¡Qué maravilla tener un hijo poeta!, ¿no…?

—¿Qué tienes? —preguntó Isabel al verlo desencajado—. ¿Te sientes bien?

Las gotas de sudor escurrían por el rostro del ingeniero. Tenía los puños instintivamente cerrados. La veía fijamente a la cara. Se había aflojado la corbata al sentirla como un dogal en el cuello. La camisa blanca asomaba por abajo de su saco. No pronunciaba palabra alguna. Imposible hablar. Al tiempo que Isabel recostaba a Manuelito en la cama y se dirigía hacia su marido, la pequeña Isabel hizo su entrada en la habitación al oír la voz de su padre. La niña le extendió los bracitos para que la cargara y jugaran como siempre lo hacían. ¿Me haces cosquillas, *pa*? ¿Jugamos al caballito…? Para sorpresa de Melitón, en ningún caso sintió que fueran niños extraños. Para él eran los chiquillos encantadores de siempre. ¿Empujarlos y decirles a esos menores son ustedes, todos ustedes unos hijos de puta y yo no paso de ser un gran cornudo?

—¿Qué tienes, Ton? —insistió Isabel, tomándolo de la mano como si quisiera conocer su temperatura, hacerse de datos de su enfermedad. Melitón se la zafó con una violencia inaudita. El solo contacto con aquella piel le reveló las dimensiones de su furia. Desesperaba.

—¿Ton…?, ¡madres…!

Encerrarse en aquella recámara sacando previamente a los niños hubiera sido un error grave. Lo que iban a escuchar o tal vez a ver no lo hubieran olvidado en su vida.

—Quiero hablar contigo ahora mismo —tronó cortante.

Isabel, asustada porque nunca lo había visto así de colérico, hizo la pregunta obligada:

—¿Qué es, qué sucede, mi vida…?

—No se te ocurra volver a decirme mi vida…

Los niños voltearon sorprendidos. Había llegado el momento de retirarse.

—Acompáñame a dar una vuelta en coche —ordenó sin poder ocultar un insistente temblor en el labio inferior.

—¿Qué tienes, Melitón…?

—¡Vámonos, he dicho!

—No puedo dejar a los niños solos. Además, los otros tres están a punto de regresar de la escuela.

—Encárgaselos a una vecina.

—Está trabajando.

—Me vale madres, ¡carajo!, déjalos con la gata o déjalos solos. Se acabó —gritó fuera de sí—: vámonos ahora mismo, ¿está claro…?

Momentos más tarde iban a bordo del automóvil rumbo a la carretera a Toluca. En el trayecto, Isabel cuestionaba y se desesperaba ante el silencio de él. No volteaba a verla ni parecía oírla ni percatarse siquiera de su presencia. ¿Qué pasa? ¿A dónde vamos? ¿Qué sucede? ¿Por qué no hablas? ¿Qué tienes?: es injusto que me trates así. Soy tu mujer, no un trapo ni un animal ni nada similar. Contestar cualquiera de las preguntas hubiera provocado el efecto de un detonador. La explosión se hubiera dado en el interior del vehículo sin que Melitón pudiera desahogarse. Fue una eternidad el viaje hasta las Truchas, donde el ingeniero se desvió para ahora sí hablar cara a cara con ella. Ahí, al apagar el motor, los resúmenes radiofónicos de las noticias revelaban los detalles de la conferencia del ingeniero Ramos Romero. Anunciaban los pormenores de la charla, entre los que se encontraban la necesidad de abandonar la ciudad a la brevedad, la cancelación del abasto de agua por agotamiento de fuentes y mantos derivado de la sequía. Las mismas noticias anunciaban el cese del director general adjunto de la Comisión Nacional del Agua por motivos de salud, ya que sufría una paranoia aguda que le impedía contemplar correctamente la realidad. Suplicamos al público evitar caer en confusiones derivadas de las palabras de un funcionario que ha perdido sus facultades mentales y que bien pronto habrá de ser recluido en una institución pública de salud para someterlo al tratamiento adecuado…

Melitón apagó el radio al mismo tiempo que hizo girar finalmente la llave para detener el motor. Su momento había llegado. Era la hora de ajustar cuentas históricas…

—¿Es eso lo que te pasa? ¿Tanta tragedia por tu puestito y tus pinches aguas? —cuestionó Isabel, ciertamente harta.

La respuesta fue un golpe furibundo asestado con el dorso de la mano derecha sobre la nariz de Isabel. Tuvo que ser una fractura múltiple porque empezó a sangrar copiosamente. Inmediatamente después la tomó de la nuca azotándole el rostro contra el parabrisas. La hemorragia era intensa. Acto seguido el ingeniero empujó la cabeza de su mujer contra la ventana, causándole una profunda herida en la frente.

—¿Quién es…? ¿Quiénes son los padres de mis hijos, hija de la gran puta? ¿Quiénes son esos niños a los que yo he mantenido durante tantos años? ¡Dime, dímelo ahora mismo!

Isabel cayó en cuenta. Lo había descubierto todo. Imposible discutir con él. Cubriéndose la nariz, con la mano izquierda, trató de abrir la portezuela con la derecha y huir a donde pudiera y como pudiera. A la mitad de la maniobra Melitón la alcanzó, sujetándola del pelo y jaloneándoselo para arriba y para abajo, ahora en dirección al volante, a su asiento, a los pies, al techo, a todos lados. La zarandeaba furioso, como si quisiera arrancarle hasta el último cabello. La mujer gritaba aterrorizada y no menos dolorida. Imposible zafarse. La estrellaba una y otra vez contra el tablero, de inmediato nuevamente contra la ventana hasta manchar también el asiento, los vidrios, las vestiduras y los tapetes. ¿Cómo evadirlo? ¿Cómo hacerlo?

—¿Quién es…? ¿Quiénes son los padres de mis hijos…? ¡Dímelo…! ¡Dímelo ahora mismo o te mato, grandísima cabrona…!

En el intercambio de manotazos, de gritos, insultos y reclamaciones, la mano izquierda de Isabel dio casualmente con los lentes gruesos de fondo de botella de Melitón, sin los cuales este no podía distinguir absolutamente nada en su entorno. El ingeniero se quedó en la oscuridad. Isabel aprovechó el desconcierto para huir, pidiendo auxilio desesperadamente. Su falda y su blusa estaban manchadas. Dejaba a su paso una huella delatora de sangre en su huida angustiosa.

—Auxilio, auxilio, auxilio por lo que más quieran, me matan, me matan…

Melitón recogió sus lentes rotos del piso del vehículo. Se percató de que sangraba. Una patilla del armazón se le había incrustado en la parte alta de la nariz. A pesar de lo anterior, descendió precipitadamente del vehículo, persiguiéndola como un salvaje. Ella tropezó con una raíz. Bendita raíz. Su marido dio con ella en unos instantes. La jaló de las piernas rumbo al automóvil. Ella se raspó la cara y las manos con la tierra. Sus gritos eran desgarradores. ¡Ay!, si los hubiera oído doña Marta o el gallero. Pero nadie estaba por lo visto cerca de Isabel en ese momento para ayudarla. Por ningún concepto deseaba morir. Su marido se inclinó para levantarla, jalándola de la blusa como si se tratara de las solapas de un traje, arrojándola virulentamente contra las salpicaderas del vehículo. Ahí resintió un agudo dolor en el estómago. Se desplomó. Hasta ahí llegó su marido para patearla donde ella misma se protegía. Una y otra patada, otra más e Isabel, mujer brava al fin, se cubría el vientre como podía. ¡Qué modos tan distintos del día en que se casaron en el templo de las Tres Caídas y el coro interpretó con mirada angelical el *Ave María*…!

—¡Quita las manos de ahí, quítalas de ese nido de víboras…! —repetía desquiciado al tiempo que la pateaba en el vientre hasta empezar a cansarse. Melitón se arrodilló para tratar de tomarla por el cuello y cobrarse una a una los hijos, los engaños, las estafas, las mentiras. Ella metió instintivamente la cabeza debajo del coche adivinando las intenciones de su marido. Un instante más e Isabel hubiera podido esconderse bajo el vehículo. Melitón se puso de pie otra vez para arrastrarla nuevamente de las piernas. Abrió el compás a ambos lados de su mujer. Se inclinó para tomarla del cuello y apretarle ahora sí firmemente la tráquea. Lo hizo. El final de Isabel estaba próximo. Con aquellas manos tiesas e inflexibles, hechas en el campo, apretó sin piedad alguna aquel cuello que tiempo atrás hubiera podido enloquecerlo.

—¿Quién es…? ¿Quiénes son los padres de mis hijos, hija de la gran puta?, te lo digo por última vez —gritó colérico, estrechando cada vez más la garganta de su mujer.

Ella se llevó las manos a la garganta instintivamente. Se negaba a responder. Tal vez había jurado llevarse el secreto a la tumba.

No respondía. Los ojos amenazaban con salirse de sus órbitas.

—¡Habla!, carajo —apretó aquel con todas sus fuerzas.

Imposible pronunciar una sola palabra así. ¿Se moriría sin poder hablar, aun cuando ese ya hubiera sido su propósito? Golpeó los brazos de su marido para que aflojara y pudiera expresarse. No se estaba defendiendo ya. Este aflojó.

—Fffernnando…

—¿Quién…? —Soltó un poco más para poder escuchar.

—Fernando…

—¿Quién es Fernando? —Volvió a la cargada.

—Uuuggg…

—¡Habla, hija del diablo…! —Empezó a tronarle la tráquea…

—Fernando Gutiérrez…

—Gutiérrez ¿qué…?

—Gutiérrez Flores… Tú lo conociste —alcanzó a decir casi moribunda—, él me pretendía al mismo tiempo que tú…

Melitón recordó entonces al tipo ese. Maldito insecto que invariablemente había perseguido a su mujer. Todo Silao lo sabía.

—¿Cuando nos casamos ya sabías que tenías en el vientre al hijo de otro hombre?

Isabel no contestó.

—¡Di!, carajo, ¡di!

—Ssssííí.

—¿Es el padre de mis cinco hijos…?

—Sssííí…

—Muérete, infeliz rata putrefacta, muérete ahora mismo. No volverás a ver la luz…

Al sentir la inminencia de la asfixia, Isabel, como única medida de salvación, sacó fuerzas de su debilidad para disparar una tremenda patada a los testículos de su marido. Este se arqueó, se llevó la mano a los genitales, que amenazaban con desprenderse. Apoyó una rodilla sobre el tórax de Isabel con el ánimo de inmovilizarla en lo que pasaba el dolor. Respiraba como si no hubiera dejado de correr en toda su vida. En cualquier momento se desplomaría.

—¡Zorra, mil veces zorra…!, yo sé cómo tratarte…

La volvió a levantar como pudo, jalándola de la blusa, y ahí, en su locura, Isabel pudo golpearlo nuevamente en los lentes, esta vez hundiéndole la patilla en toda la frente, en la nariz y en los ojos: luchaba por su vida echando mano de cualquier recurso a su alcance. El ingeniero se llevó las manos a la cara. Esta vez el armazón profundamente encarnado a la altura de la nariz lo había lastimado severamente. Una intensa hemorragia provenía de las fosas nasales. Los lentes cayeron manchados al piso, permitiéndole a Isabel alejarse todo lo que podía correr en esas circunstancias. Él emprendió la búsqueda de inmediato, limpiando sus gafas con la tela de su corbata. El último grito lanzado por Isabel y la huella de sangre le dieron el rastro a seguir. Ella había subido por un pequeño montículo coronado por pinos que las familias escogían los domingos para asistir a días de campo. Se perdió en el pequeño bosque pensando que sin lentes su marido jamás la alcanzaría. Creía que no tendría forma de dar con ella. Él de cualquier manera la siguió. Isabel dejó de llorar y de gemir para no revelar su ubicación. Melitón sabía que estaba frente a una presa fácil. Su superioridad como hombre era manifiesta. Escondida detrás de un árbol, ella tomó una rama caída, tal vez un pequeño tronco para esperar el paso de Melitón. Un buen golpe le permitiría llegar al primer puesto de refrescos para pedir socorro. Se sentía más sola de lo que en realidad estaba. Cuando el ingeniero finalmente llegó con la visión enrojecida por los cristales manchados, sosteniéndose las gafas con una mano y sin poder distinguir su entorno, caminó sigilosamente entre los árboles para tratar de dar con su mujer. Ella empuñó muy bien el arma. La afianzó. Se ancló en la tierra para no resbalar. Su marido se acercó entonces al lugar preciso. Ella esperó hasta el último instante, sabiendo que era su única oportunidad. Cuando Melitón descubrió a su mujer, ya era demasiado tarde: el leño había emprendido su viaje demoledor rumbo a la cabeza del ingeniero, quien cayó al piso como si hubiera recibido un tiro de gracia en la sien izquierda.

Isabel no esperó a ver si se levantaba o no. Corrió despavorida en dirección a la carretera, donde fue auxiliada providencialmente por la patrulla de caminos. Ahí recibió los primeros auxilios mientras otros socorristas iban en búsqueda de Melitón. Estaba tirado, inconsciente en una mancha de sangre. Los llevaron en una ambulancia a un hospital privado después de administrarle resucitadores.

—No quiero que la prensa esté presente —dijo ya en frío, sentado al lado de su esposa en tanto la ambulancia parecía informar a todo mundo con sus escandalosas sirenas la identidad de sus pasajeros y el motivo de la reyerta. La hinchazón de su nariz era grotesca, al igual que la de Isabel, quien no se retiraba las manos del cuello ni dejaba de tocar con sus dedos la gasa colocada provisionalmente en su frente. Gimoteaba ocasionalmente.

El secretario particular del director adjunto de la Comisión Nacional del Agua hizo traer discretamente unos fajos de billetes de alta denominación para que el agente del Ministerio Público asentara en actas que todo se debía a un accidente y en ningún caso a un intento de homicidio.

Isabel fue sometida a una cirugía plástica en la nariz y frente. Acto seguido, Melitón pidió que Isabel fuera más o menos maquillada, sobre todo para esconder las ojeras negras y no preocupar a los niños. Disimula todo lo que puedas, al fin y al cabo, ellos qué culpa tienen… Dirían que habían chocado de frente contra un camión en la carretera y que el padre tendría que guardar cama por varios días más en un hospital. Ya regresaría a la casa. Por lo pronto, empezarían inmediatamente los trámites jurídicos de la separación y el divorcio… Todavía a bordo de la ambulancia, Melitón le clavó una mirada de rencor y odio que la hizo estremecerse. Isabel sabía que en lo que le quedara de vida en ningún caso debería estar a solas otra vez con él…

Los días de agosto comenzaron con una lentísima marcha negra acentuada con tintes funerarios marcados con la batuta del calor. Bastó arrancar una hoja del calendario de julio para que se desencadenara toda la tragedia. Por supuesto, continuaba sin llover. Ni las copas de los árboles ni los penachos de las palmeras se mecían rítmicamente por los caprichos del viento. Si acaso algunos alcanzaban a agitarse y a crujir era porque estaban siendo devorados por las llamas, puesto que los incendios en los bosques se repetían con más intensidad que nunca en razón de la resequedad ambiental. Los termómetros registraban temperaturas nunca antes vistas a la sombra. En Ciudad Satélite se llegaron a dar hasta más de 50 grados ya antes del amanecer. Los barómetros no mentían. Las humaredas que anunciaban la extinción de más bosques mexicanos eran las únicas manchas identificables en el azul infinito del firmamento nacional. ¿Brisas refrescantes? Ninguna: el Valle de México, por su conformación orográfica, era un caldero enorme, una olla que hacía del D. F. un auténtico hervidero humano, la campana de la muerte.

Los calores del mediodía aumentaban al extremo de poder freír un par de huevos sobre el pavimento. En particular, a esas horas ya inclementes, un intolerable sopor se apoderaba de la ciudad. El ambiente era denso, impenetrable, sofocante, irrespirable por instantes. Imposible decidir si era preferible dormir con las ventanas abiertas o cerradas. La sofocación era la misma. Una nata opaca, anaranjada, tenue, cubría el cielo en lugar de la bruma del amanecer. Las calles estaban vacías como si se tratara de pueblos y ciudades ubicados a lo largo de la línea del ecuador. Caminar un par de cuadras producía mareos y hasta desmayos. ¿Así serían las galeras del infierno? Afortunadamente las escuelas estaban vacías gracias al periodo de vacaciones. En eso, al menos, la canícula había mostrado alguna piedad. Era evidente la existencia de un sentimiento compartido: en cualquier momento las casas del Valle de México volarían en mil pedazos. Un volcán nacería en el centro mismo del Zócalo capitalino. ¿Cómo soportar la presión existente dentro de sus cuatro paredes? La tensión familiar era intolerable. Las oficinas y fábricas habían cerrado sus puertas como si se tratara del veraneo español. El país estaba paralizado. La economía estaba paralizada. La ciudad estaba paralizada. Los campos estaban paralizados. La sociedad estaba paralizada. El gobierno estaba paralizado. Los vientos estaban paralizados. El sol estaba paralizado. La tierra estaba paralizada. Solo faltaba el detonador, la chispa diabólica que haría estallar el conflicto haciendo perder todos los controles. Faltaba una chispa en el pajar seco y la chispa se dio. A finales de agosto el insignificante nivel de agua de las presas obligó a la suspensión de energía eléctrica. La parálisis general desquició entonces lo poco que faltaba por desquiciar.

Un bien, dice la sabiduría popular, no se aprecia hasta que no se pierde. En efecto, pocos conocían la importancia de la luz en la ciudad hasta que esta dejó de producirse. La luz nunca faltará, como no faltarán la luna, el sol o las estrellas. Pocos se imaginaban la cantidad de mecanismos y sistemas que requerían de fluido eléctrico para funcionar. Pocos concebían la magnitud de un desastre ya no ante un apagón repentino, sino ante una suspensión indefinida de electricidad en un conglomerado integrado por más de 26 millones de personas con independencia del resto del país. Pocos siquiera llegaron a pensar que cuando las presas se vaciaran por la falta de lluvias y los daños se multiplicaran ante la ausencia de una política previsora de ahorro de agua, las gigantescas turbinas, un prodigio del ingenio humano, empezarían a caer en siniestros espasmos de muerte seguidos por el silencio total de las máquinas, un silencio tan temido como esperado por los ingenieros eléctricos presos en su impotencia técnica. Cuando a su vez y como consecuencia directa e inmediata, las máquinas y los equipos de plantas, fábricas, comercios y hogares se callaran, todo estaría absolutamente perdido…

Y todo estuvo perdido a partir de aquella tarde del 26 de agosto, cuando, una a una, las turbinas del centro y del sureste del país fueron cayendo en un mortal silencio, en una siniestra inmovilidad. Adelantaban, como un presagio ineludible, el arribo del mal en todas sus formas y manifestaciones. Un castigo de la naturaleza a los mexicanos por tanto desperdicio, tanto desdén ante los recursos renovables y no renovables, tanta irresponsabilidad, tanta falta de previsión, tanta mentira, burocratismo, politiquería, corrupción y ausencia de estructuras democráticas que pocos habían intentado consolidar y nadie había logrado ni en los últimos dos siglos a partir de que nos independizamos de España. Solo un hombre, un solo hombre había «pensado, basculado, planeado, decidido y ejecutado desde entonces sin la ayuda de un congreso republicano efectivo ni una división democrática de poderes ni una prensa libre que permitiera ventilar abiertamente todos los problemas de la nación. Ahí estaban los resultados desde que un solo hombre ordenó por los demás a través de los siglos cómo comer, por quién votar, dónde vivir, qué hacer, qué ver, a quién amar, cuándo amar y cómo amar. Ahí estaban los resultados. Cuando un solo hombre pensó y millones callaron: la destrucción, el atraso y la descomposición en todos los órdenes y modalidades de la vida nacional»,[*] y ahí estaban por supuesto las patéticas consecuencias…

La ciudad por supuesto se desquició. El tráfico se hizo imposible en cuanto crucero existía en el área metropolitana. Ningún semáforo funcionaba. La contaminación ambiental alcanzó niveles nunca vistos. Los automóviles detenidos arrojaban toneladas y más toneladas de gas a la atmósfera cuando el viento no movía ni la hoja de un geranio. Los índices de inficción no bajaban a ninguna hora del día de los 500 puntos. Se racionó la venta de gasolina para que los tanques de los vehículos únicamente pudieran ser cargados una vez a la semana de acuerdo con la numeración de sus placas. La voz especializada de Melitón, ya cesante, se perdió en el griterío. «Quien tenga casas de recreo los fines de semana o tenga una segunda residencia, salga ordenadamente de la ciudad.» «Vayamos a las playas, a las que todavía tienen algunas reservas de agua dulce.» Nada. El drama continuaba sin que nadie pudiera contenerlo ni evitarlo.

En el interior de los hogares capitalinos finalmente estalló la bomba vaticinada tiempo atrás por el ingeniero Ramos Romero. El ¡ay, Melitón!, no digas pendejadas, repetido tantas veces por doña Marta, se hizo realidad. Al faltar la energía eléctrica, la comida ubicada en el interior de los refrigeradores se pudrió en un par de días. El consumo de carnes, pescados y mariscos,

---

* Ramos Romero, Melitón. *Concepciones de mis tiempos.* Editorial Sestante, México, 2003, p. 221.

frutas y legumbres del mercado más importante del país se desplomó en un instante como si fuera un edificio demolido con cargas de dinamita colocadas en sus columnas y estructuras clave. ¿Quién iba a comprar alimentos perecederos si no los iba a comer el mismo día, pues el calor acababa con todo? Nadie que tuviera aire acondicionado podía gozar de las ventajas de regular el clima. ¿Quién podía regular el clima? Lo peor vino cuando millones de personas no solo no pudieron ya bañarse, sino que no pudieron tampoco desaguar sus escusados. La pestilencia se hizo insoportable. Los olores nauseabundos bien pronto se apoderaron de colonias enteras, y en tan solo cinco días se apoderaron de toda la capital de la República y en general del Valle de México. Las compañeras inseparables de todo desecho orgánico en putrefacción no tardaron en hacer acto de aparición: las moscas. Estas empezaron a cubrir como nubes grises sonoras la bóveda celeste capitalina. Se movían por la otrora región más transparente como heraldos siniestros que anunciaban el arribo inminente de la peste. El zumbido era macabro, aterrador. Las patas de estos insectos empezaron a producir enfermedades gastrointestinales, dermatológicas y oftalmológicas en cadena, entre otras tantas más. El proceso se aceleró cuando se posaron sobre la comida expuesta a la intemperie a falta de equipo doméstico de refrigeración.

Más de 20 millones de personas defecaban y orinaban a la intemperie por falta de agua en los tinacos. ¿Dónde más podían hacerlo? Entre siete u ocho millones de toneladas de materia fecal flotaban en el ambiente, llamando a su vez a todas las moscas, insectos y gusanos del orbe. Los nacidos y por nacer. La contaminación atacaba ferozmente por todos los frentes. Todo parecía envenenarse de repente. Cualquier objeto, con el solo hecho de ser tocado, podría intoxicar, al menos ese era el sentimiento, y no injustificado. Los vómitos se sumaban a este cuadro dantesco cuya insalubridad extrema no tardaría en propiciar males mayores, males inimaginables. La diarrea, la disentería amebiana, las fiebres intestinales como la tifoidea entraron en el escenario agravando la difícil situación. El suero existente en México y el que podría producirse fue insuficiente. Se requirió el apoyo internacional. Los mexicanos no habían sabido prever ni adelantarse a los problemas monetarios ni a los demográficos ni a los educativos ni a los económicos ni esta vez a los ecológicos ni a los hidráulicos. ¿Políticas de ahorro de agua? ¿Para qué? No vamos a crear pánico. Verás que todo se arreglará. Siempre todo se ha arreglado… Aviones gigantescos provenientes del extranjero llegaban cargados de medicamentos para ayudar a los damnificados. ¿Eran mil, 10 mil, 100 mil? ¿Quién podría tener la capacidad para ayudar a tantos millones de personas sin tardanza alguna? El diablo estaba presente, agazapado en cada esquina de la ciudad.

Conque se podía usar el acuífero porque era inagotable, ¿no…? Conque los mantos freáticos del Valle de México estaban comunicados con los de Cuautla y Cocoyoc y eran vasos comunicantes, ¿no…? Conque la sequía era puro mito, un subproducto más de las mentes calenturientas de los ecologistas, ¿no…? Conque cuidado con el pánico, es imposible que deje de llover… ¿no…? En México nunca hubo sequías, ¿no…? Conque para qué instrumentar políticas draconianas de ahorro del preciado, preciadísimo líquido, ¿no…? ¿Para qué fijar una cuota de agua para cada casa, cancelando el abasto a quien se excediera en los consumos, ¿no…? ¿Para qué? Conque éramos suecos rodeados de 90 mil lagos, ¿no…? Conque no te asustaba el hundimiento de la ciudad ni el metro que se hundió el D. F. cada década durante el siglo XX te orilló a tomar medidas inmediatas, ¿no…? No te llamó ni la atención construir sobre un lago, poner millones y más millones de toneladas de concreto y acero y permitir ahí mismo el asentamiento de millones de personas, además irresponsables, ¿no…? No te preocupó que al comenzar el siglo XX hubiera en la Ciudad de México 500 mil personas y al concluirlo vivieran ahí casi 25 millones, ¿no…? Verdad que no era irresponsable dejar crecer así a un conglomerado humano, ¿no…? No te inquietó estudiar el subsuelo para constatar la existencia de las cavernas que se iban formando amenazadoramente por haber extraído millones de metros cúbicos de agua que le daban sustentación al piso, ¿no…? Conque no era suficiente la temeridad de haber construido una de las ciudades más densamente pobladas del planeta sobre una superficie pantanosa, sino además de ello haberle extraído el agua para que se hundiera y después de constatar que se hundía no hacer nada por evitar la catástrofe, ¿no…?

Ya no se habían dado procesiones a la capilla de la virgen de los Remedios ni peregrinaciones de rodillas a la Basílica de la virgen de Guadalupe ni se había representado el viacrucis del Señor por el Paseo de la Reforma cubierto de polvo, en el que un hombre hacía las veces de Cristo y arrastraba una cruz de 120 kilos de peso en la que era efectivamente crucificado como una ofrenda de dolor y perdón: todo lo que fuera con tal de que lloviera y, sin embargo, no llovía. Ya nada hacía que lloviera, ni siquiera que se juntaran dos nubes producidas por la evaporación y la humedad. Múltiples grupos aborígenes renunciaron, desesperados, a la religión católica y repitieron ritos precolombinos para invocar el arribo de las lluvias. Bailaban con flautas y tambores alrededor del Tláloc. La policía detuvo varios intentos de sacrificios humanos cuando un grupo intentó extraerle el corazón a una doncella con un cuchillo de obsidiana, mientras esta, convencida y resignada, se dejaba hacer de cara al sol, siempre y cuando pudiera ser la elegida de los dioses y, por lo mismo, recompensados su dolor y su muerte con la entrega de agua a los suyos. Los cielos nos daban la espalda a pesar de los bailes, las hogueras, las hornazas, los cascabeles en los tobillos, los penachos decorados con plumas de aves silvestres y los tambores. Las fuerzas del orden impidieron que los sacrificios humanos se empezaran a ejecutar en varias zonas del Valle de México, además de Teotihuacán, Cacaxtla, Monte Albán, Chichén-Itzá, Mayapán, Palenque, Yaxchilán, La Venta, Tula y otros centros precolombinos más.

¡Cuántos mexicanos ofrecieron sus vidas a cambio de salvar las de los demás permitiendo que les sacaran vivos las vísceras y el corazón ofreciéndolos en una urna de plata a los dioses para obtener su perdón y su piedad! En el fondo sabían que su esfuerzo no sería en vano: ¡Quetzalcóatl los entendería! Tezcatlipoca, por su parte, parecía volver a nacer. Igual que he creado las condiciones ambientales para vivir, puedo suprimirlas para matar cuando alguien destruye lo que yo he creado durante tanto tiempo, parecía decir la naturaleza en su respuesta furibunda, harta ya de tanto salvajismo, estupidez, ignorancia o simple irresponsabilidad.

Ni las heces fecales humanas y animales ni los vómitos ni las diarreas ni los millones de moscas ni las enfermedades de todo tipo parecían ser suficiente castigo. Entre los perros callejeros, los dos millones que poblaban el Valle de México, los que nunca nadie quiso o pudo aprehender, sumados a los domésticos igualmente sin agua a su alcance, empezaron a darse los primeros brotes de rabia. El calor y la falta de higiene produjeron un medio de cultivo ideal. La hidrofobia cundió con la misma rapidez con la que la noche cubre a la ciudad. Dichos animales amanecían muertos en las calles atropellados intencionalmente o por heridas de bala. Los hospitales, sin camas disponibles para atender a tantos enfermos y con camas improvisadas en sus mismos pasillos, tenían que recibir no solo a quienes presentaban cuadros críticos diarreicos que aceleraban la deshidratación, la contaminación y acentuaban los ya de por sí vomitivos olores urbanos, miles de personas con padecimientos intestinales por comer o beber alimentos y agua contaminada, sino que ahora llegaban a todas horas del día, a las salas de urgencias, cientos de pacientes con mordeduras de perros o de ratas para ser vacunados sin tardanza alguna. Los hospitales públicos y privados, los de la capital y los de la inmediata provincia, estaban saturados todos por igual. Los médicos trabajaban de día y de noche. A cada instante las ambulancias recorrían la ciudad con su estremecedor aullido necrológico, anunciando nuevos casos fatales.

Como una curiosa paradoja de la vida, la familia Ramos Romero fue de las primeras en resentir los daños dramáticos de la sequía. Melitón había insistido hasta el cansancio, directa o indirectamente, respecto de la necesidad de abandonar la ciudad sin tardanza. Tenía que seguir hablando con Isabel contra su voluntad por más trabajo que le costara hacerlo. Por supuesto, ya no la veía cubierta por una cascada de luz blanca de la alborada ni su cabellera de seda perfumada le enervaba los sentidos ni su mirada de fuego despertaba su virilidad ni el solo roce con su piel lo proyectaba a un mundo de fantasías sensuales. No, no, ahora su voz podía desquiciarlo, su presencia irritarlo, su olor invitarlo a la violencia, su aspecto simplemente agredirlo, sus ojos, unos espejos, recordarle cuán ciego había sido a lo largo de su relación. ¡Cómo nunca se había dado cuenta de los alcances que ella podía tener, de lo que era capaz! Sí, y sin embargo se veía forzado a conllevarla y a tolerarla, por más que idealizara permanentemente la posibilidad de romperle aquel cuello de cisne que había olido y acariciado hasta extraviarse. ¿Por qué tenía que consentirla? Porque sabía que la vida de sus hijos, sí, de sus hijos, ¿cómo no iban a ser sus hijos?, estaba seriamente amenazada como la de todos los capitalinos.

Melitón, después de una acalorada discusión, le concedió a Isabel una semana para irse a El Peñón, sabiendo que una semana era un plazo muy largo dentro de dicha coyuntura de catástrofe. ¿No era Fernando, por supuesto y desde luego, el padre genuino y por lo mismo el que en algún momento tendría que responsabilizarse del cuidado y manutención de sus hijos…? ¿No…? ¡Qué cara salió semejante concesión de tiempo! Melitón, Melitón: la debilidad es el peor de los defectos. Es permitir que otros decidan por ti o dejar que las situaciones avancen sin control. Isabel se tendría que haber ido al rancho ese mismo día en la tarde. Sí, ingeniero, ese preciso día en la tarde. ¿Por qué cediste? ¿Por qué…? ¿Por qué una semana más, Melitón, sobre todo si tú como nadie conocías la magnitud del peligro…?

Pues bien, sí fue un plazo largo, muy largo en efecto, porque dos días después, el pequeño Manuel, el hijo de Isabel y Fernando y también de Melitón, el niño de mirada cálida e inocente que algún día sería poeta, ¡cómo lo lloraría!, fue mordido en una pierna por un perro callejero y la criatura, con tal de que no fueran a hacerle algo a él o al perrito, decidió ocultar los hechos a sus padres. Si Isabel hubiera estado presente a la hora del baño, vigilando en todo caso el aseo de sus hijos, hubiera descubierto sin más la herida fatal, que el pequeño también se preocupó de ocultar a sus hermanos para no ser acusado por ellos. Por otro lado, a Isabel no le sorprendió que desde una semana atrás el niño hubiera insistido en bañarse solo. Caprichos de los chamacos, tú sabes… El mal avanzó silenciosamente envenenándole su sangre joven, pervirtiéndole sus tejidos y contaminando su mente. Cuando, pasados 10 días, ya incubado el mal en las entrañas, el niño confesó ya con elevadas fiebres, convulsiones y sudores helados de muerte, que había sido atacado por el perro, Melitón buscó a los mejores médicos, recurrió a todas las ayudas del gobierno, tiró todas las puertas de las clínicas públicas de salud, mi niño, se me muere mi niño de rabia, socorro, ayúdenme, ¡Dios, buen Dios, no hagas esto conmigo, apiádate de mí…!, y por su parte, Isabel y Fernando, indirectamente, sumaron sus esfuerzos, al extremo de que este último hizo traer a un especialista de Houston; Manuelito dio señales de estar ya en una situación irremediable.

Isabel no se percató de que el niño empezó a dejar de jugar, con lo juguetón que era, a llorar por todo, a tener terrores nocturnos y a sufrir de insomnio, un mal que Melitón hubiera detectado de inmediato de haber vivido en la casa, porque varias veces en la noche se despertaba a constatar simplemente que los niños respiraran. Manuelito dormía mal, muy mal, tenía alucinaciones recurrentes, presentaba dificultades al tragar, ¿serían las anginas?: tómate una aspirina y vete a jugar, además de otras alteraciones nerviosas. La enfermedad empezó a delatarse cuando el menor pasó de la inquietud, de la depresión y de la tristeza a advertir un auténtico rechazo por el agua y por los cuerpos brillantes. Igual lloraba que gritaba desesperado por cualquier insignificancia. Isabel se aterró e hizo llamar de inmediato a Melitón cuando una noche Manuelito empezó a arquearse entre dolores agónicos. Los doctores mexicanos y extranjeros coincidieron en el diagnóstico: de habérsele administrado una vacuna oportunamente, la vida del pequeño, sin duda, se hubiera salvado. Ahora todos tenían que ser fuertes y prepararse para lo peor. El periodo prodrómico no había aparecido en el caso de Manuelito, quien había pasado directamente al hidrofóbico, asestándole con ello un golpe artero a sus progenitores.

Los calambres en todos los músculos de su cuerpo se acentuaron en el tronco y en las extremidades ante la impotencia de sus padres, a los que ya solo les quedaba resignarse entre llanto y bofetadas como las que se daba en cada una de las mejillas el propio Melitón en su impotencia, hincado como parecería quedarse para siempre ante la cama de su hijo. El menor continuó atormentándose por la sed y aterrorizándose horriblemente con tan solo contemplar el agua y recordar lo que padecía al deglutir. La respiración se hizo más irregular, jadeaba. La fiebre se apoderó de él de día y de noche hasta que de pronto todo mal pareció desvanecerse, cediendo los ataques y pudiendo por primera vez alimentar al pequeño con platillos que le producían ilusión. Doña Marta hablaba de milagros. Don Roque sonreía por haber sido escuchadas sus plegarias por el Señor. No pierdas la fe, hija mía… Todos recuperaron la esperanza en aquella ocasión. Solo que la enfermedad había cedido espacios como si deseara regresar con más ímpetus y virulencia.

La parálisis general atacó entonces todas las extremidades de Manuelito ante los gritos de horror de sus padres. Imposible ya mover siquiera el tronco. Las hemiplejias y paraplejias sujetaron por la garganta al menor. Tuvo las primeras manifestaciones de parálisis facial en la lengua y en los ojos.

—Por tu culpa —le gritó Melitón a Isabel—, por tu culpa: Dios nos castiga a los dos por tu culpa… Puta, mil veces puta y reputa…

En uno de los ataques espasmódicos, Manuelito llegó al colapso, agarrándose de las sábanas y de lo que tuviera a su alcance como si se resistiera a que la muerte se lo llevara para siempre. Murió en la Ciudad de México, en medio de la peor canícula de la historia, rodeado por Isabel y Melitón y los mejores médicos a su alcance, quienes ni recurriendo a los más modernos descubrimientos de la ciencia pudieron evitar que la muerte venciera y se llevara entre gritos silenciosos de júbilo al menor. La vida le cobraba una carta muy cara a Isabel que por supuesto también pagaba Melitón, quien ya ni siquiera volteaba al cielo en busca de explicaciones. Su mirada torva y su ceño fruncido, su expresión severa y su mirada fija en la que no cabían ni siquiera pestañeos parecían las de un asesino. Carecía de brillo y de fondó. Opaca y grisácea, era la de un muerto al que solo faltaba que le bajaran los párpados. Estaba muerto en vida. ¿Cuántas calamidades más podría resistir? Era claro que la sequía no respetaría a nadie…

Melitón la pudo haber matado esa noche. ¿Matado? Bueno, la pudo haber vuelto a matar, esta vez por no haber estado nunca cerca de sus hijos, vigilándolos, observándolos, atendiéndolos. Revisando muy de cerca sus hábitos, cuidando su alimentación, sus tareas, sus fantasías, sus caprichos, sus ansiedades y deseos.

—Si hubieras estado a un lado de Manuelito, esto no nos pasa —le disparó en la cara el día del entierro—. Te acuso de asesinato por egoísmo, apatía e indiferencia: no te mereces, nunca te mereciste, tener un solo hijo… Te voy a maldecir y a despreciar hasta el último segundo de mi existencia.

La culpa parecía sepultar a Isabel, presa de una insoportable agonía. En la mañana, en la tarde y en la noche la perseguía la voz del niño doliéndose del mal irremediable. Sus gritos, sus lamentos, su sueño, acaso su descanso espaciado, la angustiaron mucho más cuando se confirmó la inminencia de un final inevitable. La pesadilla permanente era consciente e inconsciente a todas horas del día. Despierta o dormida. El horror del recuerdo la perseguiría hasta que perdiera la vida mediante un último y leve suspiro. La ausencia del verdadero padre, el hecho de haber mentido a diestra y a siniestra a su madre, a sus hijos, a su marido, a su amante, a sus amigos, haber engañado a todos, también a su confesor, parecían demolerla gradualmente. El sentimiento de la traición se alojaba en su interior, oprimiéndole el pecho sin permitirle respirar ni ver ni escuchar ni otra voz ni otro rostro que los de Manuelito. Bien pronto Isabel ya no tuvo fuerzas ni para levantarse ni para comer ni para asistir ni existir. Su pesar no aumentaba al constatar las miradas condenatorias de su marido. Bastante castigo recibía ella misma con tan solo tener que soportar el peso de la verdad. El día del entierro se hubiera precipitado al piso de no haber sido porque don Roque la tuvo siempre firmemente sujeta del brazo. A nadie escapaba que ella hubiera dado 100 vidas por una sola de su hijo. Sí, pero ya nada tenía remedio… Manuelito, ¿cómo pedirte perdón…?

Por otro lado, a doña Marta no dejó de sorprenderle la distancia que Melitón guardó en relación con su esposa el día del sepelio. Nunca vio que la abrazara ni que la consolara ni que la arropara cargando entre los dos el peso insoportable de la pena. Curioso, ¿no…?

Si Melitón hubiera obligado a su mujer a salir ese mismo día de la Ciudad de México rumbo a El Peñón, nada de eso habría acontecido: no, ingeniero, no, no hay culpas absolutas. Tendrías que haberla llevado de las greñas ante la presencia del auténtico padre y dejarla ahí, abandonada con todo y niños como quien se quita unos calzones cagados… Ahí tienes el precio de la debilidad…

¿Los otros hijos de Melitón? ¿La familia del ingeniero Ramos Romero? ¿Sus hijos? ¿Cuáles hijos? Bueno, los de Isabel, los niños, ahora ya muchachos que habían nacido en su casa, Agustín, Fernando y las gemelas, Melitón hizo que se fueran al rancho de su verdadero padre. Ingrata revelación diabólica. Maldición de todos los cielos. ¡Cuánto castigo para un solo hombre! Quise a esos niños como si yo los hubiera concebido y todavía los quiero como si fueran sangre de mi sangre… Los eduqué, los forjé, seguro serán hombres y mujeres de bien, ¿y ahora? ¿Cómo debo sentir? ¿Cómo vivir sin ellos? ¿Cómo vivirán ellos sin mí, si después de todo no tienen más padre que yo? Finalmente, ¿qué culpa tienen ellos de haber sido paridos por una mujer sin principios ni raíces ni valores ni estructuras ni esperanza? ¿Por qué tenían que haber nacido de una mujer muerta, absolutamente rota por dentro? Y sin embargo, Melitón todavía tuvo la nobleza de plantarse en la que había sido su casa y, conocedor como nadie del infierno que se venía encima del Valle de México, conocedor del desastre ecológico y sanitario que ya anticipaba, de la peste y todos sus males, de la contaminación a niveles fatales, de las enfermedades apocalípticas que preveía, le pidió a su mujer, ¿a su mujer?, bueno, carajo, a Isabel, ¿ya…?, dejando a un lado sus rencores personales, que se llevara a sus hijos fuera de la ciudad. Este es el fin: vete, vete con los niños a El Peñón. ¡Hoy!

Isabel todavía se opuso. No se iría a ningún lado por los fanatismos de su todavía marido según la ley, y menos a El Peñón, donde quedaría evidenciada su conducta ante sus hijos, ante su madre, doña Marta, la mataré, la mataré del disgusto si se entera, y sobre todo ante la sociedad, que desde luego la haría jirones al saber la verdad. No la bajaría de perversa, maldita y de diabólica. Sus hijos, rápidamente identificados como hijos del diablo, la encarnación misma de Lucifer, no serían aceptados en ninguna escuela ni, por supuesto, podrían tener ningún amigo. Vivirían segregados socialmente en la región. Se desarrollarían como niños marcados, señalados, aislados, sin que pudiera descartarse la posibilidad de que alguien llegara a persignarse con tan solo verlos. No, no quiero complejos para mis hijos… No quiero que nadie los rechace. La gente de por ahí está llena de prejuicios. ¿Sabes cuándo van a permitirle a una compañera de clases de las gemelas que venga a El Peñón un fin de semana tal y como tú quieres? ¡Nunca, nunca…! ¿Sabes qué van a decir de mí, de su madre…? Van a querer quemar a toda nuestra familia en leña verde, Melitón, ¿no lo ves? Lo de Manuelito fue un muy doloroso accidente que le pudo ocurrir a cualquiera…

Todavía tuvo la audacia de oponérsele a su marido:

—Aquí me quedaré con mis hijos. No soy una prófuga ni una loca ni una maleante que tenga que huir. Me equivoqué, sí, me equivoqué, de alguna manera te engañé, pero no voy a irme de la ciudad por tus miedos para que cuando llegue a donde quieres que me vaya salgas ahora con que esto o lo otro o lo de más allá. No me iré, no, no y no… No permitiré que me exhibas así —concluyó absolutamente rígida, mientras Melitón veía en sus ojeras negras todavía las huellas del estrangulamiento y de la reparación del tabique mediante una cirugía plástica.

—Te vas a largar con los niños quieras o no quieras, escúchame bien, también te largarás con ellos. No tardará el presidente en decretar una emergencia nacional. La epidemia será la más espantosa de la historia y créeme que sé de qué estoy hablando.

—No tengo por qué seguir escuchando tus locuras y menos ser víctima de ellas. El que se larga de esta casa eres tú… No olvides que habías jurado no volver a pisarla jamás…

—¿Vas a irte a El Peñón, sí o no? Es tu última oportunidad…

—¿Me estás amenazando?

—¡Tómalo como quieras, me vale madres!

—Me quedo. ¿Vas a tratar de golpearme de nuevo…?

—No, hay castigos peores que la muerte misma… Hablaré entonces con Teresa.

—¿Quién es Teresa?

—No te hagas… Teresa, *la Llorona*…

—¿Quién es Teresa, *la Llorona*?

El disparo fue certero. Isabel no pudo resistirlo. Hizo blanco en el centro del cráneo:

—¿Qué, no se llama así la esposa de Fernando? —preguntó Melitón, dejando caer la voz—. ¿O crees que no sé cómo se llama?

Isabel tragó saliva. Más saliva. Pensó en la respuesta. La masticó. La volvió a masticar.

—¿Serías capaz…? ¿Vas a perder a tus hijos…?

—Ponme a prueba. En primer lugar, no son mis hijos y por lo tanto me desentiendo de ellos; en segundo lugar, y para que todos estemos informados, vale la pena que la propia Teresa y sus tres hijos sepan todos por igual que ella tiene cuatro hijastros más de su marido y los niños, nuevos hermanastros con quienes jugar. Hermosa familia de siete hermanitos, ¿no…? Dicen que las familias grandes son más felices…

—No te atreverías. Eres demasiado bueno para cometer esa fechoría. Ella es una mujer inocente.

—Y yo… ¿no soy inocente? ¿Y los chamacos, todos los chamacos, no son inocentes igualmente? Además, no es que yo sea bueno, soy un gran pendejo, un inmenso cornudo ciego y confiado como todos los cornudos y todos, todos los pendejos…

—No te atreverás…

Melitón, como quien desenfunda un enorme revólver, sacó de su agenda una pequeña cartulina blanca. Se la tiró sobre la mesa a Isabel: Teresa Gutiérrez Flores 91 (464) 23 11 16. Salamanca, Guanajuato.

—Marca ahorita mismo —tronó aquel, impaciente—. Verás de lo que soy capaz. Fue muy fácil engañarme porque siempre creí en ti. Cualquiera puede engañar a otro si hay confianza de por medio.

—No lo haré. Estás loco…

—Deja ya de decirme loco, ¡carajo! Tú lo sabes y yo lo sé, con dos chingadas y media, que no tengo nada de loco… Pero tú y yo también sabemos que tú sí tienes, y el doble, mucho más que el doble, de puta, puta y reputa —explotó nuevamente Melitón. Por lo visto, nunca superaría su realidad. La violencia se volvía a crear según terminaba de desahogarse. Nunca terminaría de fluir el pus. La herida quedaría abierta para siempre, no cicatrizaría ni estando mil años muerto—. ¿Yo acaso te he repetido lo puta que eres? ¡No!, ¿verdad? Pues no se te ocurra volver a decirme que estoy loco… Te seguiré maldiciendo cuando estemos juntos en el infierno… ¡Marca, carajo, o marco yo!, no vine a discutir contigo…

—No marcaré ni muerta —repuso una Isabel desafiante, que permanecía sentada en la silla del comedor con los brazos cruzados.

Melitón tomó entonces el teléfono y marcó sin ningún titubeo. Estaba decidido a todo.

Sonaba. Nadie contestaba.

Isabel no podía esconder la expresión de terror que le dominaba el rostro. Permanecía inmóvil. Indecisa. Aturdida. Fernando me matará, sí, me matará…

Contestaron.

—¿La casa de la familia Gutiérrez Flores? —preguntó Melitón, sabiendo que empezaba a ganar la batalla, ya que conocía la mirada de su otrora mujer.

Isabel no pudo más. Movida por un impulso, saltó decidida a arrebatarle la bocina al ingeniero. Este se volteó. Giró sobre sus tobillos para esquivarla. Ella trató de rasguñarlo en su desesperación. Trató de tirarle de los cabellos. Logró tomar un mechón de pelo. Jaló de él con furia. Melitón levantó la cabeza sin lograr identificarse en el teléfono ni articular palabra alguna. Una voz tipluda escapaba de la bocina: bueno, bueno, buenooo…

Con la mano que le quedaba libre al ingeniero Ramos Romero logró aventarla contra una silla del comedor. Cuál no sería su sorpresa que, al no medir la fuerza con la que empujó a Isabel, esta dio una volcadura de campana para atrás con todo y silla.

Melitón volvió a la cargada:

—¿Está la señora Gutiérrez Flores? ¿Podría hablar con ella?

Isabel se levantó despeinada, ciega de ira contra Melitón. Tenía que detenerlo a como diera lugar. ¡Qué caro se lo haría pagar Fernando! De sobra lo sabía ella. El ingeniero la tomó esta vez del pelo, ese hermoso pelo de seda naturalmente perfumado con el que se cubrió algunas veces, solo algunas veces, el rostro después del amor. Se lo retorció con el puño cerrado, apartándola de sí como si fuera un animal rabioso.

—¿La señora Gutiérrez…?

—No, por lo que más quieras, no… —imploró Isabel.

—Sí —repuso la voz del otro lado del auricular…

—No, Melitón, no…

—¿Por lo que más quiera yo…? —preguntó Melitón, colocándose la bocina del lado del corazón para impedir que se oyera la conversación—. ¿Qué me dejaste sano que yo pudiera querer en mi vida? ¿Una puta por esposa y unos hijos bastardos? ¿Por lo que más quiera…?

—Cuelga, cuelga, me iré a donde tú digas… —cedió Isabel llorando compulsivamente—. Cuelga, cuelga, cuelga…

—¿Irás a donde yo diga?

—Sí, Melitón, pero cuelga por el amor de Dios.

El ingeniero colgó el aparato. Había ganado la primera parte de la batalla.

—Te irás —agregó sin soltarle el pelo ni permitir que levantara la cabeza— al rancho de Fernando, te irás a El Peñón, en ningún caso con tu mamá a Silao, ¿de acuerdo?

—¿Por qué no? ¿Qué hay de malo en casa de mi mamá? —preguntó, exhibiendo el rostro demacrado y empapado.

Melitón no la soltaría hasta no obtener su consentimiento en cada uno de los puntos del acuerdo.

—La contaminación derivada de la sequía atacará todo. Lo más sano será un rancho, porque está apartado de toda la infición urbana.

—¿Quieres que le diga Fernando «Ya llegué» con mis hijos y mis cosas? —cuestionó llorando, sin que el ingeniero la soltara.

—No le dirás así: le dirás que llegaste con los hijos de ambos. Son hijos de él, hijos de ustedes. Él debe responsabilizarse alguna vez de sus actos. Él, tu verdadero marido, debe mantenerlos, hacerse cargo de ellos por el resto de su vida. De modo que ya es hora de que se vaya acostumbrando. Son sus hijos: que se encargue de ellos. Aquí en la ciudad se morirán como ya murió Manuelito.

—No puedo hacer eso…

—¿No puedes? —giró con el puño causándole todavía un mayor dolor. Ella se estiraba como si quisiera alcanzar el techo. Imposible librarse de la tortura—. Finalmente, no es mi problema cómo le dirás o no: te vas hoy mismo, es más, te vas ahorita o llamaré por teléfono…

Cuando Isabel accedió finalmente a las exigencias de su esposo, comprometiéndose a salir de la ciudad ese mismo día, Melitón finalmente la soltó, arrojándola contra una vitrina de diseño francés, un obsequio de doña Marta.

—Hoy en la noche llamaré a Salamanca a El Peñón. Más te vale que me contestes tú misma… —Sería imposible contar cuántas piezas de porcelana y fina cristalería se rompieron con el impacto en la vitrina. Un sonoro portazo rubricó la salida del ingeniero Ramos Romero, a la cual siguió un ¡salvaje!, ¡bestia!, que se repitió como eco hasta que este alcanzó la calle.

Isabel llegó a El Peñón según lo acordado. Fernando adujo por el momento que se trataba de una visita repentina, la esposa de un querido amigo suyo y su familia que huían de la Ciudad de México debido a la contaminación.

—Por lo visto, mi amor, tienen problemas bronquiales o asmáticos, qué sé yo: necesitan el aire puro del campo, mi Tere… Tú sabes, la amistad antes que nada.

Una mañana, en medio de la canícula más poderosa y prolongada de la historia, se presentó el primer caso de cólera, curiosamente en la colonia Del Valle. Uno por acá, 10 más por allá, 100, mil por acullá. El primer millón de infectados se conoció en Neza, otro en Tlalnepantla y otro en Ecatepec, la mayoría en la periferia de la ciudad, donde se encontraba la gente de más escasos recursos. Imposible atender simultáneamente a millones de personas en Iztapalapa o en Ciudad Nezahualcóyotl. La gente, en su desesperación, tomaba agua en las condiciones que fuera. La irresponsabilidad y la necesidad acentuaban la peligrosidad y los daños en la salud. Con la ignorancia popular, a pesar de las advertencias consignadas en la radio y la televisión, de poco sirvieron para impedir la proliferación de las enfermedades. No había suficientes vacunas ni médicos ni hospitales en el país para atenderlos; tampoco había vacunas ni médicos ni hospitales en el mundo entero para salvar a tantos millones de mexicanos capitalinos presas de la enfermedad. La gente empezaba a morirse en las calles al igual que los perros. Las ambulancias circulaban de día y de noche transportando enfermos de todas partes de la ciudad. Los muertos comenzaron a ser incinerados en panteones, luego, ante su multiplicación incontrolable, en parques; finalmente, el pánico a la peste hizo que se fueran enterrando precipitadamente en fosas comunes. Ninguna solución funcionaba. Los cientos de miles de personas que vivían, comían, se reproducían en las banquetas, sin techo ni nada, terminaban muriéndose en las calles, víctimas principalmente del cólera, por haber saciado la sed con lo primero que tuvieron a su alcance.

—Cuidemos el agua —había gritado Melitón hasta el cansancio—. ¡Cuidémosla!, antes de que cuando se acabe nos falte a todos y a cada uno de nosotros. ¿Qué haremos en el caso de una sequía como las tantas que se han dado en la historia del país, del continente y del mundo? ¿Qué? ¿Qué haremos...?

El cólera empezó a cobrar diariamente más vidas. La gente rompía, a como diera lugar, las coladeras para extraer el agua que corría por el alcantarillado público. No había tiempo, en esos momentos, de verificar su calidad ni si era o no potable. Con barretas de acero rompían los albañales, perforaban las capas de pavimento hasta llegar a dar con las tuberías que conducían el agua, agua en cualquier estado, al fin y al cabo agua. El pueblo la tomaba donde la encontrara y como la encontrara. Asaltaban los camiones pipas del Departamento del Distrito Federal aun con la advertencia visible desde todos los ángulos: «Agua no potable. Útil solo para regar parques públicos. Prohibida para consumo humano». ¿Qué más daba, cuando en casa los niños se deshidrataban?

La marea humana golpeaba a los choferes de camiones repartidores de refrescos, cervezas y agua potable para llevar a sus casas algo de beber que no amenazara la salud. Invadían de día y de noche las plantas embotelladoras. Más de uno se expuso a las balas con tal de robar una botella para sus hijos. Disponían a cualquier título de la preciada carga que significaba la vida o la muerte. De tiempo atrás los camiones tenían que salir custodiados por el ejército, que en muchas ocasiones se vio obligado a abrir fuego y a matar a cientos de personas dispuestas a robar o a matar antes de ver morir de sed a los suyos. Las masas sedientas metían sus cubetas en las escasas fuentes públicas que existían, para sacarlas llenas de agua cargada con todas las familias conocidas de bacterias y parásitos. Igual que ignoraban que al extraer el agua de los albañales, aun cuando pudiera ser todavía potable, con el solo hecho de utilizar recipientes contaminados, la enfermedad no tardaría en presentarse; de la misma manera ocurría con cualquier otro depósito líquido que se convertía en veneno al solo contacto con el medio ambiente. Los cientos de toneladas de materia fecal humana y animal acumuladas en la atmósfera contribuyeron definitivamente a la infición total. De cada tres ciudadanos, dos tenían una diarrea que requería hospitalización. La peste medieval hacía su entrada triunfal por la puerta grande nada menos que en el siglo XXI. Los cadáveres comenzaron a ser incinerados donde se encontraran, aun cuando antes tuvieran que ser rescatados de las aves de rapiña, que se disputaban golosamente las carnes podridas. Los buitres y zopilotes, nunca antes vistos en jardines citadinos, sobre todo en la Alameda Central y en Chapultepec, llegaban en parvadas siniestras al centro de la ciudad para compartir la carroña con las ratas dentro de un festín macabro.

Las humaredas producidas por la incineración de cadáveres se daban por doquier. Las líneas de humo grisáceo se percibían a corta, a media y a larga distancia hasta confundirse con los incendios forestales, que se repetían sin que ya nadie tratara de extinguirlos, en la periferia de la ciudad. El hedor nauseabundo superaba el más escatológico de los adjetivos. La densidad del ambiente era irrespirable. Los millones y más millones de moscas igual se posaban sobre la carroña humana que sobre la canina, sobre la materia fecal en desecación que sobre vómitos y diarreas, sobre los hombres, mujeres y niños y alimentos que todavía se encontraban sanos. Las moscas contaminaban todo lo contaminable con sus múltiples patas asquerosas que se frotaban golosas al posarse sobre las sustancias fétidas en franca descomposición.

El cólera, principalmente el cólera, los parásitos intestinales, la salmonela y la fiebre tifoidea mataban a diestra y siniestra. Los muertos empezaron a contarse por miles. Los representantes de la prensa internacional que venían con alimentos, medicinas, agua y guantes importados de sus propios países llevaban a cabo sus filmaciones en plena calle con anteojos y cubrebocas color azul que cambiaban cada dos horas para que los filtros no se fueran a contaminar. De la misma manera aparecían camarógrafos vestidos como hombres del espacio, temerosos de respirar siquiera la inmundicia de aire que existía en todo el Valle de México. Una aspiración podía equivaler a inhalar 300 gramos de materia fecal desecada. Una sola mosca, de las millones existentes, que se posara en los labios de cualquier persona podría causar males irreparables. Los reporteros se vestían con trajes de asbesto y escafandra como si fueran a entrar a una sala radiactiva. Cobraban a sus medios una cantidad a modo de premio o recompensa por el solo hecho de venir a grabar escenas dantescas a una de las ciudades más pobladas del planeta, escenas que habrían dejado boquiabiertos a los más agudos y visionarios directores de cine de Hollywood, aquellos que habían logrado realizar películas en donde los fenómenos naturales del pasado y del futuro podían acabar con pueblos, solo con pueblos o ciudades aisladas, en ningún caso con civilizaciones enteras. Para quitarse sus trajes especiales pasaban previamente a una sala de «autoclave», donde dejaban sus ropas para someterlas a una desinfección química total. A continuación, se bañaban con jabones bactericidas y duchas químicas para esterilizar su piel. En un cuarto anexo, ya completamente aislados, convivían entre ellos compartiendo alimentos importados en perfectas condiciones sanitarias.

¿Conque no había relación alguna entre la democracia y el equilibrio ecológico en un país? ¿Conque el gobierno de un solo hombre, donde la ciudadanía no podía ni opinar ni participar a través de los órganos de representación popular, no acarrearía serias consecuencias? ¿Conque no tenía ningún costo el hecho de que alguien se apoderara de la verdad política, se erigiera autoritariamente como supremo intérprete de la voluntad nacional y la administrara a su antojo? ¿Conque a la larga había beneficiado a los capitalinos haber carecido para su vergüenza histórica del derecho de elegir a sus jefes del departamento desde el gobierno de Plutarco Elías Calles? Más vergüenza todavía si desde la Independencia, ya casi transcurridos 200 años de hecho, no se había conocido la democracia en la capital de la República. ¿Que la alternancia en el poder no tenía ninguna ventaja y por eso un sistema encabezado por el PRI había podido gobernar la ciudad durante 70 años en el siglo XX? ¿Que la ciudadanía no hubiera podido votar a sus representantes durante tantísimas décadas en nada había ayudado a que se diera la actual catástrofe que tenía estremecido al mundo entero? ¿Si hubiera habido democracia en el D. F. y sus habitantes hubieran podido opinar y discernir, intervenir en la marcha de la ciudad, decidir en materia de planeación y crecimiento urbano se hubiera llegado al caos actual? La apatía política capitalina demostrada a través de su indolencia desde que aceptaron ser mutilados políticamente al no poder votar a sus líderes, ¿no tiene conexión con este lamentable estado de cosas que padecemos hoy? ¿Dónde termina la culpa y la responsabilidad de un gobierno ancestralmente intolerante y dónde comienza la responsabilidad de una sociedad indiferente?

Melitón, ¡ay!, Melitón de Todos los Santos ya no luchaba por traer agua al D. F. Era una tarea imposible. Los ríos estaban casi secos y más contaminados que nunca porque la gente había ido a extraer agua y a beberla con los medios que tuviera a su alcance. El daño causado fue todavía mayor. Del subsuelo ya ni hablar: el agua que se lograba bombear seguía saliendo color tamarindo y olía a huevo podrido. ¿Remedios? ¿Políticas de ahorro de agua? Ya eran extemporáneas. El ingeniero Ramos Romero se exponía más que nadie a la hora de ayudar a los desamparados. Se había convertido en un voluntario anónimo. ¿Voluntario? ¿Cómo que voluntario? ¡Héroe anónimo en todo caso! Ayudaba a transportar a los moribundos a los hospitales en automóviles o en ambulancias. Él mismo les administraba sueros cuando encontraba algún centro de donación en su camino. No parecía tener el menor miedo al contagio, se conducía como si fuera inmune a toda enfermedad. ¿Estaría buscando inconscientemente la muerte con dicha actitud? En las tiendas de campaña improvisadas, daba lecciones e impartía consejos de qué hacer, cómo abandonar la ciudad y salir a la provincia. Es decir, cómo reducir el problema y en todo caso salir de él. Fugarse. Vayan a las márgenes del Balsas en lo que termina la sequía: no debe durar ya mucho tiempo. Solo el Balsas tiene un volumen de 300 mil litros por segundo en época de lluvias… Vayamos por primera vez a los ríos. Vayamos también al Grijalva, al Usumacinta, al Nazas. Allí hay agua de sobra y mucho más que de sobra en lo que esto termina.

Entre toda la catástrofe ecológica había una mujer que también estaba dispuesta a luchar, aun cuando en ello le fuera la vida misma, solo que no precisamente por la rehabilitación del Valle de México: se trataba de Elpidia. Desde la separación del ingeniero de la Comisión de Aguas si acaso se habían visto un par de veces, sin encontrar en él la menor respuesta en lo que se refería a la continuación de sus relaciones amorosas. Se topó con un hombre infranqueable, frío, impenetrable y francamente hermético en un principio. Sin embargo, conocedora de sus caminos, veredas y atajos para llegar a su corazón, trató de alcanzarlo, ablandarlo y acceder suavemente a él con el recurso de las palabras mágicas que tanto le gustaba escuchar. Elpidia avanzó, sí, avanzó, pero solo hasta un punto después del cual no pudo continuar ni tomándole la mano ni acariciándole el pelo ni recurriendo a las palabras más convincentes que le podían recordar a Melitón el pasado amoroso que había disfrutado con aquella mujer finalmente tan desprendida, cariñosa y abnegada que él había aprendido a querer y a admirar tanto.

Elpidia intentó una alternativa, otra y otra más. Fracasó en todas ellas. Él no quería saber de nada. Tenía la fijación de ayudar a los damnificados, a tanta gente que necesitaba apoyo y auxilio, Elpis. A ellos me debo, a ellos me entregaré hasta el límite de mis fuerzas. Dibujó entonces ella el futuro que podrían abrazar juntos, la posibilidad que implicaba lograrlo, ahora que él ya no tenía compromisos matrimoniales ni familiares:

—Estamos solos, Miel, podemos comenzar una vida juntos, hacer una familia lejos de la capital, donde yo te cuidaré desde que se levante el sol hasta que se ponga. Nada tengo que hacer salvo obsequiarte todo mi tiempo y entregarte todo lo que yo soy y lo que pueda ser…

Melitón se mostraba insensible ante las ofertas. Ninguna lograba endulzarle las perspectivas. Ninguna lo hacía sonreír, ni siquiera fantasear ni imaginar. Su dureza contrastaba violentamente con la dulzura con la que siempre se había dirigido a ella, Elpidia, Elpis, Elp, Help… No cabían las bromas ni los comentarios humorísticos ni los planes ni los proyectos a futuro. ¿Futuro…? Para Melitón, un Melitón inconmovible, dueño de una nueva personalidad pétrea, existía solo el hoy y, dentro de este hoy, desde luego, la sequía, únicamente la sequía. ¿Involucrarse con una mujer aun cuando fuera Elpidia? En las presentes circunstancias era prácticamente inviable. El tiempo y solo el tiempo podría curar sus heridas y, bien visto, tal vez ni el tiempo mismo podría devolverle la salud ni la confianza en el género humano. ¿Cómo plantearle nada menos que a él la posibilidad de formar una familia? Familia, mujer, lealtad, matrimonio, vida en común, amor, pareja e hijos, eran palabras ciertamente prohibidas para este héroe y padre ejemplar.

La última reunión que sostuvieron días antes de que las masas fanáticas de sedientos incendiarios decidieran asaltar Los Pinos como una represalia ante la falta de previsión e ineficiencia del gobierno, días antes de que la residencia oficial tuviera que ser protegida permanentemente con tanques, artillería, morteros, una división entera de infantería y otro tanto de caballería, Melitón le hizo saber a Elpidia en la banca de un parque de la Avenida Cuauhtémoc que deberían dejar de verse indefinidamente, que era lo más conveniente, Elpidia, porque soy tan solo un medio hombre, nunca te podré dar los hijos que tú quieres y mereces para realizar los sueños de toda mujer. Cásate, ten tu familia, haz tu vida. No permitas que yo lastime a quien yo tanto quise…

—¿Ya no me quieres…?

—Debes dejarme, Elpidia, ya no mi amor ni mi vida ni mi ilusión ni mucho menos, Help: debes dejarme. Busca otro compañero. De mi boca, de mis oídos, de mis ojos y de mi mente solo saldrá en adelante pus, sí, Elpis, manantiales de pus. Estoy totalmente envenenado, podrido por dentro: no tengo medicina con qué aliviarme.

—Yo soy tu mejor medicina, Miel…

—La única medicina que puede curarme es la muerte, Elpidia. Esa sí es efectiva… No sueñes conmigo. No planees conmigo. Al amor que tú me obsequies yo devolveré resentimiento, asco y rencor. Odio todo lo que me ha rodeado, lo que me rodea y lo que me rodeará. No permitiré que me acompañes a donde yo voy, porque de ahí no se vuelve, no vuelve nadie, y yo ya quiero llegar…

—Déjame al menos estar a tu lado y ayudarte en lo que hagas. Yo también puedo ser voluntaria y auxiliarte a salvar vidas. ¿Por qué no…?

—No pierdas tiempo, tu tiempo.

—Dime al menos que cuando todo esto acabe me buscarás y trataremos, nos daremos una oportunidad de estar nuevamente juntos. La vida solo es una: recuérdalo, mi amor. ¿Cómo puedo entender mi existencia, lo que me quede de ella, sin ti?

—Cuando todo esto acabe, Elpidia —ya no se dirigía a ella como mi querida Elpidia—, ya todos estaremos muertos… Si en algo amas tu vida y la de los tuyos, vete con ellos hoy mismo de este infierno pestilente que pronto acabará hasta con el último ser vivo.

Melitón se puso de pie. No la besó. No la acarició. No la volteó a ver. Su rostro inexpresivo delataba la muerte anticipada de su alma. Cuando empezó a alejarse, con los hombros y la cabeza inmóviles, arrastrando la ropa y los zapatos que no se había cambiado ya en semanas, solo le pidió a Elpidia:

—No me sigas. No me busques. No intentes detenerme ni convencerme. Hoy todavía tuve paciencia para hablar contigo. Si insistes en encontrarme me encontrarás, pero de otra manera que te juro te hará desistir de cualquier trato conmigo… No permitas que yo jamás pierda la compostura contigo… —Se alejó entonces como un fantasma hasta perderse entre la muchedumbre, los aullidos angustiosos de las ambulancias, el sopor inaguantable del ambiente, la densidad del tráfico, las señales enviadas por los incansables cláxones de automóviles, cuyos conductores tenían una prisa infinita por llegar a donde no sabían si querían llegar o no. Melitón desapareció lentamente en las hediondas miasmas de la ciudad. Según se perdía de vista, Elpidia se vaciaba por dentro.

Las salidas de las carreteras estaban mucho más saturadas que en la época de vacaciones. Los automóviles salían sobrecargados de la ciudad en las condiciones en que podían y como podían. En los camiones foráneos de pasajeros los usuarios hacían los viajes aunque fuera de pie, pagando hasta cuatro o cinco veces las tarifas con tal de escapar del infierno. Los soldados custodiaban las salidas y llegadas de las terminales de autobuses desde que un grupo de colonos de San Juan de Aragón y de otras colonias habían intentado secuestrar los vehículos para escapar. Las líneas aéreas intercalaban viajes especiales con tal de satisfacer las solicitudes y necesidades. Fue absolutamente imprescindible dictar un estado de emergencia nacional y suspender las garantías individuales porque la violencia urbana se había desbordado. El presidente de la República firmó el decreto respectivo. La gente asaltaba almacenes para robar agua y alimentos. Las farmacias eran saqueadas como lo eran los hospitales, a pesar de la custodia policiaca. Las fuerzas del orden disparaban ráfagas de advertencia y otras las hacían a matar cuando los delincuentes huían de los comercios arrebatándose los bienes o eran sorprendidos en el atraco. ¡Cuántos capitalinos encontraron la muerte en las afueras de la ciudad cuando trataron de ingresar por la fuerza a los centros de bombeo de agua potable proveniente del Cutzamala, del Lerma o del Amacuzac! ¡Cuántos! ¡Cuántos! ¡Cuántos capitalinos perdieron la vida a tiros porque trataron de entrar por la fuerza a los más de mil pozos ubicados en el D. F. para extraer agua del acuífero? ¿Cuántos?

Solo que hubo más, mucho más. Un día los grandes proveedores de agua de la ciudad capital decidieron suspender el abasto porque la requerían para satisfacer sus necesidades vitales. El gobierno del Estado de México cerró la llave. Si hay una sola gota de agua, esta sería sin duda para los mexiquenses: para quien tuviera la fortuna de encontrarla en su territorio. Por ningún concepto cederemos ni una cubeta al Distrito Federal si nosotros podemos morir de sed en cualquier momento. Cerraron las compuertas. No pasaría el fluido de por sí escaso. El estrangulamiento hidráulico llegó a su máxima expresión. Antes nosotros, después los capitalinos. El gobierno de la República tuvo entonces que enviar a la tropa con instrucciones directas de disparar a quien se opusiera a la apertura de las compuertas. La resistencia se dio. Muchos miles de mexicanos cayeron en la refriega por defender el líquido elemento en nombre y beneficio de los suyos. Los congresos locales, por iniciativas de los gobernadores en turno, dispusieron la separación de la federación de sus respectivos estados, que en adelante se llamarían República de Veracruz y República de Toluca. Reformarían sus constituciones locales y se segregarían del resto del país, pero no darían agua, ni una gota más de agua: antes estamos nosotros.

Lo que en realidad pretendían era el reconocimiento de parte de la Casa Blanca de los nuevos estados independientes con tal de poder pedir la ayuda militar internacional en caso de una invasión del ejército mexicano en el territorio veracruzano. ¡Horror! Todo por el agua. El país, como lo había vaticinado el propio Melitón desde que terminó su carrera profesional en Guanajuato, se nos deshará entre las manos si no atendemos la distribución del agua con toda oportunidad. Antes de que estallara una nueva revolución, el ejército mexicano se vio obligado a sofocar la revuelta abriendo las llaves del agua con un altísimo número de bajas. Los diputados y senadores fueron aprehendidos sin más con sus respectivos jefes del Ejecutivo locales y encerrados en calabozos por lo menos hasta que pasara la sequía. Varios tuvieron que ser fusilados en juicios sumarísimos establecidos en la ley que suspendió provisionalmente las garantías individuales. La sangre manchaba por doquier. El agua debe ser para todos.

El estado de Hidalgo, por donde corría el desagüe del gran canal que contenía las aguas negras vertidas por el Distrito Federal, aprovechó la coyuntura ecológica para sentenciar: no seremos en adelante el escusado ni la letrina de la capital de la República. No tenemos por qué permitir que los desechos de nadie pasen por nuestro territorio. No lo permitiremos. Mientras en México no hubo democracia y la soberanía de las entidades federativas era letra muerta y el presidente de la República nombraba de hecho al gobernador entrante, todo fue muy fácil. Solo que ahora el país es una verdadera federación y, como tal, o por lo menos nos indemnizan en lo que se encuentra otra solución o nos separaremos como los veracruzanos y los mexiquenses del resto de la República. Ya está bien…

Nada ni nadie podía contener el caos ni el proceso infeccioso. En un país generacionalmente escéptico, ¿quién iba a salir para detener a las turbas incendiarias presas de pánico y dispuestas a todo antes de morir? ¿El presidente de la República? Pero si son muy dignos cuando están en el cargo y hablan de los valores de la patria, y tan pronto les quitan la banda tricolor del pecho aparecen ante la opinión pública como dueños de compañías periodísticas, bancos, financieras, hoteles, cementeras, fraccionamientos y empresas de radio y televisión y de comunicaciones en general. ¿Creerles a ellos, cuando ninguno puede ser distinguido como líder natural porque carecen de calidad moral? ¿Creerles a los curas, cuando ni con rezos ni súplicas ni novenas ni golpes de pecho ni rosarios ni padrenuestros que estás en el cielo ni penitencias de todo tipo ni flagelaciones ni peregrinaciones pudieron evitar la presente catástrofe que explican con suma sencillez: Dios lo quiso si es bueno y Dios lo quiso si es malo? No trates de interpretar la voluntad del Señor... ¡Ya está! Asunto terminado. Démosle la vuelta a la hoja. Es dogma de fe. No se interroga, no se cuestiona, no se duda: se cree. Se acepta y se calla, te guste o no. Fin a la discusión. Así es o te excomulgo. Los curas no podían salir a detener a nadie. Perecerían devorados por la marea depredadora. ¿Quién podía consolar a este pueblo desesperado e infundirle paz y confianza? ¿Los políticos? ¡Bah!, los políticos, esos rateros, cazafortunas absolutamente desprestigiados. ¿Los curas? ¡Bah!, esos inútiles, cuando no también rateros, que lucran con la limosna y con el hambre del pueblo. No, ni políticos ni curas. ¿Los maestros, los forjadores de la nacionalidad, como decían en los discursos? Estamos hablando en serio. Ellos tampoco. ¿Siguen siendo líderes ahora que somos adultos? ¿Dónde está el líder que puede detener o contener la vorágine? ¿Quién puede hablarles a los mexicanos después de 500 años de escepticismo? ¿Quién puede convencerlos? Nada ni nadie pudo con ellos. La sequía destrozó todo como un huracán enfurecido. La maldad había identificado los objetivos. La venganza se sumó furiosa a la causa. Los mexicanos empezaron a morir por millones en toda la República. La revolución de principios del siglo pasado parecía un juego de niños...

Agua había a razón de 20 o 30 litros por familia al día, escribió Melitón en su cuaderno de apuntes, agua suficiente para haber paliado la crisis un buen rato más. ¡Claro que implicaba reducir en 90% los consumos acostumbrados! ¡Claro que implicaba toda una disciplina, una convicción comunitaria de ahorro de agua, un sometimiento social a un acuerdo colectivo, y todo ello no se logró porque, en el caso de la sequía, el pánico derribó todos los sistemas precautorios creados al efecto! La muchedumbre, presa de aquel y de la desesperación, rompió con todos los equilibrios. De modo que se hubiera podido subsistir un poco más si el terror no se hubiera llegado a producir en la escala que se dio. Era el mismo caso de un incendio en un cine, donde el auditorio, ya previamente informado, hubiera empezado a salir ordenadamente hasta que alguien gritara lleno de miedo: me quemo, me quemo... Esta alarma, justificada o no, hubiera sido suficiente para que saltaran los unos encima de los otros, se atropellaran, gritaran y en lugar de salvarse se arrollaran entre sí. Muchos habrían muerto pisoteados en lugar de incinerados, como hubiera sido de esperarse. Donde no tenía que haber ni muertos ni heridos por un desalojo ordenado, se darían cientos de víctimas. El desorden y la desconfianza en la voz de los dirigentes políticos, la gravedad real de la situación, incrementada en razón de los propios prejuicios, el escepticismo crónico, el miedo a lo desconocido, condujeron a la pérdida de todos los controles. Las consecuencias, entonces, no se hicieron esperar. Nadie creía en nadie. Sálvese el que pueda. El terror fue el principal protagonista, el auténtico director de esta sinfonía macabra.

Solo que la tragedia no era únicamente ecológica, sino también sentimental. Por supuesto que doña Marta no tardó en enterarse de que nada menos que su hija Isabel vivía con Fernando, el gallero, su eterno pretendiente, en el rancho El Peñón. ¿Cómo lo supo? Pueblo pequeño, infierno grande. Con eso de que te cuento un secreto pero no lo divulgues, ¿me das tu palabra? ¡Te la doy…!, Melitón le confió a Librado Múgica, su compadre del alma, su tutor, hermano, padre, consultor y amigo incondicional, según lo había demostrado contra viento y marea a través de los años, todo lo que había ocurrido en el seno de la familia Ramos Romero. Librado vio llorar desconsoladamente a Melitón, quien después de gritar: la mataré, hermano, la mataré, se dejó caer cubriéndose la cabeza con ambas manos mientras invocaba al cielo. ¿Cómo consolarlo? Ahí le hizo saber que Fernando Gutiérrez Flores era el padre de sus ya solo cuatro hijos; que él era estéril de nacimiento; que Isabel se había casado con él engañándolo porque ya sabía que estaba embarazada de aquel otro hombre. Que lo había engañado de punta a punta. Que él había querido a esos niños más, mucho más que a su propia vida; que se había desvelado por ellos; que solo él sabía lo que había sufrido para poder mantenerlos con alguna dignidad. ¡Cuántas veces no tuvo ni para las colegiaturas ni para médicos ni para medicinas ni para intervenciones quirúrgicas! ¡Cuántas! Que se había amanecido midiéndoles la fiebre y colocándoles paños de agua fría en la frente; que había padecido noches interminables de insomnio cuando se enfermaban; que había disfrutado como nadie su risa cuando eran felices y ahora resultaba que no eran hijos suyos, él ni siquiera los había procreado. Que jamás podría soportar el peso de la traición. Que no podría vivir con ella. Que no podría volver a ver a sus hijos a la cara. Que hubiera querido quitarle la vida a Isabel, pero que dejar a sus hijos, o a esos niños, huérfanos, en manos de un padre desconocido, porque él sin duda hubiera ido a dar a la cárcel, hubiera sido peor, mucho peor…

Ni corta ni perezosa, la mujer de Librado confesó a su mejor amiga el secreto, asegurándose previamente de que ella tampoco lo diría:

—¿Me lo juras, mana…?

La «mana» confirmó que su mejor amiga tampoco divulgaría lo que a continuación escucharía, soltándole, ahora sí confiada, los pormenores del caso. ¿Lo juras? ¡Lo juro! Que si Isabel y que si Melitón, Ton-Ton, el Ecoloco, ¿te acuerdas, el que solo sabía hablar de agua? El Ecoloco era ahora además cornudo. Que si el gallero, también es casado tú, esto parece novela de televisión y que si aquí y allá y que si ya supiste, ahora ya sin apelar a la discreción ni a la consideración entre otras dos grandes amigas, el secreto se dispersaba a voces como dispersa el viento el polen durante la primavera en los campos del Bajío. Bien pronto no hubo quien no supiera los motivos reales que habían orillado a Isabel a tomar la decisión de una mudanza tan precipitada. Cada uno de los vecinos se fue informando gradualmente, menos doña Marta, hasta que un alma caritativa encarnada en la persona de una de sus comadres, de esas personas que siempre comienzan, ya sabes que lo hago por tu bien, Martis, le comunicó con lujo de detalles todo lo que se decía de Isabel, de su queridísima hija y de sus nietos, sus únicos motivos para vivir, en Silao. Nada de que una parte de la familia Ramos Romero se hubiera ido al campo porque aquí en el pueblo también se iba a acabar el agua y tarde o temprano también iba a atacar la peste en las ciudades más pobladas del Bajío ni que El Peñón fuera propiedad de un íntimo amigo de Melitón que les proporcionaría refugio y cuidados a sus hijos y a su mujer mientras terminaba la sequía. Mentiras y puras mentiras.

Pues fíjate, Martis, debes saber, la amadísima comadre, entonces movida por el genuino deseo de ayudar, le sacó los ojos lentamente con los pulgares a una azorada doña Marta que ni parpadeó durante el inicio de la conversación. Con el propósito de que juntas busquemos una solución común, desenvainó un bisturí y con él le mutiló las orejas y la lengua. Acto seguido, decidida a reubicar a Isabel y a su prole, tú sabes cuánto la queremos todos, con un cuchillo le extrajo una a una las vísceras para rematar con aquello de que todas tus amigas estamos de tu lado y daremos la vida con tal de ayudarte, momento preciso en que le encarnó el puñal en el pecho para sacarle el corazón todavía palpitante. Aquella comadre tan comprensiva y cariñosa acabó con tanta ternura con doña Marta… Le quitó con tanta dulzura el deseo de vivir… La aniquiló con tan amorosa entrega… Le dio el tiro de gracia con tal angelical sonrisa e inequívoca puntería, que la pobre mujer cayó en confusión para el resto de sus días…

Ya no quiso ir a El Peñón para conocer la versión de Isabel. ¿Para qué? Ninguno de los chamacos se parecía, ¡qué cierto era!, a Melitón, al querido Pelos Necios que tanto había luchado por llegar a ser alguien en la vida y que le había entregado a su familia mucho más de lo que él siquiera llegó a soñar en tener y en ser. Todo, absolutamente todo. Era un superpadrazo, padrazo de padrazos. ¿Se habría suicidado al saber la verdad? Ahora entendía doña Marta la prisa de su hija por contraer nupcias: estaba vergonzosamente embarazada. Ni duda cabía. Por esa razón, ahora lo entendía, había sido siempre una madre triste. Había amamantado a sus hijos sin ninguna expresión de dulzura en el rostro. Había descuidado su educación, dejándola recaer en su legítimo marido a pesar de todas sus ocupaciones. Había permitido que sus niños anduvieran invariablemente sin botones o con la ropa o las uñas sucias o las camisas mal planchadas como las de su marido. ¡Cuántas veces le vio a Melitón la misma corbata con la misma mancha, muy a pesar de todas sus denuncias y reclamaciones que una suegra debería evitar con tal de no invadir la intimidad del hogar…! No, no había nada que hablar con Isabel desde el momento en que los críos no tenían el menor parecido con su padre. Eso estaba perfectamente claro, ¿Calificativos para su hija? Ya qué más daba…

¿Hablar con Melitón? ¿Hablar con Isabel? ¿Hablar con quién? Todo era ya inútil. A partir de ese día guardó un profundo mutismo. Decidió ya no volver a hablar con nadie ni ver a nadie a los ojos, como corresponde a toda una pecadora mortal. Nunca se volvería a escuchar su voz. Su hija había muerto de repente. Jamás la volvería a ver ni la recibiría ni le contestaría cartas ni llamadas. Si se le llegaba algún día a plantar enfrente, simplemente la escucharía y cuando terminara de hablar continuaría su camino como si se hubiera detenido al cruzar una calle. No reclamaría nada. No exigiría explicaciones. Dejaría caer los brazos. Cuando al principio salía su nombre a relucir en voz de alguna de las comadres o veía alguna fotografía, después de romperla simplemente se persignaba dos veces y besaba su medallón de la virgen de Guadalupe.

Doña Marta despidió a la sirvienta, que llevaba ya 30 años con ella. La echó sin más. Te vas hoy mismo: quiero estar sola con mi alma y con mi sombra. Esas serán de hoy en adelante mis únicas e inseparables compañeras. Llévate a los perros. Te regalo los canarios, también los anaranjados. Te regalo el gato. Contrata una mudanza. Todos los muebles son tuyos, incluidos los de mis abuelos y los que algún día estaban llamados a ser de Isabel. Déjame solo mi cama, algo de mi ropa, un misal, mis rosarios y mis escapularios. Recoge en el banco una tarjeta para registrar tus firmas. El dinero, mis ahorros de toda la vida, te servirán para tener una vejez cómoda y feliz como la que te mereces. Gracias por tu lealtad. ¡Ah!, los candelabros de Limoges y los de Neandertal empácalos muy bien, lucirán mucho en tu humilde casa del pueblo. Tuyas son las vajillas del diario y la de los invitados, los tapetes y la cristalería de Bohemia.

—¿Y la seño Isabel?

—Su alma ha muerto. Nada tengo que hablar con su cuerpo aquí en la tierra. Nuestras almas ya se encontrarán en el más allá.

—Pero, patroncita, ¿y todas las cosas de usted…? Yo sé cuánto tiempo las guardó usted para dárselas a la niña Isabel.

—A donde yo voy no necesito nada de esto…

—¿Y a dónde va, señito…? —preguntó la otra asustada.

—No temas. Voy a donde don Roque. Seré su voluntaria. Lavaré pies, andaré de rodillas, me flagelaré la espalda, caminaré sobre astillas. Serviré al prójimo en las tareas más humildes y humillantes. Pagaré todo tipo de penitencias, las mías, las de mi hija y las de mis nietos. Necesito ser sancionada por haber engendrado una hija así. Me queda poca vida, de modo que los castigos deben ser severos. Espero que el Señor me conceda vida para reconciliarme con Él y pedirle perdón por Isabel, Fernando, Agustín, Martita, Chabelita, Fernandito y Manuelito que en paz descanse ya a un lado de Dios. Vete, vete mañana mismo. Yo le pediré a la virgen por ti…

Lo que siguió a continuación fue recordado para siempre en la historia de Silao. A partir de esos días, doña Marta se sintió observada ya no solo por Dios, las vírgenes, los santos y los apóstoles, los cardenales, arzobispos, obispos y curas más humildes, quienes parecían perseguirla con látigos de púas, señalándola con los dedos índices flamígeros y sentenciándola ya mucho antes de la celebración del Juicio Final, sino también por toda la sociedad, sus amigas y sobre todo sus comadres, que la veían como una condenada a pasar la eternidad con los pies puestos sobre un caldero incandescente. Mil ojos, 10 mil ojos, 100 mil ojos, todos los ojos de la Tierra la seguían paso a paso, momento a momento, de día y de noche, implacablemente. Un delirio de persecución empezó a apoderarse de ella dormida, despierta, soñando o pensando. La agredía sin cuartel ni tregua ni pausa. Las pesadillas la dejaban agotada al amanecer. En la mañana la angustia le alteraba en ocasiones la respiración. Le sudaban las manos. Sufría una infinidad desde que tenía que ocultar sus miedos, siendo cotidianamente más difícil manejarlos en su fuero interno. Los trastornos digestivos no tardaron en hacer acto de presencia. ¿Comer? Le faltaba el apetito. ¿Dormir? La aterrorizaba. Era tanto como abandonar el mundo de los vivos y encarar finalmente la furia de Dios. ¿Compartir con sus amigas? Se sentía exhibida. ¿Caminar en las calles? Se sentía entonces denunciada. Había perdido la paz. El acoso permanente de fantasías igual de terroríficas que devastadoras la recluyó en un principio en el interior de su casa. El miedo. No podía con la carga del miedo. Más tarde cayó irreversiblemente en la sacristía de don Roque, el consultor de almas que la conduciría de la mano al perdón total.

—La sequía —le dijo a don Roque— es una venganza de Dios porque somos una raza maldita. La muerte de mi nieto Manuel también es un castigo que nos manda el Señor por haber desobedecido sus santos designios.

¿No está claro, padre? ¿No está usted viendo el coraje divino en cada suceso? —Trató de refugiarse inútilmente en el santuarito de Torrecitas, en el de la virgen de Guadalupe, en el templo de San José. Todo fue inútil: no encontraba la paz...

Después de vender todos sus bienes, doña Marta creyó interpretar correctamente la suprema voluntad del Creador: ahora ya no tengo nada, Señor, soy tu más humilde sierva... Hizo que bendijeran en secreto El Peñón aun cuando fuera a la distancia, pidiendo de rodillas en el mismo acto que ya no recayeran más males en sus nietos. Perdónalos, Señor, ellos son inocentes. Las paredes de las habitaciones de su casa, ya completamente vacías, las cubrió con estampitas y calendarios religiosos; en cada cuarto instaló altares con velas, veladoras, cirios pascuales y cirios votivos. En cada estancia o pasillo instaló reclinatorios. Vendió hasta la cama para dormir en el piso y, sin comodidad alguna, purgar así más penitencias. Mientras más sufriera, más se sentiría perdonada y aceptada. Verificó a través de don Roque que todos sus nietos hubieran hecho la Primera Comunión y no estuvieran en falta: teme la ira de Dios. ¿Están todos confirmados? Buscó ingenieros, adelantándose a la voluntad del Señor para que revisaran el techo, la escalera de madera de su casa en Silao, ¿estará bien fija? Soñaba que en cualquier momento se le podía caer encima y aplastarla. Tuvo las peores pesadillas de ultratumba. Que nadie beba, que nadie coma ni vuele en avión ni viaje siquiera en coche ni se acerque a ningún animal, en especial a los perros. Que sus nietos no jueguen en el jardín, hay arañas, alacranes, víboras y escorpiones. Cuidado con el tétanos. Un rasguño y morirán. Soñaba cómo un camión con todos sus nietos a bordo se desplomaba en un precipicio. Que cierren los pozos, escondan las medicinas, cuiden los alimentos, guarden bien los plaguicidas del rancho, son venenosos. Fumiguen para que no haya ratas. Que mis nietos no vayan a la escuela. El coche puede chocar, los puentes por donde pasan se pueden caer, los pueden secuestrar, pueden resultar heridos si pasan por un banco que esté siendo asaltado. Que los niños duerman en el piso de arriba por si tiembla. La tragedia acabará con todos nosotros, pobres pecadores. ¿Quién se atrevió a provocar los poderes de Dios? Vive en pánico. No duerme. El final está próximo. La amenaza está presente. Dios está furioso.

Al caminar por la calle, volteaba para todos lados, hablaba sola. Veía el cielo. Podía caerle un ladrillo, un meteorito o un helicóptero. La paranoia se apoderó de ella. Hablaba del fin del mundo. Nadie le contestaba. Prepárense porque este es solo el principio. Cuídate, cuídate: el diablo está por llegar. Empezó por no reconocer a sus amigas ni referirse a su hija ni a Melitón, a quien tanto cariño le tenía, ni a sus nietos, hasta llegar al extremo mismo de no reconocer ni a don Roque, quien decidió encerrarla en un convento cuando se negó a comer porque Dios la iba a envenenar. Ella se merecía todo por haber parido una hija así. Su color cada día era más pálido. Adelgazaba vertiginosamente hasta quedarse en los huesos. La piel de la cara la tenía pegada a los pómulos. Su deterioro físico y mental era tan rápido como sorprendente. Requería permanentemente vigilancia médica. En una de las noches, al salir corriendo del convento donde vivía, convencida de que Dios la perseguía para sacarle los ojos, casi es arrollada por un camión al cruzar por una esquina. Cuando Isabel visitó a su madre, no pudo creer en un principio que no supiera con quién estaba hablando. Su sentimiento de culpa adquirió otras dimensiones...

El aeropuerto de la Ciudad de México, el de Toluca, el militar de Zumpango, los de Acapulco, Veracruz y Guadalajara estaban llenos de aviones de las fuerzas aéreas extranjeras de casi todo el mundo. Hasta los países más pobres enviaban al menos un avión lleno de suero para ayudar a los desvalidos y a los miles de enfermos. De algo serviría, sobre todo después de ver las escenas captadas por la prensa internacional. No se había conocido un drama igual en la historia de la humanidad. Las panzas de esos gigantescos aeroplanos estaban llenas de víveres y medicamentos. Los tráilers, unos que habían sido particularmente eficientes durante la guerra de Vietnam, iban vacíos y regresaban repletos de todo tipo de vacunas, medicinas y desinfectantes de agua. Nadie podía saber a ciencia cierta el número creciente de bajas. Los registros improvisados de las delegaciones del D. F. más los de los municipios conurbados ya hablaban de prácticamente 3 millones 700 mil muertos, tres veces los caídos durante la Revolución, y sin embargo, seguía sin llover y ni el color del cielo ni la temperatura ni los barómetros permitían adelantar ningún pronóstico. Las gigantescas banderas tricolores del Campo Marte, del Heroico Colegio Militar, la del Zócalo capitalino y la ubicada en el Periférico y Avenida San Jerónimo permanecían inmóviles, imposible que ondearan sin viento, mientras de día y de noche se cubrían de un denso tizne. El ejército mexicano las lavaba, sin embargo, diariamente. El símbolo patrio debería quedar inmaculado en cualquier circunstancia.

El gobierno, como siempre, continuaba ocultando la realidad para no crear más pánico y más confusión, propiciando con su silencio suicida que el rumor y el chisme se esparcieran a la velocidad de la peste y se hablara ya de más de cinco millones de desaparecidos. Por lo visto, de ninguna experiencia, por dolorosa que fuera, se podía extraer algún conocimiento. Lo que era una realidad inevitable era el número de enfermos delicados, cuya cifra, ya monstruosa, se elevaba por arriba de los tres millones de personas. Su vida se encontraba en un serio predicamento tanto en hospitales como en centros de salud, teatros, estaciones improvisadas del metro y hasta en la misma vía pública.

Los mexicanos eran atrapados por las fuerzas militares norteamericanas al tratar de cruzar la frontera bajo fuego cruzado, por abajo del agua, en embarcaciones precarias abordadas en el Golfo de México o en Rosarito rumbo a California, escondidos en camiones de doble pared, en la noche, en la mañana, al amanecer, con miedo o sin él, con la familia o sin ella. La desesperación era total. El escándalo diplomático adquiría proporciones inimaginables. Las imágenes de centros de refugiados integrados mayoritariamente por braceros recorrían el mundo entero. Todos llegaban a Estados Unidos con la lengua cortada por una sed implacable, provocada por una sequía sin precedentes en la historia moderna de la humanidad. ¡Agua, agua!, parecían decir sus miradas agónicas.

Las líneas de personas de todos los sexos, edades y profesiones que permanecían acostadas en las calles cubiertas acaso por frazadas, otras tantas por sábanas o hasta por papel periódico, recordaban a mucha gente las escenas filmadas después de los bombardeos de la Segunda Guerra Mundial. Era impredecible saber cuántas de ellas amanecerían muertas al día siguiente por falta de atención médica. El mes de octubre galopaba como un jinete apocalíptico cubierto por una túnica blanca, de la cual sobresalía una guadaña siniestra forjada en un acero refulgente. Era imposible predecir cuántos metros o decenas de metros crecería cada una de las líneas de enfermos durante un mismo día. Los médicos de todas las especialidades, los pasantes de medicina, las enfermeras, los boticarios, diversos integrantes de instituciones caritativas, órdenes de religiosas y miles de voluntarios de la capital de la República, del interior del país y hasta del extranjero ayudaban a atender a los pacientes que llegaban a sumarse reflejando mayores o menores niveles de gravedad. Todos los casos bien pronto caerían en los extremos. Las condiciones sanitarias no podían ser peores. Los servicios higiénicos más indispensables no estaban al alcance de los contagiados. Faltaban por supuesto letrinas públicas. La defecación a la intemperie no venía sino a complicar todas las situaciones. El zumbido de millones de moscas no solo oscurecía el ambiente, sino que desquiciaba los sentidos: eran los verdaderos agentes de la devastación…

Nadie podía suponer en esos momentos que, entre los enfermos caídos al paso de las oleadas mefíticas que rebotaban de un lado al otro en el caldero del Valle de México, uno de los más destacados que se encontraba cubierto de periódicos en la estación del metro Balderas era precisamente Melitón de Todos los Santos del Niño Jesús. Melitón, sí, Melitón… Algún alimento contaminado —¿qué no estaba contaminado?— había acabado con él y con su decisión de luchar hasta el final como un voluntario más en contra de los efectos de la sequía que él había contemplado con tanta anticipación. El ingeniero Ramos Romero, el héroe anónimo, yacía boca abajo entre cientos de enfermos como él. Tirado en plena calle, con el brazo derecho haciendo las veces de almohada, recostado sobre la frente, ya ni se percataba de que un sinnúmero de moscas permanecían alojadas a lo largo de sus párpados devorándole la humedad de los ojos. Respiraba pesadamente. Estaba próximo a la muerte. ¿Qué interés podría tener en vivir? ¿Quién podía tener la fuerza y la ilusión necesarias para seguir adelante después de una traición de semejantes proporciones como la que él había sufrido a manos de Isabel, su virgen blanca y luminosa?

¿Quién conocía su identidad? ¿Quién podía reconocerlo? Además de sus hijos, ¿sus hijos…?, escasamente unos adolescentes, ¿a quién le importaba un pito y dos flautas si el tal Ramos Romero moría o vivía entre millones de enfermos? Su madre, doña Cristina Romero, había muerto buen tiempo atrás sin que hubiera aportado nada a la evolución de la sociedad y del país, salvo hijos inútiles como ella, su propia madre, su abuela y su bisabuela, además de problemas, muchos problemas, amargura, apatía, frustración y todo género de polución. ¿Sus hermanos? O vivían en Estados Unidos o seguirían sirviendo como criadas en casas, sabría ya Dios en dónde y con cuántos hijos más. Hoy, como le confesó en una ocasión a Elpidia, la mayor parte de ellos a estas alturas son ya delincuentes y prostitutas en la práctica o lo son en potencia. Es una mera cuestión de tiempo. ¿Qué más pueden ser si no parásitos o delincuentes al haber abandonado la escuela y todo tipo de educación con cualquier pretexto? Nadie, nadie hubiera dado ni un quinto por aquel hombre tirado en la calle de Balderas, envuelto en periódicos para darle algún calor al cuerpo. Nadie. ¿Quién iba a suponer que él, Melitón Ramos Romero, un brillante ingeniero mexicano, era el mismo que había presidido el Panel Intergubernamental sobre el Cambio Climático en las Naciones Unidas, en la ciudad de Nueva York, donde se había concluido que los países ecuatoriales verían desaparecer prácticamente la agricultura de temporal para el año 2010, generando esta catástrofe alrededor de 100 millones de refugiados ambientales? Sí, sí, era el mismo Melitón…

Solo que en la vida no todo podía ser absolutamente malo ni todo absolutamente bueno. En algún momento de su existencia algo favorable tenía que acontecerle o alguien tenía que venir al rescate de este hombre nacido para servir y ayudar al prójimo. Un hombre experto en aguas, sin duda el más informado del país, un extraordinario padre de familia, ejemplar marido, singular patriota, aguerrido defensor del medio ambiente, un personaje non, aun cuando en lo que hacía al amor carnal dejara mucho que desear, pero al fin y al cabo, ¿quién podía ser perfecto? Este futuro santo, ¿perecería víctima de la calamidad que él mismo había predicho en discursos y artículos, mensajes y conferencias? Él, que había dado invariablemente la voz de alarma, que había luchado como un tigre, que había señalado la inminencia del mal en foros, aulas, oficinas, calles, casas, campo e industrias, ¿caería como un soldado más sin distinción alguna ni medallas ni honores? Él, el mismo que había denunciado la sobreexplotación del acuífero en el Valle de México, la muerte de los ríos, el monocultivo del maíz que erosionaba el suelo, el mismo que había exigido la imposición de una cultura hidráulica, el que había alertado al gobierno y a la sociedad respecto de la desecación de las regiones de donde se importaba el agua, el mismo que había demandado en todos los foros y por todos los medios nacionales e internacionales a su alcance la cancelación inmediata de la tala irracional de selvas y bosques; el mismo que había sentenciado que California, Arizona y Nuevo México eran inviables hidráulicamente y que el siglo XXI estrangularía dichas regiones; este hombre, el mismo que había dicho que bien pronto el agua sería más importante que el petróleo y que el diseño político del orbe y por lo mismo las guerras las originaría la distribución del agua en el futuro, él, ¿moriría como reo de una culpa ajena a pesar de todos sus esfuerzos e innegables empeños? ¿Dónde estaba Dios y su justicia infalible e inapelable? ¿Cómo era posible que a los narcos, los maleantes, secuestradores y violadores de la peor ralea les permitieran vivir dentro o fuera de la cárcel, con o sin dinero...?

Si doña Marta hubiera podido saber lo que le iba a ocurrir a Melitón, a su admirado yerno, sin duda hubiera comentado que era un premio del Señor por su generosidad y *buenomía* o bonhomía o como se dijeran esas palabras domingueras... No, pero ella ya no podía darse cuenta de nada. Vivía en el mundo de las tinieblas. El hecho es que una persona de los cariños más remotos e intensos de Melitón, otro hombre químicamente puro, se había apersonado en el centro de la Ciudad de México para buscar a su amigo, a su compadre de toda la vida, por quien sentía una admiración devota en razón de su calidad humana, de su crecimiento profesional, de sus convicciones, principios y valores. Nadie conocía mejor que él sus orígenes, su garra para sobresalir, su lucha para superar la mediocridad. ¡Cuántos complejos y obstáculos había tenido que vencer para llegar a donde había llegado! ¡Qué rápido había aprendido ese humilde campesino, quien con dificultad hablaba el castellano cuando llegó por primera vez a La Central, la manufactura de conchas de chocolate, cocoles, moñitos, garibaldis, mamoncitos, trenzas, arillos, memelas, panqués, donas y polvorones! Entró de francesero, ¿cómo olvidarlo?, y más tarde se hizo bizcochero, hasta alcanzar la categoría de repostero y pastelero. ¡Cómo lo admiraba…!

La última persona con la que había hablado Melitón, tal vez para despedirse, era precisamente Librado Múgica. A él le había hecho saber su condición, su deseo de llegar hasta el final, de ayudar a miles de personas que ni siquiera conocía, corriendo todos los riesgos imaginables. ¿Contagio? ¡Contagio!, compadre, yo ya no tengo nada que perder… Le informó que básicamente ayudaba como voluntario en el metro Balderas, reduciéndose en esa plaza a cumplir las órdenes de una enfermera que le ordenaba mover enfermos, pedir que vinieran a recoger los cadáveres o trajeran más sueros o medicinas, que limpiara aquí o allá todo género de suciedades, inmundicias y excrecencias. ¿Suicidarse inconscientemente? Tal vez, cooperar, también.

Librado no había vuelto a saber de su amigo muy a pesar de que ambos habían acordado que el ingeniero le llamaría por lo menos un par de veces a la semana para hacerle saber la evolución de su situación personal. Había sido imposible convencer a Melitón de que regresara al menos unos días a Silao, donde tantos lo querían muchísimo: en la capital te enfermarás tarde o temprano… ¿Vendrás, compadrito…? La respuesta fue el silencio por varias semanas, hasta que el panadero, movido por una creciente inquietud, un presentimiento fatal, decidió emprender el viaje al D. F. para iniciar su búsqueda y su rescate. Los reportajes de la televisión no podían ser más alarmantes ni más desgarradores. Nunca nadie en la historia de México ni nadie en la historia universal hubiera podido imaginar una catástrofe de semejantes proporciones. Bien sabía Múgica que en cualquier momento podría perder a su amigo, a su amigo del alma, quien caería sin duda como una víctima más porque él mismo lo estaba propiciando con su conducta. Lo único que realmente deseaba era encontrarlo todavía con vida. Una diarrea sin control médico podría deshidratarlo en tres días, y llevaban ya tanto tiempo sin hablar…

Si un día te ves obligado a venir a la ciudad, no se te ocurra comer ni mucho menos beber nada por aquí. Trae tu agua y tus alimentos. No toques nada. No te talles un ojo ni chupes nada a la intemperie. No te quedes más de 24 horas. No respires… Ven sin la familia. No des un paso sin un cubrebocas y, lo más importante, si puedes evitar venir a este foco de infección, evítalo, mejor evítalo y quédate por allá en la tierrita, te lo suplico, aquí no te espera nada bueno…

Librado Múgica llegó a la ciudad exactamente el día 12 de noviembre del fatídico año de 2004. Ya en la carretera, después de salir de Querétaro, se sorprendió al notar que algunas rachas tempraneras de viento lo obligaban a apretar el volante con ambas manos para no ser desviado de su curso. ¿Sería la fricción normal por el desplazamiento del vehículo? Un optimismo contagioso, que muy pronto habría de desaparecer, se apoderó de él al pasar por Tepeji del Río, desde donde pudo darse cuenta, en lo que serían los suburbios del norte de la Ciudad de México, de la presencia de enormes nubes de algodón blanco en la inmensidad del horizonte, las cuales crecían por instantes como si se disputaran el infinito. Para su felicidad pudo constatar, después de haberse apresurado a abrir la ventanilla de su automóvil, que un viento frío soplaba y que no era la usual resistencia del aire la que lo jaloneaba sacándolo de la carretera. Su creciente entusiasmo era fundado: no era simplemente la fricción del viento, ¡qué va! Un viento, un viento fuerte y frío soplaba alegremente. Traía consigo una densa y elevada formación de nubes al Valle de México. ¿Qué hubiera dicho Melitón, su compadre del alma, cuando al pasar por Ciudad Satélite algunas gotas tan pequeñas como el rocío aparecieron en el parabrisas?

Al llegar a la ciudad, Librado sintió como si estuviera asistiendo a la proyección de una película de horror, o tal vez a una de ciencia ficción. ¿Quién podría salir airoso de semejante catástrofe? Un vomitivo olor a fritanga, originado por la diaria incineración de miles de cadáveres y animales, dominaba todo el Valle de México. El gobierno había creado una Comisión de Incineración para evitar la descomposición orgánica de cualquier ser vivo en plena vía pública con tal de que no se dieran daños aún mayores para la salud. ¿Podía haber aún daños mayores? Las columnas aisladas y repetidas de humo negro, producto de las cremaciones, aparecían por doquier. Se trataba de medidas desesperadas pero acertadas. Los calores eran insoportables. La capital de la República, cubierta por densos vapores de muerte, oscurecida por nubes de moscas que producían un zumbido enloquecedor, despedía un olor fétido desde que se había convertido en una gigantesca letrina que era imposible evacuar. ¿Con qué bombear los cientos de miles de toneladas de aguas negras si no había electricidad para hacerlo ni el agua necesaria para lograrlo? No se movía ni una sola hoja de los fresnos de Insurgentes ni las de los ahuehuetes de Chapultepec ni las de los eucaliptos de Churubusco. Los pirules no tenían follaje. La primera deposición era casi inmediata con tan solo respirar por primera vez esa atmósfera nauseabunda. Los sudores eran inevitables al poner un pie en tierra. La ropa se adhería al cuerpo. La llegada de un forastero al D. F. podría ser tan aterradora como la llegada de un pecador condenado a estar eternamente en el infierno. Así, precisamente así, tendría que ser el lugar habitado por Satanás, el diseñado por Lucifer para vivir a sus anchas, el destino final concebido por la genialidad del diablo, una prueba más de su portentosa imaginación.

Librado Múgica no podía ser una excepción. Deseaba contener la respiración como si hubiera ingresado en un túnel submarino y nadara desesperado por llegar a la salida y de ahí subir nuevamente a la superficie, al encuentro con el oxígeno revitalizador. Una sensación de mareo lo poseía por instantes. ¡Si tan solo tuviera que cruzar transitoriamente la ciudad para dirigirse a otro sitio! Pero no: debía descender de su automóvil, caminar en las calles y buscar a su amigo y encontrarlo vivo antes de que la Comisión de Incineración diera cuenta de sus restos sin ninguna averiguación previa. No había tiempo para averiguaciones. ¡Quémenlo!, ya después haremos el recuento y registro de los desaparecidos según las reclamaciones de los familiares. Los camiones de limpia del D. F. hacían recorridos macabros repletos de cadáveres que eran trasladados a los lugares donde se habían improvisado unas enormes piras por la zona donde antes se encontraban los tiraderos de basura de Iztapalapa, unos crematorios de gran capacidad, construidos rápidamente, porque los de los panteones eran insuficientes para tantos muertos. Los cilindros de aquellos camiones estaban llenos de cuerpos que habían sido materialmente arrancados a sus deudos para llevarlos sin tardanza al quemadero. Las escenas del holocausto nazi filmadas en el siglo pasado parecían un juego de niños comparadas con el apocalipsis mexicano. Por lo general, el número de víctimas era tan grande que los brazos, las piernas y las cabezas colgaban de la parte superior del aparato como si fuera la mejor manera de demostrar el costo de la irresponsabilidad hidráulica y ecológica de tantos años de gobierno autoritario y de sociedad apática en la capital del país. Ahí estaban los resultados del gobierno de un solo hombre… De la intolerancia de un sistema político intransigente y titular de la verdad. Ahí estaban, a la vista de todos, los efectos de cuando algún grupo cerrado decidía ejercer el monopolio de la razón…

Librado empezó a buscar a su compadre desde la misma mañana en que llegó a la ciudad. No tenía tiempo que perder. Deseaba volver en la noche a Silao. La Ciudad de México no tardó en concederle una recepción inolvidable: una densa tolvanera, inimaginable para un provinciano, se abatía sobre la ciudad como para que el panadero no tuviera la menor duda del lugar en el que se encontraba y tratara de escapar lo más rápido posible de él. Un furioso huracán de polvo obligaba a los automóviles a prender sus faros y a los peatones a guarecerse en el primer rincón que tuvieran a la mano. La visibilidad no era superior a un par de metros. La gente tosía, se colocaba de espaldas a la corriente, se tapaba la nariz y la boca con la palma de la mano. ¿Podría acaso contarse con una prueba más evidente de los niveles de resequedad ambiental? Era materialmente imposible respirar. Los enfermos recostados en las calles simplemente cerraban los ojos en espera ya del cataclismo final. ¿Qué podría seguir? El aire estaba compuesto por toneladas de polvo de la tierra erosionada de la periferia, producto de la tala irracional de árboles, por muchas más toneladas de materia fecal humana y animal desecada, por el gas despedido por vehículos y camiones, por partículas suspendidas, por ozono, por bióxido de carbono, por las descargas de humo contaminado de la industria, en fin, la toxicidad era de tal magnitud, según las declaraciones de los expertos, que en realidad se estaba respirando veneno y escasamente oxígeno. Sí, sí, la tolvanera era espantosa, solo que Melitón, en lugar de quejarse de ella, hubiera caído de inmediato en la siguiente conclusión: si hay tolvanera es porque sopla el viento, el viento, el heraldo que anuncia el feliz arribo de la lluvia... ¿Había bajado la temperatura? Sí, estaba descendiendo... Bien... Bien... Bravo por la tolvanera... Mientras más intensa, mejor, mucho mejor...

Múgica se dirigió de inmediato a la estación Balderas. Caminó unos pasos desde la Avenida Juárez, todavía conocida con ese nombre muy a pesar de que la mayoría panista se lo había cambiado por el de Ignacio Comonfort hacía ya años atrás, cuando todavía reinaba el siglo XX. La estación y sus alrededores parecían un campo de refugiados. El desorden imperaba por doquier. Un conjunto indeterminado de heridos profería lamentos o deliraba pronunciando palabras incomprensibles como si acabara de terminar un bombardeo aéreo en la capital, convertida en una gigantesca y laberíntica morgue. Muchas personas caminaban de un lado al otro cual fantasmas en busca de su ser. Los habitantes de ese agujero, de esa madriguera humana, parecían todos sonámbulos. Nadie reaccionaba al ser llamado ni siquiera por su nombre. Deambulaban por todo el miserable recinto ciertamente pestilente como robots sin dueño ni alma y con el cerebro electrónico alterado. Una mezcla de estupor y asco podía distinguirse en la mirada delatora del panadero. La máxima esperanza de Múgica consistía en dar con Melitón cuando estuviera administrando oxígeno a alguna persona o inyectándole un suero intravenoso. Si llegaba el caso de tener que golpearlo para llevárselo inconsciente al no poder convencerlo de la necesidad de abandonar el lugar, sin duda le asestaría un trancazo en el cráneo para conducirlo noqueado hasta Silao, donde lo tendría a salvo y haría que lo curaran de cualquier dolencia todavía oculta o por manifestarse. Su único deseo era encontrarlo todavía con vida.

¿Para qué ir a donde estaban apilando a los muertos? ¿De qué le serviría reconocerlo en esas condiciones? Mejor, mucho mejor, buscarlo todavía en el mundo de los vivos. La tarea se facilitaría al descartar a niños, jóvenes, mujeres y ancianos y excluir a los voluntarios calvos, a los doctores chaparros, a los gordos, a los de piel blanca y a los que no usaban lentes de fondo de botella en la estación del metro. Una cantidad enorme de personas quedaban eliminadas con tan solo pasar la vista desde la parte alta de la estación, donde estaban ubicadas las taquillas. Si hubiera sido un fanático católico lo hubiera buscado en los templos, en las iglesias y parroquias, en la catedral, en la basílica, donde la gente quería morir para sentir mayor protección divina. ¿Qué mejor que morir en la casa de la virgen de Guadalupe?

Librado bajó al subterráneo tropezando con múltiples cuerpos que yacían en los escalones. Unos con vida, otros inertes. Una simple mirada le hacía adelantar en su búsqueda. El cubrebocas era inútil, el olor penetraba por el tejido de la tela. Tenía que apretarlo con fuerza contra el rostro. Hubiera sido mejor perfumarlo antes de haber salido. Recorrió el andén saltando cuidadosamente por encima de los cuerpos. Los revisaba uno a uno. Los desechaba con la misma rapidez. Las posibilidades se iban agotando según iba terminando el recorrido por el lado izquierdo. Si no encontraba a Melitón por el lado derecho tendría que esperar un día más o una semana muy amenazadora con relación a su propia salud. ¿Correría el riesgo de permanecer inútilmente en el corazón mismo de la peste, sobre todo si no sabía si vivía su compadre o si había sido incinerado la misma mañana de su llegada? ¿Cuánto tiempo más lo buscaría?

Al dar la vuelta en sentido opuesto, vio a una mujer humilde, descalza, con los pies enjutos llenos de costras de lodo, era una madre llorando desconsolada la muerte de su pequeño hijo. Se golpeaba la frente contra el piso. Nadie hubiera podido adivinar su edad. ¡Cuánto le hubiera gustado, según el ejemplo de Melitón, sentarse a su lado para consolarla! Sí, pero no tenía tiempo para consolar a ninguna persona por más que esta lo necesitara. Imposible distraerse en conceder ayuda a terceros cuando alguien tan querido lo podría estar requiriendo en términos inaplazables. Siguió su camino hacia el final del andén derecho. Caminó sobre los dolientes, sobre rebozos sucios, sombreros de paja desgastados, niños dormidos, ancianos recostados con la boca abierta, tal vez dormidos para siempre, zapatos sueltos y pelotas olvidadas. Advirtió la presencia de hombres recargados contra la pared con la mirada en blanco, mientras algunos chamacos, ajenos al problema, jugaban rayuela en los espacios que quedaban libres.

De golpe sintió un vacío en el estómago. Un estremecimiento intenso le reveló la presencia de una realidad que nunca hubiera querido conocer. Se le erizaron los cabellos. Se quedó paralizado con la boca absolutamente seca. Dejó de apretar el cubrebocas contra el rostro. Se olvidó del entorno, de la enfermedad y del contagio, de la peste y del cólera: de pronto vio a su compadre, a su amigo del alma, al campesino aquel a quien él mismo le había enseñado a hablar y a hacer banderillas con azúcar quemada y bolillos y teleras, el hombre humilde que le inspirara tanta ternura desde un principio, el esforzado indio peleado a muerte con la mediocridad, tirado boca abajo sobre un charco de su propia diarrea. Había perdido los lentes. Melitón, ¡carajo!, Melitón… ¿Respiraba? ¿Tendría pulso? Corrió hacia él. ¿Cuál charco, cuáles moscas…? Impulsivamente lo hizo girar para poner su oreja en el lado izquierdo del corazón. Escuchó un latido lejano. Le tomó la muñeca. Todavía tenía pulso. Las moscas en los párpados no estaban dispuestas a separarse de él por nada del mundo.

—Compadre —le dijo, volteándolo y poniendo su cabeza sobre sus piernas en tanto sus rodillas hacían contacto con el charco inmundo—, no es hora de morirse, compadrito, verdad de Dios que no —le dijo, colocando su boca a un lado del oído de Melitón sin poder contener ya las lágrimas.

»Usted es un luchador muy chingón, ni modo que no luche ahora por usted mismo… Despierte, hermano, despierte por lo que más quiera, no es hora de rendirse: los héroes como usted no se rinden, *chingao*… —le suplicó, sacudiéndolo preso de una gran angustia.

El ingeniero Ramos Romero solo negaba con la cabeza desmayada. Parecía estar con alguien venido de ultratumba.

—Ya va a llover, compadre, créame que ya va a llover… Ya ganamos… Ya triunfó usted…

Pero Melitón no contestaba. Si acaso balbuceaba algo incomprensible.

—¡Conteste, carajo!, contésteme por lo que más quiera, *chingao*. Ni modo que se venga a rendir ahora aquí —agregó llorando el panadero—. ¡Conteste!, no me venga con pendejadas.

Melitón permanecía con la cabeza rendida. Gemía. Solo gemía.

—¿De qué sirvió tanta lucha, de qué? No se puede usted pelar ahorita. Ya nos iremos juntos los dos. Acuérdese de cuando me prometió que nadie se iría antes.

El ingeniero hidráulico no contestó. Era imposible que lo hiciera.

Librado se enjugó las lágrimas con el hombro izquierdo y poniéndose de pie se echó sobre la espalda a su amigo para cargarlo rumbo a su automóvil, teniendo que caminar nuevamente sobre cuerpos yacientes, ropas pestilentes y una atmósfera pestilente. Cuando llegó a la salida del metro se dio cuenta de que había olvidado cubrirse el rostro. Sí, pero había dado con su amigo: misión cumplida. ¿Cumplida…? La tolvanera ya había desaparecido. El primer episodio había concluido. Un viento helado recorría ahora todas las esquinas y hurgaba en todas las conciencias.

Con Melitón a cuestas ya emprendía su camino hacia la Avenida Juárez cuando una espantosa explosión, un trueno estremecedor, echó casi por tierra al panadero y a su compadre moribundo. Que no tiemble ahora, y menos en esta zona, porque me voy a la *puritita* chingada con todo y usted, compadrito…

Pero no, la naturaleza ya había impuesto por lo visto el castigo que sentía necesario ante la indolencia ecológica mexicana. 5 millones 500 mil muertos reflejaban apenas un primer saldo aterrador ya confirmado de la sequía. De pronto todos los techos empezaron a sonar como si fueran tambores golpeados por un sinnúmero de gigantescas batutas. El ruido era ensordecedor. El bombardeo parecía implacable, sin que el panadero inconsciente pudiera entender su origen. Pocos pasos tuvo que dar para poder comprender lo que sucedía, en tanto sus fuerzas parecían abandonarlo al unísono: era granizo, granizo caído del cielo con tal volumen y violencia que parecía ser enviado como una última y no menos furiosa flagelación, a la que seguiría tal vez el perdón final. Los pedazos de hielo golpeaban la cara de Melitón y de Librado. Aquel no respondía ni por lo visto vivía ya para poder disfrutarlo. El agua se evaporaba al solo contacto con el pavimento. Densos vapores blancos impedían toda visibilidad. Como un crío, Múgica siguió su marcha gritando envuelto en llanto:

—Compadrito, ya chingamos, compadrito…

¿Estaría llorando la virgen de los Remedios y se estaría apiadando finalmente de la suerte de los suyos? ¡Nunca se había conocido en la historia pluvial de la Ciudad de México una precipitación de granizo de semejante intensidad y duración!

Melitón no respondía ni se movía ni parpadeaba ni se quejaba ni parecía respirar. Finalmente, ambos llegaron empapados al lugar donde se encontraba el vehículo. Librado bajó a su amigo lentamente hasta colocarlo boca arriba sobre la banqueta en lo que él se apresuraba a abrir la puerta.

—No me deje, compadrito, no sea usted cabrón, por lo que más quiera…

El ingeniero Ramos Romero no respondía. Tenía un color verde aceitunado en el rostro. Estaba sumamente demacrado. El panadero empezó a jalarlo, sujetándolo por las axilas para subirlo por el lado derecho. Fue entonces cuando Melitón se volvió a quejar. Gemía. Emitió otro sonido. Librado, sentado sobre la banqueta con los pies sobre la calle, apoyó la cabeza sobre sus piernas. La lluvia golpeaba furiosamente la cara de ambos. El panadero no hizo nada por impedirlo. A toda costa quería despertarlo y que se diera cuenta de lo que acontecía.

Nadie se protegía del aguacero. El agua estaba para gozarla, para gozarla como nunca antes en la vida, para respetarla también como nunca.

Hombres, mujeres y niños se dejaban empapar de cara al cielo. Algunos bailaban en grandes círculos tomándose de la mano, otros se echaban marometas o jugaban o reían o cantaban. Los viejos también lloraban. La ropa se pegaba a sus cuerpos. A nadie parecía importarle nada. Los desconocidos se abrazaban entre sí gritando: nos salvamos, nos salvamos, mientras brincaban y brincaban quitándose las camisas, sorbiendo el agua, sacudiéndose el pelo o bañándose debajo de las gárgolas entre carcajadas enfermizas y estertores de llanto. El diluvio había comenzado. Una ciudad muerta volvía a la vida. Resucitaba después de aprender una severa, severísima lección. El Valle de México estallaba de felicidad. Todo renacía. La esperanza también renacía. La lección había sido muy cara, no solo para México sino para el mundo entero. Los gritos de júbilo de los mexicanos recorrían el planeta. Se escuchaban por doquier. Hasta los camarógrafos internacionales salieron de sus herméticas tiendas de campaña uniéndose al festejo y a la histórica celebración ya sin protección alguna.

Melitón, el experto en asuntos hidráulicos, comenzó por mover los labios como si saboreara el agua. Se los chupaba cada vez con mayor deleite. Tal vez deliraba soñando en las lluvias copiosas de Los Contreras. Imaginaba los juegos que organizaban cuando niños en el ejido. «Que llueva, que llueva, la virgen de la cueva, los pajaritos cantan, la luna se levanta, que llueva, que llueva…» ¿Recordaba cuando era posible escuchar cómo crecía el maíz después del primer chaparrón? ¿Recordaría las guerras de lodo con sus hermanos? Melitón mantenía los ojos cerrados. Arrugaba gradualmente la cara, fruncía el ceño como si pretendiera defenderse de la violencia con la que lo golpeaba el granizo. Levantó pesadamente una mano. Nadie les ponía atención. Volvía a la vida, era claro que así era. Se la colocó lentamente sobre la frente a modo de visera. Su pantalón de vestir con su viejo cinturón de cuero de siempre, la camisa húmeda con sus iniciales grabadas —¡qué años los de Los Contreras!— estaban adheridos a sus piernas y a su tórax esquelético. Se retiró el agua de la frente. Respiraba, empezando a llenar sus pulmones. Permaneció inmóvil unos instantes. Revisaba su entorno. Recuperaba la conciencia. Volteaba muy despacio para un lugar y para otro. ¿Quién le estaría sosteniendo la cabeza? ¿Cómo habría llegado ahí? Levantó la mirada para descubrir que Librado, su amigo, su compadre, su jefe, el panadero con los ojos enrojecidos era quien lo detenía. Sonrió débilmente. El ingeniero tomó la mano derecha de su compadre y se la besó. Lo mismo hizo con la izquierda. Se la besó largamente, apretándola por unos instantes contra la mejilla. Guardó silencio con una mueca de satisfacción congelada en el rostro. La furia de la lluvia arreciaba por instantes.

—¿Chingamos, compadrito? —preguntó Melitón con un hilo de voz, conociendo el léxico «florido» de su amigo de toda la vida.

—¿*Pos* que no ve, compadre? —respondió el panadero, limpiándose la nariz con el antebrazo. Imitaba a quien en los primeros días había conocido en La Central y que algún día habría de llegar a ser el más destacado técnico hidráulico de México—. ¡Claro que chingamos…!

La lluvia helada y el granizo caían despiadadamente formando arroyuelos y charcos. Librado pensó en meter de inmediato a Melitón en su vehículo. El peligro de una complicación por neumonía no era de descartarse. El ingeniero hidráulico se lo impidió.

—Déjeme ver el cielo hasta que caiga la noche. Me quiero beber toda esta agua, Libradito. Déjeme gozar la lluvia —murmuró—, es la última vez que la voy a ver —decía, sin que el panadero pudiera escucharlo.

—¿Qué dijo usted, compadre?

—Que me deje morir viendo la lluvia —murmuró.

—Ya está usted diciendo otra vez pendejadas, señor ingeniero. ¡Vamos *pa'* dentro!

Melitón trató de resistirse.

—¿Quién gana ahorita, compadre? ¿Voy a necesitar darle un chingadazo *pa'*llevármelo a Silao?, ¿verdad que no? Aun cuando, la neta, ganas no me faltan… Y ayúdeme porque pesa usted más que un pinche muerto…

Ni el suero que bebió Melitón en el camino ni la terapia intensiva ni los medicamentos intravenosos que le aplicaron sin tardanza en Silao fueron suficientes para que el ingeniero Ramos Romero recuperara la salud con la rapidez que se preveía. Tenía el hígado congestionado con varios abscesos amebianos del tamaño de limones, según revelaron los hepatogamagramas, entre otras pruebas clínicas. Había contraído el cólera y tenía alojadas en los intestinos a todas las familias conocidas de parásitos. Hubieran bastado un par de horas más para que hubiera perdido la vida, fue el diagnóstico de uno de los radiólogos.

Librado Múgica no pensó en las cuantiosas erogaciones que ocasionaría su gesto fraterno. Salvar a Melitón tendría, desde luego, un enorme costo. Solo que en ese momento lo importante había sido rescatarlo de las garras de la muerte, luego ya veríamos… Los costos de hospitalización agotaron rápidamente su presupuesto. Empezó a encontrarse frente a un callejón sin salida. Hipotecar su casa le llevaría un tiempo carísimo, tal y como acontecería con la solicitud de un préstamo bancario. Un amigo le respondió que había aprendido a sangre y fuego a no prestar nunca más dinero de aquel que estuviera dispuesto a perder… Lo siento, querido Librado: ¡no!

La atención médica que requería su compadre se vio de golpe amenazada. Recurrir a él, a un exburócrata sin sueldo ni ahorros ni conciencia en esos momentos, era punto menos que imposible. La situación se hacía desesperada. Se requerían recursos frescos en términos inmediatos o el enfermo tendría que ser llevado a mal morir a un sanatorio que desde luego carecería de los instrumentos y servicios necesarios. ¿Doña Marta? Bueno, mejor ni pensar en ella. Ahora sentía que la madre de Melitón la perseguía en las noches sin luna con un cirio pascual encendido en la punta de la barbilla. La sombra en el rostro era macabra. Tú acabaste con mi hijo porque procreaste a la hija del diablo y debes pagar por ello… Sin embargo, cuando la decisión parecía ser irreversible y el panadero se resignaba a su suerte —¿acaso su esfuerzo carecería de sentido?—, cuando todo amenazaba con frustrarse, una mañana, el día exactamente del traslado a otro sanatorio, la administración del hospital felicitó a un Múgica atónito por el cuantioso depósito que se había realizado en la cuenta del ingeniero Ramos Romero para que no se escatimara en ninguna prueba clínica, se hicieran todos los análisis, biopsias, radiografías, lo que fuera, hepatogamagramas, ultrasonidos, pero salven a como dé lugar a ese hombre, dejó dicho un sujeto misterioso al hacer el abono respectivo, prometiendo que haría muchos más si el caso lo ameritaba. Él estaría vigilando de cerca la evolución del paciente…

El personaje anónimo hizo que el tratamiento continuara en Guanajuato, donde se contaba con el equipo necesario para lograr la recuperación de la salud del experto hidráulico. ¿Quién liquidó la cuenta en Silao? Él, el mismo personaje anónimo. ¿Quién pagó el traslado en ambulancia? Él. ¿Quién volvió a hacerse cargo de los gastos en el sanatorio de Guanajuato? Él. ¿Quién lo pudo cuidar como un hermano y estuvo atendiendo paso a paso su evolución a la distancia aun sin conocerlo? Él. ¿Quién acercaba doctores y especialistas para verificar el diagnóstico y vigilar la convalecencia sin detenerse ante el importe de las consultas? Él. ¿Quién sería ese amigo ignorado por todos, quien por lo visto estaba dispuesto a llegar al final con tal de salvar a Melitón? Él y solo él…

¿Por qué tanto interés de parte de un desconocido? ¿Por qué? Simplemente porque tenía una deuda, mejor dicho, cinco cuantiosas deudas insolutas que no podría pagar ni aun cuando viviera mil veces y contara con el patrimonio consolidado de todos los hombres más ricos de la historia. ¿Con qué le pagaría el haber sostenido durante años y más años a hijos ajenos, cuyo verdadero origen ambos ignoraban? ¿Con qué…? ¿Con qué le podía compensar medianamente tantos años de dedicación, desgaste, desvelos como los que habría sufrido para sostener durante tantos años a hijos que no eran suyos? ¿Que Melitón tampoco lo sabía y por lo mismo igualmente los hubiera mantenido? Cierto. ¿Y esa circunstancia era tan poderosa como para hacer desaparecer la gratitud que justificadamente sentía hacia él? Él, desde luego, Fernando Gutiérrez Flores, el ahora poderoso gallero, no dejaría tampoco morir a un hombre tan valioso para sus hijos y simultáneamente una víctima, sí, una víctima por demás noble que había sido engañada al igual que él. Él no se sumaría ya más a la canallada. Algo tenía que devolverle a ese personaje transparente y químicamente puro, según comentaban propios y extraños. Devolvérselo, devolverle todo lo que Fernando tuviera a su alcance sin que Melitón pudiera siquiera suponerlo ni mucho menos saberlo. ¿Qué tal demostrarle su gratitud salvándole nada menos que la vida misma?

Con su acción no buscaba el reconocimiento de nadie. Solo intentaba hallar un poco de paz interior, una íntima reconciliación inconfesable. ¿No era una oportunidad dorada poder retribuirle algo a aquel hombre? ¿No lo merecía? Melitón era, para todo efecto, el padre de Agustín, Marta, Isabel, Fernando y del lamentablemente ya fallecido Manuelito.

Desde que Isabel y los cuatro niños llegaron a El Peñón, le preguntaron a su madre respecto de la identidad del dueño del rancho. ¿Quién es ese hombre, mamá? La intuición infantil, sumada al lenguaje con el que Isabel se dirigía a Fernando sin que ellos jamás hubieran oído siquiera pronunciar el nombre de un amigo tan íntimo como repentino, les produjo un profundo desconcierto. La madre, por más que lo disimulara, desde luego no hablaba con él como con un amigo ni lo miraba como a un amigo ni lo trataba como a un amigo ni tenía las atenciones que se le conceden a un amigo. Isabel era otra en la presencia de él. Se turbaba, se alteraba, se agitaba y cuando estaba finalmente a solas igual lloraba que se mostraba irritada o deprimida o violenta. Desde luego no era la misma de siempre. A partir de su llegada a El Peñón, no había vuelto a recuperar el sueño. Las ojeras y el ánimo delataban su nivel de cansancio. La fatiga aparecía en su voz. La tristeza en sus ojos. La decepción en su andar. La tragedia en su conducta. Si bien las heridas de su rostro provocadas por el choque que había tenido con papá en la carretera habían venido desapareciendo, las de su conciencia se agrandaban con el tiempo.

Por otro lado, Melitón, permanentemente atento de la suerte de sus hijos, el mismo que invariablemente telefoneaba cuando no asistía a comer para conocer en voz de cada uno de ellos el desarrollo de la jornada escolar; el que los orientaba, el que los conducía, los consentía antes, durante y después de Elpidia —nadie podía distraerlo de sus deberes paternos—; el mismo que jugaba con ellos sumándose infantilmente a cuanta iniciativa tuvieran sus hijos; el que les contaba cuentos, los llevaba al circo, los consolaba de algún golpe o algún dolor; aquel que traía la fiesta a casa en los cumpleaños, en los Reyes Magos, en la Navidad, en los santos de cada uno de ellos, además de las celebraciones que inventaba cuando se acercaba un onomástico y pedía que se llevara a cabo un par de ensayos previos con payasos, pasteles, mañanitas y flores. Este hombre, Melitón, invariablemente presente en la vida de sus hijos, el niño contumaz y travieso, niño, más niño que todos ellos juntos, había desaparecido del horizonte sin mediar explicaciones ni justificaciones. ¿Dónde está papá…? ¿Por qué no viene, mamá? ¿Por qué no llama ni escribe…? ¿Ya no le importamos? ¿Ya no nos quiere? ¿Por qué se quedó en México si la sequía era tan peligrosa, *ma*…? ¿Estará bien? Yo no como ni duermo ni juego ni me baño ni me lavo los dientes ni me cambio de ropa ni voy a la escuela ni monto a caballo ni me curo de mis enfermedades hasta que no venga mi papá… Ese señor, tu amigo o su amigo o lo que sea, que ni se me acerque ni se atreva a tocarme ni venga con cariñitos ni me regale nada: no quiero nada de él. Es más, no queremos verlo nunca jamás… ¿Y papá…?

La vida en el interior de El Peñón era cada día más difícil. Isabel y Fernando desde luego no pensaban en el amor ni buscaban la oportunidad de estar solos ni mucho menos planeaban volver al borbollón para recordar viejos tiempos. No existía ánimo para nada de ello. La tensión era devoradora. Un sentimiento de culpa acosaba materialmente a Isabel. Su seriedad, el peso de la muerte de Manuelito. La exposición pública de su conducta indeseable, de la traición cometida, el daño sufrido en la persona de Melitón, la decepción que podría matarlo, el desplome de su madre, quien ya no podía dormir sola porque en cualquier momento podría hacer una locura inconsciente, el miedo a ser descubierta por sus hijos y que estos supieran la identidad del anfitrión, la de Fernando, el buen amigo que los cobijaba en tanto pasaba la sequía y disminuían los índices de contaminación ambiental en la ciudad, todo ese dramático conjunto la agotaba día con día, la presionaba, la aplastaba. Bien sabía Isabel que las condiciones en que había llegado a El Peñón atentaban contra las relaciones con su amante. Ella de alguna manera ya lo había adivinado con mucha anticipación: vivir con él de una u otra forma significaría el fin. Por esa razón siempre se negó a la convivencia diaria. El día en que lo hagamos, todo esto terminará, Fer. Gocemos nuestra pasión, aprovechemos el uno del otro lo que nos dice la excelencia de nuestros sentidos, entreguémonos fanáticamente como hombre y mujer disfrutando como pareja este feliz obsequio de la naturaleza. No cambiemos lo que funciona. La rutina acabará con nosotros. Nunca pierdas de vista que lo prohibido es precisamente lo que nos une…

Así ya se expresaba cuando todos ignoraban sus relaciones y ellos las disfrutaban en paz, sin que nadie pudiera sospecharlas. El matrimonio es la tumba del amor, te lo dije antes, te lo repito hoy, ven, ven, mi amor, ven a mis brazos y tócame como solo tú sabes hacerlo, víveme, tenme, voltéame, ámame, móntame, bésame, alójate en mí mientras nadie nos ve ni lo supone ni lo imagina. No perdamos lo que tenemos. No perdamos el privilegio del amor. No vivamos juntos, entiéndelo por lo que más quieras, ven, ven, ¿sí...?

Isabel no se había equivocado. Si en condiciones normales ella temía vivir bajo el mismo techo con el gallero, ahora, instalada en el mismo rancho contra toda su voluntad y además con sus cuatro hijos que no dejaban de seguirla ni de cuestionarla a cada paso, la relación se hacía insostenible por instantes. El viejo casco de El Peñón parecía venírsele abajo en cualquier momento. Nadie escapaba al peso de la nueva e improvisada convivencia. Todos la resentían de una u otra manera hasta irse haciendo gradualmente insostenible. Cuando una vez Fernando e Isabel intentaron al menos un breve intercambio de arrumacos dentro del rigor de la situación, cuando intentaban consolarse, decirse, procurarse al menos un poco de calor interior, descansar, escapar por medio de una caricia animándose entre ellos, fueron sorprendidos en un largo abrazo por el hijo mayor de aquel, que había venido casualmente al rancho desde Salamanca para saludar a su padre. Se quedó anclado en el piso sin poder salir de su azoro contemplando una escena que escapaba a la más increíble de sus fantasías. Por supuesto, se retiró de inmediato sin mediar explicaciones ni conceder la oportunidad de recibirlas. Para él se trataba de un asunto juzgado totalmente concluido. La sentencia inapelable había sido ya dictada. ¿Para qué más pruebas ni alegatos ante semejante evidencia tan aplastante a su favor? Pasemos a otra cosa. Fin.

Fernando Gutiérrez, el primogénito, parecía calcado del físico del gallero. Por supuesto, no conocía a Isabel ni sabía quién era ella ni la había oído siquiera mentar ni mucho menos imaginaba la identidad de los niños que jugaban en los pasillos y en los jardines del rancho. Sin embargo, no pudo ignorar que Agustín, el mayor, tenía un sorprendente parecido con él mismo. Para el joven Gutiérrez todo de repente fue una novedad, una desagradable realidad llena de sospechas y confusiones, manchas y dudas. Salió corriendo sin más y sin esperar ningún tipo de explicación de su padre. Si los niños de Isabel no entendieron, pero intuyeron algo sospechoso entre su madre y el dueño del rancho, él no quiso creer lo que le decían sus sentidos y su corazón. Y si ni los niños ni él entendieron, menos entendió, ahí sí, absolutamente nada, su madre, Teresa, quien ya algo había percibido desde que su marido le pidió que no fuera por un tiempo a El Peñón porque una sola bacteria, desde luego microscópica, adherida a la suela de un zapato, podía provocar una peste que bien podría amenazar la vida de todos sus gallos.

—Nadie de la ciudad puede venir en estos días al rancho, mi vida. La inficción puede acabar con todos mis animales. Basta que uno se me enferme porque alguien vino con la ropa o el pelo contaminados para que al otro día todos mis gallos amanezcan muertos…

Como la señora Gutiérrez no sabía de aves ni de contaminación ni de plagas ni de peste ni de sequía ni de rancho ni de nada, ella en todo caso era especialista en etiquetas y marcas de los grandes almacenes norteamericanos, no se sintió sorprendida en un principio y aceptó la situación, salvo que no dejó de parecerle extraña la prohibición impuesta por su esposo…

Si Teresa reaccionó airadamente cuando fue informada por su hijo de las fundadas sospechas que este tenía después de su inesperada visita a El Peñón, su respuesta, indudablemente violenta, no se debió a un justificado sentimiento de traición o a que temiera perder a su compañero o le preocupara la desintegración familiar, no, ¡qué va!, mostró una furia muy propia y común en ella porque, en el fondo, en su más profunda intimidad, sintió expuesto su patrimonio y por ende su posición, a un severo riesgo. ¡Cuídate del que te engaña con una y no del que te engaña con varias…! Los coches, los choferes, los viajes, las joyas, las pieles, las casas de recreo, las ropas caras, las comidas y la pérdida de toda una personalidad eran más importantes que su marido tuviera ya solo cuatro hijos o 100 fuera de matrimonio con su amante o sus amantes. ¡Cómo olvidar cuando ella comentaba entre sus amigas que todos los hombres engañaban por igual a sus mujeres, solo que a más amantes, menos peligro para el matrimonio y sobre todo para el patrimonio! Ella, Teresa, en ningún caso y en ninguna circunstancia se dejaría arrebatar por otra mujer todos esos bienes labrados y construidos de la nada después de tantos años de esfuerzo, ya fuera aquella de la alta sociedad, de la calle o de los barrios bajos: ¡eso sí que no! Si Fernando quería a Isabel de verdad, el peligro sería mucho mayor y el enemigo a vencer mucho más poderoso. Desde luego, Isabel no podía ser una cazafortunas pasajera porque había expuesto su vida procreando cinco hijos con su marido. De modo que una mujer de paso, ni hablar. No necesitaba verla ni conocer su aspecto: ella representaba una auténtica amenaza. Ni hablar de una casquivana como tantas que había cortejado su marido… No se trataba de ninguna tonta…

Fernando, como padre, como esposo, tenía un valor, ni duda cabe, pero nada era comparable con la vida que podía comprar con el dinero con que él la abastecía en abundancia ya tal vez solo para distraerla y poder dedicarle más tiempo a Isabel y a su rancho. Si esta última hubiera supuesto que Teresa iba a reaccionar de esa manera, desde luego le hubiera permitido a Melitón telefonear evitándose muchos problemas como los de aquella tarde que finalmente habrían de conducirla a El Peñón.

Esa misma noche, mientras Fernando conversaba entre pesados silencios con Isabel frente al fuego de la chimenea, recibió una llamada de su mujer requiriéndolo para verlo a la brevedad en su casa de Salamanca. De sobra sabía que la aclaración total de cuentas era un mero problema de tiempo…

—No iré a contaminar nada con mis zapatos, ni te preocupes, pero te quiero aquí ahora mismo…

—Será mañana a la hora de la comida…

—Hoy —ordenó de nuevo la voz de Teresa.

—Mañana o nunca —concluyó la conversación.

Al otro día, Fernando contestó sin inmutarse ni evadirse todas y cada una de las preguntas con que Teresa lo asaltó materialmente tan pronto lo vio llegar. Le reveló sin tapujos ni espacios ni pausas toda su historia con Isabel. Teresa quedó boquiabierta durante toda la escandalosa narración. ¿Quieres saber en serio toda la verdad? ¿Quieres saber el resto? ¿Sí? Pues ¡toma!, ¡toma! y ¡toma…!

Teresa, sintiéndose lapidada, cubriéndose el rostro y la cabeza ante tan descarnadas revelaciones, se concretó a preguntar todo aquello que le salía del alma: ¿desde cuándo la conoces? ¿Quién es ella? ¿Está casada? ¿Es cierto que los hijos son tuyos? ¿La quieres seriamente? ¿Los niños llevan también tu apellido? ¿Los adoptaste? ¿Tienen derecho a la herencia? ¿Cuánto tiempo se quedarán en El Peñón? ¿Desde cuándo los mantienes? ¿Te piden regalos? ¿Sigo siendo la heredera universal? ¿Cambiaste el testamento?

A lo largo del interrogatorio Fernando le estaba dando a entender entre comas y comillas: Así fue… Así es… y así seguirá siendo… La decisión es tuya… Yo no la abandonaré: tómalo o déjalo, Tere…

Sin embargo, el gallero, buen conocedor de su gente, de antemano supo que Isabel tarde o temprano se retiraría de El Peñón. Los hijos de ambos conocerían la verdad de una u otra forma y se irían con ella o con Melitón. Él en ningún caso podría acreditar una personalidad paterna con aquellos jóvenes y chamacos por más que lo deseara. El amor no se puede improvisar. Es obra del trabajo continuo. El amor tiene una historia, unas raíces, y él carecía de ellas. Menos, mucho menos podría competir con un figurón como Melitón, un padre insustituible y absolutamente indispensable. Por esa razón, entre otras tantas más, adelantándose a los acontecimientos y previendo que Isabel no podría jamás superar el peso de las culpas, decidió ayudar a Melitón tan pronto supo de su salud por los comentarios que Isabel escuchaba cuando salía del rancho. Sus hijos jamás lo aceptarían como su auténtico padre, ¡eso nunca!, por más que todos ellos sean hijos de mi propia sangre. Sí, Isabel sería repudiada con el tiempo; en cuanto a doña Marta, la pinche urraca, todo parecía indicar que ya nunca recuperaría la conciencia, entonces, por simple eliminación, Melitón sería el único que a la larga se tendría que hacer cargo de los menores. Era evidente. Para todo efecto, él era el único al que querían, extrañaban y necesitaban: a su verdadero padre, al que auténticamente respetaban y que había sabido conquistar su cariño con los años y con su constante y amorosa presencia. Una ventaja insuperable… Fernando, el gallero, tampoco estaba a esas alturas de su vida para asumir nada menos que a cuatro niños más, echándose una carga de esa naturaleza al hombro. ¡Qué barbaridad! Él ni siquiera había tenido tiempo de desearlos ni mucho menos de quererlos…

Si Isabel abandonaba tarde o temprano El Peñón con los niños y más tarde estos a su vez se iban con Melitón, el problema para Fernando quedaba reducido a su mínima expresión: Teresa olvidaría todo, pasaría por encima de todo, siempre y cuando el flujo de billetes jamás faltara. Su mujer aceptaría cualquier justificación. La que fuera. ¿No le había dicho hasta el cansancio que ella no buscaba sino una salida digna, válida, para no aparecer ante sí misma como una cornuda? ¿No agregaba a continuación que, mientras este sea bueno para seguir dando pretextos, yo seré buena para hacerme pendeja sin dificultad ninguna? Malo, malísimo cuando Fernando se convirtiera en un cínico, ¿no…? Por esa razón le había advertido un sinnúmero de veces: no me exhibas ni me coloques en un callejón sin salida, porque mi dignidad me obligaría a tomar decisiones de las que no quiero hablar por el momento… Mientras no falten las quincenas en la casa y no me ponga los calzones de sus viejas en la cara, todos seguiremos contentos: ni lo quiero encima de mí ni lo quiero en la casa. ¿Solución? ¡Que siga con sus putas… pero que a mí no me falte el dinero ni el respeto…!, era su expresión favorita con la que rubricaba sus históricas faenas…

Las piezas del rompecabezas fueron cayendo entonces una a una, como si una mano mágica las hubiera venido acomodando, según transcurría el tiempo. Lo evidente no tardó en presentarse: los hijos de Isabel fueron atando cabos entre la intuición de los menores y la perspicacia y la madurez de los mayores.

—Ese hombre de ninguna manera puede ser amigo de papá, ¿quién es?, ¡dilo ahora mismo!, ¿quién es…? —cuestionaron a Isabel, describiendo todo su comportamiento cuando ella estaba frente a Fernando. Eres otra persona. Otra mamá… No era posible ocultar cómo se hablaban, cómo se miraban, cómo se conducían cuando se encontraban todos reunidos en el comedor. Los niños no son tontos ni se les puede engañar con facilidad. Ella, desde luego, nunca confesó quién era Fernando en su vida. No se atrevió.

Sin embargo, la creciente incomodidad general, el malestar que aumentaba por momentos en el interior de Isabel y la notoria incapacidad de Fernando de ayudar a unos y a la otra, de reunirlos en torno suyo, imposible ganar espacios ni recuperar equilibrios ni conquistar afectos, menos aun cuando Isabel empezó a guardar largos silencios y dejó de protestar y de reclamar, fueron orillando a la decisión final: ella era culpable de algo incomprensible. Ya no era la misma… Queremos irnos de aquí ahora mismo. O nos llevas con papá o nosotros mismos iremos a buscarlo. ¿Dónde está? No vamos a seguir viviendo aquí. No soportamos a tu tal Fernando ni cuando te acerca la silla ni cuando te pone la mano en el hombro ni cuando te ve con cara de lástima sin poder decir lo que siente. De aquí nos vamos Fernando y yo, dijo Agustín. Quédate con nuestras hermanas…

Mientras tanto, la Ciudad de México se iba curando con lluvias y chubascos nunca vistos. Algo así como si la naturaleza se hubiera arrepentido por tanto castigo y buscara compensar de alguna forma la inmensidad de los daños causados. Llovía y llovía. No era tiempo de nortes, pero el viento en el Golfo de México soplaba y soplaba acarreando viento frío y húmedo al altiplano de México. El clima mundial se había alterado radicalmente como consecuencia fundamental de la contaminación. Los equilibrios atmosféricos se habían roto por una y mil razones gracias a la irresponsabilidad del hombre, que a diferencia de los animales no había aprendido a cuidar su hábitat. Las tormentas tropicales, los fenómenos que azotaban con mayor severidad el Caribe, manchaban de blanco las zonas observadas permanentemente por los satélites. La precipitación era abundante, copiosa, magna en las áreas donde se había dado con mayor intensidad la sequía. Se empezaban a invertir las súplicas: se trataba de que no lloviera tanto porque las inundaciones, esta vez, parecían empezar a causar daños incalculables, pérdidas humanas y materiales incuantificables. Las presas recuperarían bien pronto sus niveles normales y acaso los superarían. La calma volvía gradualmente a la capital de la República. Día con día, la paz volvía a reinar tomada de la mano de la esperanza. La contaminación ambiental desaparecía según arreciaban las lluvias. La ciudad no parecía haber sufrido los efectos de un bombardeo. No, nada estaba destruido. Casas, edificios, avenidas, parques y bosques permanecían idénticos. No había huella de incendios ni de devastaciones. El único dañado había sido el hombre. Sí, sí: el hombre, el que había desafiado a la naturaleza pensando que su paciencia era inagotable, que sus recursos eran infinitos, que ella, al fin, inmensamente noble y generosa, jamás devolvería las agresiones elevadas a su máxima expresión. Solo que un día la tolerancia llegó a su fin y arremetió sin piedad contra todo ser viviente sin distinciones ni privilegios ni excepciones. ¿A matar? ¡A matar! La naturaleza entonces acabó con más de cinco millones de mexicanos en un espacio de cuatro meses de peste.

Las columnas de humo blanco que delataban la incineración de cadáveres habían desaparecido del horizonte capitalino. Ya no circulaban por la ciudad los camiones de limpia del D. F. saturados de muertos, contándose entre ellos igual seres humanos que animales. Los olores mefíticos desaparecían con los efectos del viento. La salud se recuperaba paso a paso. Ya no ululaban las ambulancias de día y de noche ni las sirenas interrumpían el sueño ni el zumbido de miles de millones de moscas inducían ya a la locura ni al vómito, ni la densidad del aire impedía la respiración, ni las entradas del metro y de otras oficinas públicas, además de iglesias, estaban cubiertas por enfermos tirados sobre el piso, sobre las escaleras y los andenes de la misma manera en que había sido encontrado Melitón. Los almacenes empezaron a recibir víveres de nueva cuenta. Se levantó la orden de queda. Se abrieron poco a poco las refresqueras y las cerveceras. Se restablecían rutinas al ritmo de una vieja locomotora oxidada. La circulación vehicular empezó a volver a su ritmo normal. El Valle de México despertaba de una larga y profunda pesadilla. Imposible desprenderse del miedo, del pánico a una nueva peste, a la contaminación de todos los objetos, de todos los alimentos, a la infección de una simple raspadura o una cortada insignificante. Los prejuicios ecológicos se habían enraizado como nunca en la mentalidad mexicana a un costo desorbitado. La lluvia parecía curar a la capital de la República de todas sus heridas. Era el gran bálsamo esperado. La señal entendida como el arribo del perdón. La concesión de una nueva oportunidad. La caricia necesaria para volver a aquilatar la existencia. Una página en blanco para escribir un presente y un futuro que parecían cancelados para siempre. Bendita naturaleza. Gracias al cielo por volvernos a permitir ver el firmamento, el sol y las estrellas.

Pocos habían escapado a la dolorosa experiencia. Muy pocos. Todos habían adquirido conciencia. Nadie olvidaría ni en México ni en el mundo entero el significado de la palabra sequía. En la inmensa mayoría de las puertas de los hogares del Valle de México había crespones de luto. Casi cada hogar había sufrido la pérdida de un ser querido. Entre los más arrepentidos, sin duda, estaba el propio presidente de la República. Él había escuchado un par de años antes las palabras del ingeniero Ramos Romero. Él, precisamente él, le había advertido los horrores que eran de preverse derivados de una contingencia de esa naturaleza. Él le había informado personalmente en su oficina, cuando había tiempo aún para poner remedio, que los vientos alisios no estaban soplando, que la sequía que ya se padecía podía alargarse temerariamente. Que estos fenómenos atmosféricos no se daban repentinamente como un terremoto, sino que avanzaban año con año ocasionando cada vez más perjuicios, muchos más perjuicios. Que había que adelantarse. Imponer una política que restringiera el agua. Ahorrar toda la que se pudiera, revelar a la ciudadanía los peligros que se avecinaban si no se cambiaba de actitud. Sí, sí, pero ya era muy tarde para lamentarse: el mal ya estaba hecho, irremediablemente hecho.

El jefe de la nación reinstaló en el cargo al ingeniero Ramos Romero en el carácter, esta vez, de director general de la Comisión Nacional del Agua. Nadie mejor que él para ocupar dicho puesto. Si alguien se merecía una distinción así en el gobierno federal, ese era Melitón. El nombramiento recayó en la primera semana del año 2005. Él había dado la voz de alarma. Él había advertido la inminencia del peligro y nadie lo había escuchado. Él conocía cuáles eran los remedios, las soluciones y los proyectos a corto y a largo plazo. Él sabía, como nadie, qué hacer y qué no hacer.

Apenas tomó posesión del cargo, empezó a perforar pozos para recargar el acuífero, captando el agua de lluvia con cuanto elemento estuviera a su alcance. Hizo construir y colocar tinas ciegas por millones a lo largo y ancho del Valle de México. Hizo instalar, donde se pudiera, los escusados secos. No había tiempo que perder. Ordenó el diseño de los sistemas de captación de aguas más eficientes en el mundo entero. Trataría de no desperdiciar ni una gota que cayera del cielo. Modificó los reglamentos de construcciones para que todo edificio o casa nueva tuviera un sistema de captación de agua de lluvia y de almacenamiento a través de cisternas. Acordonaría el Ajusco para evitar extracciones clandestinas y asentamientos humanos irregulares. Reforestaría la región periférica de la ciudad con árboles que protegieran la capa vegetal y permitieran la transminación del agua a los mantos freáticos. Impondría racionamientos por muchos años. Tantos litros de agua por casa durante tantas horas al día. Fin del abastecimiento. Con eso debería alcanzar, para bien o para mal. El agua de lluvia que cayera en el valle sería reinyectada en el subsuelo capitalino con sofisticadas tecnologías de su invención para evitar el hundimiento de la ciudad. El líquido del que dependía nuestra subsistencia ya no se enviaría absurdamente a engrosar los caudales del río Tula a través de los recolectores centrales para ir a desembocar en el Golfo de México. ¿Cómo que el 80% de las aguas blancas derivadas de la precipitación pluvial iban a dar al mar en lugar de ser reinyectadas en el subsuelo de la Ciudad de México? Él sabía cómo evitar el desperdicio…

Ya se había dicho: aprovecharíamos hasta la última gota. Por esa razón se comenzó una campaña de radio, prensa escrita y televisión para que durante la temporada de lluvias la ciudadanía no tomara agua o tomara la menos posible del abasto público. Ahorrar, ahorrar, ahorrar... Se colocaron en azoteas y jardines de casas y edificios recipientes con capacidad de más de 200 litros, en cuya parte superior aparecían enormes embudos instalados para captar hasta la última gota, el regalo más generoso y escasamente reconocido de la naturaleza. Además de lo anterior, en escuelas y estacionamientos de almacenes y estadios se empezaron a cambiar los pisos, quitando pavimento y concreto e instalando adoquines porosos que permitieran la filtración del agua para alimentar el acuífero. Muchas, muchas fueron las medidas que en ningún caso fue difícil imponer, puesto que ahora sí se contaba con toda la colaboración incondicional de la sociedad. Si traer a la Ciudad de México un metro cúbico de agua por segundo costaba 120 millones de dólares, nadie discutiría al gobierno la imposición y el cobro de la cuota respectiva. La enseñanza había sido muy cara. Lo que fuera con tal de que no se volviera a repetir...

Melitón pensó en captar el agua derivada de los escurrimientos del Popocatépetl y del Iztaccíhuatl. ¿Caro? Nada era más caro que la muerte —redactó una mañana a mano en su oficina entre algunas ideas para su próxima conferencia de prensa:

> Si en lugar de enviar el agua de lluvia al Golfo, la tratamos y la reinyectamos y por otro lado nos hacemos de otras fuentes naturales de abastecimiento, aun cuando sean costosas, instrumentamos políticas de ahorro, incrementamos el precio de los derechos de agua y contenemos el crecimiento de la mancha urbana con el apoyo del ejército, entonces a corto plazo podremos recuperar el equilibrio.

El párrafo anterior era el último que el ingeniero estaba redactando cuando alguien entró a su oficina sin tocar la puerta, aprovechando un descuido de la secretaria y de su equipo de seguridad:

—¿Se lo paso en limpio, ingeniero?

Melitón levantó la cabeza movido por un impulso que no pudo contener. Se quedó mudo. La pluma con la que hacía sus apuntes se le desprendió de los dedos de la mano. Permaneció atónito unos momentos sin retirar la vista ni un instante de aquella inesperada visita. La vio de arriba abajo sin poder esconder su sorpresa. Bien pudo el ingeniero Ramos Romero invitar a esa mujer a tomar asiento e iniciar una conversación: tenían ambos tanto, tantísimo de que hablar... Solo que la respuesta de Miel fue una e inequívoca. Abandonó la silla y se abalanzó sobre ella casi saltando por encima del escritorio. La tomó entre sus brazos y la besó. La volvió a besar, sí, una y otra vez en horas de trabajo. ¿Qué carajos importaban las horas de trabajo? La estrechó. Le acarició la cabeza. Lloraron, se vieron, se volvieron a abrazar. Se volvieron a besar. Se sentaron. Se impuso el silencio. Pasó mucho tiempo antes de que pudieran pronunciar la primera palabra. Se contemplaron el uno al otro sin percatarse de que, en su precipitación, ella había dejado la puerta abierta. ¡Qué más daba…! Él limpió sus mejillas. Ella hizo lo propio además de acomodarle el pelo: Elpis, Elpis, Elpis, mi amor…

—¿Cómo estás, pinche Pelos Necios…?

Se contaron, se dijeron, se reclamaron, se perdonaron, ¿qué, no es posible perdonar cuando hay amor? Se cuestionaron, se informaron recíprocamente sin soltarse las manos, sin contestar la red ni el teléfono, olvidando la audiencia e ignorando la conferencia… Que esperen… Que espere el mundo entero… Que el mundo entero venga a contemplar a mi mujer… Que el mundo sepa que volví a hallarla. ¡Cuáles conclusiones sólidas y fundadas con las que ambos habían destruido recíprocamente sus imágenes y recuerdos! Todas sus conclusiones se habían desvanecido como un castillo mojado por las olas del mar con tan solo volverse a ver. ¿Prejuicios? ¿Cuáles? El amor tiene que poder vencer y destruir todos los prejuicios, o simplemente no es amor. Con besos y más besos se cicatrizan todas las heridas producidas precisamente por el amor. Ahí supo ella que su jefe se había divorciado de inmediato; que los dos hijos mayores, Agustín y Fernando, vivían ya con Melitón y que las niñas en cualquier momento se vendrían a la casa porque su madre no podía atenderlas. Manuelito había muerto mordido por un perro rabioso… Elpidia escuchaba en silencio todo lo ocurrido durante su separación.

Isabel —quien no había vuelto a ver a su madre, y si lo hubiera hecho, esta ya no habría podido reconocerla porque quería dedicar hasta el último día de su vida a pedir y a lograr el perdón de Dios aquí en la Tierra— se había quedado sin la casa materna, porque doña Marta se la había donado a don Roque de acuerdo con una piadosa sugerencia hecha por él mismo… Él más tarde la vendería y haría llegar el dinero a la obra pastoral, hija mía. Confía en mí… Ella, Isabel, estaba en un convento siguiendo los pasos de su madre, a quien, por otro lado, siempre había querido evitar…

—No —había repetido hasta la saciedad—, no quiero parecerme a ella. —Solo que la fatalidad parecía tomarla de la mano conduciéndola al despeñadero al igual que a la autora de sus días. Una inercia diabólica la conducía precisamente a donde ella juró no ir jamás…

Rechazó el dinero de Fernando para ya no seguir pecando y liberarse de la malignidad. Hablar con él era tanto como hablar con el diablo. Aceptar sus cosas era tanto como mancharse las manos con la sangre de Lucifer. Don Roque, a su vez, le había sugerido ganarse la buena voluntad del Señor efectuando donativos en efectivo: dile al buen Fer, hija mía, una limosna para la iglesia… Ella se negó a conseguir la dádiva muy a pesar de la marcada insistencia del cura. El gallero le hubiera dado el dinero a manos llenas, pero ella ya no estaba dispuesta a aceptarlo. Para purgar la penitencia, vistió unos largos hábitos color café, con la figura del Sagrado Corazón de Jesús grabado con hilo de oro a la altura del pecho y sandalias sin calcetas. Mientras más sufriera, más se acercaría a Dios. Jamás volvería a ver a Fernando ni a leer sus cartas ni a escuchar sus súplicas por interpósitas personas ni a volver a saber nada, absolutamente nada de él. La culpa la estaba acabando. ¿Cómo entender la eternidad si de antemano estaba condenada por la voluntad del Señor? ¿Estaría arrepentida de lo que hizo o simplemente el miedo la llevaba a pedir su absolución? Ella pediría el perdón aquí en la Tierra. Ya no discuto el punto, sentenció Melitón: cuando vives con un código ético prestado, eres capaz de todo…

Por su parte, Elpidia había estado buscando empleo. Pensó mucho en venir a verlo.

—Las circunstancias cambian, Melitón. Yo pensé que, si habías logrado sobrevivir, tal vez habrías cambiado…

¿El rechazo o el fracaso? Esos ya los tenía. De modo que no tenía nada que perder… Había sabido de la reincorporación y ascenso de Melitón por supuesto a través de los periódicos.

—Aquí estoy, Miel: vivo donde siempre. No perdí a nadie porque mi familia jamás vino a la capital. Ya sabes que es imposible sacarlos de Oaxaca porque…

Melitón la interrumpió bruscamente:

—¿Cuándo nos casamos, Elpis?

—¿Casarnos?

—Sí, casarnos —repitió, estrechando las manos de ella como siempre con el barniz de las uñas desgastado.

—¿Te parece bien ahora mismo? —repuso ella, sin poder creer la propuesta.

Melitón se dirigió entonces a su sala de descanso para tomar su saco. ¡Vámonos! Con mis hijos haremos después otra ceremonia. Nos casaremos dos veces, mi amor. ¿Crees de verdad que puedo vivir un día más sin estar vinculado a ti en lo jurídico, en lo religioso, en lo físico, en lo sentimental, en lo intelectual, en los sueños y en los delirios y las fantasías? ¿Verdad que no? Dormiremos en Silao. Quiero que mi testigo sea mi compadre Librado… En la carretera te cuento de él y de alguien que me salvó la vida y que por lo visto jamás sabré quién fue… Mañana vuelvo. Dígales a mis niños que salí de gira… Que se cuiden…

Si bien en la vida de Melitón y Elpidia todo era promesas y oportunidades, futuro y realizaciones, la vida de otras personas se perpetuaba en un oscuro laberinto del que, al intentar salir de las tinieblas, más, mucho más se extraviaban irreparablemente en sus estrechos callejones diseñados para perderse en el origen de la noche. Después de la pérdida de toda esperanza, las paredes, las escasas luces, la penumbra, los alientos, los olores, las humedades, los vacíos, los caminos ruta abajo, las veredas que conducen al mismo lugar, los sudores y los sonidos de ultratumba, los ecos siniestros, la imposibilidad de volver a conocer la luz del día, los coros de arcángeles negros empiezan a formar parte del escenario que antecede a la muerte, sin que en ese momento tampoco se pueda discernir si después de la muerte la vida transcurrirá en el mismo laberinto. ¿Doña Marta ya había muerto? ¿Ella no lo sabía? Esa pobre mujer, la madre de Isabel, una noche, ya recluida en un manicomio, soñó que era perseguida por una jauría de enormes perros rabiosos similares a los que habían mordido fatalmente a Manuelito. Ella corrió despavorida en su sueño. Sintió que los animales ya la alcanzaban y casi podían morderle la pantorrilla. Gritó enloquecida, presa de horror. Eran cinco, 10, 20 animales, tal vez 100. Intentarían morderle el cuello y devorarla entre aullidos siniestros mientras se disputaban golosos sus carnes marchitas. Imposible defenderse ni menos apresurar el paso a sus años o subirse a algún objeto. Doña Marta se arrancó los pelos mientras el pánico se apoderó totalmente de ella. Los perros con los hocicos llenos de baba y espuma blanca la mordían en las piernas, en las manos, en el cuello, en los brazos, en la espalda, sin que ella pudiera salir de la habitación. Trató de sacudírselos, de abrir desesperada la ventana para escapar a como diera lugar. La ventana estaba trabada. Los perros mordían furiosos su pantorrilla derecha. Otros, el muslo izquierdo. Era un manjar. Ella se los sacudía como podía. Nadie venía en su auxilio. Ni Dios, en quien tanto creía, vino a rescatarla. La ventana estaba cerrada a pesar de los calores. Era por seguridad personal. Ella, temerosa de desangrarse, decidió tomar vuelo para romperla, aventándose contra ella con la poca energía que todavía le quedaba. No recordó, ¿cómo recordar nada?, que estaba en un segundo piso. La infeliz mujer se precipitó en el vacío. Días después, víctima de severas contusiones y de fracturas en la base del cráneo, expiró en un hospital de Silao.

Doña Marta había tenido razón: jamás se debía provocar la ira del Señor y quien osara cometer semejante desacato debería prepararse para resistir la venganza o la sanción que ella había esperado durante tanto tiempo y que finalmente consistió en quitarle la vida, en arrebatársela entre sufrimientos inenarrables. Su máximo pecado había sido traer a Isabel al mundo…

—¿Qué sientes en relación con tus hijos? —le preguntó Elpidia a Melitón ya felizmente casados y de regreso de Silao rumbo a la Ciudad de México.

—Siento que mis niños no son hijos de mi sangre, no, lamentablemente no lo son, pero sí son hijos de mi vida… por esa razón los quiero aún más…

Chapultepec, México
16 de julio de 1997

Agradecimientos

A Luis Manuel Guerra, por sus consejos y oportunas sugerencias propias de un reconocido ecologista. A Norma García, por haber investigado con tanta dedicación la historia de las sequías en México y en el mundo. A Maru y a la magia de sus espacios, por haberme procurado un inmejorable hábitat para redactar. A Rubén y a Linda Cerda; a Alex, Mariana y Lolita, por su cariñosa hospitalidad, sin la cual la conclusión de *México sediento* se hubiera diferido mucho más allá de mis deseos. A Librado Múgica, por haberme permitido aprender las técnicas de manufactura del pan blanco y del dulce en su panadería, por la cual ya han pasado orgullosamente tres generaciones con el mismo nombre.

A los ecologistas, meteorólogos, pastores presbiterianos, médicos internistas, ingenieros hidráulicos, sacerdotes católicos, biólogos, antropólogos, sociólogos, amigos y amigas, quienes me hicieron el favor de precisarme muchos conceptos técnicos desconocidos por mí o me hicieron valiosas recomendaciones para aclarar diversos pasajes de la novela. Sin el amable y desinteresado patrocinio de todos ellos, *México sediento,* desde luego, no hubiera nacido a la luz pública.

Índice